نداءات المرايا

نداءات المرايا

مازن عرفة

الطبعة الأولى: 2026

الناشر: الخيّاط

ISBN: 978-1-96142-051-9

First published in 2026
Copyright © Mazen Arafeh

KHAYAT®
PUBLISHING HOUSE

Washington, DC
United States
+17712221001
info@khayatpublishing.com
www.khayapublishing.com

مازن عرفـة

نداءات المرايا

رواية

المحتوى

مقدمة
لانهائية احتمال وجود

زرقـة، باهتـة بـاردة، تترنـح في ظلال عتمة صامتة. وأنا أطفو؛ طيف جسـد، في فضـاء دون أبعـاد، دون تخـوم، دون اتجاهـات. لا بدء، لا منتهى، لا ذاكرة، لا رائحة، لا همسـات، لا صـدى وشوشـات. طيف خفة غمـام، مُتـرام، مُتـراخ، منسـكب في اللامـكان، في اللازمان، لا تجذبـه أغوار، ولا نداءات. لكن تتخللني أنفاس سـاكنة، دون اشـتعال، ولي بصيرة عينين، أستشـف بها، فأرى دون إدراك. لسـت في صحو أو نـوم، لا في حلـم أو ذكـرى. لا حنين أو اشـتياق، لا رهبة أو قلق، أي مشـاعر ما، سـوى أني أطفو، دون كيان. أنسـاب نحو جدار استيهام، لا أصله، يتباعد باستمرار. أهوي، لا أسقط، فلا أعماق.

كوة منبثقة في لامكان؛ ضياء أبيض، مشـتعل بغليان ضبابي. أترامى إليها، أصل ولا أصـل، أرى مـا أرى عبرهـا، دون دهشـة ألق؛ فضـاءات وفضـاءات ظلام، تمتد، تتناثـر فيها لا نهائية ومضات نجمات باهتة.

ألمح عبر الكوة، ليس بعيداً، كبسولة غمام، تطفو، تهتز حوافها تموجات. تنفتح فيها أيضـاً كـوة ضياء أبيض مشـتعل بالغليان نفسـه، يرتسـم وراءهـا خيال طيف جسـد، طيفُ وجه، بعينيّـن، تنظران عبرها. تنظران إليّ، تتلاقى النظرات. هذا أنا مـن ينظـر إليّ، من هناك. أنا وجهان، نتبـادل النظرات. نحن طيفا جسـديّن في كبسولتيّ غمام. أنا نفسي نسختيّن، أنا احتماليّن.

شـيء ما يشـدّني، يشـدّنا، للنظر عبر الكوة إلى ما حولنا، بعيداً وبعيداً. تتهادى كبسولات غمام شبيهة، بالكوى ذاتها، العديد والعديد منها، تمتد نحو اللانهايات. أنا الوجوه نفسـها، فيها جميعها، بالعينين ذاتيهمـا، جميعنا نتبادل النظرات؛ دون دهشـة ألق، دون ذاكرة، دون حنين أو اشتياق.

أنا الأطياف كلها، واحد من لانهائية متشابهات، متشابكة بالوعي ذاته؛ لا نهائية احتمـالات، فـي كمون، متقد في ذاته، كل منها ينتظر فرصة انفجار بحدث، ينقلها من «عدم» إلى «حكاية».

حكايات

توثق «الحكاية» صور فوتوغرافية، بالأبيض والأسود، تُعلَّق، متشابكة، متراكبة في غمامات الذكريات.

«حكاية» تتلو «حكاية»، في أزمنة مختلفة، لكنها حكايات تتقاطع بالحنين، «حكاياتي» أنا.

في كل «حكاية»، تمر الأيام سريعاً، وأتقدم في العمر، وتمضي أجيال سابقة لي في طريقها إلى الاندثار والفناء. مع مسير الزمن، تبهت الذكريات عن أناس عشت معهم، حتى تكاد تُمحى، لكن «الحكاية» تبقيهم مشتعلين في الحنين.

ربما هي حكايات تستند إلى وقائع، تحدث، وأشهدها، إنما يلونها الخيال بسحره. ربما لا تحدث هنا، في عالمي، بل في عالم موازٍ آخر. على الرغم من ذلك، أشهدها أنا بنفسي، عندما أعيش معاً عدة احتمالات من حيوات، منبثقة من العدم المشتعل.

تهاجمني تفاصيل «الحكايات»، منبثقة من عوالمها ومضات ضبابية، مبهمة التخوم زماناً، قادمة من مكان سحيق في لاوعيّ الفردي، المتصل بطريقة ما مع اللاوعي الكوني الكلي. أستشعرها هلامية الأحداث في أسفار أحلامي، وأنا أنفصل عن ذاتي الواعية، وأغرق في عوالم غريبة، مع شعور غامض ينتابني، أني بالتأكيد أعيشها.

لكن «حكاياتي»، القادمة من عوالم مختلفة، تتداخل وتتراكب وتتشابك، في ومضات، وهلوسات، فلا أعود أميزُ ما يحدث هنا، وما يحدث هناك... أروي «حكايات»، يقول لي أناس يعيشون حولي إنها من نسج خيالاتي، فيما أنا متأكد أنني أعيشها باستمرار.

الجزء الأول

في البدء كانت الحكاية

(1)

أولى الاحتمالات

أتشَّكل ذاتاً في إحدى الغمامات، شيء ما يستدعيني من عدمي الكمومي، حدث يشـتعل، يتفجر، فإذا بي كيان في واقع.

أمضي لـيلاً في دروب منعزلة، تحفها سياجات كثيفة عاليـة، تتلوى بين حقول البلدة. أغذ السـير إلى وكري في المغارة بطرف الجبل، حيث تتجمع عصبتي من المهربين. العتمة شديدة، والأجواء تُنذر بهطول ثلجي، وصمت مريب يلقي بثقله على المـكان. تكاد السـماء تطبق على صـدري بغيومها الكثيفة الداكنـة، وهواء قارس يلسـع وجهي. مع أني والليل صديقان، يلفني مع الوحش بردائه السـميك، بعيـداً عـن العيون، إلا إني أتوجس هذه الليلة شـراً خفياً، يكمـن لي في زاوية ما؛ مجرد توجس مريب، لا أدري من أين ينبثق. أطرده، وأنا أتحسـس مسدسـي البارد في جيب سـترتي، تلفني سكينة لملمسه.

أسير مترنحاً بدوار نشوة، فقد دلقتُ، هذا المساء، في جوفي زجاجة ويسكي، في أثنـاء لقائي مع صديقي العقيد من جهاز الأمن السـري. أفكر بصفقة السلاح الأخيرة، التي عبر بها رجالي الحدود بغطاء منه. قال لي «الروسيّة بخمس وعشرين ألف ليرة، لكن بعها بخمسة آلاف، ومن الممكن بالتقسيط. ستحصل على السلاح مـن أصدقائنـا خلف الحـدود، بصفقات وهمية. المهم أن ينتشـر بأيدي الغاضبين من أهل البلدة، كي يتحولوا من مظاهراتهم السلمية، إلى العنف المُسلّح. سيكون

لدينـا، عندئـذ، عذراً، كي نتدخل جيشـاً، لا تردعه بنادق فردية. وحصتك مضمونة تنتشـر في البلـدة إشـاعات عـن تحولي إلى طائفة رجال ما خلـف الحدود. فعلتُ ذلك شـكلياً، كي أضمن ما يزودوني به من صفقات سلاح، وكل ما يمكنني تهريبه عبـر الحـدود من كحول ومخـدرات، وما تفتقده الأسـواق، في زمـن الخراب هذا، الـذي تعيشـه البـلاد. لا تهمنـي طوائف أو ملل أو أديـان، فأنا ألبي الطلبات، أسـد بها الحاجـات، وأحصل على المال. وماذا إذا أنفجر البركان؟ هو يغلي، وسـينفجر، بصفقاتي أو دونها.

هل هي عصفات ريـح باردة، أم انتشـاء الكحول في رأسـي، يدغدغني، فيتناهى إلى سمعي وشوشات؟ لا، هذه هسيس خطوات ترافقني. منذ متى؟ أمسكُ أنفاسي مصغياً، وأنا أتحسـس مسدسـي في جيب سـترتي. على الرغم من حذري الشديد، والاحتيـاط المتوفز دائماً لديّ للمفاجآت، أجد نفسـي فجأة محاصراً بأزواج عيون ناريـة، تشـتعل في الظلمة بألق وحشـي. لا تسعفني سـرعة البديهـة، إذ قبل أن أسـتوعب مـا يحدث، وبلمح البصر، تشّـق رأسـي مـن الخلف ضربة بلطة، ينغرز نصلها عميقاً في جمجمتي، تقرصني بـرودة معدنـه، في دفء دماغي. يمسـك أحدهم ياقة سترتي من الأمام، يشدّني نحوه بعنف، تلتقي عيناه الناريّتان بعينيّ المنكسرتين، ألمح شامة على خده الأيسر. تنهال طعنات خنجره في بطني، تُمزق أحشائي، فتندلق خارج بطني، مع صوتيّ المُتحشرج. تتراخى اليد عن ياقتي، أنهار على ركبتيّ، مشـلول، ويدي ماتزال تقبض على مسدسي البارد في جيب سترتي. أتهاوى جثة، على التربة الصقيعية، تلسـع وجنتي، وتتبقع بالدماء، وأنا أحدق في الفراغ، متسـائلاً كيف حدث هذا فجأة، في ثوان!

يشـتد عصف الريح الباردة حولي، والعيون النارية الشـامتة لا تغادرني، تحيط بـي محدقة، تغدو لهيبات، تتطاول متراقصـة حول جثتي. تتحول إلى حلقة نارية، تحاصرني، تضيق حولي أكثر، فأشـتم رائحة دخان بدئي، يعبق من ذاكرة جمعيّة، موغلة في قِدَمٍ وحشي.

تتهادى جثتـي، محمولـة على لـوح خشـبي عتيـق، يطفو في ظلمة. لسعات صقيعيّة تقرص وجهي، ونثرات ثلج تتلاعب بها عصفات ريح، تدثرني. لا أرى أحداً،

حولي ظلام دامس، وعتمة السماء كثيفة، أين اختفت النجوم؟ أسمع دوي رشقات بنادق، تتعالى من كل الاتجاهات، تُمزّق الصمت بإيقاعات أزيزها الوحشي. ألمح خطوطاً نارية متقطعة، ترتسم عالياً، وتخبو في الظلام. هل يطلقها رجالي الأوفياء حزناً، أم أعدائي اللدودين فرحاً؟

أجلس على كرسيّ قش مهترئ، بمسند مخلخل، في مقهى بلدتي العتيق، العابق بدخان كثيف. ينزوي الحشاشون في عتمة زواياه، على طاولاتهم تترامى كؤوس الشاي الأسود، دون أن يرتشفوا منها شيئاً، مسافرين في هذياناتهم، وهم يحدقون في الفراغ صامتين. أضع رأسي الممزّق من الخلف بضربة الفأس على حضني، فوق أحشائي المندلقة من بطني، أتلمسه، ما يزال ينزف، لكني أرى ما حولي دونه.

تندب أمامي نسوة، متربعات أرضاً، بنحيب وحشي، وأجسادهنّ ترتجف بجنون هستيريّ. يعلو عويلهن، وهن يلطمن أنفسهن، ويمزقن أثوابهن الملونة بتزيينات مُشجّرة، ويحثين قبضات تراب على رؤوسهن المكشوفة دون غطاء. من أين يحصلّن على حفنات التراب؟ يستدير الكرسي بي إلى الخلف، أرى مجموعة أخرى من النسوة، يتشحن بالسواد، لكنهن واقفات، يتمايلن بانتشاء، وهن يرفعن كفوفهن فوق أفواههن، ويطلقنّ الزغاريد فرحاً، تتخللها قهقهات ساخرة شامتة. كيف يحدث هذا، حزن وفرح معاً لموتي؟

يدور الكرسي حول نفسه متسارعاً، تتشابك حولي مشاهد النسوة الحزينات بالنسوة الفرحات، في حلقة تدور. تتداخل أصوات العويل النادبة بالزغاريد الفرحة، مشكّلة غمامة صوتية حادة، تلفني، وتستكمل تمزيق جسدي.

جثتي مرمية الآن على أرض صقيعية، نُدف الثلج الهاطلة تدثرني، تتكاثف أكثر فأكثر. البرد قارس، يلسعني بشدة، دون أن ترتجف جثتي. بالكاد أتبين في العتمة رجالاً صامتين، ممسوحي الوجوه، يحفرون قبراً بمعاول ورفوش، أسمع حفيف جرفها للتراب الرطب. أتعرّف من بينهم فقط على وجه صديقي العقيد؛ دون مشاعر، لا يحيد نظره عن القبر. كأنه يريد التأكد من دفني عميقاً مع أسرارنا. يحملني الرجال، ينزلوني في الحفرة، يتلقاني أحدهم في وسطها، ويمددني

على الأرض الرطبة، تلفحني أنفاسه، وهو منحن عليّ. أريد أن أتمسّك به، كي لا يغادرني، لا أستطيع تحريك يديّ أو قدميّ، جسدي ممزق بالكامل، ويخرج من الحفرة. أريد أن أصرخ، مستنجداً، لا صوت، أريد أن أنهض، لا أقوى. أرجوكم لا تتركوني وحيداً في الحفرة، في الظلمة، أنا واعٍ، مدرك لما يحدث حولي. لا أحد يهتم، لا أحد يلتفت إلي، بل يغلقون فتحة الحفرة بصخرة مسطحة ضخمة، لا يمكن زحزحتها، وأسمع صوت رفوشهم تهيل التراب فوقها، ووقع أقدامهم فوقي، تمضي بعيداً.

أغرق في ظلمة حالكة، في صمت ثقيل؛ ظلمة وصمت صقيعيين. أشعر برعب وحشي، ينتابني للمرة الأولى في حياتي، أنا الذي أتحدى الموت دائماً بسخرية، بل كنت أظن أني لن أموت. ماذا سيحدث الآن؟

أفكر بتهويمات العجائز، التي كانوا يروونها أمامي، وأنا صغير، عن إن «منكر» و«نكير»، الكائنيّن الأسوديّن الأزرقيّن، اللذين لا يشبهان خلق الملائكة أو الآدميّين أو البهائم أو الهوام، يحضران إلى القبر بعد الدفن مباشرة، بأعينهما الحمراويّن. يُجلِسان الميت، ويحاسبانه بصوتيهما الهادريّن كالرعد، عما فعل في حياته. كيف سيجلساني، وجسدي ممزق بالكامل؟ وهل ستتسع الحفرة لنا معاً؟ ما هذا الوضع المهين لهذا اللقاء، ألن يجدا مكاناً آخر غير القبر يقابلاني فيه؟ في مقهى البلدة العتيق، أو في مغارتي الجبلية، مثلاً؟ إذا حضرا، سأطلب منهما زجاجة ويسكي، نشربها معاً، واستعادة مسدسي، كي أجد حلاً لمشكلتي مع هذا الموت المفاجئ اللعين. ثم أطلب منهما مساعدتي على زحزحة الصخرة التي تسد الحفرة. أو ربما أتسلل من هنا، عبر نفق ما، إلى السرداب، الذي يختفي فيه «المُنتظر»، وقد حدثني عنه رجال ما بعد الحدود، ونخرج منه معاً لأنتقم من قتلتي. وفي أثناء انتظاري معه في السرداب، الذي يبدو أنه لا يجد منه مخرجاً، فمريدوه ينتظرونه منذ مئات الأعوام ولا يأتي، هل أجد عنده صبيان وشبان صغار، وحشيشة، وصناديق ويسكي، كي نمضيّ الوقت معاً بمتعة؟

نمت ليال كثيرة في المقابر، متخفياً، هارباً من ملاحقات المنافسين القتلة الشرسين، بسبب خلافات صفقات التهريب، فلم أسمع أصواتاً أو أحاديثاً صادرة

من موتى فيها. كنت أشعر بالأمان بين قبورها، أكثر من العمران، الذي تترصدني فيه كمائن القتلة، في كل زاوية درب. لا أحد يجرؤ على دخول المقابر ليلاً، خوفاً من العفاريت، وأنا كنت ملكهم. قتلتُ الكثير من الأشخاص بدم بارد؛ لصوص ومهربين، رجال أمن وحرس حدود، رفاق وأقارب، وكل من حاول الوقوف في دربي، إلا أني لم أفكر مرة بما سيحدث لهم بعد موتهم. شاهدت جثثاً حديثة العهد، متروكة في العراء، تنهشها الكلاب والجوارح والزواحف، وقد تعفنت بالديدان، فلم أهتم لها، ولم أفكر أبداً بموتها.

الآن ماذا سيحدث لي؟ كأن بقية من إدراكي، توحي لي بأني سأغادر جسدي الممزق، الذي سيفنى متحللاً، ويعود طيفي إلى غمامة عدم، تجول في لاوعيّ بشكل مبهم. أنا عشت «حكاية» وحشية، مليئة بالمرارة والدماء، وقاربت نهايتها، فمن سيتذكرني، ويرويها؟

في انتظار ذلك، كأن أحداً يزحزح الصخرة عن فتحة قبري!

(2)

الوجه الآخر للحكاية

تنفجر غمامة جديدة، يَشُّدني حدث؛ أحد الاحتمالات من عدم، فإذا أنا كيان. احتمال حدث، يترابط مع سلسلة احتمالات، انبثقت إلى واقع؛ واحد من وجودات.

أنا «شيخ الشباب»، بشاربيّن عريضيّن، مفتوليّ الطرفيّن، وشامة تزين خدّي الأيسـر، أتغـاوى بهم. شـديد الهامة، بقلب قُدَّ من حجر الصـوان، مقدام، لا يهاب المجهـول واللامنتظر. هكـذا وُلـدت، وترعرعت فـي الغيض والأماكن الموحشـة وظلمة الليالي، مع رفقة من البشر القسـاة والوحش، تآلفنا فيها معاً. على الرغم من توحش أفعالي وتصرفاتي، فأنا أمتلك مشاعراً رقيقة دفينة في روحي، أمتلكها مـن طفولتي، مـن دفء حضـن والـدة حنـون، مشـاعراً تنبـض لآلام المظلومين، وتتفجر نصرة لهم.

ينتابني دوار لذيذ، بعد أن دخنت سيجارة ملغومة بالحشيش، أسافر بها في عوالم هذيان، تتقاذفني مويجاته السحرية. أرى رفقتي، الذين يجلسون معي على بسـاط عتيق، خيالات أشباح، بوجوه متطاولة، تهتز متراقصة باسـتمرار، لا تنقطع ثرثراتها المبهمة، الغارقة في عماء صوتي بعيد عني.

نجتمع الليلـة، بعيداً عـن الأعين، في خرائب بيت ريفـي مهجـور، متداعي الجدران، تلفه عتمة البسـاتين، الغارقة في كثافة سـياجاتها، المحروسـة بحكايات الجن والعفاريت. ينير المكان ضوء شحيح لفانوس عتيق، مغبر الزجاج، تتراقص لهيباته مع عصفات رياح، تتسـلل إلينا من انهدامات جدار. نشـرب شـاياً أسود، كثيـف المرارة، في كؤوس زجاجية صغيرة.

«ألن تسـتطيع أن تُمضي ليلة واحدة معنا، دون سيجارتك الملغومة؟».

كأنهم يحدثونني همسـاً ضاجاً بأصداء. أبتسمُ.

«نعتمد عليك، لا أحد منا يمتلك قلباً شـجاعاً مثلك. عليك أن تكمل المهمة».

تتوقف الثلوج عن التساقط في الخارج، والهواء البارد يتسلل إلينا عبر الجدران المتداعية.

«كيف يحدث أن يُدفن، في مقبرة البلدة، مجرم، عميل للأمن، ولرجال الشيطان القابعين وراء الحدود. لن يُمضي فيها حتى ليلته الأولى هذه، وعلينا انتزاعه منها، ورميه في العراء».

يحاول أحدهم إشعال بضع حطبات رطبة بأعواد ثقاب كبريت، وقد كوّم تحتها غصينات، ونثر فوقها قبضاتٍ من التبن الجاف. ينفخ في الشعلة، يتصاعد دخان، تتكاثف مويجاته المتتالية في فضاءات الغرفة، وتعبق غماماً.

«هذا لا دين له سوى عبادة المال، يبيع شرف أخته، من أجل صفقة مخدرات».

تتراقص الوجوه المتطاولة الآن في مويجات الدخان، يحاولون إبعادها بأكف أيديهم. يسعل بعضهم، ويشتم الدخان.

«قتلَ صديقيّ طفولته، من أجل خلاف على اقتسام حصص صفقة سلاح».

يرفعون كؤوس الشاي الأسود، كي يرتشفوها. كيف يعرفون أماكن أفواههم في غمامات الدخان؟

«سلّم الكثير من أهالينا المتظاهرين لرجال الأمن، واختفوا في المعتقلات دون أثر بسببه».

ينزاح نظري إلى طرف الغرفة، ألمح بلطة مرمية على الأرض، نصلها الحاد مايزال ملوثاً بالدماء. لا يفارقني شعور بأني مازال ممسكاً بقيضتها عليها، منذ ليلة البارحة.

«نحن شباب المرؤة والشهامة، نغيث أهلنا البسطاء، عندما يحاول أحد أن يمس شرفهم. نحن شرف البلدة».

أتحسس على خصري خنجر جدي، الذي عاد به من «سفر برلك». استدرت به البارحة ليلاً، بعد أن رميتُ البلطة من يديّ، وواجهت بعينيّ الناريتيّن عينين جبانتيّن ذليلتيّن.

«هؤلاء الشبان الغاضبون في الشوارع، مايزالون غضّي العود، لا يتقنون استخدام السلاح، ولا يرغبون به. الصراخ في المظاهرات لا ينفع مع المجرمين القتلة».

لماذا تتحول همساتهم إلى صراخ، ويرفعون قبضات التحدي في غمامات الدخان.

«عليك أن تنفذ المهمة الليلة، قبل مطلع الصباح، لن يقضي في المقبرة ليلة واحدة. لا أحد يجرؤ على الدخول إليها ليلاً سواك».

ابتسمُ من جديد. نعم، سأذهب إلى المقبرة الليلة. الآن. أنهض.

السماء صافية، تلمع فيها النجوم متألقة، بعد هطول ثلج كثيف. يغطي الآن البساتين والحقول بملاءات بيضاء، تتثاقل به أغصان الأشجار والسياجات. تتجاوز الآن الساعة الثالثة صباحاً، وضياء القمر يكشف معالم الأمكنة. الدروب مقفرة، والهواء صقيعيّ، وصمت بلوري مخيم، يتخلله أحياناً عواءات كلاب، تُسمع في البعيد، وأنا أغذ السير باتجاه المقبرة، تلاحقني خيالات السياجات.

«لن نسمح بدفن جثة مجرم مرتد في مقبرة البلدة، سيدنسها، ويقلق أمواتنا». تضج في رأسي الكلمات.

منذ أن ارتدت هذه البقاع، اختفت الغيلان والمُذّرات والعفاريت، التي كانت تقطنها بحكايات الجدات. هجروها هاربين مني إلى قفار بعيدة، عند مغرب الشمس. أما جنّ السياجات اللطفاء، فقد بقوا مستقرين هنا، يرافقوني في الدروب الليلية المقفرة الموحشة، يسامروني طوال الوقت. لكنهم الليلة يختفون في هذا البرد الصقيعي. هذا جيد، فلن يشغلوني عن مقصدي.

أدلف إلى المقبرة، متسللاً عبر سياجة «العوسجي»؛ صوفي البلدة، الذي كان يظهر في حياته بعدة أماكن في الوقت ذاته، ويمشي فوق الجمر، ويُحلق متربعاً في الهواء. كان قبره هنا مزاراً يطلبه أهالي البلدة، ضاجاً في الليالي بالضياءات والوشوشات. لكن الآن لا شموع مشتعلة، ولا بقايا ذائبة منها، يفتقد المكان سحرها وعبق رائحتها، وقد أعتزله الأهالي. يصبح الصوفي مغلول القدرة في الغياب، أمام حضور سلطة العسكر الغرباء، الذين استوطنوا البلدة في ليالي ظلماء، يخربون بساتينها وحقولها باستمرار. لم يعد أحد يُشعل شمعةً نُذراً، طالباً من «العوسجي» تحقيق أمنية.

أشعلتُ شمعتي الأخيرة نـذراً، منذ خمس وعشرين عاماً، عندما كنت صبياً طـريّ العـود. لم أعد أتذكر الأمنية، إنما كانت الأجواء وقتها في ركن قبر الصوفي سـحرية باشـتعال عشرات الشـموع، تتراقص شعلاتها طوال الليل، تحميها سياجة العوسج العالية من عصفات الرياح الغربية. لكن حياة الغيض والبراري المتوحشة، والتقاط الأفاعي السـاعية إلى دور السـكن، ومواجهة الذئاب والضباع، التي كانت تـراود أطـراف البلـدة، فـي ليالي الشـتاء القارسـة، علمتنـي أن مـا أرغبـه لا يأتـي بالنـذور والأمنيـات، وإنمـا بيـديّ، وإن تعذر ذلك، فبخنجري. كلما أمر هنا، قرب قبر العوسجي، بعد كل هذه الأعوام الطويلة، أرى شعلة شمعتي القديمة ماتزال تتراقص، وضياؤها يُنير دربي عبر السياج، لا بل أرى «العوسجي» نفسه، بلحيته الطويلة البيضاء، محلقاً فوق قبره، متربعاً في الهواء، ويبتسم لي.

حاصـر رجـال الأمن المقبـرة البارحة نهـاراً، تحسبـاً لنقمـة الأهالـي الغاضبين، الرافضين لدفن جثة المجرم المرتد فيها. أحضروها، ودفنوها على عجل، بإشراف العقيد نفسه؛ يقترب هو الآخر يومه الأسود، سيكون على يديّ، ببلطتي وخنجري. أعرف مكان القبر بسهولة، فقد كنت أراقبهم من بعيد في أثناء الدفن.

مـا إن أغدوا بين القبـور، المُدثرة بالثلج، حتى تأخذ الهيـاكل العظمية للأموات تنهـض منهـا، على هسيس خطواتي، كي تسـتطلع مـن القادم ليلاً، في هذا البرد الصقيعي، يقتحم صمت المكان. أشاهدها على ضوء القمر، تجلس فوق مقابرها، متكئـة إلى شـواهدها، وعظـام هياكلهـا تصطك من البـرد بقرقعـات متتالية. يثير قدومـي فضولهـا، وهي ترخـي جماجمها علـى أكفهـا، تترقب بمحاجرهـا الفارغة مـا سـيحدث، متسـائلة، كيف يجرؤ حيّ علـى التجول ليلاً فـي عالم الأموات، وماذا سـيفعل هنا في هـذا البرد الصقيعي. لا تهمني الأموات، سأنهي مهمتي، وأُخرج جثة المجرم من قبره، وأرميها في ساحة سوق البلدة، قبل انبلاج الفجر، متحدياً رجال الأمن وعصبة المهربين.

تبدو لي الصخرة المسطحة، التي تسد القبر، واضحـة المعالم، رغم إن طبقة من الثلج المتراكم تغطيها. سيأتي عمـال المقبرة صباحاً، كي يبنوا عليها ضريحاً بشـاهدة «المرحوم الشهيد». لكنـي لـن أمنحهـم هذه الفرصة، إذ سـيجدون

القبـر فارغـاً. أحفر بخنجـري حول الصخرة، حتى تظهـر حوافها بوضوح، أزحزحها بأصابعـي، وأرفعها بسـهولة رغم ثقلها، لأرمـي بها جانباً بضجيج، فترتعد الهياكـل العظميـة حولي مستغربة مما أفعل. ينفتح القبر، يبدو عميقاً، مظلماً وموحشـاً، لكـن ضـوء القمـر العابر يكشـف خيـال الجثة، ممـدودة على أرضـه، تتكوم على نفسـها مـن شـدة البـرد. لم تتفسـخ بعـد، بالـكاد أشـم رائحـة تعفنها. أقفـز إلى الحفـرة، ألتقط الجثة، وأرفعها على كتفي الأيسـر، كي أخـرج بها من القبر. الجثة مهلهلـة الأشـلاء، تُصـدر أنينـاً خفيـاً. لا يهـم، إن حاولـت أن تفعـل شـيئاً، سـأكمل تقطيعها بخنجري.

أخـرج من القبر، والجثة على كتفي، وأمضي بها خـارج المقبرة. ماتزال الهياكل العظميـة تلاحقني بمحاجرها الفارغة، لكنها تفقد الاهتمام، إذا توقعت عرضاً من مثل حكايـات مصاصي الدمـاء أو العفاريت، تتسـلى به في وحشتها. ما إن أصل إلى السياج، وألقي نظرة أخيرة ورائي، حتى أجدها قد بدأت بالانسلال عائدة إلى قبورهـا، هربـاً من البرد الصقيعي. أمرُّ بـ«العوسجي» المتربع في الهواء، ما تزال شـمعة طفولتي مشتعلة، يحييني بيده مودعاً، ويعود إلى قبره.

أمضـي فـي دربي، إلى سـاحة البلـدة، والجثة الممزقـة على كتفي. لا يتوقف أنينها طوال الوقت، وهي ترتجف من البرد، لكنها تتشبث بي، كي لا تقع أرضاً. يعـاود الثلج الهطـول بندف كبيـرة، ويختفي القمـر، ومعه ملامح الأشياء حولي؛ المقبـرة، سـياج «العوسجي»، ضـوء شـمعتي، أشـباح الأشـجار، خيالات السـياج، ومعالـم الدرب أمامي. تلفنـا جميعاً غمامة ثلجية عاصفة، أتهادى فيها مع الجثة، دون أن أرى مـا حولي. أسـير أيامـاً وأيامـاً، وأقطع حقولاً وحقولاً، كي أصل سـاحة السوق في البلدة.

أمـر بخرائب بيوت مهجورة، دمرها قصف براميل متفجرة، ألقيـت عليها من حوامـات العسـكر، ونُهب ما تبقـى من محتوياتها من قبل ميليشيات حرب. أمر ببسـاتين اُقتلعت أشـجارها بجرافات العسـكر، حتى لا يتخفى بينهـا الثائرون، وبحقول محروقة المواسم، هجرها الفلاحون. يغطي الثلج المتساقط حرائق الأيام القاسـية، والأرض تختمر تحته، كي تُزهر من جديد.

أصل ساحة البلدة مع جثتي، في غباشة الصبح. الناس نيام، والحوانيت مغلقة، ماعدا فرن البلدة، الـذي يبدأ عمله باكراً. تنبعث مـن موقده الآجري ضياء نيران متأججـة، ومـن مصطبتـه رائحة خبز طازج ساخن، مفرود على مساحتها. أرمي الجثة أرضاً، وسط الساحة، وأمضي إلى الفرن. أدخـل، تلفحني هبـة دفء من موقده، فينتعش جسدي المتجمد. البائع بذقن غير محلوقة، وطاقية مزخرفة عتيقة على الرأس، معفرة بالطحين، يغالب عينيه النعاس، وهو يفرد الخبز على المصطبة، كي يتنشف. أنا الزبون الأول، أشتري بضعة أرغفة شهية، يتصاعد منها البخـار، لـي وللجثة. أعـود إليها، تنهض، نجلس معاً مستندين إلى جدار، وتتناول مني رغيفيّن ساخنيّن. أشعر بتعاطف غريب مبهم معها، يشدني إليها شعور غامض بأنني أنا هي، وقد قدمنا إلى الحياة كاحتمالين من عـدم واحد. أتبادل الأدوار معها، ونحـن نتنـاول الأرغفة السـاخنة الشهية، فأصبح أنا نفسي القاتل والمقتول معاً.

الثلـج يهطل الآن فوق ساحة السوق غزيراً، بندف أكبـر، تغطينا أنـا والجثة، سـرعان ما نختفي تحتها. نتحول إلى كومتيّن ثلجيتيّن، يحاذرنا المارة، الذاهبون إلى الفـرن، ليشـتروا الخبـز قبل بـدء أعمالهم. يلتفـون حولها، دون أن يسـتغربوا وجودهما المفاجئ.

يمر زمن طويل، يـذوب الثلج، ويأتـي صيـف. تنكشـف الأرض معشوشـبة بيبـاس، وأغـدو أنا شـجرة زنزلخت، تمنح ظلها للمكان في حر قائـظ، والجثة بحـرة حجريـة صغيـرة بقربها، في وسـطها نافـورة، بالكاد تتقافز منها رشـقات مياه ضعيفة، بإيقاع رتيب. الأشياء جميعها صدى خيالات قادمـة من صباب كثيـف، تنمحي فيه تخوم المكان.

«الشـجرة والبحـرة تغـدوان «حكايـة»، توثقهـا صـور فوتوغرافيـة، بالأبيض والأسـود، تُعلـق متشـابكة ومتراكبـة في لوحات زمنيـة، على غمامة الذكريات والحنين».

الجزء الثاني

عوالم مرايا

(1)

بائع الصبار

أنفصلُ من شجرة الزنزلخت «حكاية» صبي في الثانية عشرة من العمر؛ مشعث الشعر، ببنطال أسود قصير، وبلوزة رمادية صيفية، وصندل مهترئ في القدمين. أجلس على كرسي قش عتيق، منخفض، دون مسند، ويتوضع أمامي صندوق خشبي، مشقق الألواح. أكسي سطحه بغصينات خضر من شجرتي، أصّف فوقها ثمرات الصبار الشوكي؛ كل اثنتان معاً، وفوقهما ثالثة ناضجة مغرية. أرتدي قفازين جلديين أصفرين، حذراً من أشواكها الصغيرة الكثيفة عند إمساكها. من وقت لآخر، أغترف بتكويرة كفي رشقات ماء، من علبة معدنية عتيقة، متوضعة قربي، أنثرها فوق الثمار، كي تبقى نضرة.

كل ما حولي غمام، دون ارتسام ملامح مكان أو اشتعال مسير زمان. وأنا أطفو مع أشيائي في الغمام؛ الكرسي والصندوق والعلبة وثمار الصبار. لكن ما إن أستقر في موقعي، وراء صندوقي، وتشتعل الكلمات، حتى تتشكل فضاءات «حكاية»، بأجوائها السحرية. يتكشف المكان حولي شيئاً فشيئاً، فإذا أنا جالس مع أشيائي فوق رصيف، ببلاطات رمادية مغبرة، في ظل شجرة الزنزلخت، اتقاء لحرارة الشمس. ينتصب خلفي منزل حجري أنيق، وتمتد أمامي حارة، تصطف بيوتها الطينية على الطرفين، ببواباتها الخشبية العتيقة. على رأس الحارة، في مواجهتي تماماً، تتوضع مباشرة بقالية، ببناء طيني آيل إلى السقوط.

مع تشكل معالم المكان وملامح الأشياء، تنبعث خيالات أشخاص، تشتعل حياة في «الحكاية».

أمسك سكيناً صغيراً، جاهزاً لتقشير ثمار الصبارة بمهارة، من أجل انتزاع لبها الشهي. أنادي عليها بائعاً بإيقاع موسيقي «يا مشوِّب، صبارة حلوة، عسل، ثلاثة بفرنك».

ليس بعيداً عن بحرة «الحكاية»، تنبثق من الغمام طاولة «فيشة» عتيقة، لون طلاء خشبها الأحمر أجرد متشقق، يتناوب اللعب عليها في الدور الواحد اثنان من الأولاد. يتقافزان، وهما يفتلان المقابض الخشبية بعصبية لملاحقة الكرات المعدنية، وتسديدها في مرمى الخصم، فيما يتصايح حولهما جمع من الصبيان مشجعين. غسان، الولد الذي نبتت وبرات شاربيه السود باكراً، يخفي في جيبه «شبرية»؛ نصل سكين قصير، ملفوف الطرف بقطعة جلدية سوداء، يمكن إخفاءه بقبضة اليد. مع إنه مستعد دائماً للعراك، عندما يخسر اللعب، فإن تهديده بها لا يتجاوز التلويح بها في الهواء.

عند رأس الحارة، يتنافس بضعة صبيان بلعبة «البنانير»؛ الكرات الزجاجية الملونة. يتناوبون على نقفها برؤوس أصابعهم، على مساحة ممهدة من الأرض الترابية، ويتراكضون خلفها، وهم يتصايحون عالياً، للتأكد من طرقها لبعضها البعض، ومعرفة الفائز الذي سيستولي عليها. ياسين، الذي تقشّر قفا يده من احتكاكها بالتراب والبحص، بسبب كثرة اللعب بها، هو من يفوز على الأغلب، ويحصل على بنانير الآخرين. عندما يهرول، تخشخش كمية كبيرة منها في جيبيّ بنطاله العريض بإيقاع موسيقي زجاجي. مستعد دائماً لتحدي المنافسين، إنما عندما يخسر، سرعان ما ينقلب إلى المناوشة والشجار.

ليس بعيداً، أمام جدار منزل طيني في الحارة، تلعب بضع فتيات وصبية بـ«سبعة حجار»؛ يصفون حجرات مسطحة صغيرة فوق بعضها البعض، ويرمونها بطابة مطاطية صغيرة. عندما تتساقط الأحجار، يتناثر الأولاد فارين، ويحاولون صفها من جديد، محاذرين إصابتهم برمية الطابة من قبل الغريم الذي أسقطها. طوني وأخته نهلة هما الأكثر ضجيجاً، عندما يفرون من ضربات الطابة.

في وسط الحارة، تمسك كل من سميرة ووفاء بطرف حبل طويل، تمرجحانه في الهواء، على إيقاع أغاني طفولية، فيما تنط فوقه بالتناوب بقية الفتيات بقفزات متوازنة، حذرات ألا يلمس أقدامهن. تتطاير الفتيات بتنانيرهن القصيرة الملونة، وهن يعلين في الهواء، مثل فراشات في حقل مشتعل بالزهور.

هالة، الفتاة المتمردة، تتجول بدراجتها الهوائية بين الأولاد، الذين يحاذرون أن تصدمهم بتهورها. تقص هالة شعرها قصيراً مثل صبي، وترتدي شورتاً أحمر رياضياً، يكشف فخذيها البيضاويين. يسخر منها الصبيان الكبار، منادين «هالة الصبي». لا تلتفت إليهم، لكنها تقتحم جموعهم بدراجتها متحدية، فيفرون من أمامها متضاحكين.

أما سوسن الصغيرة الحلوة، فهي تتقافز لوحدها في الهواء، بتنورة ألوان قوس قزح، على إيقاعات قرع محببة من قبقابها الخشبي، على أرض إسمنتية، أمام إحدى البوابات، وهي تدندن بترانيم أغنية شعبية.

لا أشارك الأولاد في ألعابهم، فعدا أني مشغول بالنداء على بيع الصبار، أشعر بهم خيالات منفصلة عني بحواجز استيهام، وقد انبثقوا من غمام. على الرغم من ذلك، فإن مجموعة متراهنين بلعبة الفيشة يشترون مني الصبار. أما سوسن، التي أدعوها إلى كوم صبار مجاناً، فهي تحدثني طويلاً، دون التوقف عن قرع قبقابها على الرصيف، متقافزة جانبي. لا تشتري مني خيالات المارة القلائل، العابرة للشارع، من أهالي البلدة، فلديهم حقولهم المسورة بشجيرات الصبار الشائكة، يكتفون بثمارها، ولا تغريهم نداءاتي، ولا منظر صندوقي.

عند المساء، يلف الأولاد جميعهم فجأة غمام كثيف، وأنا أنظر إليهم، وتأخذ خيالاتهم بالتلاشي شيئاً فشيئاً. يختفون، لكن صور لهم بالأبيض والأسود تنفصل عن زمان ومكان المشهد أمامي، وتغدو معلقة على غمام من ضباب الذكريات، تعيش الحنين في ذاكرة حالمين بـ«الحكاية»؛ صورة أولاد تجمُد حركاتهم في الهواء، في لحظة يتوقف فيها الزمن، وتخرج من مسيره، وهم يلعبون «الفيشة»، و«البنانير»، و«سبع حجار»، و«القفز بالحبل»؛ ومثلها صورة منفصلة لهالة على دراجتها، تصطدم بجدار؛ وأخرى لسوسن تطير بقفزة عالية في الهواء، وتصل

قـرب غيمة في السـماء. مع إن الحركات في الصور تتجمد في لقطات حنين، فإن المشـاعر والعواطف تبقى مرتسـمة على ملامح الوجوه، وتتعالى منها الضحكات والأغنيـات. أسـمعها، وهي تتناثر فـي فضـاءات «الحكاية»، التي أعيشـها بطريقة مـا، وقد علـت صورة كبيرة لي بالألوان فوق الصـور جميعها، تعرضني، وأنا جالس وراء صندوقي، وبقربي إلى اليمين سوسـن بتنورتها ألوان قزح، وإلى اليسـار هالة ببنطالهـا الأحمر القصير، تتناولان قطعاً من الصبار.

(2)

بائع البوظة

أنفصلُ من شجرة الزنزلخت «حكاية» صبي في الثانية عشرة من العمر؛ مقصوص الشعر، ببنطال أسود طويل، وبلوزة رمادية صيفية، منتعلاً حذاء رياضياً عتيقاً. أحمل على ظهري براداً صغيراً، خمري اللون، مشدود بقشاط بني إلى كتفي، ينوء بثقله على جسدي. صففت قطع «البوظة» المجمدة، في وعائه الزجاجي الداخلي، الحافظ للبرودة، والمحكم الإغلاق بغطاء معدني دوار. في نصفه الطولي الأول، رتبتُ قطع «الأسكا»؛ مياه بصبغات ملونة، وطعوم صنعية، مجمدة حول عود من الخشب، في النصف الثاني، قطع «الكلاسيه»؛ بودرة حليب محلولة بالماء، مجمدة، متوضعة بين قطعتين رقيقتين من البسكويت.

كل ما حولي غمام، دون ارتسام ملامح مكان أو اشتعال مسير زمان، وأنا أطفو مع برادي الصغير في الغمام. لكن ما إن تبدأ جولتي، وتشتعل الكلمات، حتى تتشكل فضاءات «حكاية»، بأجوائها السحرية. تتكشف شيئاً فشيئاً معالم مكان حولي، فإذا أنا أتجول في البلدة؛ في ساحاتها وشوارعها وحاراتها وأزقتها، تحت حرارة شمس صيف قائظ. أسير طويلاً حتى أصل إلى أطراف البساتين والحقول المحيطة بها، والكروم المنتشرة على تلالها، وقد لوحتني الشمس الملتهبة بسمرة داكنة. مع تشكل معالم المكان وملامح الأشياء، تنبعث خيالات أشخاص، تشتعل حياة في «الحكاية».

أنادي بائعاً، بإيقاع موسيقي «يا مشوب، أسكا بفرنك، وكلاسيه بفرنكين».

عند الظهيرة، مع اشتداد حرارة الشمس الملتهبة، تقفر الأماكن في البلدة من خيالات الأهالي، بل وحتى من الكلاب والقطط الشاردة وأسراب العصافير، تبدو كأنها مهجورة. وعليّ أن أبذل جهداً كبيراً، منقباً عن أحد الخيالات في الحارات العميقة، وأبيع ما لدي من البوظة، فقد دفعت ثمنها من جيبي في مركز التوزيع، مقابل ربح ضئيل في نهاية النهار. لذا، ما إن ألمح خيالاً منزوياً في ركن قصي،

مقرفصاً في ظل جدار أو شجرة، حتى أتوجه إليه، منادياً بإيقاع موسيقي شجي «يا مشـوب، أسكا وكلاسيه»، كي أغريه بالشراء.

ألمح «أبو حسـين» من بعيد، شبه غاف، في ظل شـجرة، أمام بوابة بيته. يوقظه صـوت مناداتـي، فيدعوني بحركة متثاقلة كسـولة من يده اليمنى، وهو يمسح عرق جبينه بكم قميصه الأيسر، كي أحضر لعنده. يُخرج بصعوبة فرنكين من جيب بنطاله المهترئ، دون أن ينهض من مكانه، يشتري قطعة «كلاسيه» الغالية الثمن مباشرة، ويتناولها بأسنانه المهترئة، وهو مغمض العينين.

أما إذا التقيت بحسـنية الخمسـينية، التي لم تتزوج أبداً، فتنهض بتكاسل، وتمسح حبـات العـرق عـن وجههـا بطـرف تنورتها العريضة المغبرة دائمـاً، كي تسـاومني، كالعادة طويلاً، على شـراء قطعة «الكلاسيه» بسعر قطعة «الأسكا». عندما لا يجدي نقاشـها معي نفعـاً، تُخرج من صدرها المنتفخ بثديين ضخمين لفافة قماشـية بيضاء، متسخة بسواد، تخفي بها بضعة نقود معدنية، وتتحسس طويلاً الفرنكين طويلاً قبل دفعهما. المصيبة عندما تجتمع حسـنية مع عدة نسـوة من الحارة، فيسـاومن طويلاً «أربع قطع بسعر ثلاثة، أو خمس بسعر أربعة، هل توافق؟». طبعاً، لا أوافق.

على العكس مـن الرجال والنسـوة، فإن الأولاد؛ صبيان وبنات، ينبثقون بغرابة مـن زوايا الحارات، عندما أنادي على بضاعتي. يتراكضون نحوي بملابسـهم المهترئة والممزقـة، على إيقاع صوتي، ويحاصروني. يشـتري القليل منهم «الأسكا» الرخيصة الثمـن، وقـد يشـتري اثنـان أو ثلاثة منهم قطعـة واحـدة، يقضمونها بالتناوب، فيما الباقي يتفرجون فقط، كأني كائن هبط من السـماء.

عندمـا لا أبيـع كامـل حمولتـي اليوميـة من البوظة في البلدة، ينفتح أمامي ردب في الغمام، واستمر بجولتي حتى أصل إلى البساتين، ومن ثم إلى الحقول. يساومني الأولاد رعاة الغنم على قطعة «أسكا» مقابل عرنوس أو قطعة بطاطا، كلاهما مشويان على الجمـر، مع ضيافة من قطع الخيار والبندورة، يقطفونها مباشرة من نباتاتها في البستان. أما إذا وصلت إلى كروم التين والعنب، فإن الأولاد النواطير يساومونني على قطعة «الأسكا» ببضعة ثمار مـن التين أو عنقود من العنب، مع ضيافة بضع حبات

جوز. غالباً ما أنهار، وأقبل المساومة مع الطرفين، وأفقد معظم ربحي اليومي الضئيل.

على الرغم من إن الأولاد خارج البلدة يحضرون لعندي من بعيد خيالات استيهام، ينبثقون من غمام، فهم لطفاء معي. يدعونني للجلوس بعض الوقت، في ظل شجرة جوز، في بستان، أو في ظل شجرة تين، في كرم، وشرب شاي مغلي على الجمر. أجلس معهم، وأشاهد كيف يتنافس الرعيان منهم على رمي الحجارة إلى مسافات بعيدة، وقد اكتسبوا مهارتهم من رد الأغنام بها عن المزروعات، أو كيف يتصارع كل أثنين معاً، والفائز من يستطيع رمي الآخر على أرض مفلوحة، منعاً للأذية.

مـن بين الأولاد يتمايز إبراهيـم بتزعمه عصبة من الرعاة الملتفين حوله، فهو ذي قلب شجاع، يلتقط الأفاعي بمهارة، مهما كان حجمها وطولها. يتركها تلتف على يده، بعد أن يقبض على رقبتها بقوة، ويتحدث معها. يقول بأنه في المستقبل سيستخرج السـم مـن أنيابها، ويبيعـه إلى شـركات الأدوية، ويربح نقوداً كثيـرة. غالبـاً ما يترك إبراهيـم الأفعى تذهـب لحالها بعد التقاطها، محـذراً الأولاد من غدرها. أما الأحناش السود التي يتجاوز طولها الخمس أمتار، فيقول عنها أنها مسالمة، إذا لم يؤذها أحد. في خرابـة بيـت مهجور، في أحد البسـاتين، يقيم حنش أسـود ضخم، يخرج لشـرب المياه من السـاقية، ويتشـمس بعض الوقت، فيطلب إبراهيم من الأولاد ألا يزعجوه، فهو صديق له.

في المسـاء، يلف فجأة البلدة، هي وبسـاتينها وحقولها وكرومها غمـام، وتأخذ خيالات الأشـخاص بالتلاشي شـيئاً فشـيئاً. يختفون، لكـن صور لهم بالأبيض والأسـود تنفصل عـن زمان ومكان المشـهد أمامي، وتغدو معلقة علـى غيمات مـن ضباب الذكريـات، تعيـش الحنين في ذاكرة حالمين؛ صورة «أبو حسـين» وأخرى لحسـنية، يتلمظان بشـفاههما بعد تناول قطعة كلاسيه؛ صورة صبي وفتاة يقضمان معاً قطعة أسكا واحدة؛ صور أولاد يرمون الحجارة بعيداً، وأخرى يتصارعون. مع إن الحركات في الصور تجمد في لقطات حنين، إلا أن أصوات صياح الأولاد تتناثر منها في فضاءات «الحكاية»، التي أعيشها أنا بطريقة ما، مع صورة كبيرة بالألوان لي تعلو فوق الصور، وقد وضعـت براد البوظـة الخمري جانبي، وأنـا أداعب رأس الحنش الأسـود الوديع، وهو يتمدد قربي تحت الشمس.

(3)

اللقاء اليومي / عالمٌ مرايا

أنادي بائعاً، بإيقاع موسيقي «يا مشوَّب، صبارة حلوة، عسل، ثلاثة بفرنك».

يمر أمامي في الشارع، كما العادة يومياً في الصباح، صديقي الخاص؛ شبيهي، الـذي لا يلمحه أحد سـواي. يجـر وراءه فضاء هائلاً من المرايـا الضخمة، تنعكس فيهـا مشـاهد بلدتي نفسها، إنما في زمن أخر مغايـر. هو لا يجـره، بل بالأحرى يعيش فيه، لكنه عندما يمر، يبدو أنه يسـحب عالمه معه، فيطغى على المشـهد أمامي، وأشـاهد ما يحدث فيـه عبر ألق المرايـا. على الرغم من أني ألتقط، في عالـم المرايا هـذه أمامـي، منظـر السـاحة التي أجلس فيها، بشـجرة الزنزلخت والبحرة الحجرية، إلا أن ملامح المكان فيه تتبدل فيه بمعالم مغايرة عن عالمي، كمـا أني لا ألمـح فيـه أي أثر للأولاد الذين يلعبون أمامي.

لشبيهي عمري نفسه؛ اثنا عشـرة عاماً، وشـكل جسـدي نفسـه أيضاً، حتى بتقاطيع وجهي وملامحه، وإن كان يرتدي ملابسـاً أخرى، مغايرة لما أرتديه، لكنه ليـس أنا، على الرغم من شـعوري إنه أنا. هو يعيش في عالم آخر؛ عالم المرايا، ويسـحبه معه، عندما يمر أمامي، فيظهران معاً، ويتلاشيان معاً. وفيما أجلس أنا وراء صندوقي، على رصيف شارع، أبيع الصبار، يحمل هو على ظهره براد صغير، خمري اللون، مُعلق على كتفه بقشاط جلدي بني اللون، ينوء بثقله، وهو يتجول بـه في شـوارع مراياه. يحـوي البراد قطع بوظة بـاردة، ينادي عليها بائعاً، بإيقاع موسـيقي «يا مشوَّب، أسكا وكلاسـيه». الأولى يبيعها بفرنك واحد، والثانية يبيعها أغلى، بفرنكين.

أعـرف أن شـبيهي يعيش في عالم مراياه، في «حكايـة» أخرى؛ تجري حوادثها في بلدتي نفسها، إنما في زمن مغايـر. والغريب إنه يروي لي، بأنه عندما يمر أمامـي، يراني أيضاً ضمن عالـم مـن المرايا مقابـل له، فيطغى مشـهدها عليه. ويقول أيضاً إني أعيش في «حكاية» أخرى مغايـرة لزمنه، وإن كانت حوادثها

تجري في البلدة ذاتها. لذا لم أعد أستغرب مثلاً أنه لا يوجد أولاد يلعبون حوله، وهو لا يستغرب أيضاً من وجود أولاد يلعبون حولي. يبدو أننا نعيش «حكايتين» منفصلتين، في بلدتنا نفسها، إنما بزمنين مغايرين. على الرغم من تواصلنا اليومي السهل، لا نستطيع اجتياز حاجز المرايا بيننا، فيبقى كل منا في «حكايته»، إنما نتحدث، وبغرابة نستطيع تبادل ضيافة الصبار والبوظة.

لا يحدث اللقاء بيننا إلا لبعض من الوقت، تتكاثف مراياه أمامي، وتتكاثف مراياي أمامه، يحدثني عن «أبو حسين»، وسمية التي لم تتزوج، وإبراهيم الذي يلتقط الأفاعي. أدعوه لكومة من الصبار، يستلذ بتناولها، ويقدم لي هو قطعتيّ «أسكا» و«كلاسيه»، أتناولهما أيضاً، لكن ليس بلذة. أحياناً يبدو لي أنه يمكن قياس اللقاء بيننا بزمن محدد، وأحيانا يبدو الزمن مستمراً دون انقطاع، إذ يبدو أننا لسنا شبيهين فقط، إنما بالأحرى نحن أنفسنا، نتبادل الأدوار في «حكايتين» متداخلتين بطريقة غريبة. على الرغم من ذلك، ما إن يختفي صديقي، هو وعالمه، من أمامي، حتى أنساه، وتأتيني ومضات غريبة من عالمه مثل هلوسات، تختلط مع حوادث عالمي الواقعي، فأتوه بينهما في بعض التفاصيل.

أنادي بائعاً، بإيقاع موسيقي «يا مشوب، أسكا بفرنك، وكلاسيه بفرنكين».

عندما أصل إلى الساحة، قرب البحرة الحجرية، التي بالكاد تتقافز من نافورتها بعض المياه، أشاهد صديقي الخاص؛ شبيهي، الذي لا يلمحه أحد سواي، جالساً على كرسي قش صغير، دون مسند، في ظل شجرة زنزلخت. وأمامه ينهض صندوق عتيق، يغطيه بغصينات من الشجرة، يصفّ على سطحه أكوام من ثمار الصبار للبيع؛ اثنتان، وواحدة ناضجة مغرية فوقهما، بفرنكين.

لشبيهي عمري نفسه؛ اثنتا عشر عاماً، وشكل جسدي أيضاً، حتى تقاطيع وجهي وملامحه، وإن كان يرتدي ملابساً أخرى، مغايرة لما أرتديه، لكنه ليس أنا، مع إني أشعر إنه أنا. هو يعيش في عالم آخر؛ عالم المرايا الضخمة، تنعكس فيها مشاهد بلدتي، إنما بزمن أخر مغاير. ما إن أصل إليه حتى يطغى عالم مراياه على المشهد أمامي، أشاهده، وهو ينادي بإيقاع موسيقي «يا مشوّب، صبارة حلوة، عسل، ثلاثة بفرنك».

أعرف إن شبيهي يعيش في عالم مراياه؛ في «حكاية» أخرى، تجري حوادثها في بلدتي نفسها. الغريب إنه يروي مشاهدته لي أيضاً ضمن عالم من المرايا، يطغى على مشهده الواقعي أمامه. يقول أيضاً أني أعيش في «حكاية» أخرى مغايرة لزمنه، وإن كانت حوادثها تجري في البلدة ذاتها. لا ألمح الأولاد الذين يلعبون حوله، إنما يحكي لي عنهم. بالمقابل، هو أيضاً لا يلمح الأولاد الذين يتراكضون حولي لشراء البوظة، ولا الذين أزورهم في البساتين والحقول والكروم، إنما أحكي له عنهم. نحن نعيش «حكايتين» منفصلتين، بزمنين مغايرين، إنما في بلدتنا نفسها. على الرغم من تواصلنا اليومي السهل، لا يمكننا اجتياز حاجز المرايا بيننا، إنما نستطيع الحديث، وبغرابة نتبادل ضيافة الصبار والبوظة.

لا يحدث اللقاء بيننا إلا لبعض من الوقت، تتكاثف مراياه أمامي، وتتكاثف مراياي أمامه، يحدثني بعض الوقت عن غسان وشبريته، وعن هالة المتهورة على دراجتها، وسوسن الحلوة بإيقاعات قبقابها. في أثناء ذلك، أدعوه لقطعتيّ «أسكا» و«كلاسيه»، لا يستلذ كثيراً بتناولهما، ويقدم لي هو كومة من الصبار، أتناولها بلذة، مستمتعاً بطعم بذورها الناعمة في فمي. أحياناً يبدو لي أنه يمكن قياس اللقاء بيننا بزمن محدد، وأحيانا يبدو الزمن مستمراً دون انقطاع، إذ يبدو أننا لسنا شبيهين فقط، إنما بالأحرى نحن أنفسنا، نتبادل الأدوار في حكايتين متداخلتين بطريقة غريبة. على الرغم من ذلك، يختفي صديقي، هو وعالمه، من أمامي، حين أتجاوزه. إنما تأتيني ومضات غريبة من عالمه مثل هلوسات، تختلط مع حوادث عالمي الواقعي، فأتوه بينهما في تفاصيل عديدة.

(4)

ذات حكاية... كان والدي فلاحاً

أنادي بائعاً، بإيقاع موسيقي «يا مشوِّب، صبارة حلوة، عسل، ثلاثة بفرنك».

يحضر فجأة والد ووالدة لي من غمامة «الحكاية»، كأنني أعرفهما منذ طفولتي، ونعيـش معـاً في بيتنا الريفي، ولدينا أيضاً بسـتان وحقل وكرم، وإن كنت لا أتذكر شيئاً من ماضيّ معهما. كأن «الحكاية» تبدأ ذات حاضر، ذات لحظة، الآن، تتكامل تفاصيلها، وتتشـكل حنيناً في الأرواح والقلوب.

أسـأل والدي «جاء الصيف، أريـد أن أبيع ثمرات شجيرات الصبار التي تسـور حقلنا، على بسـطة عند رأس الحارة».

لا أدري كيف أتذكر إن لدينا بسـتان تسوره شجيرات صبار.

كالعادة، يهز والدي رأسـه بالموافقة، دون ارتسـام أي تعبير على وجهه.

كأني أعـرف والـدي جيـداً، فهـو لا يتحـدث كثيـراً؛ رجـل عملـي، يعطـي قراره مباشـرة وسـريعاً، بعكس والدتي التي لا تتوقف عن التسـاؤل والنقاش، مهما كان الموضوع بسيطاً. وإن كان والدي يصغي بانتباه إلى متطلباتي ومتطلبات إخوتي، فصمته وهزة رأسـه هما تعبير عن موافقته. آه، عندي إخوة، لكني لا أراهم، ربما سـيظهرون، عندما تستدعيهم تفاصيل «الحكاية».

في صباح اليوم التالي، يقطف لي والدي ثمرات صبار من الشـجيرات المسـورة لحقلنا، أراه يجلبها إلى البيت بسلة قش. في فسحة الباحة السماوية، يفردها في وعاء معدني واسـع، ويسكب عليها الكثير من المياه، وهو يحفها بمقشـة قاسية، كـي يخفـف من كثافة الأشـواك فيها. أسـحب له المياه مـن بئرنا في الباحة بدلو بلاسـتيكي أسـود، مربوط بجنزير يلتف على أذرع خشبية دوارة، مثبتة في غطاء حجري. أسـتمتع بإيقاع صرير الجنزير وأزيز الأذرع الخشـبية، عند رفع الدلو. لكن ما يسحرني أكثر هو صدى رنين سقوط قطرات المياه منه في عمق البئر المظلم، في أثناء سـحبه، كأني أسـمعها دائماً لأول مرة.

تحذرني والدتي «لا تتطاول إلى البئر، وتحدق في عمقه، فتسحبك الجنية التي تسكن فيه».

أسمع صدى رنين قطرات المياه الساقطة لحناً موسيقياً تصفره الجنية، ينبعث من دهاليز قصر، غارق في المياه، وممتد تحت بيتنا.

لا تردعني تنبيهات والدتي، وأنا ألمح الجنية الحلوة مسترخية فوق صفحة المياه المتلألئة، في عمق البئر، وهي تتنشف عارية بأشعة شمس متسللة إلى عتمته. أنحني، وأناديها، فيرتد صوتها إليّ تدرجات صدى عميق. تهمس لي بصوت ناعم «والدتك تناديك الآن، اذهب إليها. عندما تهجع إلى النوم، وتسافر في حلمك، تعال إلى قصري».

لا تصدقني والدتي، عندما أحدثها عن القصر تحت بيتنا. أنا متأكد من وجوده، وأزوره في الليالي، حيث تمنحني الجنية فراشاً وثيراً، يطفو فوق المياه، تتناثر فوقها زهور من زريعة فسحة بيتنا، تقطفها لأجلي.

لوالدي صلعة خفيفة في منتصف رأسه، يحيط جوانبها شعر أشيب، لكني لا أشاهدها إلا وقت النوم، فهو لا يخلع طوال النهار كوفيته البيضاء المزركشة بخطوط سوداء، ويعقد طرفها خلف رأسه. يرتدي دائماً قميصاً سميكاً بني اللون، وشروالاً أسود، يشده بحبل أبيض على وسطه.

أنظر إلى والدي جبلاً شامخاً لا يهرم، على الرغم من تقدمه في العمر. مشدود القامة، قوي البنية، لا يهدأ عن الحركة طوال النهار، بين البستان والحقل والكرم. لا يفارقه معول أو مجرفة، أينما تحرك. لا يعود إلى البيت مساء إلا ويحمل شيئاً على كتفه؛ كوم من أغصان الشجر للتدفئة، سلة من الخضار، كيس حبوب. يذهب مباشرة إلى النوم على فرش، تمدها والدتي للجميع على أرضية غرفة الجلوس، وينام عليها إخوتي الذين لا أراهم. يتمدد والدي، وهو يستمع إليها صامتاً، دون أن تنفك عن الحديث معه عن مشاكل النهار. سرعان ما يغفو، فيما هي لا تتوقف عن ثرثرتها. لم أشاهد ولا مرة والدي يعانق والدتي، فلا أدري كيف أنجبانا، نحن الأولاد.

إلى جانب الخضروات، يزرع والدي في البستان الذرة، تمتد سوق نباتاتها العالية غابة عميقة فيه دون نهاية، تهت مرة فيها، وبصعوبة وجدت منفذ خروج.

نتناول عرانيسها الكبيرة مسلوقة أو مشوية على الجمر. لكنه يفرد قسماً خاصاً من الغابة لزراعة الذرة الحمراء ذي الحبوب الصغيرة، التي تصلح بذورها فقط علفاً للحيوانات، في حين يتم استخدام سوقها وتفرعاتها لصنع المقشات. لا يمكن لأي منزل أن يستغني عن مكانس القش، فباحات البيوت السماوية الترابية، وبسط الغرف وحصائرها، وأرضية التنور، جميعها لا يمكن تنظيفها إلا بها.

هكذا، في نهاية فصل الصيف، يطفو والدي متربعاً في باحة البيت، بين أكوام نبات الذرة الحمراء، التي نضجت ويبست كفاية، ويكشط الحبوب الصغيرة من رؤوس سوقها بسكين عريضة، على دف خشبي واسع. بعد أن يرطب بالماء قشها المكشوط، يضربه ناعماً بمطرقة خشبية، ثم يشده بخيوط متينة ملونة، عاقداً له قبضة في الأعلى، مع قص الأطراف في الأسفل بشكل متساو. تختال مقشاته بحبكة تزيينات منسوجة بالخيوط الملونة، فتبدو عرائساً حلوة، عندما تُسند على الحيطان.

أراقب والدي، وهو منغمس في عمله، والمقشات تنهض بين يديه عرائساً، تصطففن في الباحة، مستندات على الجدران، تنتظرن من يتقدم للزواج منهن. تتجولن فيها، يتغاوين بتزيينات خيوطهن الملونة، إلا إنه في غفلة منا، تفتح بعضهن بوابة البيت، وتنسللن إلى الحارة خلسة دون استئذان، ويختفين فيها. عندما أمر في الحارة، وأشاهد فتيات حلوات بعمري، يرتدين فساتين منسوجة بخيوط ملونة، أبتسم لهن. فتغضضنَّ البصر، مشيحات بوجوههن عني، وهن يبتسمن بخجل. أعرف مباشرة إن هؤلاء الفتيات كن مقشات لدى والدي، وفررن منه، وهن لا يرغبن أن أتعرف عليهن، حتى لا أعيدهن للبيت. أمتلئ حماساً عندئذٍ لتعلم مهنة شد المقشات، وأنا أفكر بالفتيات الحلوات. «عندما أكبر، يا والدي، سأفتتح مشغلاً لصنع المقشات في بيتي، وسيمتلئ بالعروسات».

يبتسم والدي، يعرف إن حماسي سيختفي في الليل. يقول «اذهب إلى جنيتك الحلوة، تنتظرك في المنام».

لا يبيع أبي شيئاً من مقشاته، يوزع ما يصنعه منها على الأقارب والجيران والمعارف مجاناً، بعد أن يترك لنا حصة البيت، مثلها مثل خضروات البستان،

ومحاصيل القمح، ونتاج الكرم الصغير من التين والعنب، فلدينا دائماً فائض منها. هكذا هـي العادة في بلدتنا، نتبادل المنتوجات دون حساب، وهي مـا يجعل المؤونة وفيرة في بيوتنا، دون التفكير بالشراء.

ذات مـرة ترسلني والدتي إلى بيـت عمتي مع سـلة مليئة بحبات الكوسا من بستاننا هدية، لكـن في الوقت نفسـه، يحمل ابن عمتي سـلة أخرى من الكوسا من بسـتانهم هدية لنا. تتسـاءل والدتي «ماذا سـنفعل بكل هذه الكوسا؟». يقول والدي «اطبخي لنا كوسا محشـي، فأنا أشـتهيها»، « لكنها انتهـت عندنا منذ ثلاثة أيام»، ترد والدتي.

إلى جانب صورة والدي، وهو يشـد المقشـات، لا تفارقني ذكريات صباحات أيام السـبت الباكرة، إلا والضـوء بالـكاد ينسـل مـن عتمـة الليل، وهـو يمتطي بغلنـا، بعـد أن يُلبسـه بردعته. يمضي به إلى سـفح الجبل، وقد رفع على كتفه شـوكة الحقـل، بعصاها الخشـبية الطويلـة، وأسـنانها المعدنية المدببة، مطلقاً مـوالاً صباحيـاً شـجياً. أقف على عتبة بوابة بيتنا الريفي حافيـاً، أرافقه بنظراتي مودعـاً، وهـو يختـرق غمامات ضباب كثيـف، حتـى يختفي فيهـا، تاركاً مواله وراءه. هنـاك علـى التلال، يقتلـع بشـوكته نباتات «البلان»، الـذي نسـتخدمه في إيقاد نيران التنور، فبدونها لا تسـتعر أغصان أشـجار البسـتان اليابسـة عند حرقها فيه، وتغدوا جمرات.

يمضـي والـدي في ضبـاب الجبل في كل الفصول، لا يأبـه لمطر غزير يهطل، أو ريح باردة تعصف. «متـى سـتأخذني معك يا والدي؟»، يبتسـم. «ستذهب لوحدك، عندمـا تتوحـد مع الجبل، وتغدو إلهاً، في ذات «حكاية»، لا أفهم نبؤته.

يغيب والدي في كل مرة سـاعات، أيامـاً، شـهوراً، وأنا أنتظره. عندما يتأخر كثيراً في العـودة، يُخيل لي إن والدتي تهمس لي «ربما اعترضه دب، أو ضبع، أو ذئب، ينزل من رأس الجبل إلى التلال، في أثناء العاصفة. يتكفل به والدك الآن، وسيُحضر لنا جلودهم، كي نمدها أرضاً في غرفة الجلوس، نتدفأ بهما في الشـتاء».

يعـود والـدي أخيـراً، فأشـاهده مـن بعيد، هابطـاً من السـماء، يُعلـق على كتفه غـزالاً، وعلـى حزام شـرواله أرانب بريـة، أصطادها في التلال. يطفـو وراءه جبل

ضخـم مـن أكـوام «البلان»، يسـد الأفـق، وينـوء بحملـه البغل، الذي بالـكاد يظهر منـه عينـان وأذنان. تتشـابك الأشـواك الكثيفة لـ«البلان» ببعضها البعـض، فيبدو جبلهـا زاحفـاً نحو البيت. وبضربـة واحدة من شـوكة أبي، يرميه في فسـحة الباحة، تحـت شـجرة التوت، قرب التنور. عند الظهـر، يشـوي والـدي الغزال والأرانب في البسـتان في وليمة، يجتمـع فيها جميع أفراد العائلة. يذوب في فمي شـحم لحم الغزال، فأغـدو سـريعاً بالركض في تلال أحلامي. لكني أتسـأل، مادام والدي يُحضر إلـى البيت فقط غـزلان وأرانب، يصطادهـا في التلال، فكيـف تمتلئ أرضية غرفة الجلـوس بجلود الدبة والضباع والذئاب.

تتقاسـم العائلات من أقاربي أيام الخبز في تنورنا على مدار الأسبوع؛ كل عائلة لها يومها، لكن النسـوة تتسـاعد معـاً في هذه الاحتفاليـة المقدسـة. اليوم الأجمل لـي هـو يوم دور عائلتنا، حيث تقود والدتي الطقوس المتوارثة عبر الأجيال. تنهي فـي الليلـة السـابقة العجـن في حوض معدني كبير، بسـاعديها المُشـمريّن القويين، يسـاعدها بذلـك جني البيـت المفتول السـاعدين. ثم تترك العجيـن يختمر طوال الليل، بعد أن تلقي عليه غطاء سـميكاً، وتتركه بحراسـة زوجته الجنية.

فـي الصبـاح الباكر، يشـعل والدي النار في حفرة التنور بأغصان يابسة من حقلنا، والكثيـر مـن البلان المجمـوع من التلال. عندما تتشـكل الجمرات وتتوهج، تجلس والدتـي فـي مركـز القيادة، قـرب فتحـة التنور، المحفور أرضـاً، والمطلي بغضار يحتمـل الحرارة الشـديدة. تنزل قدميها في حفرة جانبية صغيـرة لتحفظ توازنها، وهي تغطس بالطرحة القماشـية، التي يُفرد عليها العجين، في فتحة التنور.

تسحرني مشـاهدة النسـوة، من عمات وخالات وجارات، يساعدن والدتي فـي الخَـبز، وهـن يمارسـن مهاراتهـن الاحتفاليـة المتوارثة علـى التنور. تتعفر وجوههـن وملابسـهن الملونة بالطحين، وهـن يرققن قطع العجين بقرعها بالأكـف علـى دفـوف خشـبية، بإيقاعات موسـيقية محبـة. تدور بيـن أيديهن، وتتمـدد، وهـن ينثرن فوقها كمشـات الطحين. في أثناء ذلك، تشـدوا أصواتهن بمواويل وأغنيات شـجية عن ذكريـات العشـق ومغامراتهن في الأمسيات، تحت ظلال أشـجار الجوز، قبل الزواج.

عندما تنفرد قطعة تحت كفّيّ إحداهن كفاية، تناولها إلى والدتي، التي تتلقاها، وتلوّح بها في الهواء عالياً بكلتا يديها وساعديها، بطريقة سحرية ماهرة، تختطف روحي معها، كي تغدو مفرودة أكثر فأكثر. عندما تصل إلى رقة نسيمة هواء، ووسع فضاء التنور، ترميها على طرحة قماشية سميكة، وتهبط بها بنصف جسدها في حفرة التنور، كي تلصقها بالجدار الغضاري الملتهب، بفعل الجمرات المشتعلة في القعر. تسحبها بعد دقائق رغيفاً أسمراً شهياً، تزينه بقع مُشقرة، يقرمش في الفم. وبسبب الحرارة الشديدة التي تلفح وجه والدتي، في أثناء هبوطها البهلواني المتكرر في الحفرة، ترطبه، بين الفينة والأخرى، بقماشة مبلولة بالماء.

لا تقتصر الاحتفالية في التنور على أرغفة الخبز الساخنة، إنما الأشهى هي الفطائر اللذيذة المخبوزة فيه؛ الزيت والزعتر، المُحمَّرة، الجبن مع البقدونس، السبانخ، الكشك. أمسك واحدة منها برؤوس أصابعي، بمجرد خروجها من التنور، غير عابئ بسخونتها وحرائق البخار المتصاعد منها، وأقرمشها بشهية، وهي تلسع لساني. في بقية أيام الأسبوع، تغدو الفطائر باردة، لكن في أيام الشتاء، يمكن تسخينها على مدفأة الحطب في غرفة الجلوس، إنما لن تكون بسحر احتفاليتها وطقوس تناولها في التنور.

في نهاية احتفالية الخبز، تحلق النسوة بملابسهن المعفرة بالطحين في فضاء التنور، ينفضنه غباراً أبيض، ويختفين في الحنين، فيما تعود والدتي إلى البيت. تفرد الخبز الرقيق المدور على أرضية غرفة الجلوس، فوق قطعة قماش ممدودة على الحصير، حتى ينشف. ثم تكدسه في وعاء معدني واسع، وتغطيه بقطعة قماش سميكة، وتنقله إلى زاوية قي غرفة المؤونة الباردة، حيث نتناوله بالتشارك مع الجني والجنية في البيت.

كلما أشعر بالجوع، خارج أوقات الوجبات الأساسية، تُخرج والدتي رغيفاً لي من الوعاء، تبخه برؤوس أصابعها بقليل من الماء حتى يستعيد طراوته، وتلف لي به على الأغلب قطعة «مكدوس»، المفضل لديّ؛ الباذنجان المخلل، والمحشي بالجوز والثوم والفليفلة الحمراء، والمحفوظ بزيت الزيتون، وتفرم لي فوقه قطعة

بندورة. أحمل اللفافة الطويلة بكلنا يديّ؛ «عروساً»، أعانقها على طول صدري، وأتناولها بنهم.

تبدو لي غرفة المؤونة، بالخوابي الفخارية، والقطراميزات الزجاجية، وسلال القش، ركناً مقدساً في البيت، قادم من عمق حكاية قديمة عن الخير العامر. تتجدد المؤونة في كل عام عبر سرداب سري غير مرئي، يزودنا بها الأجداد، فلا تنضب. تنهض الخوابي القرميدية اللون على الأرضية مباشرة، عامرة بلحم الغنم المقدد بالسمن البلدي، والبرغل، والكشك، والعدس، والحمص، والفول، والفاصولياء، والزيت. على رف خشبي إلى جانبها، تصطف قطرميزات شفافة، يسبح في زيتها «المكدوس»، والجبنة المقددة المالحة، واللبنة المدعبلة، والزيتون بأنواعه وألوانه المختلفة، ومعها المخللات. على الجدار تُعلق حزم الثوم، وأشكاك التين المجفف، وسلال البصل، وأكواز الرمان اليابس. وفي ركن قصي، يتوضع صندوق مليء بحبات الجوز الميبسة، وإلى جانبه علبة الزبيب المجفف من عنب داليتنا، المعرشة في باحة بيتنا. على رف صغير فوقهما، تتوزع علب زجاجية صغيرة، تحوي صيدلية كاملة من الزهورات والتوابل والأعشاب الميبسة؛ البابونج، النعناع، الزنجبيل، الكركديه، المريمية، الروز ماري، الورد الجوري.

لا أشاهد الأوراق النقدية متداولة بين أيدي والديّ إلا نادراً، فهما لا يحتاجانها كثيراً، مادامت المؤونة وفيرة في البيت، تؤمنها محاصيل البستان والحقل والكرم، وإمدادات الأجداد السرية عبر السرداب غير المرئي. نستخدم النقود لشراء سلع مثل السكر والشاي والقهوة. عندما يحضر فجأة ضيوف من بلدات أخرى، سرعان ما يتم تحضير الطعام بوقت قصير، فكل شيء متوافر في غرفة المؤونة، مع إمكانية الاستفادة من بيض الدجاج، الذي يسرح طوال النهار في فسحة من البستان. في نهاية الصيف، يذبح والدي عجلاً وخاروفاً من قطيعنا الصغير، يقدد لحمهما بالسمن البلدي، ونحفظهما في خابية، وهو ما يكفينا للطبخ طوال العام.

يتم تأمين قسم من مؤونة البيت من منتجات بستاننا، وهو امتداد لبيتنا الريفي، بحظيرة البقرتين والأغنام وقن الدجاج في طرفه. يتميز البستان بكثرة

أشجاره المثمرة، من بينها خمسة عشر شجرة جوز عملاقة، فارعة الأغصان، تنهض على طرف الساقية التي نروي بها المزروعات، يتجاوز عمر الواحدة منها ما يقارب قرن من الزمان.

تحيط أشجار الجوز بكل بستان في البلدة حارسة للظلال، وقد نمت على أطراف سواقيها عاشقة للمياه. إذا ما تتشبع بالرطوبة والشمس باستمرار، تنتصب متفرعة بكثافة في الفضاءات، تعلو فيها بأكثر من عشرة أمتار، متحدية الزمان والمكان. تستوطن أعاليها تجسدات الجِنّ الشبحية، بعيداً عن ضجيج الفلاحين، لكنهم يتسترون على لقاءات العشاق الملتمين سراً في هدأة الليالي تحتها. هؤلاء ينقشون حكاياتهم حنيناً على تلافيف جذوعها الضخمة، بلغات سرية عابرة للزمن. وأنا أستطيع قراءة لغات هؤلاء العشاق بمجرد تلمسها بالأصابع، وتنسم اشتعال الحنين منها بشغاف الروح، فأسافر إلى أشخاصها مهما بَعُد بهما الزمان، عبر الرؤى والأحلام.

ما إن تنضج ثمار الجوز على الأغصان، في نهاية أيام الصيف، وتنادينا بأولى علائم سقوط بعضها أرضاً، حتى تبدأ الطقوس الاحتفالية السنوية لجنيها، بعد استئذان جنها المستوطن في أعاليها. وبما إن أشجار الجوز تنهض عالياً، غليظة الجذوع والأغصان المتفرعة، فلا يجرؤ إلا أقوياء القلوب من أصحاب الخبرة والمهارة على تسلقها من أجل جنيها. لذا، تتشكل عصبة من الشبان الأقوياء البنية في البلدة، لا يهابون الارتفاعات العالية، ويتقنون لعبة التوازنات هناك. يتسلقونها بمهارة قرود، ويضرب الواحد منهم الأغصان بعصا ثقيلة وغليظة، وطويلة كي تنال البعيد من الثمار، فتتساقط أرضاً بالاهتزاز. هؤلاء هم «الفراطون»، الذين يحملون عصي «مفاريطهم»، ويدورون على البساتين كل نهاية صيف، كي «يفرطوا» ثمار الجوز، مقابل أجرٍ عالٍ من المحصول، فهذا موسمهم الذي ينتظرونه طوال العام، ويتكسبون به.

يجتمع أفراد العائلة والأقارب، الكبار والصغار، في احتفالية «فرط الجوز» في البستان لبضعة أيام. يتناثرون تحت الأشجار، بعد انتهاء عمل «الفراطين»، لجمع المحصول. في أثناء ذلك، تنهمك النسوة بتحضير الطعام لهم مباشرة

في البستان؛ يقلّين بالزيت على مواقد حجرية الباذنجان والكوسا والقرنبيط، المقطوفة مباشرة من نباتاتها، حيث تتوقد مشاعر الجوع دون حدود، مع التعب الشديد لدى المشاركين في الاحتفالية.

لكن في كل عام، تحتاج أشجار الجوز إلى اضحيات بشرية من «الفراطين» قرابين، ترتوي بدمائها الأشجار، كي تثمر في العام القادم. يتساقط بضعة شبان من هذه الارتفاعات العالية على أرض البستان، ينزلقون بين الأغصان ويهوون أرضاً، دون أن يكون للجن المستوطن فيها أي علاقة بذلك. يسافرون إلى عالم الظلمات، لكنهم يروون الأرض بدمائهم، يجددون بها خصب الطبيعة.

مع دخولي مرحلة المراهقة، يشتري لي والديّ مذياعاً صغيراً، يُحمل باليد، ويعمل على البطارية، أتميز به بين الرفاق. أتنقل به أينما أتحرك، حتى عندما أمارس الأعمال الزراعية في البستان. هكذا، أبدو مع الراديو فلاحاً مثقفاً، كما يناديني الأقارب والمعارف. وحسب الموضة المنتشرة وقتها بين المراهقين، أصبح مهووساً بسماع الأغاني الأجنبية؛ الإنكليزية، وبدرجة أقل الفرنسية، دون فهم معاني الكلمات، مجرد سماع الإيقاعات السريعة المجنونة لآلاتها الموسيقية، والصراخات الضاجة لمغنيها. هذا ما يجعل المستمعين الشبان، وأنا منهم، يجنون مع المغنين، ويتقافزون راقصين حتى في الشارع على إيقاعات هذه الأغاني. هكذا، يرافقني المذياع في أيام جني الجوز.

عندما يأتي موسم جني ثمار الجوز، فأنا واحد من الشجعان، الذين يتسلقون أشجارها، دون أي مهابة أو رهبة من الأعالي، على الرغم من يفاعتي. ليس من المعقول أن نستعين في عائلتنا بعصبة «الفراطين» لجني محصولنا وأنا موجود. أتسلق الجذوع عالياً وأتنقل بين الأغصان بمهارة قرد، وأستخدم «المفراط» الثقيل بيدين ثابتتين بقوة ثور، متحكماً بضرباتي، كي لا يجرني معه إلى الأسفل، وأسقط. أتسلق العالي والخطر من الأغصان، وأترك المنخفض منها لأفراد الأسرة والأقرباء الذين يساعدوننا.

لكن في هذا العام، وقد حصلت حديثاً على الراديو الصغير، وأنا فرح به، فمن الطبيعي أن أحمله معي إلى أعالي شجر الجوز، كي ترافقني الأغاني هناك.

والانتشـاء بالموسـيقى يكون أجمـل في الأعالـي، ويجعلني أطيـر في الفضاء، دون أن آبـه لوجود الجن، وإمكانية إزعاجهم بضجيج مذياعي.

هكذا، أثبـت الراديـو جيداً بين مفتـرق غصنيـن صغيريـن في الأعالـي، وأبدئ عملي بضرب الأغصان، كي تسقط الثمار عنها، وأنا أستمع إلى الإيقاعات السريعة للأغانـي الأجنبيـة. فجـأة، تأخـذ ضربـات «المفراط» تتناغم مـع إيقاعـات أغنية سـريعة، بحيـث أنسـاق معهـا، وأتراقص معهـا فوق الأغصـان. تتسـارع الإيقاعات أكثـر فأكثـر، وتتسـارع معها ضربـات «المفراط»، فيما يتصاعد الانتشـاء في رأسي نحـو الـذروة. لم يدر في ذهنـي وقتها إنني أزعج الجن المسـتوطنين في الأعالـي، الذيـن لا يسـتمتعون إلا بمواويل شبان البلدة، وهم ينشـدوها للصبايا. وأنا كنت أظن خاطئاً أنهم سيسـتمعون بشـغف مثلـي إلى الأغاني الأجنبية السـريعة، التي سـيفهمون كلماتها بقواهم السـحرية، بعكسـي أنا. هكذا، لا أدي إلا و«المفراط» قـد هـوى من يدي، بعد أن يسـحبه مني أحد أفراد الجن انتقامـاً، وأنا أطير محلقاً في فضاء الشـجرة، ثم أهوي على الأرض.

حـدث السـقوط بثـوان، لكني شـعرت ببطء سـير الزمـن في تلـك اللحظات، بوعـي واضـح لما يحدث لي. أسـقط مرتين في الوقت ذاتـه، وإيقاعات الأغنية نفسها ترافقني.

في المرة الأولى، يحلق طيفي في الفضاء منتشـياً بالموسـيقى، ويسـافر بعيداً، فيمـا يصـل جسـدي إلـى الأرض محطمـاً، وقـد تكسـرت الأضلاع، وانسـابت الدماء مـن فمي وأنفي وأذناي، وسـرعان ما يغدو جثة هامـدة. على الرغم من إن الناس موجـودون حولـي بكثـرة، وأنـا أراقبهـم مـن الأعالـي طيفـاً، فلا أحـد منهـم يهتم لسـقوطي، ومغادرتي الحياة. بل إن أهلي لا يحزنون لفقداني، فلا يلتقطون جثتي، كـي يدفنوها، ولا يقيمون مأتماً لي، كأني غير موجود.

في المرة الثانية، أطير محلقاً منتشـياً، وأنا أهوي. يتقافز جسـدي فوق الأغصان التي تمتص كثافتها بعضاً من سرعة سقوطي. لكن الأهم إن أرض البستان المفلوحة حديثـاً، بتربتها المقلوبة الناعمة، تمتـص الصدمة الأكبر. مع إني غبت عن الوعي لثـوان، ويتوقـف تنفسـي، عندمـا وصلـت الأرض، إلا أن صوت المذياع في أعالي

الشجرة يعيدني إلى الواقع، وتناديني الأغنية، فأعاود تسلق الشجرة واستكمال عملي، دون أن يهتم أحد من الموجودين لأمر سقوطي.

أهـوي مرتيـن في «عالميّ مرايـا» متوازيين، سافرت في أحدهما أضحية إلى عالم الظلمات، ونجوت في الثاني، واستمررت بالحياة فيه مع أهلي. في لحظات السـقوط تلك، عشـت للحظات في «حكايتين» معاً، لكن إحدى النسختين تعاود تسـلق شجرة الجوز، وتستكمل «حكاية بائع الصبار».

بعد انتهاء جني محصول الجوز، نترك حباته تتخمر في باحة البيت بضعة أيام، تحت أغطية سميكة، ثم نفصل عنه قشرته الخضراء بمطارق خشبية. نرتدي كفوفاً جلدية من أجل ذلك، حتى لا تسـوّد أيدينا، فإذا ما تناسيناها مرة، يلازمها السـواد عدة أشـهر، فلا تتخلص منه إلا بتقشـر جلد اليدين، ونمو الجديد منه. في النهاية، نفرد الجوز المقشـر على سـطح بيتنا الطيني، كي يتشـمس ويتيبس، فيصبح قابلاً للحفظ طوال الشتاء. المحصول وفير في هذا العام، كما في كل عام، ويفيض كثيراً عن حاجتنا، وكالعادة توزع والدتي أقسـاماً منه على الأقارب والمعارف والجيران، أنقلها لهـم بأكياس مـن الخيش علـى ظهر بغلنا. عنـد العصريات، أصعد السـطح الطينـي لبيتنا، وأرمي حبيبات الجـوز للأولاد اللذين يلعبون فـي الحارة، وبالذات إلى الصبايا سوسـن وهالة، كنوع من رسائل الغرام.

فـي عصرياتنـا لا نشـرب كـؤوس الشـاي السـاخنة إلا بعد ملئها بقطع الجوز اليابـس، ولا نـأكل صحون «سـليق القمح» أو «الكشـك الأخضر» إلا معها. نحشـي بهـا الباذنجان المخمر لصنع «المكدوس»، ونتناول مربيات التين والباذنجان التي تصنعهما والدتي بها. وهي فخورة دائماً بمؤونة الجوز المفتوحة لجميع ضيوفنا.

فـي عصريـات صيف أيـام الجمعـة، المخصصة للراحـة من الأعمال الأسـبوعية في البسـاتين والحقول والكروم، يجتمع في باحة بيتنا السماوية الترابية الواسعة جيران وأقارب كثر؛ نساء ورجال وأولاد، في جلسات تمتد سهريات ليلية. يفترشون مجالس سميكة، متوضعة فوق حصائر قش مزخرفة، ممدودة على الأرض الترابية، مع كثير من المساند والمخدات، تحضّرها والدتي؛ كرنفال ألوان أقمشة يستدعي الإنـس والجـن بسـحره. تتناثر المجالس بين أصص الزريعـة الخضراء، المشـتعلة

بزهورها الملونة، في ظلال عرائش الكرمة، المتسلقة على سقالات خشبية من أشجار الحور، تغطي معظم الباحة.

مـن أجـل ضيـوف هـذه العصريـات، يقطف والـدي الكثيـر من عرانيـس الذرة من غابة البستان، يسلق قسماً منها في قدر كبير من النحاس؛ «الدست»، على موقـد حجري، يشـعله بالحطب والبلان، ويترك البعض الآخـر للشـوي على جمرات نيرانها. في قدر آخر، يسلق أيضاً قمح «السليق»، المحفوظ في غرفة المؤونة من أيـام الحصاد. تسـكبه والدتي للضيوف في زبادي خزفية ملونة، مخبأة لمثل هذه المناسبات، تضيف إليه ماء مُحلى بالسكر، وتزينه بالجوز والرمان و«القضامة على سـكر». إلـى جانبها، تُحضّر أطبـاق قش مترعة بالزبيب وبالتين الميبس المحشـي بالجوز، يتوسطها قدر فخاري من دبس العنب الشديد الحلاوة، يتم تناوله بأوراق الخس، المقطوفة مباشـرة من البسـتان. وتُحمّص والدتي بالمـقلاة الكثير من بذر البطيخ الأسـود بالملح والفلفل الأسـود، فالنسـوة يحببن فصفصتها، وهن يشـربن الشـاي الشـديد الحلاوة. إضافـة إلى ذلك، فعندما يحضر الضيـوف، يحمل الكثير منهـم سلالاً مليئـة بثمـار، مما تجود به شـجيرات بسـاتينهم. هذه ليسـت خيرات «الحكايـة» فقط، بـل وخيرات بيت الطفولة، الذي يرافقني في الذاكرة والحنين.

سـرعان مـا تهطل جمـوع الضيـوف غمامـات قادمة من زرقـة السـماء، تشكل بملابسـها الزاهية كرنفال لوحة حية من ضجيج الألوان وإيقاعات النداءات. تعمر باحة البيت السـماوية بضجيج الحياة وألقها، وما تختزنه من مشاعر الفرح لذاكرة الأيـام. تلعب النسـوة «البرجيس»، بالأصـداف البيض، التي يرمينها بمهارة على الحصيـر بأكفهن الناعمة، وبالقطع النحاسـيّة الصفراء، التي يحركنها على قماشته السـوداء، المطرزة بخيوط ذهبية. ويلعب الرجال «الشـدّة»، الملونة الأوراق، وهم يضربنها أرضاً بحماس. أما الأولاد المتناثرون بينهم، وهم الأكثـر ضجيجاً، فيلعبون «خمس بحصات». لكنهم سـرعان ما يشـعرون بالملل، فينهضون ويشكلون حلقة، ويلعبـون لعبة «طاق طاقية»، أو يختبؤون بلعبة «الغميضة».

مـا إن يمضـي بعض الوقت، حتى تلعلع ضحكات المنتصرات والمنتصرين الشـامتين، تقابلها شـتائم المهزومـات والمهزومـين. تزيـن الضحكات نهـوض

بعض النسوة ليؤدين رقصة انتصار شامتة بالمهزومات، فتنفرش التنورات في دوائر حلم، وتدور معهن، ترافقها زغاريد رفيقاتهن المسرورات، ويطرن في الفضاءات عالياً بتنانيرهن المفروشة. أما الرجال المهزومين، فيرمين أرضاً كوفية الرأس ومعها أوراق اللعب، متهمين الرابحين بالتزوير، وهؤلاء ينقلبون على الظهر من الضحك.

والدي المعتاد على الصمت، ويحمل وجهاً حجرياً غير ناطق باستمرار، تنفرج أساريره في هذه العصريات بابتسامات غير معهودة، يوزعها مع الضيافات على الجميع، تعبيراً عن الود والكرم في بيتنا. وبناء على طلب الضيوف، يكسر الصمت المعهود به، ويحكي لهم ما جديد من يحدث في التلال أيام السبت، عندما يقابل الدبة والضباع والذئاب، وهو يجمع «البلان الشوكي» من أجل إيقاد التنور.

يشرح والدي إنه يمكن التآلف مع الدبة، إذا تم إبداء الصداقة لها بعواطف نبيلة. وهي تأنس لوالدي بالذات، لأنه يدلها على أعشاش النحل، في جوانب الكهوف، من أجل الحصول على أقراص العسل الشهية، بل ويتشارك معها قرمشتها، تعبيراً عن الألفة بينهما. يغدو مع الزمن متقنناً للغة همهماتها من كثرة عشرته معها، ويعانقونه، عندما يلتقون به. لذا، فهو لديه عدة أصدقاء منهم، يساعدونه بقلع «البلان». أما الذئاب، فلا يؤمن لها، والأكثر لؤماً منها هي الضباع، الغدارة بطبعها. إنما والدي حذر منها، فما إن يقترب أحدها من بغله ليفترسه حتى يغرز رؤوس شوكته المعدنية في أحشائه، ويرفعه عالياً حتى تراه القطعان منهم. وبعد إن قتل العشرات منها، يذيع صيته بين قطعانها، فلم تعد تقترب منه، وهي تعرفه من رائحته.

بمجرد رواية والدي «حكاية» التلال، يحضر أصدقاؤه الدبة اللطيفون، ويتوزعون بين الحاضرين، كأنها دعوة لمشاركتنا العصرية. يجلسون بيننا ويتناولون كل ما هو حلواً من الضيافات؛ الدبس والزبيب والتين والمربيات. في أثناء ذلك، يلاعبون الأولاد، يرقصون متقافزين بينهم، على الرغم من إنهم لا يمتلكون خفتهم. مع تكرار حضورهم عصرياتنا، عبر «حكايات» والدي، يتعلم الدبة الذكور لعب «الشدة» مع الرجال، والدبة الإناث لعب «البرجيس» مع النساء.

وبناء على إلحاح الضيوف، ينتقل والدي إلى «حكايته» القديمة المتجددة مع الجنية «المذرة»، التي يعيشها والدي منذ مئات السنين، ويبدو فيها بطلاً متعدد الوجوه، وهو يسردها في كل مرة بتنويعات مختلفة. على عكس حكاية الدبة، يتحلق الجميع حوله، ويصغون إليه بدهشة وشغف وبكامل جوارحهم، كأنهم يسمعونها للمرة الأولى. وأنا أعتقد جازماً، إنه يعيش جميع هذه المرويات في عوالم مرايا متعددة، كـ«حكايات»، إذ إنه يسردها بحماس وانفعالية، بحيث يحدس المستمعون إنه مايزال يعيشها حقيقة. على الأغلب، هو يلتقط حياته الموازية من عوالمه الأخرى، عبر أحلامه في عالمنا الحالي، فيحكيها لنا.

تراود «المذرة»؛ جنية السياجات، الفلاحين، مباغتة إياهم بغنائها الشجي المثير لرغبات عشق مبهمة لديهم، لا تشبعها زوجاتهم. يحدث هذا للفلاحين، عندما يكون دورهم في السقاية مزروعاتهم ليلاً من الساقية، المتفجرة من باطن الجبل. ومياه الري لقلتها صيفاً تُمتلك مشتراة بالساعات، متوزعة على مدار النهار والليل. وهذه الجنية تختار دائماً أكثرهم شباباً وحيوية، وتحاول إغراءه بغنائها، فإذا ما استسلم لها، تنقلب عليه في لحظة الوصال، وتمتص دماءه.

بما إن والدي يعد نفسه الأكثر شباباً وحيوية بين فلاحي البساتين، وهو قاتل الذئاب والضباع الشهير في أصقاع البلدة، لذا تراوده «المذرة» هو بالذات، كلما يذهب لسقاية الحقل ليلاً. هكذا يروي. لكنها تفشل دائماً بإيقاعه في شباكها، على الرغم من تخليها عن شكل الغولة الحقيقي، الذي تعيش فيه، ومن ثم تجسدها بمختلف الأشكال النسائية الساحرة، بما فيها جسد امرأة عارية مغرية، تستحم في مياه الساقية. في كل سردية للحكاية، يتغير تجسد الجنية، وطرق إغرائها. لكنه يغادرها، ليس فقط تعففاً بسبب حبه لوالدتي، وإنما أيضاً لأنه يعرف سحرها الأسود، وإمكانية انقلابها إلى تشكلها الأصلي غولة، ومن ثم امتصاصها لدمه.

يتبارى الرجال والنساء في رواية «حكاياتهم»؛ عن صداقاتهم الشخصية مع الجن الطيبين في بلدتنا. هم كائنات لطيفة، تسكن في البساتين، خاصة

داخـل السـياجات، وعلـى قمـم الأشـجار العاليـة، وفـي أعمـاق الآبـار. يسـلون المتوحدين ليـلاً في مسـيرهم، ويخبروهـم عن وجـود الحفر في دروبهم، بل ويطردون الأفاعي من البيوت.

لكن بعد «حكاية» والدي الأكثر إثارة عن «المذرة»، تعج الساقية على امتداد البسـاتين في البلـدة بالجنيـات العاريـات، المتجسـدات بإغراءات مثيرة، وهن يسـتحممن فيها، حتى إن واحدة منهن تتجسـد سـوداء شـبقة. يحضرن جميعهن مـن «حكايـات» الفلاحيـن المتواجدين فـي العصرية، فتتجسـد واحدة منهـن على الأقـل، عنـد رأس بسـتان كل فلاح، تنتظـر موعد سـقايته الليلـي. جميع هؤلاء الفلاحيـن يتغلبـون أيضـاً على ذئـاب وضبـاع وأفاعي، بـل وأسـود ونمور وتماسـيح، لا أدري مـن أيـن يسـتحضرونها فـي «حكاياتهم». ويفتخـر بعضهم بوجود جنيات تنام معهم، إنما دون امتصاص دمائهم، فهاته من كثرة ما ينلن من متعة شديدة، يوفروهـم لموعـد السـقاية التاليـة. وفـي كل مـرة تاليـة، يؤجلون أيضـاً امتصاص دمائهم بسبب رجولتهم النادرة.

تشـعر النسوة الحاضرات في العصرية بالغيرة من حكايات الرجال، فتأخذ كل واحـدة بالتحـدث أيضـاً عن جني يراودها في المنـام، عندما يغفو زوجها. وعندما يتـم سـؤالها إذا كان الجنـي يأتيها عاريـاً، ومـاذا يفعل معها، تصمت مبتسـمة، وهـي تنظـر إلـى زوجها، علهـا تسـتثير غيرتـه، ويهتم بها أكثر مـن جنياته. أما غيـر المتزوجـات، فيبالغـن بوصف تفاصيل المؤانسـة والإمتـاع، كأن هذا يحدث معهـن... أو ربمـا هـذا يحـدث فـي الواقـع، فكل «حكايـة» تحـدث هناك، في أحد عوالم المرايا.

لا أحـد يـدري إن الضحـكات الغريبة الرنانة ذات الأصـداء، التي تعلو في هذه العصريـات، هـي للجن غير المرئيين من الذكـور والإناث، الذين يتم روايـة سـير اللقـاء بهـم، فـ«الحكايات» تسـتدعيهم، وتجعلهـم يشـاركونا العصريات. وإذا ما تـم التعـرف على بعض الغربـاء عن العائلة في العصرية، ممن لـم يتم دعوتهم، فلا يتم طردهـم، فهؤلاء ممـن يتجسـد مـن الجن بشـراً. هم يضحكـون بأصداء فقـط، دون التحـدث مع أحـد، لأن اهتمامهم منصب على تناول الأطعمة اللذيذة

المتوافرة بكثرة في هـذه التجمعـات العائليـة، فذلك يغنيهم عن التسـلل إلى غرف المؤونة، في هدأة الليالي، والناس نيام. بل إنهم في نهاية السهرة، يملؤون جيـوب ملابسهم الشبحية بما يتبقـى من الطعام، فلا نعجب إن غدت الصحون والقدور فارغة تماماً.

في نهاية السـهرة، يختفي الجميع في غمامة بيضاء، ويحلقون في حنين «حكاية»، تستعيدها ذاكرة الأيام من وقت لآخر، عندما يرويها أحد من الذاكرة.

في يـوم سبت أخيـر، يمضي والدي في الصباح الباكر مع البغل إلى سفح الجبـل لجمـع «البلان»، ويبتلعه الضباب. أنتظره طويلاً هذه المرة، أنتظره عدة أيـام، أسـابيع، أشـهر، سـنوات، لكنه لا يعود. أسـأل والدتي «متى يعود والدي، كأنـه أضاع الـدرب إلى البيت في الضباب؟». ترد عليّ مسـتغربة «والدك مات منـذ زمـن بعيـد، وأخـوك الكبيـر يتأفـف مـن جمـع البلان في التلال مـن أجل التنـور، فاضطررنا إلى إغلاقه. لذا، أنت تنهض باكراً كل يوم، وتشـتري لنا الخبز اليومي من فرن السـاحة متأففاً».

يختفي والدي بضياعه في الضباب، ومن وقتها تختفي جلود الدبة، والضباع، والذئـاب، التي تغطي غرفة الجلوس. تؤكد والدتي إنه مات منـذ زمن بعيد، مع أنـي لا أتذكر أننا عملنا جنـازة أو عزاء لـه. لا أحد في «حكايتنا» يمـوت، فقط يغيب في الكلمات، ونسـترجعه في الكلمات.

لكـن والـدي لم يختـف في عالم المرايا المواجه لي؛ عالم صديقي الشخصي الشبيه، بائع البوظة. هو بالأحرى والده هناك، وإن كان يشبه والدي تماماً. إنما ألمحه في ذلك العالم جالسـاً في الحارة عجوزاً، مايزال يلعب مع الأصدقاء بالنرد، كل يوم بعد الظهر. ليس فيه شيئاً من مظاهر رجولة والدي الفلاح، وله «حكاية» مغايرة غريبة، يرويها لي صديقي الشبيه.

تنفصـل صور بالأبيض والأسـود مـن زمانهـا ومكانهـا، تغـدو معلقة فـي ضباب كثيف، تسـكن فيهـا ظلال خيالات الكائنات دون حراك، تتشبث بالحنين في ذاكرة حالميـن، منتظـرة «حكايـة» توقظها من سـبات خلودها. لن يتبقى مـن أصحابها سـوى «حكايات»، عشـتها أنا بطريقة ما؛ صورة والدي مبتسماً، بشرواله وكوفيته،

يقـف عريسـاً بيـن المقشـات في فسـحة البيـت السـماوية، وهي تنتصب حوله
عروسات حلوات بوجوه الحياء؛ صورة ضباب كثيف يخفي التلال وراءه، يبرز منه
رأس بغلنـا، ثابتـاً في مكانـه، دون والدي، وفوق ظهره جبلٌ مـن «البلان»؛ صورة
تنورنا، والنار في فتحته تشع نوراً ساطعاً على وجوه النسوة المعفرات بالطحين،
وقد سـكنت حركاتهن البهلوانيـة بوضعيـات تعبيريـة غريبة، فيمـا تطايرت قطع
العجيـن المرقـوق في فضاءاتـه، عالقـة في الهـواء؛ صـورة لـي، وأنا أهـوي بين
أغصـان شـجرة جـوز، معلقـاً فـي الفضاء فـي لحظة السـقوط، وقد تركت مذياعاً
مركونـاً بيـن غصنيـن، وإلـى جانبه خيـال شـبحي لجني فاتحـاً فمه، كمـن يقهقه
سـاخراً منـي؛ صـور للأقـارب والجيـران، المجتمعين في الفسـحة السـماوية لدارنا
في عصريـة نهار الجمعـة، ثبتت فيها خيالات النسـوة، هن وتنوراتهن المنفرشـة
فـي فضاءات الفـرح، تتوزع بينهـن دببة يتناولـون الدبس والزبيب، وأشـباح جن
لطيفيـن، يشـاركون في تناول في جميع الضيافـات، ويبدو السـرور على وجوههم؛
صورة جنيات «المذرة»، وقد تشـكلن بأجسـاد أنثوية عارية مغرية، وبابتسـامات
سـاحرة، يسـتحممن عاريـات في السـاقية، والرجال يسـترق النظـرات إليهن، من
وراء أشجار الجوز؛ صورة جن من الذكور، يعانقن النسوة في أحلامهن عراة، فيما
يغفوا أزواجهـن بقربهن، دون أن يلتفتون إليهن.

علـى الرغم من سـكون الخيالات في الصور، فإنه مايزال يصـدر منها ضجيجينا
وهمسـاتنا، وهـي تختـزن ومضات مـن حياتنـا؛ والدتي تنشـد موالاً علـى التنور،
صوت موسـيقى الأغنيات الأجنبية منبعثة من الراديـو الصغير، قهقهة الجني بين
الأغصـان، ضجيج الضيوف في عصرية الفسـحة السـماوية، والـدي يروي حكاياته
فـي العصرية... يتوقف الزمن، لكـن الحياة ماتزال تنبعث من الظلال.

(5)

ذات حكاية... كان والدي جندياً

أنادي بائعاً، بإيقاع موسيقي «يا مشوب، أسكا بفرنك، وكلاسيه بفرنكين».

«جـاء الصيـف، أريد أن أبيـع البوظة في البلدة، سأسـتلمها يوميـاً من مركز «أبو العاص» للمرطبات».

«هـل سـتدور في الشـوارع طوال النهـار، وتحرقـك الشـمس، مـن أجـل بضـع فرنكات؟»، تعارضني والدتي ذي الأصول المدينية الدمشقية.

«أنتم لا تعطوني مصروفاً كافياً، بسـبب ضيق الحال المسـتمر لدينا. لذا، أرغب بالعمل صيفاً».

يحسـم والـدي الجـدال سـريعاً «دعيـه يعمـل، ويكتشف الحيـاة. اذهـب، وتدبر أمرك».

يقـع «مركز أبو العاص للمرطبات» في محل إسـمنتي قديم معتم، أرضيته قذرة باسـتمرار، تتجول فيها الفئـران باطمئنان، وجدرانه جرداء، مبقعـة بالرطوبة، تغزل العناكب الضخمة شباكها في حوافها العليا بسلام، منذ سنوات بعيدة. تصطف إلى جانب أحد الجدران مجموعة صناديق برادات، كالحة البياض، تعمل على الكهرباء. يتـم فيها حفـظ «الأيس كريم»، و«الأسـكا»، و«الكلاسـيه»، التي يُحضرها أسـبوعياً موزع دمشقي بشاحنة ـ براد. تُباع الأولى الغالية الثمن، وقد زُينت باللوز والفستق، للعائلات مباشرة بالكيلو، من أجل تناولها في المنازل. أما الثانية والثالثة، فهي قطع صغيـرة؛ خليط مـن محاليل الأصباغ والبـودرات المجمدة، نملأهـا نحن الأولاد في برادات صغيـرة، تُعلق على الكتف بقشاط جلدي، ونبيعها في الشوارع.

في التاسـعة صباحـاً، نتدافـع، نحـن الأولاد، مثـل ثيـران هائجة، بلغط شـديد، وقرقعـة ضاجة، من أجل اسـتلام برادات البوظة الصغيرة؛ عشـر منها فقط، مقابل أكثر من خمس وعشرين ولداً، يتنازعون عليها، وأنا أكثرهم مشاكسة، لكني أحصل دائمـاً على إحداهـا. ينتصب المعلم «أبو العاص» في عمـق المحل تمثالاً ضخماً،

يغطـي الجـدار بجسـده العـاري، وعضو ضخـم منتصب منكشـف. يراقب عملية التوزيـع صامتـاً، بعينين نافذتين، مكتف السـاعدين على الصـدر. من وقت لأخر، يسعل بهدير شديد، فتهتز الجدران متراقصة، لكن لا تبدر منه إي حركة أو إيماءة. يخفـي شـاربيه العريضين معظم وجهه، يمتد طرفاهما على طول الجدار. تفوح منهمـا بكثافة شـديدة رائحة «الحشيشـة»، التي يدخنها «أبو العاص» في المحل ليـلاً، فتمتلئ بها الأجواء، ونكاد نحن الأولاد أن نثمل بها.

تحت رقابة التمثال، يقوم الشـاب الطويل جداً محمود بعملية توزيع البرادات الصغيرة علينا من فوق، وسـط جلبتنا وضجيجنا، دون أن يتوقف عن نهرنا بالشتائم البذيئة، التي يسـتمتع بها. يسـلمنا من الأعالي قطع «الأسكا»، و»الكلاسيه»، ويقبض ثمنهـا منا مباشـرة، فشـرط العمـل هو عدم قبول أي مرتجعات في المسـاء سـوى البراد الصغير، وعلى كل واحد منا تحمل خسـائره.

بعكس ملابسـنا المهترئة والوسـخة، يرتدي محمود رداء أبيض نظيفاً، وسـلطته علينا نافـذة، فهو يحظى بدلال المعلم، إذ إنه هو صبيه، الذي يسـتمتع بجسـده يومياً. وبانتظار خروجنا من المحل بعد التوزيع، يقف محمود مسـتنداً على عضو التمثـال يراقبنا. في المسـاء يُنزل الاثنـان، «أبو العاص» ومحمود، غلـق المحل المعدنـي عليهما، ويدخنان «الحشيشـة»، يتسـرب الدخان كثيفاً مـن تحته، فيما يطقطق معدنه من اهتزازات ممارسـة فعلهما الجنسـي، فتنتشي القطط الرابضة أمامـه، وتأخـذ بالمواء. لا أسـتطيع تخيل كيف يغتصب الفيل فـأراً، وهما يحلقان فـي هلوسـاتهما، مسـطولين بالكامـل. إنما ألاحظ في الأيـام الأخيـرة إن نظرات التمثال النفـاذة تتجـول بيننا، نحـن الأولاد، إذ يبـدو أن مؤخرة محمـود لم تعد تكفيه. لكـن الأولاد حذريـن، فلا أحـد منهم يسـتند على عضو التمثال، في أثناء انتظار استلام البضاعة.

لا يهتـم والـدي بما أخطط لـه أو أفعله، ونحن أولاده من زوجتين اثنتين، بالكاد يتدبر أمور إطعامنا، وقد شكلنا قطيعاً من الأغنام، يتزايد أفراده باستمرار، وتحتاج للعلـف دائمـاً. ومهما قدم لها، فهي تلتهم الأخضر واليابس والعفن. تنسـى زوجته الأولى إغراء بذلة الرقيب أول العسكرية، عندما تزوجته، وقد كان يغيب طويلاً في

مناوباته النهارية والليلية في المعسكر. وتفر في النهاية مع عشيق، يعمل سائقاً على شاحنة، تنقل البضائع إلى بلاد الصحراء. يغويها بزجاجات العطر والسبحات والتمور ومياه زمزم، التي يحضرها من هناك. ثم يختطفها ذات عاصفة غبارية، وتختفي دون أثر، بعد أن تترك لوالدي ثلاثة أطفال. أما بالنسبة إلى والدي، وترميماً لكرامته المجروحة، فسرعان ما يتزوج من امرأة ثانية، تنجب له أولاداً، أكون أنا أولهم.

تقول «حكاية» أخرى إن زوجة أبي الأولى، التي أغواها السائق بالفرار معه إلى بلاد الصحراء، تنجب ثلاثة أولاد منه. إلا إنه لا يلبث أن يغادرها إلى امرأة بدوية هناك، تملأ جسدها وشوم زرقاء، وتنجب له ثلاثة أولاد آخرين جدد. هكذا، تتوالد أربع حلقات متباعدة من الإخوة، تتداخل كل واحدة منها مع إحداها. عندما يلتقي شاب وفتاة من حلقتين متباعدين، ويتزوجان، فإن الأمور تسير ببساطة، دون أي تعقيدات. تأتيني ومضة من إحدى «الحكايات» أني أزور عائلة متزوجة؛ الزوجان هما «أختي من أبي» و«أخي من أمي». بالطبع، هما إخوتي، لكنهما ليسا إخوة فيما بينهما. أما أولادهم، فينادونني تارة «يا خالي»، وتارة أخرى «يا عمي». هكذا، تتشابك «الحكايات» مع بعضها البعض، وتتوالد منها «حكايات» أخرى جديدة، عن أولاد من زيجات جديدة، بحيث أتوه بين ومضاتها في هلوساتي.

المهم إن والدي يتزوج في المرة الثانية من مراهقة صغيرة العمر أشبه بطفلة، ستكون والدتي. والمفترض بالصغيرة إنها مطواعة وترهبه، ولا تفر هاربة مع عشيق غباري أو مطري. يغري والدي صباها الطفولي، وهو يشاهدها تلعب «نطة الحبل» في أحد الأزقة مع بنات من عمرها، بينما تشدها إليه بذلة الرقيب الأول العسكرية من جديد. يحدث هذا بغض النظر عن الشيب الذي بدأ يغزو رأسه، دون أن تعرف من الزواج سوى وشوشات الصبايا الصغيرات في الحارة.

لا أحد يعرف عمر والدي تماماً، ولا حتى هو نفسه، فقد ولد في زمن بعيد، كان الأهالي ما يزالون يتهربون فيه من تسجيل أولادهم في «دائرة النفوس»، ويبقوهم مكتومين، خوفاً من تقاليد سحبهم القديمة إلى الخدمة العسكرية

العثمانية. كان تجنيدهم يحدث بالقوة، ويتم ترحيلهم مباشـرة في «سـفر برلك» عثماني، من أجل القتال في بلدان بعيدة، مما يعني فقدانهم نهائياً. لكن في زمن الفرنسـيين التالي، يقرر جدي تسجيل ميلاد أبي غيابياً، على أنه وليد جديد، خوفاً مـن انكشـاف أمر كتمه، في حين أصبح وقتها شـاباً مراهقاً. هكـذا، عندما يتزوج والدي في المرة الثانية، تشير الوثائق إلى إن عمره ثمان وثلاثين عاماً فقط، بينما يقفز في الواقع إلى الخمسينيات.

في بدايـة زواجهـا، تنتهز والدتـي فرصة غياب والـدي عن البيت فـي مناوباته العسـكرية، وتتسـلل إلـى الحارة، كي تلعـب مع بنات الجيـران بـ«نطة الحبل». لا تتوقـف عن هذه العادة إلا عندما بدأت بتفريخ أفراد القطيـع دون توقف، وأنا أولهـم. وعلـى الرغـم من تحـول والدي إلى متقاعـد من الجيش، فقـد بقي يمتلك القـوة، كـي يعمـل أمين مسـتودع، ليحصـل على مورد مالـي إضافي، وكي يجعل والدتـي تنجب له في البداية تسـعة أولاد، خلال عام واحد من الزواج، إلى جانب الثلاثة السـابقين مـن الزوجة الأولى. عندمـا يقرع ضيف غريب البـاب الخارجي، تتقافـز إحـدى الأخوات الصغيـرات لفتحه، فيتفاجأ بطفلة صغيرة أمامه، ويسـألها «هـل جدك في البيت؟»، وهو يقصد طبعاً والدي.

علـى كل الأحـوال، ما إن تمر بضعة أيام من طفولتي حتى أسـتيقظ على صوت صوص صغير، يقفز من بين فخذيّ والدتي، وهي على السـرير. سرعان ما يتراكض جـرواً صغيـراً في باحـة البيت الإسـمنتية، ثم يتسـلق قـرداً مشاكسـاً العلية في المطبخ، يبحث عن شيء يقرمشه. مع كل صوص جديد، تتزاحم الخالات والعمات في مطبخنا، يحضّرن بهذه المناسـبة شـراب «الكراوية» السـاخن للنسـاء اللواتي يتوافـدن للتهنئـة، وهـن يحملـن هدايا بائسـة للرضيـع؛ حرامات وملابـس عتيقة، تردها والدتي هي نفسها في مناسبات مماثلة. تتناول الزائرات «الكراوية» ساخنة بالملعقـة مـن فناجيـن كبيـرة، بعد تزييـن سطحها بقطـع الجوز واللوز والفسـتق والصنوبـر، ويغـادرن مـع كمشـة من السـكاكر، يتلقينهـا عند البـاب. تسـتمر هذه الاحتفالية بضعة أيام، أنال فيها بضعة فناجين «كراوية»، وأسـرق قدر ما أستطيع مـن السـكاكر. ما إن تنتهـي الاحتفالية، حتـى يقفز صوص جديد من السـرير. مع

مـرور الزمـن، يمتلئ البيـت بصيصـان، وجراء، وقرود، بحيـث لم يعد أحـد يهتم بأعداد القطيع.

لا فـرق كبيـر في العمـر بين والدتـي وأختي الكبـرى من الزوجـة الأولى، فقط بضعة أعوام. في بداية الزواج تلعبان معاً «نطة الحبل» في الحارة مع البنات، لكن المشاحنات اليومية لا تتوقف بينهما في البيت. تتنازعان على من يقوم بالتنظيف والجلـي، والحصول علـى الثياب الجديدة، وألعاب الأطفـال. يتعب والدي من فك الخلافـات بينهمـا، فأصبح يقضي معظم وقته في الحارة، بمجرد عودته من عمله في المستودع، يلعب بطاولة النرد مـع رجال هاربيـن مثله من ضجيج نسائهم وأولادهم. لم تنته المشـاحنات في البيت إلا بإدخال أختي إلى مدرسـة التمريض في دمشـق، ذات الإقامة الداخلية، وتزورنا مرة في الأسبوع. أما الأخوان الكبيران من الزوجة الأولى، فيقضيان معظم أيامهما عند العمات، هاربين من والدتي. لكن هـذا لـم يمنـع والدي من الاستمرار بقضاء فترة مـا بعد الظهر في الحـارة، يلعب بالنرد مع ندمائه، فأفراد القطيع يتنازعون فيما بينهم باستمرار.

عندمـا أمـر في جولتـي، وأنا أبيع البوظـة، أمام عالم المرايا، التي أشـاهد فيها شـبيهي؛ صديقـي الشـخصي «بائع الصبارة»، أتوقـف أمامـه، ونتبـادل كالعـادة الحديـث والضيافة. أستلذ بطعم الصبارة، وقرط بزورهـا الطرية في فمي. لكنه لا يستسـيغ قطعة الكلاسـيه التي أقدمها له، على الرغم من غلائها. يقول إنها بودرة مغشوشـة، وهو معتاد على حليب بقرتهم الطازج.

يحدثنـي صديقـي الشبيه عـن والده الفلاح النشـيط الـذي يعمل طوال النهار في البستان والحقل والكرم، بل وأشاهده في أحيان كثيرة في عالمه، وهو يخرج مـن بوابـة بيتهم في الحارة. هو والدي، أو بالأحرى شـبيه والـدي، في عالم المرايا أمامـي، لكنـه يبـدو رجلاً آخر بالكامل؛ فلاح يمتلك جسـداً قوياً ممشوقاً، يرتدي شـروالاً أسـود، ويحمل دائما شـيئاً ما بيده أو على كتفه؛ معول، أو كوم أغصان، أو سـلة خضار، ويمضي سـريعاً إلى عمله، فلا وقت يضيعه. على الرغم من شبه والد صديقـي بوالـدي، بل إنه هو نفسـه، لكنه يبدو في عالمي عجوزاً متهالك الجسـد، بعد أن قضى فترة طويلة من حياته متطوعاً في الجيش؛ أشعث الشعر الشائب،

بملابس مهملة، لا أتذكره إلا وهو يلعب طاولة النرد مع ندمائه في الحارة. مع إن الإثنين هما نفسيهما، في العمر ذاته، إنما كل منهما يعيش «حكايته».

تطوع والدي شاباً في جيش وطني وليد، بعد مغادرة الفرنسيين البلاد، وقد أغراه الهندام العسكري، يسير بالبذلة في البلدة، منفوخ الصدر مثل ديك، كما يروي لي أعمامي. يتدرج بالرتب الدنيا من جندي أميّ حتى يصبح «رقيباً أول»، وقادراً على القراءة والكتابة. بعد خدمة سنين طويلة في الجيش، يخرج منه بتقاعد هزيل، لا يكفي لإطعام قطيع الأولاد المتكاثرين لديه. على الرغم من ذلك، لم يكن يرغب بالاهتمام بحقل جدي، وتأمين مورد رزق إضافي منه، بعد الاعتياد على الحياة العسكرية، فيتركه لأعمامي. ويتوسط له الأصدقاء، فيجد عملاً أمين مستودع لقطع البناء، في مركز عسكري، يقع في طرف البلدة، يؤمن له مورداً إضافياً إلى جانب تقاعده.

ما إن يرجع والدي من عمله في المستودع، ويتناول غداءه سريعاً، حتى يرتدي بيجامته العتيقة، بألوانها الكالحة المهترئة؛ سماوية بوريقات شجر بنية، ويخرج إلى الحارة بشحاطة بلاستيكية، حاملاً تحت إبطه طاولة النرد. لا يلقي أذاناً صاغية لاعتراضات والدتي «الأولاد يجتاحون إليك، لديهم عشرات المشاكل، ويتنازعون فيما بينهم باستمرار»، وهو يرد عليها «الحقيني بإبريق الشاي، إنهم ينتظروني في الحارة».

في الحارة، يلتقي والدي بعجائز مثله؛ موظفون قدامى، متقاعدون، متبطلون عن العمل، أصحاب بقاليات صغيرة. يجلسون في ظل أحد الجدران، على كراسي قش صغيرة منخفضة، دون مساند، حول طاولة النرد. يلعبون بحماس بالأحجار المدورة البيضاء والسوداء، واحتمالات رميات النرد. تلحقهم صينية صدئة، يصطف عليها إبريق شاي نحاسي عتيق، وكؤوس زجاجية صغيرة، وزبدية مليئة بالسكر وملعقة، يتم ركنها على مصطبة طينية قريبة. تبدأ احتفالية لعب طاولة النرد، والجالسون يحلقون في غمامة صوتية من صياح التحدي والتشجيع، تطفو من مكان إلى أخر، تلاحق الظلال الهاربة من أشعة الشمس الحادة، حتى هبوط المساء. يتحلق حولهم طيور وكلاب وقطط عابرة، تتابع اللعب بحماس لفترة، ثم

تنفضّ على أصوات مناداة نسوة مؤنبات لهم على تأخرهم بالعودة إلى منازلهم، مع مشترياتهم من البقاليات، فإذا هم رجال متخفين بأجساد حيوانات. في أثناء ذلك، لا تنقطع عن الجالسين إمدادات أباريق الشاي اللوجستية، بشاحنات الأولاد الوهمية، متجددة من قبل زوجاتهم العزيزات، اللواتي يرتحن منهم ومن طلباتهم المستمرة في المنازل.

سواء كان والدي أحد اللاعبين بطاولة النرد أو من المتحلقين حولها، فهو لا ينفك عن سرد حكاياته الشخصية، التي يحتل فيها مركز البطولة النرجسية. يبنيها على حوادث معروفة، كي يمنحها بعض مصداقية حدوثها، إلا أنه سرعان ما ينحرف بها ويغرق في استيهاماته الخيالية. يكررها، مستخدماً زمن الحاضر، كأنها تحدث معه في هذه الأيام، كي يرفع درجة إثارتها. إنما في كل مرة يرويها يزيد عليها، أو ينقص منها، أو يعدل فيها، دون أن يهتم بذلك الحاضرون، الذين يسمعون الحكاية الواحدة بنسخ متعددة. أستمع إليه أحياناً، مفتخراً ببطولاته الخيالية، إلا أنه سرعان ما ينتابني الملل من رواية الحكايات نفسها باستمرار، خاصة وأنا لدي شعور أننا نعيش في «حكاية»، مقابلة لـ«حكاية» صديقي بائع الصبار، فتتداخل «الحكايات» الجديدة لوالدي بهما، فأشعر بالضياع. لكني مقتنع بأن حكاياته تحدث معه وقائعاً في عوالم مرايا أخرى موازية، يتواصل معها بومضات أحلام، والدليل إنه يرويها بحيوية، كما لو إنه يعيشها حقيقة.

يتهيأ والدي لسرد حكاياته في الحارة بإشعال سيجارة ثقيلة، ينفث دخانها في الأجواء، ثم تتتالى سجائره، الواحدة تلو الأخرى، فينتشر الدخان أكثر فأكثر. تتشكل حوله نتيجة لذلك غمامات كثيفة متداخلة، تتضخم حتى تحتل الفضاءات، وتلف الحارة بأكملها، وتختفي معالمها. يطفو والدي عندئذٍ بكرسي القش الذي يجلس عليه عالياً في الغمامات، منفلتاً من الزمان والمكان. يفرد يديه واسعاً، ويشرد بنظراته بعيداً، ثم يرمي الكلمات، التي تتلاعب بها يداه، ويشكل منها بأصابعه خيالات أشخاص وأشياء، تتراقص حوله، ما تلبث أن تتجسم مشاهداً لحوادث بأفعال واقعية. هكذا يستدعي والدي «الحكاية».

يبـدأ والدي حكاياته بتلك المسـتمدة مـن طفولته؛ عن الوالي العثماني الجائر في بلدتنا، الذي أراد الفرار على جمل، عند معرفته بوصول قوات الشريف حسين العربيـة إلى مشارف البلدة. لكن جدي ـ والد أبي ـ يكمن وراء أكمة، متخفياً بين أعشابها الطويلة اليابسـة، وهـو يحمل معول السـقاية، برأس معدنـي حاد، وعصا طويلة. ما إن يلمح والدي الوالي قادماً على الجمل نحو الأكمة، حتى يعطي إشارة لجدي بيده، الذي يرفع معوله عالياً، ويضربه على رقبته بعزم، فيسقطه على الأرض ميتاً. يتقـدم والدي الطفل نحو الجثة، ويجرها حتى يصل بها إلى منطقة المزابل، وراء الأكمـة، حيث تتجمع عليها الكلاب الشاردة في وليمة، تسـتمر عدة أيام. مع إن والـدي يغيـر تفاصيل الحكاية، في كل مرة يرويها ـ مرة يهرب الوالي على جمل، وفـي الثانية على حصان، وتتبدل باسـتمرار أداة القتل، وصولاً إلى طبيعة مشـاركة والدي في العملية ـ إلا إنه يعد وجود منطقة المزابل شاهداً على هذه الواقعة.

عندمـا أحـدث صديقي «بائع الصبار» في عالم المرايا عن حكاية والدي هذه، يتعرف على موقع الأكمة في عالمه، قريباً من بسطته. لكنه يؤكد لي أنه لا يوجد هناك سـوى بقايا قصر إقطاعي متهدم من زمن الفرنسـيين، تعشـش فيه الأفاعي، ولا أي أثر للمزابل أو الكلاب الشاردة.

علـى الرغـم من ذلك، يشـاهد الأهالي المسـتمعون في الحارة، فـي أثناء رواية «الحكايـة»، جَـملاً وحصاناً يعبرانها، ومن بعدهما طفلاً صغيـراً يجر جثة، تتراكض خلفها كلاب تعوي، تريد نهشها. ثم يتلوهم رجل شديد البأس، يمشي عابساً، وهو يرفع رأسه عالياً بثقة، حاملاً على كتفه معولاً يقطر دماً. يلتصق الأهالي بالجدران مبتعدين، كي يفسـحوا الدرب لعبور أبطال «الحكاية» الحارة.

لكن حكايات والدي البطولية الخيالية ترتبط بشكل أساسي بخدمته العسكرية الطويلة. مع إن هذه الخدمة محصورة بجبهة فلسـطين في حروب عام 1948، إلا إنها تتجاوزها في «الحكايات» بالأمكنة والأزمنة، حيث تختلط مشاركاته بالمعارك المعاصرة مع المعارك التاريخية، في بلدان وأزمنة مختلفة. لا يستثني منها أسفار برلك العثمانية، التي يشارك فيها بـ«فتح القسطنطينية» اليهودية، في أثناء خدمته مع الجيش التركي، ومن هناك يتسرب اليهود المهزومون عبر البحر إلى فلسطين.

ثم يقاتل مع قوات الحلفاء، في الحرب العالمية الثانية، مشاركاً في إنزال جيوشهم على شواطئ النورماندي الفرنسية ضد ألمانيا النازية. يحدث ذلك في أثناء خدمته مع جيش ديغول الفرنسي، وفي نسخة ثانية مع الجيش الأمريكي، على سواحل اليابان، عندما يلقي القنبلة الذرية على «هيروشيما». لكنه عندما يذهب لقتال اليهود على جبهة فلسطين، فهو يتواجد ضمن فيالق جيش صلاح الدين الأيوبي.

يتنقل والدي بين هذه المعارك ببساطة وخيال خصب، مستفيداً من معلومات نصوص تعلمه القراءة والكتابة في الجيش، ومستغلاً بساطة الجالسين معه، الذين يستقون معظم أخبارهم من حلاق بلدتنا. أو ربما هو يكسر حدود الأمكنة والأزمنة، ويشارك حقيقة بهذه الأحداث المغايرة لوقائع عالمنا في حكاياته، ويرويها كمن يعيشها.

يتقن والدي في معارك حكاياته استخدام الأسلحة البيضاء؛ القتال بالسيوف والرماح والفؤوس والهراوات، ورمي السهام. يبارز أحياناً بالسيف، ويقاتل أحياناً أخرى بالحربة المركبة على بندقية. بل ويرمي الصخور الضخمة والكتل النارية المشتعلة على الأعداء المُحَاصرين في مدنهم بواسطة المنجنيقات، التي يعرف تصميماتها بدقة، عندما يتم الهجوم عليها. ويسكب الزيت المغلي على الأعداء المهاجمين من فوق الأسوار، في حالات الدفاع عن المدن. وإلى جانب الأسلحة البيضاء، يعرف أيضاً بالطبع استخدام الأسلحة النارية، ابتداء من المسدسات والبنادق والرشاشات، وصولاً إلى الصواريخ.

في إحدى الحكايات، يهاجم والدي موقعاً عسكريا للأعداء، وهو يقود دبابة بمدفع طويل، ويرمي منها قذائفاً، يصل مداها إلى مناطق البحر، الواقع وراء الجبال المحيطة ببلدتنا. وعندما تُصاب دبابته بقذيفة معادية، يقفز منها في اللحظة الأخيرة قبل انفجارها، ويهجم بسيفه على الأعداء الذين يحاصرونها. في حكاية أخرى، يقتحم مع مجموعته مطاراً عسكرياً، ويستولى على طائرة معادية، سرعان ما يطير بها، ويقصف بها مواقع الأعداء. إلا أنه ينجو في اللحظة الأخيرة، بعد إصابتها بصاروخ معادي، ويهبط بالمظلة على الأرض سالماً، متكئاً على رمحه. أما الحكاية الأكثر إثارة، فهي هروب ضباط القيادة في الجبهة إثر معركة طاحنة

مع الأعداء، وقد أيقنوا بالهزيمة، إلا أن استلامه القيادة، بغض النظر إن رتبته هي فقط رقيب أول، تُحول الهزيمة إلى انتصار، ولولا ذلك لتم احتلال البلاد، وما كنا نهنئ بالسلام الآن، ونلعب النرد في الحارة.

في نهاية الخدمة العسكرية لوالدي، يتم تحويله في إحدى الحكايات إلى قيادة حرس الشرف الجمهوري، الذي يستقبل قادة الدول، في أثناء زياراتهم الرسمية للبلاد. ووالدي، بالإضافة إلى براعته باستعراض حرس الشرف أمام الضيوف الرسميين، فهو يتقن العزف على آلات الفرقة الموسيقية النحاسية الملحقة بهم، من الطبول والأبواق والصنجات، وهو الذي يدرب أعضاءها على المارشات الحماسية. هكذا، لا تنتهي قائمة الرؤساء والملوك والسلاطين والأباطرة، الذين يستعرض حرس الشرف أمامهم، بهندامه العسكري الأنيق، وهو يؤدي التحية بالسيف، على إيقاعات الموسيقى العسكرية. يأتي بعض هؤلاء القادة لزيارتنا من دول لم يسمع بها الحضور، وبعضهم من عصور تاريخية قديمة، لدول لم تعد موجودة على الخرائط، وأشهرهم ملوك السومريين والأراميين، ورؤساء قبائل من الهنود الحمر، وقبائل من الأدغال الإفريقية.

في أثناء رواية والدي لـ«الحكاية»، تمتلئ الحارة بجنود أتراك، يهبطون من الغمامات الدخانية مع منجنيقاتهم، يضربون بنيرانها مدينة بأسوار عالية، تنهض وراء بيت «أبو حمدان»، فتشتعل بيوتها بالحرائق. ثم يتسلقون هذه الأسوار بسلالم من حبال، على الرغم من إن المدافعين عنها يلقون عليهم قدور الزيت المغلي. ما إن يصلوا إليهم، حتى يهجموا عليهم بالسيوف والرماح والفؤوس، ويقطعونهم إرباً، ويحتلوا المدينة.

بما إن مدينة الأسوار تقع على شاطئ البحر، اعتباراً من بيت «أبو ياسين»، يصل فجأة جنود إنكليز، وهم يظنون إنهم أصبحوا عند سواحل النورماندي في فرنسا. يهبطون هناك من برمائيات وزوارق مطاطية، ويهجمون بالبنادق والرشاشات على الجنود الأتراك، وهم يظنونهم ألماناً نازيين. لكن سرعان ما تصل من طرف بيت «أبو خالد» كتائب صلاح الدين الأيوبي بصليل سيوفها، بعد أن تغير مسيرها من فلسطين باتجاه البحر، بحثاً عن ميناء تتاجر بها منتجات شمال سورية، فإذا هي

وسط معمعة الحارة. وكي تجد موطئ قدم على شاطئ البحر، تهاجم الجميع، بمن فيهم جنوداً أمريكيين، يهبطون دون توقف من طائراتهم بالمظلات فوق بيوت الحارة، وهم يظنون إن هذه الأرض يابانية، بعد أن تم إلقاء قنبلتين ذريتين عليها. تشتد المعارك بين الجميع على ارض الحارة، ويختلط الحابل بالنابل، وسط صليل السيوف وصليات الرصاص، بحيث لم يعد يمكن تمييز من يقتل من، ومن هو المنتصر، ومن هو المهزوم.

في قلب هذه المعمعة الدموية في الحارة، يبرز مقاتل صنديد، برتبة رقيب أول، يحمل بيده اليمنى سيفاً مسلولاً، وبيده اليسرى بندقية رشاش، يقتل كل من يقف بوجهه دون تمييز. ما إن يصل إلى المنجنيق حتى يرمي به عدة كتل نارية ملتهبة على من حوله بشكل عشوائي. تهاجم المنجنيق عندئذ دبابة إنكليزية، فيسيطر عليها الرقيب أول، ويقودها حاصداً تحت جنازيرها كل من يقف بطريقه. تنفجر الدبابة، عندما تقصفها طائرة أمريكية، فيخرج منها في اللحظة الأخيرة، وهي تحترق. يتعلق بالطائرة بكلاب معدني مربوط بحبل، حصل عليه من عتاد المنجنيق، ويصل إليها. يعطل القنبلة الذرية على متنها، التي كان الأمريكيون يريدون إلقاءها على «هيروشيما»، ويهبط بها أخيراً بسلام فوق الأسوار. من هناك، يستلم قيادة المعارك، بعد فرار القادة وكبار الضباط، ويرفع بيده عصا القيادة الماريشالية، فيستسلم له الجميع، وتتوقف المعارك.

نتيجة المعارك الضارية، تتهدم معظم منازل الحارة فوق ساكنيها، وتتحول إلى أنقاض دمار، يتصاعد منها الدخان، وتنتشر فيها أعداد كبيرة من الجثث، بينها الكثير لأهالي الحارة. وعلى شرف انتصار الرقيب الأول في جميع هذه المعارك، تمر بين الأنقاض فرقة موسيقية نحاسية عسكرية، تعزف نشيد الانتصار العظيم، فيما يلوح الرقيب أول بيده ملوحاً للفراغ أمامه.

ينطفئ المشهد كله في غمامة الانتصار العظيم، ويختفي الجميع مع تبدد الدخان؛ الجنود وأسلحتهم البيضاء والنارية، ومعهم المنجنيق والدبابة والطائرة. وعندما تسدل العتمة ستائرها على أنقاض البيوت المحترقة، ينفض الساهرون عندئذٍ إلى بيوتهم، كي يتناولوا العشاء، وينامون، وهم يحلمون ببطولات والدي.

للأسف، تنتهي جميع بطولات والدي، التي يعود فيها منتصراً، دون أن تنتظره أية حبيبة «مسجونة في برج التنين، على رأس الجبال، المرصود بتميمة شريرة، لينقذها ويخطفها على حصان أبيض مجنح إلى قصر سحري فوق الغيوم». فقط، هو يعود إلى البيت، دون أن يعتني أحد بجسده المُثخن بالجراح. يعرف الجميع بفرار زوجته الأولى مع عشيق لها، في أثناء غيابه المستمر في مناوبات «بطولاته العسكرية»، وهو ما يترك أثراً حزيناً في حياته وحكاياته. وجميع الهزائم التي تحدث في البلاد هي نتيجة تشوشه بخيانة زوجته التي طعنته في الظهر، في أثناء انشغاله بقتال الأعداء.

أما شخصية والدتي الصغيرة القوية، فلا تدخل في حكايات والدي سوى بمناداتها له من باب البيت الخارجي، قاطعة عليه سياق مغامراته البطولية، لتخبره إن الأولاد يتشاجرون، وهي لم تعد قادرة على حل مشاحناتهم. والدتي لم تكن تتفهم بطولات والدي، تريد منه فقط إطعام الأفواه الجائعة، وحل مشاكلهم اليومية. أما هو، فكان يشرد بعيداً في أسفار خيالاته بين الجموع المحتشدة في الحارة، الجائعين لحكاياته، المحلقين في غمامات أحلامه الدخانية.

في بلدة يسود حياتها اليومية الرتابة والملل والبلادة، ولا يحدث فيها شيء مميز، ويهاجر معظم شبانها إلى بلاد النفط الصحراوية بحثاً عن العمل، في بلدة يخيم الخمول والكسل على شوارعها الملتهبة بحرارة الصيف، فتفرغ حتى من الكلاب الشاردة، يحتاج الأهالي إلى حكايات والدي. ينبهرون بها، وهي تشعل حياتهم بالأحلام، على الرغم من معرفتهم بأنها سفر في الخيال. لكني أفكر بما أنني أشاهد والدي ـ أقصد شبيهه، والد بائع الصبار ـ في عالم المرايا فلاحاً، في «حكاية» موازية، فلماذا لا يعيش والدي حقيقة «حكايات» معاركه البطولية هذه في عوالم مرايا متعددة أخرى. وهو ينقل ما يعيشه بطريقة ما، كأنه يتذكرها عبر الأحلام وومضات سحرية تنتابه مثلاً. «الحكاية» الواحدة لديه تبدو منطقية ومتسقة، وقابلة للحدوث، وهو لا يضيف إليها شيئاً خارقاً غير مألوف، سوى تداخل في الأزمنة والأمكنة، إنما الغريب هو تكاثف هذه «الحكايات» حول شخصيته بالذات، التي يعيشها حقاً في عوالم متعددة من المرايا.

عندما ينتصـر والـدي فـي لعبة طاولة النرد علـى غريـم مـا فـي الحـارة، ينهض ويتقافز راقصاً، وهو يهزج ساخراً شامتاً به، كأنما هزمه في إحدى معاركه التاريخية الكبـرى التـي يرويها في حكاياته. وإذا كان المهـزوم هو واحد من مالكي بقاليات الحـارة، فيهاجـم والـدي «قبل أن تبتهج بانتصـارك المخادع، رد ديونـك المتراكمة عنـدي، منـذ عدة أشـهر». هنا تتحـول المشـاحنة اللفظية مع المهـزوم إلى عراك بالأيدي، لا تنفع معها كل بطولات والدي الحربية، وإتقانه القتال بمختلف صنوف الأسلحة البيضاء والنارية. ويزيد الطين بلة أن لا أحد من الحضور يتدخل في فض نزعـات العراك بالأيدي هذه، بل يبقى الجميع مشـاهدين سـاكنين، إذ يرون فيها تتمـة للحكايات المروية، والغريب إن والدي لا ينتصر في معركتها.

تلاحـق الهزيمـة والدي، ليس فقط في الحـارة، بـل وأيضاً في البيت مع والدتي. تحاول في هذه الأيام استمالته لتمضية الأمسية في البيت، وتعرض عليه أن تلاعبه بطاولـة النـرد، بعد أن ينام الصغار، فإن يهزمها، تسـمح لـه بتفقيس صوص جديد. لكنها فـي كل مرة تلعب معه تهزمه، بحيث تحرمه من عملية التفقيس، فيشـتعل غضبـاً، وهـو عسـكري لا أحد يعصي أوامـره. لكن الشـرط هو شـرط عند والدتي، فينهـض غاضبـاً، ويخبط طاولـة النرد بقدمه، ويحطمها. يسـتغرب أهل الحي من شـرائه المتكرر في الأونة الأخيرة للجديد منها.

تعيـش عائلتنـا الكبيـرة، ذي الأفـواه الجائعـة التـي تلتهم الأخضـر واليابس، على الاسـتدانة. تسـتدين والدتي الأرز والزيت والسـمن والسـكر والشـاي والقهوة من محل سمانة «أبو أحمد»، والخضار والفواكه من بقالية «أبو سـعيد»، واللحم من ملحمـة «أبـو ياسـين»، والحلويات مـن دكان الحلواني «أبو خالد»، حتى تصليح أحذيتنـا المهترئـة عند الكندرجي «أبو حبيـب» يتم بالدين. أما شـراء الملابس، فلا يحـدث هـذا إلا فـي الأعيـاد. تتراكم الديون على والدي بشـكل كبير، بحيث ما إن تأتـي بدايـة الشـهر الجديد، إلا ويختفي تقاعـده وراتبه الهزيلان بالكامل منذ أول يـوم فيه، ولم يرّد بعد إلا قسـماً صغيراً منها. في هذه الأحوال، ليس أمامه إلا التهرب من أصحاب الديون، طوال بقية أيام الشـهر، محاذراً المرور أمام محلاتهم. علـى الرغم من ذلك، تستسـهل والدتي الاسـتدانة، بل وتفعل هـذا حتى في اليوم

الأول مـن الشـهر. لكن يضطر والدي إلى ملاقاة أصحاب المحلات في الحارة، في منافسـات طاولـة النرد المسـائية، مما يزيد مـن حدة الصراعـات المكبوتة بينهم، التـي تخفي الانفجارات مع أول رمية نرد.

يسـتغرب شبيهي؛ صديقي «بائع الصبار»، من حديثي عن اعتماد عائلتي على الاسـتدانة، خاصـة فـي شـراء الطعـام. يقـول لي بـأن عائلته نادراً ما تشـتري شـيئاً مـن مـحلات البقالـة القليلة في البلدة لديهـم، فالطعام متواجد فـي بيتهم بوفرة، على مدار العام، في مسـتودع صغير، يُسـمى «غرفة المؤونة»، ويتم تأمين معظم محتوياته من منتجات البسـتان والحقل والكرم. أسـتمع، وأنا أتذكر بحسرة أنه ليس لدينا أي منتجات أرض زراعية، وقد رفض والدي العمل في أرض جدي متأنفاً، وأن مطبخنا شبه فارغ من الطعام باستمرار، في حين تتدبر والدتي لنا وجباتنا اليومية بصعوبـة، كل يـوم بيومـه. ليس لدينا في البيت سـوى علية صغيـرة، لا تحوي أي مؤونـة، إنمـا يرمي فيهـا والدي بقايـا الأثاث والأدوات العتيقة التي لم نعد نحتاج إليها، خاصة عشرات الأحذية المستهلكة حد الاهتراء الكامل، بعد أن نتناوب على انتعالها، الصغير منا وراء الكبير.

عندمـا يزورنـا ضيوف في بيتنـا، ودائماً يحضرون دون موعد، كمـا هي العادة في بلدتنـا، ترسـلني والدتي على عجل إلـى بقالية «أبو سـعيد» لشـراء الفواكه الغالية الأثمان بالديّن، تكريماً لهم؛ موز، تفاح، برتقال، إجاص، عنب. هذه الفواكه اللذيـذة هـي ترف مخصص للضيوف فقط، أما نحـن الأولاد، فتبدو لنا مثل الحلم. ننتظر ذهاب الضيوف، فقد يسعدنا الحظ، بتناول بعض القطع منها، هذا إذا تبقى منها شيئاً بعد الزيارة.

لكن والدتي العملية تسـتغل الظهور شـبه اليومي للفلاح المودرن «أبو بشـير» في حارتنا، وهو يعرض خضار بسـتانه على عربة مفتوحة، يجرها بغل، يزين رأسـه ورقبتـه بأريـاش ملونة وأجراس وسـبحات زرق. يبيع بقدونـس، كزبرة، نعنع، بصل أخضر، فجل، سبانخ، سلق، بندورة، خيار، فليفلة، بأسعار رخيصة، مقارنة بالحرامي «أبو سـعيد»، بائع الخضار والفواكه في الحارة، كما تردد نسوتها.

يهبط «أبو بشير» من غيمة «الحكاية» مباشرة، معلناً عن قدومه برنين أجراس

بغله، وقد رفع عقيرته بأغنيات شجية عن الغرام وتولهه بالنساء. أشاهده في رأس الحارة مع عربته، بملابسه المعفرة بالتراب؛ كوفية يلفها على رأسه، تاركاً لها ذيلاً في الخلف، وقميص مُشمر الساعدين، مفكوك الأزرار العلوية، يكشف صدراً لوحته الشمس بالسمرة، وهو يفتل طرفيّ شاربيه الرفيعين. يصل، وهو ينفض ندف غيمة «الحكاية» عن ملابسه، ويمشي مترنحاً بعد أن يدلق في جوفه بطحة من «عرق اليانسون»، ويترك ثانية في جيب بنطاله الخلفي، يمزمز منها رشفات صغيرة، من وقت إلى آخر.

سرعان ما تتجمهر حول «أبو بشير» الأثواب والبلوزات والتنورات المزركشة الألوان متزاحمة، تختلط بضجيج المساومات. ويغرق هو في كرنفال الألوان ضائعاً في الزحام، فلا يتبقى منه سوى صوت غنائه الشجي. تمتد عشرات الأيدي تقلب الخضار على العربة، فيما تتسلل يداه هو تحت التنورات، متحسساً بمتعة مؤخرات النساء، فترتفع الشهقات المستمتعة والضحكات العفوية، تعبيراً عن الاستسلام للمداعبة. تستغل النسوة ثمالته، وتتركه يمارس أسفار يديه على أجسادهن مستمتعات، مادمن يحصلن على الخضار بأرخص الأثمان. وإذا ما تطيل إحداهن معه المساومة، فهذا معناه أن يده تغرق في حوضها إلى حد انتظارها ذروة الانتشاء، فتحصل على بضاعتها مجاناً. لا تنفك النسوة عن العربة إلا وقد تركنها فارغة، وهو قد وصل إلى عدة انتشاءات. يأخذ عندئذٍ جرعات متتالية من البطحة، وهو يفتل شاربيه، ويمضي بعربته الفارغة، دون التأكد من حصوله على نقوده أم لا.

على الرغم من تأكيدي إن «أبو بشير» يحضر بعربته يومياً إلى رأس حارتنا، فوالدتي تنفي حضور مثل هذا البائع الجوال، بل وتقول إنه غير موجود أصلاً. هل تخفي والدتي أحداث هذه «الحكاية» درءاً للشبهات التي يمكن أن تنالها، أما إنني أتخيل وجوده وحضوره إلى الحارة؟ أم بالأحرى إن جمهرة النسوة حول بائع اسمه «أبو بشير» تحدث في «حكاية» أخرى، في «عالم مرايا» صديقي، وأتذكرها بومضات. لكن صديقي «بائع الصبار» يؤكد لي بأنه لا يوجد في عالمه رجل أسمه «أبو بشير» يبيع الخضار على عربة، فمعظم أهل بلدته فلاحين لا يحتاجون لشراء

الخضـار مـن بائـع متجـول، فهـل يوجد «عالم مرايا» ثالث، أو ربما توجد «عوالم مرايا» متعددة حقاً بقدر «الحكايات» التي أسـافر فيها، وأرويها.

فـي صباحـات أيـام الجمعـة، تفاجـأ والدتـي بجـارة تزورهـا باكـراً، قبـل طلوع الشمس. وكثيراً ما تكتشف نفاذ القهوة من مطبخنا، بعد أن تضع الركوة على بابور الكاز، فتطلب مني الذهاب سريعاً إلى بقالية «أبو أحمد»، وإحضار بضعة ملاعق من البن المطحون بالدين. يطردني «أبو أحمد»، وهو يشـتم عائلتي، إذ ليس من المعقـول أن تكـون أول بيعـة لـه منـذ الصبـاح الباكـر بالديّن، خاصـة الجمعة، يوم العطلة الأسبوعية، حيث يكاد ينعدم الزبن فيه. لكن والدتي لا تصمت على جرح كرامتهـا أمام الجـارة، وتخرج إلى رأس الحارة، وتنهال على «أبو أحمد» بالشتائم، «هـل نشـتري منك دون دفع نقـود؟». وتهدده بالانتقال إلى بقالية أخرى للشراء بالدين بدلاً منه. وتنتهي المشكلة عادة بإحضار الجارة من بيتها ركوة قهوة مغلية.

عندمـا أذهب لعند «أبو أحمد»، يفتح أمامي متأففاً مجلداً ضخماً، مغلفاً بجلد بنـي عتيـق مهترئ، يحتل سـطح طاولة كبيـرة، تجعدت أطراف صفحاتـه الصفراء، والتفـت على بعضهـا البعض، مـن كثـرة التقليب. يسـجل عليها الديـون اليومية للأهالي بقلم رصاص «كوبيا»، مربوط إليه بخيط متين. يبل طرفه المبري بلسانه، عندما يكتب، حتى تثبت الكتابة بخط أزرق لا يُمحى. يشـرح لي بأنه عندما يحل المسـاء، يُفـرّغ التسـجيلات على صفحـات خاصة بكل عائلة مسـتدينة فـي نهاية الدفتر، بانتظار حذف ما يتم دفعه منها في نهاية الشـهر.

بالكاد يعرف «أبو أحمد» بعضاً من القراءة والكتابة، فيلجأ إلى اسـتخدام رموز أشبه بتصاوير للبضائع المُستدانة إلى جانب أرقام الأسعار، تفصل بين مجموعة دائـن وأخـر خطوط متعرجة، مثل تلويات الأفاعي. لا يفهم أحد هذه التسـجيلات سـواه، ونسـميها نحـن الأولاد ضاحكيـن «خربشـات الدجاج». عند نهاية الشـهر، يختلـف مـع الدائنيـن عند الدفع، وعلى رأسـهم والـدي، الذين لا يتذكرون أنهم اشـتروا كل الطلبـات المسـجلة عليهم. لكنهم في النهاية يرضخون له بعد جدال عقيـم، فتسـجيلاته لا تخطئ. ويضطرون إلى دفع قسـم من الديون، فيما يؤجلون الباقي إلى الشـهر القادم، لتتراكم فوق مبالغ قديمة. منذ أن هجر قسـم كبير من

الأهالي حقولهم، وتحولوا إلى موظفين رسميين، مستبدلين الشراويل بالبناطيل، أصبحوا يستدينون بكثرة من البقاليات، بانتظار قبض الراتب عند نهاية الشهر.

يقول لي «أبو أحمد» إن عائلته تتناقل هذا السجل الضخم من جيل إلى جيل، وتُسجل عليه ديون الأهالي منذ عشرات السنين، في محل السمانة المتوارث في عائلته. وإذا مات أحد المستدينين، فيمكن مطالبة ورثته بالديون عن طريقه، لأنه وثيقة تاريخية لا تخطئ. وهناك ديون على عائلات لم تسدد منذ أزمان بعيدة، منذ إن أفتتح أجداد «أبو أحمد» البقالية، كما إن بعض الورثة قد هاجروا إلى بلاد أخرى.

في «الحكاية»، يُدرس دفتر «أبو أحمد» الضخم بعناية من قبل مختصين بالوثائق النادرة، في مركز للأبحاث التاريخية، كانعكاس مادي لطبيعة الحياة الاجتماعية والاقتصادية في بلدتنا، وتُكتب عنه أبحاث. ثم يُعرض بشكل دائم على الزوار المهتمين في متحف «الفلكلور والتقاليد الشعبية»، خلف زجاج سميك، مفتوح على صفحتين منه، كأحد مقتنياته المميزة. لكن في النهاية، يتم تهريبه سراً من قبل إحدى العصابات الوطنية إلى بلد أوروبي، ويُباع هناك في مزاد علني، كأحد التحف النادرة عن عصر التدوين التصويري.

على الرغم من إن بيتنا مبني من الإسمنت بالكامل؛ ثلاث غرف وباحة صغيرة جداً، إلا أنه أصبح عتيقاً مع مرور زمن طويل على بنائه، وقد تقشر الطلاء عن جدرانه، وشحبت بالسواد. لا تتوفر النقود لوالدي، كي يرممه، وهو بالكاد يستطيع إطعام القطيع فيه. تُخصص والدتي، ذي الأصول المدينية الدمشقية، غرفة مقدسة فيه للضيوف، تحرص على أن تبقى نظيفة ومرتبة دائماً، احتياطاً للزيارات المفاجئة، لا يحق لنا نحن الأولاد دخولها، وكسر الصمت فيها. وعلينا نحن، أفراد القطيع الكبير، أن ننحشر في الغرفتين الباقيتين؛ «غرفة الجلوس» و«غرفة النوم»، المليئتين بالفوضى والجنون، ونقضي بهما أيامنا. نتنفس في الصيف في باحة البيت الإسمنتية الصغيرة، لكن صياح والدتي يلاحقنا باستمرار بالتوقف عن اللعب والتقافز فيها حتى لا نكسر زهورها المزروعة في بعض الأصص الصغيرة.

يزورنـا القليـل مـن الضيـوف، وهم يأتـون بالطبـع دون موعد، كما هـي العادة في بلدتنـا. مـا إن يقرر أحدهم زيارتنـا حتـى يكبس على جرس البـاب الكهربائـي، نفتـح لـه، فيدخـل ببسـاطة، دون أي مقدمـات. إذا كان ضيفـا عاديـا، يتم تقديم الشـاي أو القهوة لـه، وإلا فإن الاحتفال به يضم فواكه وحلويات، حسـب قرابته أو مكانتـه الاجتماعيـة. لكن ما يذهلني هو ما يسـرده لي صديقي بائـع الصبار، عما يحـدث في «عالم مراياه»، عندما تتجمع حشـود مـن الأقارب والمعارف والجيران بطقـوس احتفاليـة مرحـة، في باحة بيت عائلته السـماوية الترابيـة، في عصريات أيـام الجمعة، وهو ما أفتقده في عائلتي بالكامل.

هكذا، أتسـلل إلى «غرفة الضيوف» طفلا، في أثناء نوم والدتي، أو خروجها من البيت، فيذهلني عالم الصمت السحري والسكون الراكد فيها. أسرق قداحة والدي، التي يشـعل بها سجائره الرخيصة، التي تشـكل غمامات حكاياته. تتحول القداحة إلى حافلـة كبيرة أقودها، تنقـل الركاب على طرق بين السـهول والجبال، تشكلها خطـوط البسـط الملونـة النظيفـة، الممـدودة على أرض الغرفة. تنفضـح جريمتي في النهايـة، وقـد ملأ ركاب حافلتي الغرفـة الهادئة بالضجيج والفوضى، في حين إن والدي لا يسـتطع إشـعال نار سـيجارة إحدى «حكاياته» بغيـاب قداحته، فأنال عقابين، واحد من والدي والثاني من والدتي، على فعلي، الذي يشوش عالم عائلتي.

فـي اختناقـات الضجيـج والجنون فـي بيتنا، فـإن ملهاتنا الوحيدة هـي امتلاكنا لمذيـاع ضخـم، يعمل على الكهربـاء، وهو ما نتميز به عن كثير من عائلات البلدة. يتصدر رفـا واسعـا في «غرفة الجلوس»، ويتم تشغيله بفرك «مفتاح أذن» من جانبه، فتشـتعل لمبة صغيرة في داخله، تضيء لوحة بأسماء محطات البث بالإنكليزية. نقلب بينها بإبرة في واجهته، تُدار بمفتاح أمامي، فيملأ ضجيجه البيت بالكامل. لا يسـتمع والدي إلى الأخبار السـياسية اليومية من «إذاعة دمشق»، لأنها تبث أخبارا كاذبـة مسـمومة، كما يقول، إنما إذاعة «هنـا لندن» هـي الموثوقة دائمـا. يبدو أنه يسـتمد منها مـادة بعض معارك «حكاياته» التي يرويها في الحارة. يحب أبي أغانـي الطرب العتيق لـ«محمد عبد الوهاب»، وينتشـي بها، وتفضل أمي، الشابة الصغيـرة، سـماع أغاني الغرام لـ«شـادية»، و«عبد الحليم حافظ»، فتتنهد بها. أما

أنا، فمنذ إن شاهدت في السينما فيلم «البدوية العاشقة» لـ«سميرة توفيق»، وأنا عاشق لها ولأغانيها. عند الظهر، ننتظر بث مسلسل يومي من إذاعة دمشق، نتحلق حوله منفعلين لمدة ربع ساعة. أتابع بشغف مسلسل «حمزة البهلوان».

عندما نشعل الراديو، يحضر إلى الغرفة المطربون الأربعة، ويشاركوننا العشاء الذي تتناوله على الأرض كامل العائلة. يقبلون ذلك بتواضعهم، ويتربعون معنا على الأرض، في حين لا تغادرني نظرات «البدوية العاشقة»، وهي تطلق موالها العاشق لـي. في أثناء ذلك، نشاركهم الغناء، ونتمايل طرباً معهـم، دون التوقف عن تناول الطعـام. أمـا «حمزة البهلوان»، فيملأ الغرفة شغباً، بوصولـه إليها من المذياع على حصانـه، وهـو يظن إن أعداءه التجؤوا إليها. لكنه عندما يضطر أن يغادرها بانتهاء المسلسل، ولا يجدهم، يترك لي حصانه، ويطلب مني متابعة البحث عنهم.

المسرة الثانيـة فـي عائلتنا، إلـى جانب المذياع، هي سـينما البلـدة؛ المتنفس الوحيـد للتسـلية عنـد الأهالي، بحفلتيـن مسـائيتين يوميـاً، ويصحبنـا والدي في أمسـيات الخميـس لحضور فيلم فيهـا. تضم العائلة في البدايـة ولدين إثنين فقط -إلـى جانب الإخوة الثلاثـة مـن الزوجة الأولى- حيث مايزال والدي في بداية عهد زواجـه الثاني، ويرغـب بالتفاخـر بوجـود زوجـة صغيـرة جديـدة لديه، بعـد فرار الأولى، التي كسـرت كرامته. لذا، فالنزهة المسـائية إلـى السـينما، ومن ثم حضور فيلـم فيهـا، يشـكلان لوالـدي فرصة للظهور بافتخـار أمام أهالي البلـدة مع زوجته الثانيـة الصغيـرة، وبالتالي من المهم التأنق بالمظهر والملابس.

يحلق والدي ذقنه، ويرتدي بذلة رسـمية كحلية، مع قميص سـماوي، طبعاً دون ربطة عنق، فهو لا يعرفها أبداً. أما والدتي، فتجلس أمام مرآة كبيرة وسـع السـماء، دون أن تسـقط فيها، «تتحمر، وتتغندر، وتتعطر، وتنتف حواجبها، وتسرح شعرها»، بطقوس احتفالية مقدسة طويلة. ثم ترتدي ثوباً أنيقاً مشجراً بألوان فاقعة، تحضيراً لهذه المناسبة الأسبوعية المميزة. وهو ما يسـتغرق منها وقتاً بمقدار مدة عرض الفيلم، فيقول لها والدي ساخراً «هل تظنين نفسك بطلة الفيلم؟».

تحدجه والدتـي بنظرة مهددة، فينسـحب خوفـاً من أن ترميه عميقـاً في عالم المرآة الواسـع، ويضيع في عمقها، دون أن يسـتطيع العودة منها إلى البيت.

أما نحن الأولاد، فنرتدي ملابساً نظيفة أنيقة، مع تسريحة شعر أنيقة. ونتراكض متقافزين حولهما في الشارع بضجيج، في حين لا تتوقف طلباتنا في صالة السينما من أجل شراء «الفشار»، و«الأيس كريم»، و«الشيبس»، و«الكوكا كولا».

عندما ينتهي عرض الفيلم، يدعو والدي بطلة الفيلم ووالدتي بطل الفيلم إلى العشاء في بيتنا. وذات مرة استيقظت باكراً، فوجدت البطلة تنام عارية في سرير والدي، ومثلهما البطل في سرير آخر مع والدتي.

عندما يزداد عدد أفراد القطيع في البيت، يصبح حضور السينما مكلفاً مادياً لوالدي، وفي الوقت نفسه، تتوقف لديه مشاعر حب الظهور مع زوجته أمام الأهالي، بعد مرور أكثر من عامين من الزواج. تنقطع العائلة عن حضور الحفلات إلا نادراً، مما يترك غصة دائمة لدى والدتي. أما أنا، فلا أتوان الآن عن تجميع ثمن تذكرة عرض دخول السينما مرة أسبوعياً، من عملي في بيع «الأسكا» و«الكلاسيه»، في يوم الجمعة خاصة. أفتخر بذلك بين أقراني، الذين لا يستطيعون الحصول على النقود بسهولة، فيلجؤون إلي، كي أروي لهم ما أشاهده من أفلام.

عندما أروي حكاية فيلم لأقراني في الحارة، لا أعرف إن كنت أحدثهم عما أشاهده في السينما، أو أعيشه في واقع أخر؛ شبيه بـ«عالم مرايا»، وقد تجسدت فيه بشخصية بطولة. عندما تُطفئ الأضواء في صالة العرض، أجد نفسي وقد غادرت عالمي، ودخلت عالم «مرايا آخر»، ليس فقط بأمكنة وأزمنة مغايرة بالكامل لعالمي، بل وأيضاً بتسارعات غير نمطية في سيروراتها.

هكذا، أتلبس شخصيات مختلفة، أعيش في عوالمها الساحرة، مثل «هرقل»، و«ماشستي»، و«طرزان»، و«زورو أبو الفردين»، و«جيمس بوند»، و«فانتوماس»، و«سوبرمان». المشكلة هي أنني في بعض الأحيان أعلق في عوالم هؤلاء الشخصيات لفترات طويلة، فأضطر إلى إرسال نسخة مني إلى عالمي، حتى لا يشعر أهلي بمغادرته، ويفتقدوني. عندما أعود إلى عالم أهلي، تفاجئني نسختي بوجودها هناك، فأضطر إلى أرسالها بدلاً مني لمشاهدة عرض سينمائي جديد، كي تتجسد شخصية بطله. لهذا، بدأت أتوه بين «الحكايات»، فلا أعود أعرف بدقة أين هو عالمي الحقيقي، وأي شخصية أنا منها، في «عوالم مرايا» متعددة.

وتزداد البلبلة بوجود صديقي الخاص؛ شبيهي، بائع الصبار في «عالم مرايا» مواز، ألتقيه يومياً.

تنفصل صور بالأبيض والأسود لأشخاص من زمانها ومكانها، تعيش الحنين في ذاكرة حالمين، وتغدو معلقة على غمامات ضباب كثيف. صور، لم يتبق من أصحابها مع مرور الزمن سوى «حكايات»، لكني أعيشها أنا بطريقة ما؛ صورة المعلم «أبو العاص»، وهو عار بالكامل، بشنبيه العريضين، وعضوه الضخم المنتصب، يغطي الجدار؛ صورة باحة ضيقة في بيت عتيق، وقد جمدت قفزاتي، أنا وإخوتي في الهواء، بين أصص زريعة، مكسرة الزهور؛ صورة مجلد ضخم لديون زبائن بائع السمانة «أبو أحمد»، معروض في صالة مزاد لبيع التحف التاريخية النادرة، في بلد أوروبي؛ صورة نسوة يتجمهرن حول عربة بائع الخضار «أبو بشير»، فيما تظهر يده متسللة تحت تنورة عريضة لامرأة، دون سروال، تداعب مؤخرتها؛ صورة والدي بلباس عسكري، برتبة الرقيب أول، تتأبط زراعه الأيسر زوجة متقدمة في العمر، تزوغ نظراتها بعيداً، وتتأبط ذراعه الأيمن زوجة صغيرة، تبتسم؛ صورة الزوجة الصغيرة تجلس أمام مرآة كبيرة وسع السماء، تتزين أمامها؛ ثم سلسلة صور لوالدي، واحدة وهو يقاتل بسيف على أسوار القسطنطينية، وثانية وهو يقاتل بارودة على شواطئ النورماندي، وثالثة وهو يقود دبابة بمدفع طويل، ورابعة وهو يقفز من طائرة حربية مشتعلة في السماء بمظلة، وخامسة وهو يستعرض حرس الشرف أمام خليط من رؤساء القبائل من الهنود الحمر، والأدغال الإفريقية، وبلاد الأسكيمو. ثم صورة أخيرة، وهو يقف وراء أسوار مدينة، يرفع يده محيياً للجثث المنتشرة بين أنقاضها، بعد معركة دامية.

يتوقف الزمن في الصور الساكنة، لكن ماتزال أصوات مختلفة تصدر منها؛ صوت والدتي تنهرنا نحن الأولاد باستمرار في باحة البيت؛ صوت «أبو بشير» ينشد موالاً، فيما تتأوه امرأة من مداعبته؛ صوت والدي يروي بطولاته في الحارة؛ أصوات جنود صادرة من معارك، تنظمها موسيقى مارشات حماسية... زمن ساكن، صامت، نائم، توقظه «حكايات»، فتُستعاد بحيويتها.

(6)

يحدث ذات مرة في حارة «أبو حمدان»

أنادي، بإيقاع موسيقي «يا مشوِّب، صبارة حلوة، عسل، ثلاثة بفرنك».

عنـد العصـر، أنتهي من بيع الأكوام القليلة من الصبار، تتجمـع في جيبي بضع فرنكات، يسـمح لي والدي بالتصرف بها. أمضي مباشـرة إلى بقالية «أبو حمدان»، التي تقع على الطرف المقابل للشارع، كي أشتري مسلياتي اللذيذة.

تجاوز «أبو حمدان» الستين من عمره، ولايزال يرتدي دائماً الملابس العتيقة المهترئة نفسها منذ عدة أعوام؛ شروالاً أسود متهدل، يكنس به الأرض، وهو يسير، يشـده حبل أبيض في وسـطه، وقميصـاً رمادياً، بـأزرار كبيرة، يرقعهما باستمرار، وبقايا حـذاء متآكل كالح اللون، يجـره أرضاً بقدميه. لا يحلق لا شـعر رأسـه ولا ذقنه إلا نادراً، دون التوقف عن هرشهما طوال الوقت، رغم إن زوج ابنته مديحة لديه دكان حلاقة.

عند الصباح، يسـتيقظ «أبو حمدان» عملاقـاً هائل الحجم، يعلو بطوله فوق بيـوت الحارة. يلعلع صوتـه هديـر انفجارات، وهو يرفع الغلـق المعدني لبقاليته بإصبعه، فيستيقظ الأهالي، ويعرفون إن يوماً جديداً بدأ. وطوال النهار، لا يتوقف انهيـال سـيل مريع مـن الكلمات المجروشـة، المحشـوة في جسـده، ينثرها على رؤوس زبائنه، وهـو يلوّح بيديه في الهواء، مشاكسـاً عفاريتاً غيـر مرئية. لا يفهم الزُبن أسباب تذمره المستمر، فقط يهزون رؤوسهم صامتين، مبتعدين عن مرمى يديه المنفلتتيـن حتـى لا تلطمهـم، وعـن مجال كلماته المتطايرة حتى لا تشج رؤوسهم، على أمل أن ينالوا في النهاية تخفيضاً على أسعار مشترياتهم. لكن كلما يتقدم النهار، يسـتنفذ صوته بعضاً من حجمه العملاق، المحشـي بالكلمات. وما إن يأتـي المسـاء حتى يتضاءل الجسـد أكثر مع تفريغ جعب الكلمات المتفجرة فـوق رؤوس الزبائن، بحيـث يغدوا قزماً صغيـراً. لا يسـتطيع عندئذٍ إنزال غَلَق المحـل، وهـو يتطاول إليـه متقافزاً، فيطلب مـن أحد المارة المسـاعدة. ينكمش

جسـده وصوتـه بالكامل، دون ملابسـه، التي تبقى فضاضـة، ويكاد أن يضيع في ثنياها، وهو يجرها.

في العـادة، يحصـل الفلاحون على معظم مؤونتهم مـن بسـاتينهم وحقولهم وكرومهـم، علـى عكس عائلات الموظفيـن الذين يشـترونها من البقاليـات، غالبـاً بالديـن. لكنهم الجميع مضطرون إلى شـراء البضائـع الأساسـية التي لا تعرضها إلا هذه البقاليات، مثل السـكر والرز والشاي والقهوة والصابون والمعلبات. من هنا تبرز أهميـة بقالية «أبو حمدان»، الوحيـدة في الحارة.

تقـع البقاليـة في وكر ترابي آيل للسـقوط، مطـل على الشـارع، وخلفها زريبة أغنـام «أبـو محمـود» اللحـام. ينهار الوكر فـي الليل، ويغـدو خرابـاً، يعشـش فيه البـوم، يقتنـص القوارض والأفاعي المنتشـرة فيـه بكثرة. لكن مـع إطلالة الصبـاح، ينهض الوكر من جديد بقالية تفوح منها رائحة الرطوبة والعطونة، المسـتمدة من ليل الخرابة. لا ينظف «أبو حمدان» أرضيتها أو ينفض الغبار عن رفوفها إلا نادراً، مثل حلاقة شعره وذقنه وغسيل ملابسه. تزين فضاءاتها شباك عناكب، قادمة من خرابـة الليل، تهتز خيوطها مع ارتجـاج مويجات صوته، وتصطاد الكلمات.

يسـتغل «أبو حمدان» الفسحة الترابية أمام بقاليته لعرض بضائعه من الخضار والفواكه، علـى بسـطة خشـبية مخلخعة، لا يتوانى أولاد الحارة عن سـرقة قطع منها، عندما يكون في الداخل، ويلوذون بالفرار سـريعاً، وهم ينهشـوها راكضين. وإذا انتبه لأحدهم، يلحقه بعصا غليظة، وهو يعوي، لكن الجراء الصغيرة تختفي دائمـاً بسـهولة في ثنايا الحارة، فيعود خائبـاً. وكي يخيف هذه الجراء، ويمنعها من الاقتراب من حقله، يعلق الآن جرسـاً على عنقه، يطنطن كيفما تحرك، شبيه بذلك الذي يُعلق على عنق تيس الماعز، كي يلحق به أفراد القطيع، لكن «أبو حمدان» يسـتخدمه، كي يطرد الأولاد. هكذا، ينهال صراخه، بسيل كلماته المجروشة، على إيقـاع طنين الجرس، كيفما تحرك.

يسـتيقظ «أبو حمدان» يوميـاً في الرابعة صباحـاً، عدا نهار الجمعة، يذهب مع مجموعة من أصحاب البقاليات في البلدة إلى سـوق الجملة في دمشـق؛ «سـوق الهـال». ينطلقـون بأول سـفرة لبـاص الركـاب «سـكانيا»، الـذي يعمل عليـه ابنه

حمدان «معاوناً»، يلم الأجرة من الركاب مقابل تذاكر ورقية صغيرة ملونة بحجم الإبهام. هناك في السوق، يشترون البضائع من تجار الجملة في «سحارات»؛ صناديق خشبية مهترئة مشققة، يشدها سوار نحاسي صدئ. يضع كل واحد منهم أحرفاً من اسمه على صناديقه تمييزاً لها، ليتم نقلها جماعياً إلى البلدة بشاحنة «أبو عياش»، في صندوقها الخلفي الخشبي شبه المحطم، ويسبقونها إلى البلدة. في التاسعة صباحاً تصل الشاحنة، وتدور على البقاليات لتفريغ البضائع، حيث تتدافع جمهرات من زوجات الموظفين، المنتظرات طويلاً لاختيار أفضل البضائع من على وجه الصناديق، المغطاة بها كنوع من الإغراء.

يتولى تنزيل الصناديق من الشاحنة العتال «حمودة السكران»؛ أربعينيّ، قزم ممتلئ الجسد، بمنكبين عريضين، يخفي فمه شبه الفارغ من الأسنان بشاربيه الكثين. وحمودة لا يكون سكراناً في الصباح، لكن ما إن ينتهي من مهمته على الشاحنة حتى يشتري بإجرته اليومية «بطحتيّ عرق يانسون»، من خمارة «كارو» الأرمني، يجرعهما، وهو يلوك بقايا خضار وفواكه من الشاحنة، ويذهب غارقاً في ثمالة فوق فراش قش، مرمي في مستودع صناديق «أبو عياش».

يجمع «أبو عياش» الصناديق الفارغة من البقاليات كل يوم مساء، يشتريها بسعر بخس، ويكدسها في مستودع كبير مفتوح ومكشوف، يقع عند طرف البلدة. عندما ترتفع صفوفها تلالاً خشبية، تصل إلى الغيمات وتسد السماء، ينقلها بشاحنات ضخمة إلى «سوق الهال» من أجل بيعها، حيث يُعاد استخدامها من جديد.

لا تعنيني قذارة بقالية «أبو حمدان» كثيراً، فنظري ينصب مباشرة على رف خشبي جداري طويل، يشعله خيالي بإضاءات سحرية ملونة. تصطف على طوله قطرميزات زجاجية شفافة متطاولة، أميرات قادمة من حكايات «مصباح علاء الدين». أعرفها من مجلة الأطفال «بساط الريح»، التي أشتريها مرة في الأسبوع، من مكتبة «أبو زياد». يبدو كل واحد من القطرميزات جسداً أهيف بلورياً، بخصر نحيل رشيق، يتضخم في الأعلى بصدر ممتلئ، وينتهي برأس أميرة شرقية؛ قطرميزات المسليات.

تأسرني ألوان المسليات من وراء الزجاج الشفاف، ويسيل لعابي لمرآها، فأركب «بساط الريح»، وأطير إليها، متنقلاً بينها. استعرضها؛ «قضامة إسطنبولية مالحة»، «قضامة صفراء مغبّرة»، «قضامة على سكر»، «فستق»، «بذر بطيخ أسود»، «بذر مصري صغير أسمر»، «بذر يقطين أبيض»، «بذر دوار قمر رمادي غامق»، وجميعها محمصة بالملح، ومعها «سكر نبات»، «سكاكر كراميل، ملفوفة بأوراق ملونة»، «سكاكر مص»، «ملبس لوز» بألوان الأبيض والسكري والسماوي، «قطع شوكولا»، «بسكويت». يشتريها «أبو حمدان» من تجار الجملة في «سوق مدحت باشا» بدمشق القديمة، الذي يتبضع منه مرة في الشهر. هناك لديهم محامص كبيرة للموالح والمكسرات، ومشاغل يدوية لصنع السكاكر والشوكولاتة.

أحدد طلبي المتبدل يومياً من رف المسليات، فيُنزل «أبو حمدان» القطرميز ـ الأميرة المطلوب، وهو يحتضنه بيده اليسرى، ويدلق منه في قمع ورقي يمسكه بيده اليمنى؛ كمية ما يعادل سعرها فرنكاً واحداً. يعيد الكرة مع قطرميز ـ أميرة آخر، في قمع ورقي جديد، بقدر طلباتي. في هذه العملية السحرية، التي تتطلب منه التركيز والدقة، كأنه يداعب فخذي الأميرة، يصمت على غير عادته، يختفي جرش صوته، ويتوقف جرسه عن الطنين. يبتسم لي، وهو يناولني الأقماع بالتتالي، أمضي بها بمرافقة الأميرات.

أخرج من البقالية، محملاً بمسلياتي المشتراة، في ثلاثة أو أربعة أقماع مكورة، من أوراق أعداد قديمة لصحيفتي «البعث» و«الثورة»، ومجلة «الجندي العربي»؛ الصحف الرسمية الوحيدة في البلاد. تتلوث الحبيبات في الأقماع بطعم حبر الصور والكلمات المطبوعة عليها؛ صورة عسكري، بأوسمة على الصدر ونجوم ونسور على الكتفين، تتكرر في كل الأعداد، مع شعارات «ثورة العمال والفلاحين»، «الجيش العقائدي»، «تحرير فلسطين»، «وحدة، حرية، اشتراكية»، «يسقط الأقطاع والرجعية والإمبريالية»، «انتفض المارد العربي». وحتى لا ينتقل التسمم من الأوراق إلى مسلياتي، ومن ثم إلى عقلي، أوزع محتوى الأقماع في جيوب بنطالي وقميصي، وأجعلك الأوراق، وأرميها على

أرض الشـارع، حيـث يـدوس الأهالـي علـى صورهـا وشـعاراتها ذهابـاً وإياباً، وهم يسـتمتعون بعفوية بهذا الفعل، فيما تبتسـم الأميرات لي.

عندما أخبر صديقي الشـخصي؛ «بائـع البوظة» من «عالم المرايا» كيف أرمي أوراق الصحف الرسـمية أرضاً، بحيـث تدوس عليها أقدام المارين، يسـتغرب كيف نجـرؤ علـى هـذا. في «عالـم مراياهـم»، يخافون فعل ذلك، فسـيارات «الشـرطة السـرية» الزيتيـة اللـون، تتـوزع علنـاً ليـل ونهـار فـي الشـوارع، وعلـى ورؤوس الحـارات، وعناصرهـا الأمنيـون يقفون متكئين عليها، أو يسـترخون في مقاعدها، تاركيـن الأبـواب مفتوحـة، يـزرع كل واحـد منهم مسدسـاً خلف ظهره في قشـاط البنطـال. هـؤلاء يراقبـون بدقـة كل حركة تصدر مـن العابريـن والمتجمعين أمام المحـال التجاريـة... هكذا يخبرني صديقي.

الجرائد الرسـمية موجودة في مكتبة «أبو زياد»، في سـاحة البلدة. هي بقايا جـدار خرابـة، يُعلـق علـى طولـه «أبـو زيـاد» صفوف مـن الأحذية المسـتخدمة، وصفـوف أخـرى مـن الأوانـي المنزليـة البلاسـتيكية، ويفـرد إلـى جانبهـا صف الجرائـد الرسـمية، التـي تعـود أعدادهـا إلـى مـا قبـل خمـس سـنوات، ولا أحـد يشـتريها. لكني أشـتري هنا فقط مجلة «بسـاط الريح»، أعداد متكررة، لا تتغير علـى مدى عام كامل.

لـدى «أبـو حمـدان» زوجـة خمسـينية، ممتلئة الجسـد، بحجم بقرة، لا يسـمح لهـا بالاقتـراب مـن البقاليـة حتى لا ترعى ما لذ وطاب مـن الخضروات والفواكه والمكسـرات. يصيـب عينيهـا فجأة رمد شـديد، عندمـا أفرغت حمامة تقف على طرف السـطح فضلاتها فيها، فتلتهبان وتحمرّان بشـدة. وبدلاً من اللجوء إلى طبيب البلـدة العجـوز «ياسـين»، توفيـراً للنقـود، تتم الاسـتعانة بـ«أبو خليـل»، الصيدلي الوحيد في بلدتنا، الذي يُصر على إغراق عينيها بمرهم غريب، صنعه بنفسـه من مواد كيماوية وعشـبية. بعد بضعة أيام من اسـتخدامه، تفقد «أم حمدان» معظم بصرها، ولم تعد تشـاهد سوى خيالات وأشباح، تلهو في عقلها.

منـذ تلقـي المرهم في عينيها، تتربع «أم حمدان» طوال النهار، على مصطبة طينيـة، فـي طـرف الحارة عميقـاً، مسـتندة على عصاها الغليظـة. تنفرش حولها

تنورتها الواسعة، الجرداء والمغبرة، فتبدو مثل دجاجة تربض فوق بيضها منذ سنوات، دون أن يفقس. تلاحق ببصرها الشحيح أصوات العابرين وضجيج الأولاد، التي تنتظمها لعلعة زوجها وطنين جرسه، غير بعيد في البقالية. إلى جانب حديثها المستمر مع أشباحها، ما تنفك تنادي زوجها طوال الوقت، لكنه لا يرد عليها، كأنها غير موجودة. على الرغم من ذلك، لا يتوقف النداء، الذي يتحول إلى نشيد حزين، بإيقاع رتيب، يملأ فضاءات الحارة. في المساء، يعود ابنها حمدان، ويصطحبها إلى البيت، لكن نشيدها الحزين يبقى صادحاً في الحارة طوال الليل.

«أبو خليل» ممرض متطوع في الجيش، لم يتزوج حتى الآن، على الرغم من تجاوزه الخمسين من عمره. ما إن ينهي خدمته العسكرية، حتى يفتتح محلاً صغيراً في زاوية الشارع، يسميه مستوصفاً، يستخدمه لحقن المرضى بالإبر؛ الرجال في أعلى الساعد، والنساء في عضل المؤخرة، دون أن يسأله أحد عن سبب ذلك. يفعل ذلك في البداية بناء على وصفات طبيب البلدة، العجوز النزق «ياسين»، الذي ترتجف يداه باستمرار، ويشتكي الأهالي من ضعف سمعه وبصره.

نتلصص، نحن الأولاد، عبر زجاج محل «أبو خليل»، ونشاهد كيف تشمر النساء أطرف أثوابهن، من أجل تلقي الحقنة في مؤخراتهن. نحسده على هذه المهنة، التي تسمح له بالكشف عن بعض الأجزاء الحميمية من أجساد النساء. لكن الأولاد لا يصدقوني، وأنا أؤكد أنه بعد أن يحقن امرأة بإبرة في مؤخرتها، ويدعكها طويلاً بيده، بدعوى مساعدة الدواء على السريان في جسدها، يجلس خلف طاولته، ويمارس الاستمناء، وهي بالكاد تخرج من محله. بل ويمارس ذلك أيضاً كلما تحضر لعنده «أم حمدان»، وقد غدت شبه ضريرة؛ يمسح عينيها بالمرهم بيده اليسرى، ويستمني بيده اليمنى.

يحول «أبو خليل» محله إلى صيدلية، مع لوحة خشبية باسمه كخبير في المداواة الطبية، يعلقها فوق المحل، ويحصل على الأدوية بما يزوده به الأصدقاء القدامى في الجيش سراً، ويضيف إليها وصفات دوائية، عشبية وكيماوية، يرّكبها

بنفسه. ثم يستتبع ذلك بوصف الأدوية بنفسه للمرضى، دون العودة إلى طبيب البلدة «ياسين»، بل يلجأ إليه الفلاحون الآن حتى لمعالجة بقراتهم المريضة، بسبب الأجر الزهيد الذي يتلقاه. على الرغم من ضحايا وصفات أدويته العديدين، من بينهم «أم حمدان»، التي أضحت شبه عمياء، ما يزال الأهالي يلجؤون إليه توفيراً لأجرة معاينة الطبيب.

تصمت فجأة «أم حمدان»، وتبقى ساكنة على مصطبتها عدة أيام، بنهاراتها ولياليها، دون أن تنبس بأية كلمة. لكن لا يكترث أحد لصمتها المفاجئ، ولا لبقائها ليلاً على المصطبة، حتى ابنها حمدان، المفترض أن يصطحبها مساء إلى المنزل، لا يلاحظ الوضع الغريب لوالدته، تاركاً إياها هناك. أما ابنتها مديحة، المتزوجة من الحلاق «أبو أيمن»، فهي لم تكن تزورها أصلاً، كي تطمئن عليها، بسبب انشغالها بتربية قطيع أولادها المتكاثر باستمرار، وربما لا تعرف بما يحدث لها.

تموت «أم حمدان» على المصطبة، فيُترك جسدها كما هو في مكانه، دون التفكير بإقامة جنازة وإجراءات دفن لها، كأنها ليست موجودة. تمر عدة أشهر، يغدو جسد «أم حمدان» في نهايتها غباراً ضوئياً، يتبدد في فضاءات الحارة، وتختفي دون أي ذكر لها، إلا أن صوت ندائها الحزين لزوجها يبقى ضاجاً في الحارة، ليلاً ونهاراً. على الرغم من إن صوت مناداتها يبقى مستمراً في الحارة، فإن «أبو حمدان» لا يتذكر إن كانت لديه زوجة أم لا، ومثله ابنها حمدان وابنتها مديحة. كأن ذاكرتهما ممسوحة، ولا يعرفون سوى إنهم وجدوا هكذا في الحياة.

ينكر الصيدلي «أبو خليل» وجود «أم حمدان»، ويستغرب من شطط خيالاتي في نسج «حكاية» رمد عينيها، وتحولها إلى عمياء، ففيها إهانة لسمعته وفشله في معالجة مرضاه، وهو الذي أشرف على ولادة نصف بقرات الفلاحين، وشفائها من أمراضها. ثم هناك فعل الاستمناء الذي يأخذ بالانتشار عنه بسبب «حكايتي»، مما يجعله غاضباً مني. وحتى لا يفقد زبائنه يحدث الأهالي بأنه حتى لا يمتلك عضواً جنسياً، والدليل إنه لم يتزوج أبداً.

ألجأ إلى والدتي بأسئلة متكررة عن غياب «أم حمدان» عن مصطبة الحارة، فلا تتذكر في البداية وجود هذه المرأة، أو حتى امرأة بهذا الاسم. لكنها أمام إلحاحي،

تشحذ ذاكرتها المغبشة، وتروي «آه، كان لـ«أبو حمدان» زوجة، منذ زمن بعيد، إنما سقطت في فتحة البئر العميق، الموجود في باحة بيتهم، فيما هي تنحني لتتناول منه الدلو الجلدي الطافح بالمياه، فجرها ثقله إلى الأسفل. لم يجرؤ أحد على النزول إلى البئر لظلمته التي لا تسمح بتبيان عمقه، فهو موجود هكذا منذ زمن بعيد، ينهض على ساقية تسيل مياهها في سرداب أرضي، على الأغلب هي التي جرفت جثتها. بقي ابنها حمدان يناديها كل ليلة من فتحته لعدة سنوات، فلا ترد، حتى شعر بالتعب والملل. ثم هكذا، نسيها الجميع».

ألح من جديد، «لكن يا والدتي من كانت تلك التي تجلس على المصطبة في الحارة، ولايزال صوت ندائها لزوجها حتى الآن يدوي في فضاءاتها».

تتأفف والدتي «أغرب عن وجهي أنت و»حكاياتك»، لا أحد يرى هذه التخيلات ويسمع أصواتها سواك. ربما هي واحدة من الجنيات؛ «المذرة»، التي انتقلت من سياجات البساتين إلى الحارة، تغني للرجال من أجل إغرائهم، وهي تحاول معك الآن، على الرغم من إنك مازلت طري العود. اذهب واسأل والدك عنها، فهو خبير بهن».

يبتسم والدي، فهو الخبير بالجنيات.

أبطال «حكاياتي» لا يموتون قط، فقط يختفون بهدوء من سير الأحداث. لذا، لا توجد مقابر في بلدتي. على الرغم من ذلك، فإنه يمكن أن تُستعاد ذكراهم بـ«الحكايات». وجدتي كانت تؤكد لي هذا «عندما يحين سفر أحدهم إلى عوالم أخرى، تتدلى إليه في هدأة الليل من السماء حبائل ضوئية خفية مجدولة، لا يراها أحد سواه، يتسلقها والناس نيام، ثم يختفي. هكذا، تحدث الأمور ببساطة».

أسالها «وكيف نعرف أن الشخص المتوفي هو جيد أم لا؟».

«تمطر السماء في اليوم التالي زهوراً، إذا كان جيداً، ويُستعاد ذلك في «الحكاية».

يوم تختفي جدتي من بيتنا، أشاهدها تتسلق في هدأة الليل حبلاً ضوئياً مجدولاً، متدلياً من السماء. تودعني بنظرة أخيرة، وهي تبتسم لي، ثم تغادرني،

وقـد منحتنـي سـرها. عندما أسـتيقظ فـي صبـاح اليـوم التالـي، أجـد باحـة البيت مفروشـة بالزهـور». لم يهتم أحـد في البيت لفقدانها إلا أنا، لأنها كانت تروي لي الكثير من «الحكايات»، أو بالأحرى كانت حدثاً في «حكاية» لي.

ومثـل كثيـر مـن النـاس، الذيـن يختفـون فجـأة فـي «الحكايـات»، تمضي «أم حمـدان»، دون أن يتذكرهـا أحـد، علـى الرغـم مـن وجـود زوجها وابنها حمدان وابنتها مديحة في عالمنا، وتركوها للنسـيان.

عندمـا تمر مديحة في الشـارع، تسـير بجلبـة أصوات قطيـع كبير من الأولاد، من مختلف الأعمار، يتجاوز عدد أفراده العشرين. يتعلقون بثوبها الطويل، وهي تشحطهم وراءهـا، إضافة إلى إثنيـن يمتطيان كتفيها، واثنين تضمهما إلى صدرها، تُلقم كلاً منهما ثدياً. منذ إن تزوجت مديحة «أبو أيمن»، يقفز كل بضعة أيام من سـريرها طفل، ما إن تقوم بإرضاعه عدة أيام، فإذا هي حامل بقادم جديد. يفتخر زوجها في البداية لسـمعته بإنه ديك لا يمل من القفز والتلقيح، وإن زوجته بقرة ولـود، ترضـع خمس أولاد معاً، فقد عاش طـوال عمره وحيداً دون إخوة وأخوات. وقد فكر مـرة بأن يُلقح الجارات في الحارة بالسـر، دون عقود زواج. لكن عندما يبلـغ عدد الأولاد من مديحة عشـرة في العام الأول، والولادات لا تنقطع، يشـعر بالقلـق الشـديد، فمـردود دكان الحلاقة الصغير لم يعد يسـتطيع إطعام كل هذه الأفواه الجائعة.

دكان حلاقة «أبو أيمن» ضيق جداً، تتسع لاستقبال زبون واحد فقط، فيما على بقية الزبن انتظار دورهم، متكدسين على الرصيف أمامها. تقتصر محتوياتها على كرسـي حلاقة، بغطاء جلدي مهترئ، وقاعدة معدنية ومسندين خشـبيين لليدين؛ ومرآة مقشـرة الطلاء بإطار خشـبي قديم، معلقة على الجدار المبقع بالرطوبة بميلان؛ ومقصات صدئة؛ وأمواس يسـنها على قشـاط جلدي طويل؛ وغطاء أبيض متسـخ دائمـاً، يرميه على الزبون عند الحلاقة؛ وفرشـاية قاسـية لنفض الشـعر عنه؛ ومنشـفة عتيقة؛ وكركر خيطان لنتف شـعر الوجنتين، وهو يستخدم هذه الأدوات نفسـها دون تغييـر للزبائـن جميعهم. على الجـدار، يلصق صوراً لعصافير صامتة وزهـور ذابلة، أصبحت مع مرور الزمن مغبرة باهتة، وممزقة الأطراف. أما الشـعر

المتكدس على الأرض من حلاقة الزُبن، فلا يكنسـه سـوى مرة واحدة عند المسـاء.

على الرغم من قذارة دكان «أبو أيمن»، فإن الشباب يفضلون ارتيادها، بدلاً من محلات الحلاقين الثلاثة الأخرين في البلدة، الواسعة والنظيفة. هنا، يسـتمتعون بثرثرته المسـتمرة طوال الحلاقة، عن السـراديب السـرية تحت الجبل المطل على البلدة، التي كان يرتادها في شبابه. يشـعر الزبون بإن «أبو أيمن» يهمس له بأسرار خاصـة، كأنـه صديقـه الشـخصي. بل ويعدـه بالذهاب معـاً ذات يوم إلى الجبل، للحصـول على كنز مرصود منها، مؤكداً له بأنه يعـرف التعاويذ التي تفتح الأبواب الصخريـة، وتُبعد الأفعى العملاقة التي تربض أمامه.

بالعكس مـن بقيـة الزبن، يشـعر «أبو أيمن» بأني صديقـه الخاص. يسـألني هامسـاً، وهـو يحلق لـي «أنت مثقـف كبير في هـذه البلدة الملعونـة، الوحيد الذي يسـتمع إلى الأغاني الأجنبية في الراديو، ويفهم لغاتها. أريد أن أستشـيرك بمودة، فإذا ساعدتني، فأنا أعرف موضع كنز مرصود في الجبل، نذهب ونحصل عليـه معـاً. مـاذا أفعل، كـي تتوقف زوجتي عـن الإنجاب؟ الأهالـي يقولون أني «كبـش فحـل»، لكنـي لـم أعـد أسـتطيع إطعـام الأفواه الجائعـة المتقافزة من فراشنا الأرضي».

ثم يقتـرب مـن أذني موشوشـاً «لا أسـتطيع تمالك نفسـي من النـوم معها في الليل عـدة مـرات، دون ملـل، على الرغم من عملـي المتعب طوال النهار في الـدكان، وعلـى الرغم مـن تقافز الأولاد المسـتيقظين حولنا باستمرار. المشـكلة ليسـت فقط في أنها تسـتجيب لي سـريعاً، بـل وتستثيرني أيضاً بإغراء شـديد، فيمـا إذا توانيت عـن مجامعتها. بل وقد نفعل ذلك، وهي ترضع أحد الأطفال، أو تطبخ، أو تنشـر الغسـيل على الحبال. بل وتمتطيني، وأنا نائم، فأخذها، وأنا أظن نفسي في حلم».

ويردف حزيناً «يكثر الأولاد في البيت باستمرار، وتتعب والدتهم من ضجيجهم، وتدفعهم للخروج منه، فلا يجدون مكاناً يتجمعون فيه للعب إلا أمام دكاني هنا».

في كل مرة أذهب إلى الحلاق «أبو أيمن» لأقص شعري، أجد أولاده المتجمعين أمـام الـدكان يزدادون عـدداً، بحيث تجاوزوا في المرة الأخيرة الخمسـين. يقول

لي مبتسـماً «أصبح الأولاد يتدبرون أمورهـم لوحدهم، بـل ويتزوجون سـريعاً، قبـل أن يصلوا سـن البلـوغ، دون مشـورتنا، أنـا ووالدتهم. يحضـر الأولاد إلى هنا مـع أولادهم؛ أحفـادي، ويجتمعون أمام الدكان. لم أعد أفرق بين الابن والحفيد، وقريباً ابن الحفيد».

في هذه المرة، لا أستطيع حسـاب عدد الأولاد والأحفاد بالضبـط، فقد تجاوزا الثمانين بكثير. لكني أجد إنهم ينتشرون على طول الشارع، بدءاً من دكان الحلاقة، مفتتحين سوقاً مكشوفة؛ صفوف من الطاولات العتيقة المنخفضة، بارتفاع نصف متر، مع كراسـي خشبية صغيرة مقششة، دون مساند، متوضعة على أطرافها. إلى جانب كل طاولة ينهض «بابور كاز»، وفوقه قدرٌ نحاسي كبير بغطاء، يتم فيه سلق شيء ما للبيع؛ «فول نابت»، «حمص بليلة»، «قمح سليق»، «ترمس»، يُسكب منه بمغرفـة نحاسـية في زبادي فخارية صغيرة. يتنـاول الزُبن الأطعمـة منها بملاعق خشـبية، بعد أن يرشـوا عليها الملح والكمون المطحون. لا أرى أجسـاداً، إنما فقط أيـدي متزاحمة لتناول الأطعمة، وأفواهـاً نهمة تزدردها سريعـاً؛ خيـالات تتكاثف وتمتد على طول الشارع.

مع الزمن، يتوسـع السوق، وتنتشر فيه بسطات طويلة، تنهض إلى جانبها قدور نحاسـية سـوداء، تُقلـى فيها أقراص الفلافل، و«عجـة البيض»، وإلى جانبها شباك معدنيـة، تُشـوى علـى جمراتها أحشـاء الخراف، ولحم الكبـاب، فتتكشف روائح الطعـام اللاذعة في الأجواء. تتعالى نداءات البائعـات والبائعين من أولاد وأحفاد «أبو أيمن»، المختلطين بالزُبن، فلم يعد من الممكن التمييز بين بعضهم البعض من شدة الازدحام.

يلـف السـوق غمـام كثيف من دخان الشـواء، ومن بخار قدور الطبـخ، المشبع برائحـة زيـوت القلي. يتكاثف الغمـام ضبابـاً ثقيلاً، يخفي معالم السـوق والباعة والزبـن، فلا يبقـى منهـم سـوى خيـالات متراقصـة. لم يعـد أحد يصدقنـي بوجود السـوق، على الرغم من إن ضجيج الباعة والزبن لا يفارق المكان، حتى «أبو أيمن» بنفسه يلقي نظرات مستغربة خارج دكانه، ويقول لي «لا أشاهد شيئاً مما ترويه». اليـوم يُسـر لي «أبو أيمن» هامسـاً، وهو يحلق شـعر رأسـي «أحدثك كصديق

مثقف. لا أدري من هو العاقر، أنا أم امرأتي، فمنذ خمس سنين ونحن متزوجين، ولا تنجب أطفالاً أبداً. أصبحت أخجل أمام إخوتي العشرة، وكل واحد منهم لديه جيش من الأولاد، فماذا نفعل؟».

ويردف» حمدان أخ زوجتي مديحة، يريد إعادتها إلى بيت أهله».

بعمل حمدان «معاوناً مرافقاً» لمنير؛ سائق باص «سكانيا، هوب، هوب»، الذي ينقل الركاب بين البلدة ودمشق. يقطع حمدان التذاكر لهم في أثناء السفر مباشرة؛ وريقات ملونة صغيرة مرقمة، بحجم رأس الإبهام، الواحدة بستة فرنكات، سرعان ما يتم رميها على أرضية الباص الملوثة بالمازوت. يلتقط السائق منير الركاب من أي مكان على طول الطريق، بمجرد أن يرفع له أحدهم ساعده، مؤشراً بإصبعه، وهو يصرخ بالعامية «هوب، هوب»، أي «توقف، توقف». ويُنزل منير الركاب أيضاً أينما يرغبون، دون التقيد بأي «لافتة موقف رسمي»، بل إن بعضهم يطلب إنزاله أمام باب بيته مباشرة. يصعد الركاب من الباب الخلفي أو الأمامي للباص، لا فرق، وعلى حمدان التقافز فوق المتزاحمين جلوساً ووقوفاً، كي يقطع تذكرة للراكب الجديد، فيما جيب بنطاله يخشخش بالنقود المعدنية، وصوته يلعلع «خالص، سكر ورا».

السائق منير في الثلاثينيات من عمره، يحلق ذقنه وشاربيه يومياً، ويذهب إلى عمله متأنقاً متعطراً. يعتني بنظافة باصه، متغزلاً به مثل «'عروس»، كما يقول، وقد زين كل من الطرفين الخارجيين بصورة ملونة لنسر يفرد جناحيه، وغطى سقفه من الداخل، فوق رأسه، بسجادة عجمية مزركشة، تتدلى منها فواكه بلاستيكية، تضيئها مصابيح صغيرة حمراء. تتكدس أمامه في علبة خشبية أشرطة كاسيت موسيقية، مغبرة قديمة، لأغاني وديع الصافي وسميرة توفيق وفهد بلان، يبثها «جهاز تسجيل» باستمرار، فلا يتوقف عن التراقص معها، وهو يقود الباص.

منير ودود مع الركاب، لا تفارق وجهه الابتسامة، لكن أصحاب الحظوة هم من يسمح لهم بالجلوس على المحرك إلى جانبه، ويتبادل معهم ثرثرة ما، وأنا واحد منهم، منذ أن دعوته مرة لتناول الصبار مجاناً. بالطبع، يفضل منير أن يُفسح المجال لصبية، كي تجلس على المحرك بجانبه، فتعلو عندئذٍ أغاني الغرام من

المسجلة، فيما يسترق النظرات إلى ثدييها المتقافزين عبر الفتحة العلية لبلوزتها، فيما تشرد هي ببصرها وراء تقافز الفواكه البلاستيكية المعلقة على السقف. ومع تراقـص الثديـين والفواكـه، يتمايـل البـاص إلى اليمين واليسـار، فيمـا لا ينفك منير المنتشـي عـن إطلاق الزمـور العالي فرحاً باحتفاليـة التقافز، ويدخـل في موكب انتصار تاريخي إلى البلدة.

«المعاون المرافق» حمدان في أواسط العشرينيات من عمره، قصير القامة، أقرب إلى قزم، إلا أنه ممتلئ الجسد، مفتول العضلات، فهو يمارس الرياضة بشكل يومي مسـاء في النادي الرياضي لبلدتنـا، بعد انتهاء عمله على البـاص. يتدرب علـى رفع الأثقال ذات الأوزان العالية، فتبدو كأنهـا قطعاً كرتونية بين يديه. تقول «الحكايـة» إنـه على الرغم من ضآلة حجمـه، فهو بقوته الخارقة يفعل أشيـاءً، لم يـأت بها زمان؛ يدفع صخوراً ضخمة مـن الجبل بيديه العاريتيـن، عند فتح طريق فيه، ويقتلع أشـجار جوز ضخمة، أوغلت جذورها عميقاً في أرض البستان، وتمنع ظلالهـا مـن نمو الخضـراوات المزروعة فيه. بل ويستعين به الأهالي لهدم جدار بدفعـات مـن كتفه، أو إيقاف ثور هائج من قرنيه في الحقل، أو إمسـاك «حنش» أسود ضخم يهدد منازلهم.

ذات مـرة، يتدهـور بـاص منيـر، بعد أن يفقـد السـيطرة عليه، إثر تقافز سـريع لثديين هائلين لصبية حلوة، تجلس إلى جانبه على المحرك. تضخما فجأة متراقصيـن بحيـث حجبا عنه رؤية الطريق، فطار الباص في الهواء عشـرات الأمتار بيـن الغيمـات، ثم هبط فـي قعر الوادي، فوق أغصان أشـجار فيه. إلا إن المعاون حمدان يتدارك الأمـر، ويرفع الباص بعضلاته القويـة، ، ويعيده إلى الطريق، دون نـزول الركاب منه، الذين لم يصب أحد منهم بأذى.

يـروي لـي حمدان «حكايات» بطولاته، عندما يدعوني مسـاء لنشـرب الشـاي، في باحة بيتهم السـماوية، بعد أن يعود من نـادي التدريب متعرقاً. هناك، يخلع أمامي ملابسه، ما عدا السروال، كي يغتسل، ويسكب على جسده المياه الباردة، المسـتخرجة مـن البئر، دلوا وراء أخر. لا يتذكر حمدان شيئاً عن سـقوط والدته في هـذا البئر، كأنها لم تكن موجودة في الحياة، إنما ذاكرته تنشط بشكل

مذهل، عندما يروي «حكايات» بطولاته. يسمح لي بتلمس عضلات ذراعيه، وهو يشدهما رافعاً إياهما على مستوى كتفيه؛ تذهلني، كتل صلدة من الصخر. كلما ألمسها، ازداد قناعة إن ما يرويه من بطولات إنما هي «حكايات» واقعية من «عوالم مرايا» موازية، يعيشها حقاً بكل تفاصيلها، وتأتيه ذكرى حوادثها في عالمنا كومضات من حلم.

يختفي السائق منير فجأة، بعد أن يتزوج الفتاة ذات الثديين الضخمين، التي سببت حادث طيران الباص إلى قعر الوادي. تقول «الحكاية» إنه تزوجها، دون أن نشاهد عرساً، أو موكب عريس في الحارة. وكما يبدو، فإن سبب زواجه منها يرتبط بعشقه للنوم بين ثدييها، فينزلق بينهما، ويضيع في طراوتهما. منذ زواجه، لم يعد يخرج من البيت، وبالتالي من بين الثديين، تاركاً عمله على الباص، إذ يبدو أنه يتوه بين تضاريسهما، ولا يجد طريقاً للمغادرة. أحياناً، يطل الثديان من باب البيت، ليستطلعا شيئاً مما يحدث في الحارة، لكن منير يختفي بالكامل منذ ذلك الحين، والأهالي لا يتذكرون سوى الثديين.

يتوقف باص «سكانيا، هوب، هوب» عن العمل، ويتحول مع الزمن إلى خردة صدئة، يتسلقه الأطفال، ويلهون فيه. على الرغم من ذلك، تبقى أصوات الأغاني تصدح منه، أسمعها كلما مررت به. تحل الآن مكانه صالونات ركاب صغيرة أنيقة، بيضاء اللون، تتسع لعشرة من الركاب فقط. يقودها شبان صغار أقرب إلى المراهقين. يمضون إلى الحلاق «أبو أيمن» كل يوم، قبل بدئهم العمل، فيرسم على رؤوسهم خرائط لشوارع متلوية، مستخدماً ماكنة حلاقة يدوية بدلاً من المقصات، أشتراها حديثاً لأجلهم. في النهاية يبخهم بالكامل، من الأعلى إلى الأسفل، بعطر رخيص، ويخرجون من عنده متراقصين. لا يحتاجون إلى «مرافق معاون» لهم، فأجرة الركاب تصل إليهم عن طريق التسلسل.

يختفي أيضاً حمدان فجأة، لا أحد يعرف السبب، ولا كيف. في المرة الأخيرة التي رأيته فيها، يدعوني كالعادة إلى شرب الشاي، بعد رجوعه من التمرين الرياضي. ألمس عضلاته، فأجده حار الجسد، كأن النار تشتعل فيه، يعلل ذلك بممارسته تمارين قاسية، ورفعه أثقالاً كبيرة. ثم يسكب عدة دلاء من مياه

البئر الباردة على جسده، فتصيبه فجأة صعقة بشعلة فضية، مثل برق يخطف البصر، ويسقط مرتجفاً على أريكة قديمة متوضعة في طرف الباحة. أدثره بغطاء، وأغادره، وأنا أظن أنه قد نام مباشرة من التعب. منذ ذلك اليوم، يختفي جسده، كأنه لم يكن موجوداً، إنما تجتمع نسوة في باحة البيت، قرب البئر، يجلسن، وهن يعولن بنواح شديد، وتمزقن الثياب، ويحثين التراب على الرؤوس. بعد عدة أيام تختفي النسوة أيضاً، لكن عويلهن يستمر طوال الوقت، ممتزجاً بنداءات والدته في الحارة.

تنفصل صور عديدة بالأبيض والأسود من الزمان والمكان، تعيش الحنين في ذاكرة حالمين، وتغدو معلقة على جدران من ضباب. مع مرور الزمن، لن يتبقى من أصحابها سوى «حكايات»، عشتها أنا بطريقة ما؛ صورة «أبو حمدان»، حليق الذقن، مقصوص الشعر، بشروال وقميص نظيفين، وإلى جانبه زوجته «أم حمدان» بعيون مشتعلة بالحياة، وأمامهما يقفان طفلان صغيران، حمدان ومديحة؛ صورة «أم حمدان»، جالسة على مصطبة طينية في طرف الحارة، وتنظر في الفراغ بعينين فارغتين؛ صورة مديحة، وهي تجر وراءها جيشاً من الأولاد؛ صورة سوق مشتعل بالزُبن، يمتد طويلاً في شارع، أمام دكان الحلاق «أبو أيمن»؛ صورة حمدان، وهو يرفع بيديه المفتولتي العضلات باص «سكانيا، هوب، هوب» فوق رأسه؛ صورة ثديين عملاقين يطلان من بوابة بيت. لكن الصورة الملونة الوحيدة بينها هي فقط لقطرميزات المسليات، مصفوفة على «بساط الريح» محلق في قصر شرقي، وتلفها إضاءات ملونة سحرية.

(7)

يحدث ذات مرة في حارة «أبو علي»

أنادي بائعاً، بإيقاع موسيقي «يا مشوب، أسكا بفرنك، وكلاسيه بفرنكين».

يقول مـن حولي إن الشـمس الحـادة في قيظ الصيـف الشديد تتركنـي
محموماً باستمرار؛ تصيبني «ضربـة شمس»، وأنا أتجول فـي الشوارع بائعاً
البوظة، منهكاً تحـت ثقل البراد الصغير على ظهري، فأهـذي. يتهموني إنني
في هذا الهذيان أشـوه «الحكايات» القديمة بالتعديلات والإضافات المستمرة،
بـل وأؤلـف الجديد منهـا، الـذي يتداخل مـع السـابقة، مدعيـاً إن جميع أحداثها
تحصل في الواقع. هكذا، يرون إن ما أرويه يتجاوز نطاق «الحكايات»، ويغدو
هلوسات شخصية مريضة.

على الرغـم ممـا يقولونـه، فإن ما أرويـه يحدث فعـلاً. وأنا أعيشـه واقعاً، عبر
«عالـم المرايا»، في «حكاية»، في المكان ذاته، مع شبيهي ذاته؛ «بائع الصبار»،
الذي أتحدث معه باستمرار في الشارع.

في الواقع، أنا ألتقي مع نفسـي، بصورة شـبيهين لي كثر، فـي «عوالم مرايا»
أخرى متعـددة؛ فـي «حكايات»، إنمـا فـي أزمـان مغايـرة. لكن «حكايتي» مع
شـبيهي «بائع الصبار» تبـرز في هـذه الأيام أكثـر، إذ ألتقيـه يومياً، والأهم في
مكان شبيه بمكان حياتي، وإن اختلفـت معالمه، وتفاصيل طرق الحياة فيه. لا
أستطيع أن أتحـدث مع أحد عن ذلك، فلن يصدقوني، بـل قد يعتبروني معتوهاً.
لكن الأحداث، التي أعيشـها جميعها، تتـوارد وتتداخل متشـابكة في «حكايات»
أسـردها، فيظنهـا مـن حولي إنها تخيـلات مشـبوبة، أو بالأحـرى هلوسـات...
لكني أعيشها.

يقولون إن بقالية «أبو حمدان» غير موجودة، إنما هي من نسج خيالي. والدليل
إن مكانهـا، الـذي أشـير إليه، لـم يكن إلا خرابة قديمـة لبيت منهار، يعشـش فيها
البوم، الذي ينشط في الليل لاقتناص القوارض والأفاعي فيها. ومع إن الخرابة كانت

موجودة فعلاً، فلم يراها أحد من الأهالي، إنما سمعوا عنها مما كان يرويه أفراد الجيل القديم الذين انتهوا إلى الموت، ولم يبق منهم أحد، كي يؤكد «الحكاية» الآن، اختفت الخرابة، ولم يعد يتذكرها أحد.

صديقي الشخصي «بائع الصبار»، الذي يجلس نهاراً على الرصيف، في «عالم المرايا»، يروي لي إنه يرى الخرابة ليلاً في مكانها دائماً، لكنها تغدو بقالية «أبو حمدان» نهاراً. بل ويؤكد لي إن البقالية موجودة دائماً طوال النهار، على الطرف المقابل لبسطته في الشارع، ومنها يشتري المسليات في نهاية عمله.

ويقولون أيضاً إنني ربما أخلط في حكاياتي بين «أبو حمدان»، و»أبو سمير»، بوعي أو هذيان. وهذا الأخير يمتلك محلاً حديثاً، مبني من الإسمنت، نظيفاً ومناراً بالكهرباء، يقع الآن مكان بقالية «أبو حمدان» المفترض، وأشتري من عنده مرطبات الكولا والبيبسي، عندما أنتهي من بيع «الأسكا» و»الكلاسيه» في نهاية النهار. ربما أخلط بين «حكاياتي» التي أعيشها واقعاً في «عوالم مرايا» مختلفة، إنما لا أدري إن تم رفع أنقاض الخرابة الليلية فجأة، ولا أدري كيف حلَّ مكانها المحل الحديث لـ»أبو سمير»، مع أنني أنا نفسي أشتري المسليات باستمرار من بقالية «أبو حمدان»، عندما أبيع الصبارة.

الغريب إن «أبو سمير» الخمسيني، الذي يعود بأصوله إلى إحدى بلدات الجنوب، يختلف بالكامل عن «أبو حمدان» الستيني. على الرغم من عدم اهتمامه بملابسه المتهدلة على جسده، إلا إنها نظيفة دائماً، ويبدلها باستمرار؛ بنطال، يرخي فوقه قميصاً طويلاً، يبرز من تحت كنزة خفيفة قصيرة، مع خف رياضي بلاستيكي أبيض في قدميه. والأهم إنه يحلق ذقنه كل يومين، ويقص شعر رأسه كل أسبوعين. و»أبو سمير» بشوش الوجه مع الزُبن، يتسم لهم باستمرار، مستمعاً إلى طلباتهم، بل وثرثراتهم، فيما هو جالس على كرسي بلاستيكي بمسند، وقد لف رجلاً على رِجل، مُختفٍ في غلالة من الدخان الكثيف، الصادر من سيجارة لف، لا تفارق شفتيه طوال النهار. عندما أشاهد «أبو سمير»، أكاد أشك بوجود «أبو حمدان»، لولا إني أنا نفسي؛ «بائع الصبار»، أشتري المسليات من بقاليته الطينية المنهارة.

لا يهتـم «أبـو سـمير» ببيـع الخضار والفواكه فـي محله، إنما بشـكل أساسـي بالمشـروبات الكحولية، يُزودها به شـهرياً موزع دمشقي بشاحنة صغيرة مغلقة. على الـرف الجداري الخشـبي الطويـل نفسـه، الذي يعـرض عليه «أبـو حمدان» القطرميزات السـحرية، حسـب وصف صديقي «بائع الصبار»، يصّف «أبو سمير» بأناقـة زجاجـات المشـروبات الكحوليـة، المتنوعـة الأشـكال والأحجـام والألـوان، والمزينة بملصقات ماركاتها الأجنبية. تتلألأ تحت أنوار مصابيح النيون الكهربائية، المشـتعلة حتى في النهار؛ ويسـكي، شـامبانيا، براندي، كونياك، روم، جن، فودكا. وجميعها منتجات أجنبية مسـتوردة، غالية الأثمان، لا يشـتريها عادة إلا الصفوة من أهالـي البلـدة، من أمثال كبار الموظفين الرسـميين والشـخصيات المهمة، ومنهم رئيس البلدية، وطبيب البلدة، وتاجر العقارات، ورئيس فرع الأمن، وقائد الشرطة. وإلى الأسـفل منها يوجد رف أخر، نصفه مخصص لزجاجات النبيذ، المصنع محلياً من عنب كروم قرى الجبل القريب، والنصف الثاني لـ«بطحات» «عرق اليانسون»، المُنتـج فـي قرى السـاحل. وهـذان المشـروبان الأخيـران، الرخيصـان الثمن، هما الأكثر شـعبية في بلدتنا، خاصة العرق، الذي يشـتريه الفقراء بكثرة.

في مدخل المحل ينتصب صندوقان معدنيان مستطيلان، على أرجل طويلة، بجدران داخليـة حافظـة للبـرودة. يملؤهمـا «أبـو سـمير» بقطع من ألـواح الثلج المجمد، بعد تكسيرها، ويُغرق في أحدهما زجاجات البيرة، وفي الثاني زجاجات المشـروبات الغازية، الكولا والبيبسـي. فإذا الأولاد يهتمون بالمشـروبات الغازية، التي ينشـط بيعها في الصيف باردة، يشـربونها «على الواقف» أمام المحل، وهم يثرثرون، فإن البيرة هي المشـروب الشـعبي المفضل للعائلات، خاصة في السـهرات الصيفية في البيوت، وفي نزهات البسـاتين، يسـتلذون بشـربها إلى جانب صحون المقبلات؛ «التبولة»، و«الفتوش»، و«المقالي».

يحصل «أبو سمير» على ألواح الثلج المجمد، من موزع معتمد لمعمل التبريد في دمشـق، يحضرها إلى البلدة يومياً في أيام الصيف بشـاحنته، ملفوفة بقماش الخيـش السـميك، حتى تحافظ على برودتها. يسـتفيد «أبو سـمير» من بعض الألواح لتبريد زجاجات مشـروباته، ويبيع الباقي قطعاً مكسرة بشاكوش صغير للزبائن،

الذيـن يأخذونها ملفوفـة بقطع قماشـية، يحضروهـا معهم، كـي يبـرّدوا بها مياه الشـرب في منازلهم.

ترسـلني والدتي يومياً في أيام الصيف لشـراء قطعة ثلج مجمدة من عند «أبو سـمير»، كـي نُبرد بها ماء الشـرب في البيت، في إبريق زجاجي. عندما أشـتريها، ألفها ببشـكير سـميك، وأنا أتذكر تنبيهاتها «أرجع بها راكضاً إلى البيت حتى لا تذوب في حرارة الطريق».

يسـتغرب صديقي «بائع الصبار» من شـرائنا قطع الثلج المجمدة لتبريد مياه الشـرب في منازلنا. يحكـي لي إنه في مدخل الغرفة الكبيرة في بيتهم، وبالطبع في بيـوت بلدتهـم، وكلها مبنيـة من الحجـر واللبـن، يتم وضع خابيـة مياه في مجرى الهواء، فتتبرد بسـرعة، بغض النظـر عن حرارة الأجواء. وقد يلفون الخابية بقطعـة قمـاش من الخيش، القـادر على حفظ الرطوبة، إذا ما سُـكب عليها بعضاً من المياه، من وقت لآخر. تُغطى الخابية بغطاء فخاري، وتعلق في أذنها طاسـة معدنيـة بحبـل صغيـر. وكل مـن يرغـب بالشـرب، يُغطس الطاسـة فـي الخابية، مسـتخرجاً منها مياه باردة.

بالطبع، مع المشروبات الكحولية، لا بد أن يبيع «أبو سمير» للزبن مستلزماتها من المـوالح والمكسرات. لكنه لا يعرض منها المسليات الرخيصة الأثمان، مثل تلك الموجودة لدى «أبو حمدان»، بل الأنواع الفاخرة الغالية الثمن؛ اللوز، وجوز عين الجمـل، والجـوز البرازيلي، والبنـدق، والفسـتق الحلبي، والكاجو، وبـذر اليقطين الأبيض، وخلائط مكسـرات من شـرائح الفواكه وأعواد الجزر، المخبوزة والمملحة، وإلى جانبها قطع الشوكولا الفاخرة، المحشوة بالمكسرات أو المغمسة بالحليب. يعرضهـا جميعهـا في أحواض زجاجية أنيقة مكشوفة، على بسـطة خشـبية، في متنـاول أيـدي الزبـن، فإذا مـا دخلوا إلى محله للشـراء، يتناولون حبيبات من هنا وهناك، فيبتسم لهم «أبو سمير» باشاً، مشجعاً إياهم على تذوق الأنواع المختلفة، كي يشجعهم على الشراء.

إلى جانـب لفافة الدخان التي لا تفارق فمه، يصب «أبو سمير» لنفسـه كأسـاً صغيـراً مـن العرق، «يتمزمـز» به طوال الوقت، وإلى جانبه بضعة صحون صغيرة

من «المازة» المرافقة؛ زيتون، جبن أصفر، جزر، شرائح ليمون، أقراص من الفلافل، مع بعض المكسرات. بالكاد يشرب طوال النهار ثلاثة كؤوس، فلا يثمل، إذ إنها من مستلزمات الانبساط والذهن الصافي، والحديث الودود مع الزُّبن. لذا، غالباً ما يشاركه زبون أو أكثر من المقربين إليه في الجلسة، فيقدم لهم كأساً من «العرق» ضيافة على حساب المحل، ويتسامرون طويلاً.

أصل إلى محل «أبو سمير» يومياً عند العصر، بعد أن أنهي بيع «الأسكا و»الكلاسيه»، وأعيد البراد الصغير إلى محل «أبو العاص»، كي ألتقي بأصدقائي هنا. نشتري زجاجات المياه الغازية ضاجين، نخضها حتى تفور، وتنفر محتوياتها متطايرة على الوجوه والثياب. لا ينزعج «أبو سمير» من لهونا وصياحنا، بل يُسَر من أجواء الحيوية، التي نشعلها أمام محله.

مازلت صغيراً على تناول المشروبات الكحولية، مع إني لا أمانع شرب البيرة مع «التبولة»، في نزهات البساتين مع الأصدقاء. لكن الابن سمير يروي لنا عن اجتماع كامل عائلتهم أيام الجمعة على الغداء ظهراً، حيث تُحضّر لهم الوالدة «أم سمير» «مجدرة» شهية؛ برغل وعدس، مطبوخين بزيت الزيتون، مزينة على الوجه بشرائح بصل مقلية، وإلى جانبها قطع مخلل اللفت. يسكب الوالد «أبو سمير» لكل واحد من العائلة، بما فيهم الأطفال صغار السن، كأس «عرق»، يشربوها مع الطعام. يتساءل سمير أمامنا مستغرباً «كيف تأكلون «المجدرة» دون أن تشربوا معها «عرق اليانسون»؟».

تختلط عليّ الأمور أحياناً، عندما يدخل ظهراً إلى محل «أبو سمير» «حمودة السكران»، الأربعينيّ، القصير القامة، الأشبه بالقزم، الذي يخفي شارباه العريضان الكثان فمه شبه الفارغ من الأسنان. يحضر إلى هنا يومياً، بعد انتهاء عمله في مخبز البلدة، على الموقد الآجري، بشاربيه المعفرين بالطحين. يشتري بطحتين اثنتين من «عرق اليانسون»، ويعود بهما إلى المخبز، ويثمل هناك. ثم ينام قرب الموقد الدافئ حتى موعد عمله في الصباح الباكر، إذ لا بيت لديه ولا زوجة.

صديقي «بائع الصبار»، من «عالم المرايا»، يؤكد أن «حمودة السكران» لا يعمل في فرن، وإنما حمالاً على شاحنة «أبو عياش»، التي تُنقل الخضرة والفواكه

من «سوق الهال» في دمشق إلى بقاليات البلدة. يشاهده من وراء بسطة الصبارة يومياً، يُنزل صناديق الخضار والفواكه منها أمام بقالية «أبو حمدان». وفي نهاية النهار، يشاهده يشتري بطحتيّ «عرق اليانسون» من خمارة «أبو كارو»؛ المكان الوحيد الذي تُباع فيه المشروبات الكحولية في بلدتهم. يثمل «حمودة السكران» بهما في مستودع للصناديق، يمتلكه «أبو عياش»، وينام هناك حتى الصباح. هكذا يروي لي صديقي.

لا تختلف «حكاياتي» عن «حكايات» صديقي «بائع الصبار» فقط حول عمل «حمودة السكران» ووجود سائق الشاحنة «أبو عياش»، وإنما أيضاً في كثير من تفاصيل الحياة اليومية، على الرغم من إننا نعيش في «عالميّ مرايا» متشابهيّ المكان، لكن الأحداث فيهما مختلفة، بأزمنة متباينة وأنماط حياتية مغايرة. وصديقي يستغرب أيضاً كيف أشتري خبزاً من مخبز مفتوح للعموم في الساحة، وأقول إن «حمودة السكران» نفسه يعمل فيه. وأنا نفسي عندما أبيع الصبار، أستغرب حديث صديقي «بائع البوظة»، ليس فقط عن عمل «حمودة السكران» في مخبز عمومي في الساحة، بل وبوجود هذا المخبز وشراء الأهالي لخبزهم اليومي منه.

ذات مرة أرى والدي؛ أقصد والد صديقي الشبيه؛ «بائع الصبار»، في «عالم مراياه»، قادماً إلى حارته، مع جبل من نبات شائك غريب على ظهر بغله. يقول لي صديقي إن والده يجمع هذا النبات، المُسمى «البلان»، من سفح الجبل، للاستفادة منه في إيقاد نيران التنور، الذي يتم فيه تحضير الخبز مرة في الأسبوع. ويشرح لي إن الفلاحين في البلدة، بعد حصاد القمح، يخصصون قسماً من الموسم للطحن، يعجنونه، ويخبزونه في التنور، مرة في الأسبوع لتأمين خبزهم اليومي. ثم يسهب بتفاصيل مثيرة عن الاحتفالية الأسبوعية الأجمل في حياته، وهي يوم دور عائلته على التنور، حيث يستلذون بتناول الخبز والفطائر ساخنة شهية مباشرة من فتحة الجمر، هو وجمع كبير من أفراد عائلته وأقاربه.

لا أفهم ماذا يعني «التنور»، ففي عالم بلدتنا لا يوجد «تنور»، والعائلات تشتري الخبز فقط من المخبز العمومي، الموجود في الساحة. ينتهي العجانون الثلاث

هناك من تحضير العجين في الثانية ليلاً، ثم يستلقون على مصطبة قرب الموقد الأجري، منتظرين اختماره حتى الصباح. في أثناء ذلك، يدخنون «الحشيشة» ويسافرون في عوالم استيهاماتهم. في الخامسة صباحاً، يُشعل «حمودة السكران» الموقد الأجري، الذي يعمل باحتراق المازوت، بعد أن يصحو من ثمالته، ويبدأ عملية الخبز. في هذه الأثناء، يحضر المعلم الكبير «أبو كاعود»، الذي يستلم مسؤولية البيع حتى الثانية عشرة ظهراً، حيث ينتهي العمل.

«أبو عصام» الخمسيني، الذي يرتدي طاقية صوفية باستمرار، صيفاً وشتاء، ويتنقل باستمرار في مهن عدة، يقرر الاستقرار أخيراً قرب المخبز بعمل جديد، مُقسماً ألا يغيره هذه المرة. ينصب في العراء على الرصيف بسطة خشبية، يغلفها بالنايلون الأزرق، ويضع إلى جانبها مقلى زيت أسود عتيق كبير، فوق موقد كاز. يقلي الفلافل، ويبيعها ساخنة للزبن؛ القرصان بفرنك واحد، مستغلاً تجمعهم أمام المخبز، حيث تغريهم الرائحة، فيسارعون إلى الشراء. يلف لهم الأقراص الساخنة بأوراق جرائد قديمة، تتبقع بزيت القلي. يسمح له المعلم «أبو كاعود» بنصب بسطته على الرصيف قرب المخبز، مقابل حصوله على بضعة أقراص لوجبته الصباحية.

ترسلني والدتي يومياً في الصباح الباكر إلى المخبز من أجل شراء ثلاث كيلو غرامات من الخبز للعائلة، حيث سعر الكيلو الواحد سبع فرنكات. أشتري بليرة واحدة خبزاً، أي بعشرين فرنكاً، وبالفرنك المتبقي المسروق قرصيّ فلافل ساخنين من عند «أبو عصام». ألف القرصين الساخنين الشهيين برغيف يتصاعد منه البخار على بسطته الخشبية، وأعود متمهلاً إلى البيت، وأنا أنهش السندويشة اللذيذة في الشارع بيدي اليمنى، مزدرداً إياها بتمهل، فيما أعانق أرغفة الخبز بيدي اليسرى على صدري. لا تنتبه والدتي إلى النقصان الصغير في كمية الخبز؛ رغيفين يومياً، لكنها تستغرب فقط من عدم رغبتي بتناول الفطور، فأتعلل بعدم جوعي باكراً، حتى لا تكتشف جريمة سرقتي اليومية للفرنك.

يحدثني صديقي؛ «بائع الصبار»، عن متعة تناول أرغفة الخبز الساخنة والفطائر اللذيذة، المخبوزة على التنور مباشرة؛ الزيت والزعتر، المُحمرة، الجبن مع

البقدونس، السبانخ، الكشك. أحدثه بالمقابل ليس فقط عن تلذذي بتناول الفلافل مع الرغيف في الشارع، إنما أيضاً عن احتفالية تناول الفلافل صباح الجمعة في بيتنا. تجتمع العائلة بكامل أفرادها، حول طبق نحاسي كبير «صينية»، مخصص لفرد الطعام عليه، يُضع على بساط أرضي، نتربع حوله. أفتح فلقتيّ رغيف عريض، وأمعس في قلبه أربعة أقراص فلافل، أنشر فوقها فرمات من البندورة والخيار والخس والبقدونس والنعناع، وألحقها بقطع مخللات اللفت. ثم أغمر الكوم باللبن المثوَّم والطحينة، بعد أن أعصر عليه الليمون. وأخيراً أنثر فوقه مطحون «السماق» والبهارات، مع الإكثار من الفلفل الأسود. عندما ألف الرغيف، يصبح لديّ «صاروخاً» مغرياً، محشياً بوجبة لذيذة، فيترجاني أفراد العائلة، واحداً تلو الآخر، بتأجيل سندويشتي، وتحضير «صواريخ» لهم. لكني أبوح لصديقي إنني أستلذ أكثر برغيف الخبز وقرصيّ الفلافل المسروقين صباحاً عند الفرن، وتناولهما في الشارع.

هكذا، يتميز في عائلتنا فطور نهار الجمعة بالفلافل، أما بقية أيام الأسبوع فصينية الفطور فقيرة؛ زيت وزعتر ولبنة وزيتون أسود، مع كؤوس الشاي الأحمر المحلى بكثير من السكر، للتعويض عن النشاف في هذه الأطعمة.

صديقي؛ «بائع الصبار»، يقول لي بإن العائلات لديهم لا يعرفون الفلافل. يشرح لي إن مستودع المؤونة في بيتهم عامر بالأطعمة المحفوظة في القطرميزات الزجاجية والخوابي، والمتوافرة على مدى العام. هكذا، ففي الصباح الباكر، يتربع أفراد العائلة على حصير ممدود أرضاً، وأمامهم مشمع عريض، يفردون عليه الفطور؛ صحون الجبن المملح، واللبنة المدعبلة، والكشك الأخضر مع البقدونس والجوز، والزيتون الأسود والأحمر والأخضر، والمكدوس، والزيت والزعتر، إضافة إلى صحون مختلفة من المربيات. وغالباً ما يتوسطها صحن بيض مقلي مع اللحم المقدد بالسمن البلدي، أو صحن أقراص «عجة البيض». أستغرب أنهم لا يشربون الشاي مع الطعام، إذ يقول إن لديهم وفرة في الخضار من البستان مباشرة، تُعوض نشفان الأطعمة الصباحية. ويضيف إن صباح يوم الجمعة مميز لديهم باحتفالية حساء الكشك، المطبوخ مع اللحم المقدد بالسمن البلدي، أو بزيت الزيتون، مع كثير من البصل الأخضر والفجل إلى جانبه.

يسخر «أبو عصام» دائماً من «حكايتي» عن «حمودة السكران» الذي يعمل على شاحنة نقل الفواكه والخضار، حسب ما يحدثني عنه صديقي «بائع الصبار»، وهو ما أشاهده أنا نفسي عندما أعيش «حكاية» صديقي هذا. «أبو عصام» لا يعرف «حمودة السكران» إلا وهو يعمل في المخبز، فهو يشتري الفلافل من عنده كل يوم، عند انتهاء العمل. يتناولها في المخبز على المصطبة الإسمنتية، مع أقراص بندورة، ويشرب معهما بطحتي «عرق اليانسون»، يشتريهما من عند «أبو سمير». ويؤكد أيضاً أن لا أحد في البلدة أسمه «أبو عياش»، ولا أحد يمتلك شاحنة لنقل الخضار والفواكه، فالبقاليات تتزود بها مباشرة من بساتين البلدة. لا أستطيع مواجهة «أبو عصام»، بـ«حكاياتي»، فهو يغطي على سرقتي اليومية للفرنك، وشرائي به قرصيّ الفلافل من عنده، فأصمت، ولا أجادله.

لكن والدتي بدأت تتوجس فجأة من نقص أرغفة الخبز اليومي، فتراقب العدد لبضعة أيام؛ كل يوم يوجد رغيفين ناقصين. تقرر الذهاب إلى المعلم «أبو كاعود» لمعرفة لماذا يتلاعب بالوزن، ويسرقنا، بل وتعلن إنها ستفضحه في السوق. وخوفاً من فضيحتي أنا، أعترف لها بفعلتي، واعدها بإعادة كل ما أخذته من نقود لها في المستقبل. لا تغضب والدتي، تبتسم، وتنهاني عن فعل ذلك، وتعدني بتحضير وجبة إفطار شهية يومياً، بما أرغبه، بدلاً من تناول الطعام في الشارع، مثل «الشحاذين»، كما عيرتني.

في صباح اليوم التالي، أذهب لشراء الخبز، وقد قررت الإقلاع عن عادة شراء قرصيّ الفلافل من عند «أبو عصام». عندما أصل إلى المخبز، أشاهد بخاراً أسود يتصاعد من مقلى «أبو عصام»، يتكاثف بشدة، وينتشر غمامة سوداء حتى يطغى على المكان. فجأة، يختفي كل شيء؛ «أبو عصام» والبسطة والمقلى، كأنهم لم يكونوا موجودين. أسارع سائلاً المعلم «أبو كاعود» عن عدم وجود بياع الفلافل «أبو عصام» في هذا اليوم أمام مخبزه. ينظر لي المعلم «أبو كاعود» بحذر مستغرباً، وينفي تواجد أحد اسمه «أبو عصام». ثم كيف يسمح بوجود بسطة أمام مخبزه، تعيق بيع الخبز لزبنه المتدافعين للشراء. ينساني، ويلتفت إلى زبائنه المتدافعين.

يختفي «أبو عصام» وبسطته فجأة، والمعلم «أبو كاعود» يُنكر وجوده، بل إن والدتي نفسها لا تتذكر إنها حدثتني عن نقصان الخبز اليومي. على الرغم من ذلك، أرى «حمودة السكران» يعمل على الفرن الأجري، وأفكر كيف سيشتري اليوم فلافل يأكلها مع بطحة العرق، قبل أن ينام على مصطبة المخبز. بل أنا نفسي مازلت أشم رائحة الفلافل والزيت المقلي، كلما اشتريت الخبز صباحاً.

تتسارع الأحداث في هذا اليوم، إذ أمر مصادفة أمام المخبز ظهراً، فأشاهد «حمودة السكران»، وقد أنتهى من عمله على الموقد الآجري، وهو يحمل أرغفة خبز على ذراعيه، ويمضي بها في الشارع، فألحقه بفضول. يفاجئني وصوله إلى بيت تجلس على مصطبة أمام بابه امرأة، تنهض وتستقبله بوجه باسم، قائلة «تأخرت اليوم. ننتظرك أنا والأولاد على الغداء منذ ساعة، طبخت لك اليوم طعاماً تحبه؛ كوسا محشي بالرز واللحم. هيا الطعام ساخن».

صديقي «بائع الصبار» لا ينفك عن الحديث معي عبر التقاء «عالميّ مرايانا»، عند رأس الحارة، فتتشابك الأحداث في ومضات ذاكرتي، وأتوه بين «حكاياتي» و«حكاياته»، بحيث أحار أحياناً بوجودي أنا «بائعاً للبوظة»، أم «بائعاً للصبار». إلا إنه يبدو إن حكاية «حمودة غير السكران» تنتمي إلى «عالم مرايا» جديد؛ «حكاية» ثالثة، تهاجمني أيضاً بومضاتها، فأصبحت أشك إن «الحكايات» التي أعيشها تنتمي إلى «عوالم مرايا» متعددة ومختلفة.

في هذه الأثناء، يُغرقني صديقي «بائع الصبار» بحوادث تفصيلية من «عالم مراياه»، فهو يستطرد مثلاً في «حكايته» عن «أبو حمدان» وبقاليته، ليصل بي إلى «أم حمدان»، وحمدان، ومديحة. وإن كنت استحضر هؤلاء بومضات في ذاكرتي، فإن وجودهم يشوش «حكايتي» هنا، التي تحدث في الحارة نفسها. يقول أيضاً إني أغرقه بشخصيات مقابلة من «حكايتي»، يعيشون في المكان نفسه، فما يسميه هو منزل «أبو حمدان»، أسميه أنا منزل «أبو علي».

هكذا، ففي المكان الذي تربض فيه «أم حمدان» فوق بيضاتها التي لا تفقس، على مصطبة الحارة، يقيم في «حكايتي» «أبوعلي»، الستيني. يجلس على المصطبة نفسها طوال النهار، حافي القدمين، بملابسه الداخلية؛ سروال طويل حتى الركبتين،

يقفــز منــه كــرش ضخم، يتدلــى أرضاً. يعــوي على المارين في الحارة، مكشــراً عن أسنانه، وهو يراوغ في مكانه، متخذاً وضعية التحفز للانقضاض عليهم، كأنه يريد أن يعضهم، فيزرع الرعب في القلوب. وإذا ما انفرد بامرأة عابرة، يســعى لشد تنورتها أرضاً، وكشــف ملابسها التحتية، وهي تولول. ما إن يترك أحدهم باب بيته مفتوحاً، ولو مواربة، حتى ينطلق إليه مباشرة كالسهم، وينسل إلى داخله، وسرعان ما تصدر ولولة النســوة مــن هناك. يخلع أحياناً ملابســه بالكامــل في الحارة، ويتقافز عارياً يرقص، وهو يهز مؤخرته الضخمة وكرشــه المتهدل، فيتجمع حوله الأولاد، ويرمونه بالحصى، وهم يعيرونه منشدين «مجنون، مجنون»، فيزداد عواؤه.

لا أتذكر «أبو علي» إلا مجنوناً، يجلس على مصطبة باب بيته وحيداً، على الرغم من إن لديه عائلة؛ زوجة وابن وابنة. يظن أهالي الحارة إنه أصبح «ممسوساً»، بعد إن تلبس جسده جنيٌّ مشــاغب، خرج من بئر في باحة بيته، حيث تستوطن هناك عائلة من الجن، أعرف إن حمدان ووالدته قد انضما إليها من «الحكاية» السابقة .

في البداية، تبدو تصرفات «أبو علي» العابثة مسلية، يتندر بها الرجال ضاحكين، وهم يروونها في الأمسيات، مسرورين من فعل الجني الذي منحهم هذه الفرصة لســرد الأخبــار، وقد شــعروا بالملل من لعب طاولة النــرد، ومن حكايات والدي المكررة. لكن تصرفات «أبو علي» تتحول فجأة إلى مصدر ذعر، عندما يعض امرأة عابرة في الحارة في مؤخرتها، بعد أن يشد تنورتها إلى الأسفل. ولم يستطع الرجال المجتمعــون حــول طاولــة النــرد تخليصها من بين أسنانه إلا بصعوبــة، وقد انتقل إلــى محاولــة عضهم. منذ تلك الحادثة، لا تجرؤ النســوة على الخــروج من بيوتهن إلى الحارة، إلا بمرافقة أزواجهن، فيما الأولاد يفرون من وجهه. يقرر «أبو راتب»، العــارف بأفعال الجن ومواقع ســكنها في آبار الحارة وخرائبها، الاستعانة بصديقه الشــيخ المُعالج «أبو عُدي»، الذي يعيش في وكر صغير قرب المقبرة القديمة.

يقــول «أبو راتب» «الشــيخ «أبو عدي» هــو الوحيد القادر علــى إخراج الجني مــن جســد «أبو علي»، ونزع ســحره عنه، ومن ثم الطلب منه العــودة إلى البئر. لكن يجــب أن نمنح الجني بضع ليرات ذهبيــة، نجمعها من أهالي الحارة، كي يكف أذاه عنا».

تتساءل المرأة المعضوضة ساخرة «ماذا سيفعل الجني بالليرات الذهبية؟ هل سيقامر بها مع رفاقه الجان؟»

في المساء الموعود، يجتمع أهالي الحارة، صغاراً وكباراً، وأنا بينهم، منتظرين مشاهدة احتفالية طرد الجني من جسد «أبو علي». يحضر الساحر المشعوذ «أبو عدي» بجلجلة أجراس تتدلى من طبقات أردية طويلة رثة ممزقة، ملقاة على جسده النحيل. ينسدل فوقها شعر رأسه الطويل الذي لم يجزّه منذ عشرات السنين، ويتركه فتائل، تنزلق منها الحشرات الصغيرة، فتجد ملجأ في لحيته الضخمة الكثة. يصل في غمامة دخان تلفه، تصدر من مبخرة، مربوطة بجنزير صدئ، يلوح بها.

تتساءل المرأة المعضوضة «كيف سيُخرج هذا الجني صديقه الجني الآخر من جسد «أبو علي»؟».

يطلب المشعوذ «أبو عدي» من الأهالي إشعال نار عظيمة بأحطاب يابسة، ويأخذ برش حفنات مساحيق عليها، تزيد من تأججها بتفجرات، فيما لا ينفك عن تلاوة تراتيله السحرية، وهو يهتز بكامل جسده بجلاجله. وبانتظار تحول الأخشاب المحترقة إلى جمرات، نجلس حولها حلقات، ننتظر عرضاً طقوسياً فريداً لطرد الجني، فيما تتساءل المرأة المعضوضة «ماذا ستفعلون الآن؟».

يجيبها «أبو راتب» «سنمرر «أبو علي» فوق الجمرات عدة مرات حتى يضطر الجني إلى الخروج من جسده عن طريق دبره، هرباً من شدة الحرارة، ويعود إلى البئر بعد أن يمنحه «أبو عدي» الليرات الذهبية».

يُسحر «أبو علي» بتأجج ألسنة النيران وتراقص لهيبها، وقد أضاءت الحارة، فيعوي، ويبدأ بالتراقص حولها متقافزاً، على إيقاع ترانيم المشعوذ «أبو عدي» الذي أخذ يتناغم معه بالحركات. فجأة، يقفز «أبو علي» في النار، ولم تتحول إلى جمر، جاراً معه الشيخ المشعوذ بتراتيله وجلاجله، وهو يراقصه. يشتعلان معاً، فيما يعلو منها العواء والترنيمات، ورائحة شواء أردية المشعوذ وفتائل شعره، وتملأن فضاءات الحارة. تستمر تراقصات النيران طويلاً، وقد أججها أكثر تقافزات الجسدين اللذين لا يهدآن.

أراقب كل شـيء، وأنا أشـاهد الأهالي متحلقين متسمرين مثل التماثيل حول النيـران، يتأملونهـا بصمـت، دون إبـداء أي ردات فعـل، أو حتـى أي صرخـات أو همسـات. غارقون بالكامل بمشهد التهاب الجسدين المتراقصين حتى همودهما في النهايـة، وتحـول عظامهـما إلى جمـرات ملتهبـة تطقطق. ينفضون أخيراً بعد انطفـاء الجمرات، ويمضون بصمت إلى بيوتهم.

في الصبـاح، لا يتبقـى في مكان احتفاليـة الأمـس إلا الرماد، تذروه نسـيمات الهـواء. لكـن في الليلة التالية، يعلو في فضـاءات الحارة عواء متواصل، على إيقاع ترنيمـات تراتيل سـحرية، أسـمعهما بوضوح. في الليالي التالية، تتداخـل معهما أصـوات حزينـة لامـرأة عجـوز تنادي زوجها «أبو حمـدان»، قادمة مـن «حكاية» أخرى. للأسف، أنا فقط من بين أهالي الحارة الذي يسمع هذه الأصوات المختلطة في الليالـي، ولا أحـد يصدقني إنها موجـودة. يقول الأهالي إني أهـذي، وحتى ما أرويـه عـن هذه الأصوات ليس بـ«حكاية»، يمكـن لتفاصيلها أن تكون قد حدثت، سواء في الماضي القريب أو البعيد، وإنما هي مجرد هلوسات وهذيانات. ثم من هي «أم حمدان»؟ فـ«أبو علي» لديه زوجة سـتينية؛ «أم علي».

لا تغـادر «أم علي»، البيـت إلا نادراً، ولا يتذكر أحد إن كان قد رأها في الحارة سابقاً. يُقال إنها تتخفى متلثمة بغطاء رأسها الفلاحي الأبيض، خوفاً مـن أن يُشاهد أحـد حسـن وجهها، ولـو مصادفة، فتُحسـد، وتغـدو قبيحة. بل وتثقل صـدر ثوبها الرمـادي العتيـق بخـرزات زرق لامعـة، كـي تـرد نظرات الحاسـدين عن جسـدها الجميل تحت الملابس، فلا يذبل.

وتظن «أم علي» إن الأشـخاص في الصور الفوتوغرافية، المعلقة على الجدران، أو المنشـورة في الصحـف والمـجلات، يمكنهم مشـاهدتها، إذا ما مـرت أمامهم. ومثل ذلـك أصوات الأشـخاص الصادرة من المذيـاع، الذين يمكنهم التعرف على صوتها المغري، إذا ما تحدثت أو ترنمت بأغنية أمامه. لذا، لا يتواجد في البيت أي صور معلقة على الجدران، لا صحف أو جرائد ملقاة على الطاولة، لا مذياع يصدح بنشـرات الأخبار أو الأغنيات. وتشـيع إن مجرد رؤية وجهها أو سماع صوتها، سواء مـن قبل أحد من الإنس أو الجن، سـيؤدي إلى اختطافها. لذلك، تركت «أبو علي»

لمصيره، عندما أصابه الجنون، فلم يشاهدها أحد إلى جانبه في الحارة، ومن ثم لـم تُبد لاحقاً أي اهتمام لالتهام النيران له.

بعد طقوس الاحتراق، يُعلّق الابن علي صورة كبيرة لوالده «أبو علي» في غرفة الجلوس، تعـود إلى أيام شبابه، تظهـره متصدراً أريكة عريضة، وسيماً، متناسق الجسـد، ببذلـة أنيقة. لم يـدر أحد من أين أحضر علي هـذه الصورة، بل إن كانت هي حقاً لوالده، الذي يعرفه الجيران قبيح الجسد مجنوناً. بالطبع، لم تستطع «أم علي» الاعتراض على تعليقها، فهذه صورة زوجها، ويستطيع مشاهدتها في جميع الأوقـات، وإن كانـت لا تتذكر وجودها، وفي أي وقت تـم التقاطها. تقول بقية «الحكايـة» إن الجنـي الهارب من النيران بعد أن ترك «أبو علي» لمصير احتراقه، هو والشـيخ «أبو عدي»، يتلبس الآن صورته التي علقها الابن على الجدار.

هنا، في البيت، يجد الجني «أم علي» أمامه طوال الوقت؛ في حركاتها وسكناتها، بـل ويشاهد وجهها، عندمـا تفك اللثام عنـه في أثناء نومها، فيتوله بها عشقاً. وتدخـل مرة إلى الحمام، فينسـل وراءها، ويشـاهد ليس فقط وجهها، وإنما أيضاً جسـدها العاري بالكامل، وهي تستحم. يتأملها طويلاً، ويستمع إلى صوتها تغني، وهـي تسكب الماء على جسـدها، فيـزداد تولهاً أكثـر بها. ويتذكر البئر في باحة البيت، بمياهه الصافية الرقراقة، وشدو أفراد عائلته من الجن فيه، وهم يغطسون في المياه، فيختطفها مباشـرة، ويمضي بها إلى مسكنه المعتم العميق فيه. وهما يعيشـان هناك الآن، هو يسـتمتع بجسدها، ولا يشـبع من النظر إلى حسن وجهها وسـماع صوتها الشجي، وهي راضية به بدلاً من زوجها المجنون الذي كان يعض مؤخرات النسوان. لهذا، تصدر في الليالي من أعماق البئر أصوات تأوهات بأصداء عميقة، عندما يمارسان الجنس معاً.

للأسـف، لا الابـن علي ولا الابنة صباح يتذكران وجود والديهما، ولا «الحكاية» المروية عنهما، كأن ذاكرتهما مَسحت بالكامل. على الرغم من وجود البئر في باحة البيت، فهما لا يسـمعان سـوى تسـاقط قطرات المياه من الدلو الجلدي عند رفعه، ويسـتنكران حديثي عن الأصوات. بل إن صورة الأب «أبو علـي» تغدو إطاراً فارغاً على جدار غرفة الجلوس، دون تقديم أي تبرير. في حين يبتسم أهالي الحارة لي

عندما أحدثهما عن «أبو علي» المجنون، وكيف عض امرأة في مؤخرتها في الحارة، يردون «نعم هو كان موجوداً، لكن منذ عدة أجيال، ونعرفه بالمرويات المنقولة». يدعوني علي أحياناً إلى شرب الشاي في باحة بيته، فتختلط علي الأمور، بينه وبين حمدان، الذي تأتيني صورته بومضات من «حكاية» صديقي الشبيه. المكان هو نفسه، ولديهما أيضاً العمر نفسه، لكن حمدان وسيم على الرغم من قصر قامته، ويمارس رياضة رفع الأثقال، في حين إن علي ضخم، مترهل الجسد، بكتل شحمية متدلية، ولديه وجه كخطم كلب، وعينين غائرتين، والأهم إنه متكاسل.

علي موظف شكلياً في «الدائرة الزراعية» للبلدة، لكنه يكره الحقول المغبرة وفلاحيها، فلا يذهب إلى الدوام. على الرغم من ذلك، ينال راتبه في نهاية الشهر، بعد أن يمنح ثلثه لمديره حتى يصمت عن غيابه. يقضي معظم أوقاته في البيت، مقلباً صفحات مجلات قديمة، تعرض صور ممثلات سينما شبه عاريات. ولا يفعل شيئاً آخر سوى «البصبصة» على نسوان الحارة، محاولاً تصيدهن في غياب أزواجهن في أعمالهم، وإن دون نجاح يُذكر.

لدى علي زوجة اسمها حسنية، أشاهدها من سطح بيتنا المطل على باحة بيتهم، قبل اختفائها المفاجئ؛ نحيلة الجسد، جافة، مثل غصن نخره اليباس، شمطاء الشعر، مع شبه شاربين فوق شفتها العليا، وثديين متدليين أعجفين. ترتدي دائماً الثوب الرمادي الرقيق نفسه، الذي لا يشف عن شيء تحته سوى خيال جسدها الأعجر.

لا تفعل حسنية شيئاً سوى استخراج المياه من البئر بالدلو، وسفحها على أرضية باحة البيت الإسمنتية، فهي مصابة بـ«وسواس النظافة». بعد أن تتعب من عملها هذا، تعاود غسل أنية المطبخ النظيفة عدة مرات. في أثناء ذلك، لا تدع زوجها يغيب عن نظرها، فلا بأس أن يقلب صور النساء شبه العاريات في المجلات، لكن المهم ألا يخرج من البيت، من أجل غزواته النسائية. وتزداد غيرتها عليه بشكل غير معقول، عندما تصعد الجارة فايزة، ذات المؤخرة الضخمة المغرية، إلى سطح بيتها المجاور الملاصق لهم، كي تنشر الغسيل على الحبال. وفايزة مصابة أيضاً بـ«وسواس النظافة»، لكنه المتعلق بالثياب. لذا، فهي تغسل الملابس يومياً،

وتنشـرها على السـطح، ويسـتمر هـذا لفتـرة طويلـة كطقس دائـم. ومـع صعودها بمؤخرتها الضخمة، لا يكف الزوج علي عن التقافز في الباحة وملاحقتها بنظراته، فيما تغلي حسنية بالغيظ منها.

لا تغـادر «حسـنية» البيـت إلا نادراً، وللتسـوق فقـط. في أثناء ذلـك، لا تتبادل الثرثـرة في الحـارة مـع النسـوة، وبالأصل فإنهـن يتحاشـينها لغرورها واشـمئزازها المفتعـل مـن كل مـا حولها. لهـذا، عندما تختفـي حسـنية فجأة، ولم يعد أحـد يشـاهدها في الحـارة، لم يتم افتقادها، ولم تسـر أحاديث نميمة عنها. يدّعي علي إن زوجته فرت ليلاً مع عشـيق لها، ولم يفكر الأهالـي بأي عشـيق يمكن أن يراود هذه المرأة القبيحة الشمطاء، ويختطفها.

لكني أعرف ما حدث مع حسـنية، كما تقول «الحكاية». في ذات مسـاء، أشـاهد حسـنية من سطح بيتنا منحنية على البئر، تستخرج دلو مياه منه، فيلتصق بها زوجها مـن الخلـف. بالتأكيد، تسـتغرب فعله، والدهشـة ترتسـم على وجهها، وقد ظنَـتْ، وأنا أيضاً ظننتُ، متسـائليّن «هل يقلع علي عن مشاهدة الصور شبه العارية في المجلات، ويلتفت إلى جسدها. لكننا فوجئنا، أنا وحسنية، بعلي يدفعها إلى البئر، فتسقط في عتمته، تلحقها صرختها المخيفة. هكذا، ببساطة، اختفت حسنية.

كلما يدعوني علي إلى شرب الشاي في باحة بيته، أسمع بشكل متواصل صرخات حسـنية، تتصاعـد من البئر بأصـداء متتالية، وإن كان يشوشـها صوت فحيح المتعة بين «أم علي» وجنيها الشبقين. بالطبع، يدّعي علي أنه لا يسمع أي أصوات صادرة من البئر، فيما لا ينفك عن شتم زوجته التي فرت مع عشيقها المجهول.

في الأيام التالية لاختفاء حسـنية، ألاحظ إن علي يتمشى جيئة وذهاباً دون توقف في باحة البيت، أعرف إنه يترقب متململاً ظهور فايزة، كي تنشر الغسـيل على سـطحها المجاور. ما إن تظهر أخيراً حتى تتراقص بحركات استعراضية مبالغ فيهـا، لعلمها بمراقبـة علـي لهـا، دون وجـود زوجتـه المختفية. تنفرش التنورة الفلاحية الواسعة التي ترتديها في الهواء، وهي تنحني، وتدور، وتتقافز، وتتطاير، فيبرق سروالها منكشفاً لثوان مع كل إيماءة منها. ألمحه أنا، ويلمحه علي. وبـدلاً مـن مناداتها، والحديث معها مغازلاً، يسـارع علي إلى تقليب الصور شبه

العاريــة فــي المـجلات، فـي باحـة البيت. ثم يمضي إلى الغرفـة، بالتأكيد، كي يمارس الاستمناء.

في المرة الأخيرة التي ألتقي فيها علي، وقد دعاني بإلحاح إلى شرب الشاي عصراً في باحة بيته، يحدثني طويلاً عن أسفه لعدم تجاوب الجارة فايزة معه. ثم ينتقل إلى ذكر سراويلها التي يكشفها تراقصها، وهي تنشر الغسيل، معدداً ألوانها القوس قزحية، وأشـكالها المغرية. في أثناء ذلك، يعرض لي صور الممثلات شبه العاريات في المجلات، ويدعوني للدخول معه إلى الغرفة. أقرر مباشرة الهروب من جنونه، لكن ظهـور فايزة المفاجئ على السـطح، يوقفني، وأنا أشـاهده ينهـض، ويتمتم مهتاجـاً «غريـب، هـذه المرة دون سـروال». يتقافز هنا وهناك بجنـون، كي يأخذ زاويـة نظر مناسـبة، محاولاً اكتشـاف تفاصيل أعضائها الحميمية. يتراجع ويتراجع حتى حافة البئر، كي يأخذ الزاوية المناسبة للمشاهدة، فإذا به ينزلق إلى الخلف، وينقلب سـاقطاً فيه. ما إن تمر دقائق تحت تعلو صوت ضحكة حسـنية من البئر، بدلاً من صراخها الذي كنت أسمعه. تختفي عندئذ فايزة، لم تعد تنشر الغسيل.

الابنة صباح لم تكن معنية بما يحدث حولها؛ اختفاء والديها، ومن ثم حسنية، وأخيـراً أخيها علي. هـي بالأصل غير متعاطفة مع أحد، لافي البيت ولا في الحارة، ولديها إنفة وكبرياء بسـبب نضوج جسـدها الباكر. منـذ طفولتها، ترفع جداراً غير مرئـي، يفصل غرفتها عن باحة البيت، وتعيـش عالمها الحميمي الخاص بها، حيث تقضي معظم وقتها أمام مرآة عريضة، تغطي كامل جدار في غرفتها، تتأمل مفاتن جسـدها، وهي شـبه عارية. ألمحها مرة من باحة بيتهم، عبر باب غرفتها الموارب، فلا تأبه لنظراتي النهمة الملحاحة، بل تسـتمر بممارسـة استعراض جسدها أمام المرآة، كأني غير موجود.

تمتلك صباح وجهاً منيراً، بخدين مكتنزتين، وابتسامة عريضة، لا تنطفئ، وعينيـن واسـعتين، متألقتين بصفاء فيروزي، وشعراً أسـود طويلاً، مشـلوحاً على كتفيها. ينضج جسـدها سريعاً قبل الأوان بجنون مريع، منذ طفولتها، مغرياً بشدة بياضه، لا تنال منه الشـمس، وبثديين ممتلئين طافحين، منفلتين متقافزين خارج بلوزتها السماوية، وعجيزة ضخمة، ترتسم تفاصيلها بوضوح تحت تنورتها المشجرة

بوريقـات زرق. تتراقص الجدران مع اهتزازات عجيزتها، إذا ما مرت قربها.

عندمـا تتدحـرج صباح في الحـارة، تتقافز كل هضاب جسـدها بإغراء شـديد، فترتج الأرض تحت قدميها، وتموج حولها موسيقى، تملأ الأجواء سحراً خفياً. يقع لاعبو النرد عن كراسيهم، وينهضون، منتصبين، هم وأعضائهم الجنسية، مذهولين بسـحر جسـدها، وعبـق عطرها، وغنجها الآسـر. وهي لا تتهرب مـن النظرات التي تلاحقها، بل تتوقف، وتتمطى، وتشلح نفسها مع النسيمات، وتشرد بنظرها بعيداً، كأنـه لا يعنيها مـا يحدث حولها. تغار النسـوة الناضجـات منها، وهـن يعرفن إن رجالهن يمارسون أحلام اليقظة الجنسية في خيالاتهم معها، متمرغين بين ثدييها أو على عجيزتها.

كان جسد صباح في مراهقتها هضبة، بعد زيجتها الأولى أصبح سفح جبل، ومع تتالي زيجاتها تتحول إلى سلسلة جبال بقمم عالية، وأنا شاهد على تضاريس هذه التحولات. أما كيف حدث ذلك؟

بعـد اختفاء عائلـة صباح؛ الوالد والوالـدة والأخ وزوجته، الشـاب حسـين هو الأول الذي يتمكن من الزواج بها. يغريها بجسده شجرة جوز باسقة، وصدر كثافة أغصانها، مخضرة الأوراق بابتسـامته، يحتوي جسـدها الضخم بساعدين مفتولين. فـي أمسيات أيـام زواجهمـا الأولـى، يجلسـان يوميـاً علـى المصطبة أمـام البيت، يتنسـمان الهواء العليل، بعد حفلات حميمية بأصوات صاخبة ضاجة، تملأ الحارة بهديرها. لكن سـرعان ما تخفت الأصوات شيئاً فشيئاً مع الأيام حتى تنطفئ. في أثناء ذلك، يلاحظ الجميع إن جسـد حسـين الشـجرة بدأ بالتقصف، وأوراقه تأخذ بالذبـول، في حين يتضخم جسد صبـاح الهضبة، وتزهـر مفاتنه كروماً مشلوحة عليهـا بضـراوة منفلتـة. مـا إن تمـر بضعـة أيـام حتى ينزلق حسـين فـي تضاريس الهضبـة؛ بين طراوة الثديين، وحشائش مـا بين الفخذين، ويغيب هناك. لم يعد يستطيع الإفلات، وبالتالي الجلوس على المصطبة مع صباح في الأمسيات. ألمحه في الليلـة الأخيرة، في عتمة المسـاء، كتلة عظام مكسـرة، مرميـة في طرف باحة البيـت، تنتهي صلاحيتها. تجمعها صباح ليلاً بصمـت، وترميها في البئر، دون أن يصـدر أي صوت من ارتطامها بالقعر.

يتلاشى حسين، دون أن يهتم أحد باختفائه، لكن صلاحية جسد صباح الهضبة لا تنتهي، بل يزدهر، ويتفتح أكثر. ينهض الآن سفح جبل متحدياً، فيما الراغبون بتسلقه والتيه بين تضاريسه يسعون للزواج بها بالتالي، لا يعنيهم سوى انزياح منافس وراء أخر من أمامهم. تتكرر مغامراتهم كل منهم مع صباح، كما حدث لحسين؛ يجلسون مساء معها على المصطبة في الحارة، وهم يذبلون ويزوون. وبعد إن تمتص رحيقهم، يتحولون إلى كتل عظام، ترميهم ليلاً في البئر، بحيث يمتلئ بها حتى فوهته. تنشف المياه من البئر، ولم تعد تصدر منه التأوهات الجنسية للجني مع «أم علي»، ولا ضحكات حسنية الساخرة من زوجها علي، إنما أصوات تقصف العظام المريعة، التي يفر منها الجن. مع كل زيجة جديدة لصباح، تتحول الهضبة الجسد إلى سفح جبل، ومن ثم إلى سلسلة جبال من اللحم، تعلو تضاريسها قمماً عالية، تظلل الحارة.

تربض صباح الآن على المصطبة سلسلة جبال، ولم تعد تستطع النهوض من مكانها، ولا إيجاد أزواج تمتص رحيق أجسادهم. تصبح معلماً مميزاً، يتشكل من كتل اللحم المرتفعة النابضة، يتجرأ الأولاد على تسلقها، ويلهون بالانزلاق على تضاريسها، وهم يضحكون.

هكذا، يحل «أبو سمير»، و«أبو علي»، و«أم علي»، وعلي، وحسنية، وصباح، وحسين، في «حكايتي»، بدلاً من «أبو حمدان»، و«أم حمدان»، وحمدان، ومديحة، و«أبو أيمن» في «حكاية» صديقي الشبيه؛ «بائع الصبار». تشغل الوقائع في «حكايتينا» المكان نفسه، إنما تحدث كل منهما في زمن مغاير بالكامل، وبسيرورات مغايرة.

لكن للغرابة، فإن «أبو خليل» الذي يمارس الاستمناء، بعد أن يحقن النسوة بالإبر في العضل، في «حكايته»، هو نفسه موجود في «حكايتي»، لكن باسم فرهود. وبدلاً من المحل الذي يحوله « أبو خليل» إلى صيدلية بائسة لاستغلال الفلاحين، يغدو عند فرهود مكاناً لتأجير الدراجات الهوائية وتصليحها. وبدلاً من استمناء «أبو خليل» هناك، فإن فرهود يلاحق عندي الأولاد مباشرة، ويغويهم جنسياً.

يؤجر فرهود الدراجات الهوائية للأولاد، بعد أن يطلب منهم رهناً؛ الهوية الشخصية من الكبار، وساعة اليد أو ما يشابهها من الصغار. يستطيعون التجول بها في شوارع البلدة؛ الساعة الواحدة بخمس فرنكات. يشبه محله خرابة معتمة، تتشح جدرانه الطينية المتآكلة بالشحم والسخام الأسود، المتكدس عليها منذ عشرات السنين. تغطيها بعشوائية الإطارات والمنافيخ والبرابيج والمفكات والمطارق، معلقة على مسامير صدئة. ملابس خليل ويديه ووجهه شبيهة بجدران محله بمقدار التلوث بالأوساخ، إذ بالكاد يغتسل منها مساء ببعض الماء والصابون، فلا تذوب، وإنما تتجدد بطبقات جديدة في الصباح. ونستغرب، نحن الأولاد، كيف يتناول سندويشته الملوثة بشحوم يديه باستمتاع.

بالطبع، لم يتزوج فرهود حتى الآن، وعلى الأغلب لن يتزوج، فمن هي المرأة التي ستقبله بأوساخ جسده وملابسه. لكنه يستعيض عن النساء بالأولاد، يقنعهم بالدخول إلى عمق المحل المظلم بلطافته وابتسامته المغرية، كي يمارس فعله الجنسي معهم، وراء ستارة تملؤها الثقوب، نلمح ما يحدث خلفها. الأولاد حذرون منه، لكن من يقع في فخه نعرفه بسهولة، فهو يستأجر الدراجات دون دفع أي نقود.

أستغرب حديث صديقي الشبيه؛ «بائع الصبار»، عن الطبيب ياسين، المقيم في بلدته. يروي لي إنه عجوز نزق، يشتكي الأهالي من رجفان يديه وضعف سمعه وبصره، عند معاينتهم، فيلجؤون إلى الممرض المحتال «أبو خليل» لتلقي الحقن، الذي لم يكتفِ بها، بل أخذ يقدم لهم الوصفات الطبية شبه مجاناً. لم أصدق صديقي تماماً، إلا حينما شاهدت الطبيب ياسين في «عالم المرايا» المقابل لي، وهو يمر في الحارة؛ ظهر منحني، متثاقل الخطى، يستند على عكاز خشبي، يرتجف هو أيضاً مع كامل جسده.

لكن في بلدتي، ينقلب الطبيب ياسين إلى شخص آخر مختلف بالكامل، على الرغم من إنه هو نفسه. وهو في كلتا «الحكايتين» في الخمسين من عمره، يعلو الشيب رأسه. لكنه في «حكايتي»، يمتلك جسداً رشيقاً، يسير ناهضاً منتصب القامة، لا أثر فيه للعلل الصحية، بل وتتراكض إليه النسوة باشتهاء.

يحضر الطبيب ياسين يومياً في الصباح إلى عيادته بملابس أنيقة، حليق الذقن، متعطر. يفعل هذا ليس فقط لأن زوجته فاطمة، مديرة المدرسة الإعدادية، تعتني بمظهره، بل لأنه أيضاً في السـر «زير نساء» ساحر، لكن القليل من الأهالي من يعرف بعضاً من «غزواته النسائية» الليلية. تفتح العيادة باكراً السكرتيرة خديجة، البالغـة مـن العمر عشرين عاماً، سرعان ما تتكدس في غرفة الانتظار نسـوة في أعمار الأربعينيات وما فوق، والمتمارضات بمعظمهن؛ فلاحات، زوجات موظفين وعسكر، مع نسبة عالية من المطلقـات والأرامل بينهن، بينمـا لا يتوافد إليها أي مـن الرجـال، لأنهم في بلدتي لا تصيبهم الأمراض. وبما إن خديجـة تحب الثرثرة معـي في المسـاء عند باب بيتها، فهي جارتنا في الحارة، تؤكـد لي بعض الأقاويل عـن الطبيب ياسـين، التـي لا تصدقها زوجته فاطمة بالطبع، فهي مشغولة صباحاً بمدرسـتها، ومماسة التسوق بعض الظهر.

تروي لي خديجة إن الطبيب ياسين، يبالغ في الطلب من النسوة المتمارضات بالتعري مـن معظم الملابس، بدعوى المعاينـة، فتنكشـف الأثداء والبطون والأفخـاذ، وهـن متمـددات على السـرير الطبي. لا يسـتخدم السـماعات الطبية، وإن يتركها متدلية على صدره، إنمـا يلامس الصدر والبطن بكفه الدافئ طويلاً، وهـو ينقـر فوقه، مقترباً بوجهه منهن، فيلفحهن بأنفاسه الحارة. وإذا ما شعر برضـى المتمارضـة، وغالبـاً ما تسـترخي تحت لمسـاته الناعمة، فهي قدمت من أجـل هذا، تتسـلل أصابعه إلى الأسـفل أكثـر فأكثـر لتصل إلى الأماكـن الحميمية، ويداعبها بنعومـة لبعض الوقت. في أثنـاء ذلك، تنتقل النسـوة من عرض ألمهم الجسدية إلى كشف همومهم النفسية، وخاصة إعراض الرجال عنهن، والدمعات تسيل من الأعين.

تنقطع الشكوى والملامسة مع دخول السكرتيرة، التي تبلغه بتذمر النسوة في غرفة الانتظار، وقد طالت معاينة المريضة بين يديه. يُبلّغ عندئذ المتمارضة، التي ترتفع درجة التهيج لديها عالياً، بأنه سـيمر إلى بيتها ليلاً لمتابعة العلاج، فتنهض محمرة الوجه، متلعثمة، متأسـفة لمرور الوقت سـريعاً. وتنجح الزيارات الليلية، خاصـة إذا كان الأزواج مـن العسـكر، الذيـن لديهـم مناوبات فـي معسكراتهم،

وإلا فإنه يمكن اللقاء خلف جدار متهدم، أو تحت شجرة في حقل مهجور. وأمام حالات الإسعاف المتعددة في الليلة الواحدة، تتأسف الزوجة فاطمة لأن المرضى لا يتركون زوجها يرتاح لا في النهار ولا في الليل، لكنه مضطر للقيام بواجبه الإنساني.

تقول «الحكاية» إن خديجة الصغيرة، التي تبدو مؤخرتها الصغيرة ممسوحة بالمقارنة مع المؤخرات الممتلئة للنسوة المتقدمات في العمر، فلا تلفت انتباه الطبيب، هي مثارة طوال الوقت، بسبب ما تشاهده في العيادة. لذا، فعند النوم في فراشها ليلاً، تعانق المخدة بين فخذيها، ولا تغفو إلا بعد سلسلة طويلة من الاهتزازات والرعشات.

عندما يحدثني صديقي «بائع الصبار» عن حمدان، الذي يعمل في «حكايته» قاطع تذاكر في «باص سكانيا هوب، هوب»، يُعرج دائماً إلى سائقه الودود منير الذي يعتني بباصه هذا كـ«عروس». لم أصدق ذلك إلا عندما شاهدت الباص مرة في «عالم المرايا»، فسحرني بصورتي النسرين الملونتين على جدرانه الخارجية، والتزيينات الزاهية في داخله، والموسيقى المنبعثة من جهاز تسجيل فيه. يؤكد صديقي أنه يوجد العديد من هذه الباصات لتأمين نقل الركاب بين بلدته والعاصمة، وجميعها بالجماليات نفسها.

للأسف، لا توجد في «حكايتي» مثل هذه الباصات الشعبية الساحرة، إنما حافلات صغيرة، بلون أبيض أجرد مُقشر، ملوثة دائماً بالطين والأوساخ، دون زينة أو أضواء أو أغاني كاسيتات. على الرغم من حضورها لعدة احتفالات من الحوادث الخطيرة، وقد خرجت منها شبه محطمة، فمازالت تسير، وتنقل الركاب بأعجوبة.

الحافلة ضيقة وتتسع الواحدة منها بكراسيها المكسرة لعشرة أشخاص، لكن ينحشر فيها أكثر من ثلاثين راكباً؛ نساء عجائز يجلسن في أحضان رجال شبان، أطفال يعلون أكتاف الكبار، ويبولون عليهم، مع دجاج وخرفان وصناديق خضار. الأطفال والنساء يقرمشون الخبز اليابس، والرجال يدخنون لفافات شعبية ثقيلة، لكن جميعهم يضجون بالنزاعات، فتضيع صرخاتهم في غمامات الدخان. يقود

هذه الحافلات سائقون عجائز، يرتدون ملابس عتيقة مهترئة، لا يحلقون ذقونهم، ولا يتعطرون، ولا يهتمون سوى بتحصيل أكبر قدر من النقود من الركاب الأغنام. يجمعونها مباشرة بأنفسهم، فالحافلات صغيرة، لا تحتاج إلى «مرافق معاون» للسائق، والأجرة تصل إليه عن طريق التسلسل.

تنفصل صور عديدة من الزمان والمكان، تعيش الحنين في ذاكرة حالمين، وتغدو معلقة على جدران من ضباب. مع مرور الزمن، لن يتبقى من أصحابها سوى «حكايات»، عشتها أنا بطريقة ما. لكن في هذه المرة، تتداخل بغرابة شديدة في الصورة الواحدة الشخصيات من «الحكايتين»، اللتين عشتهما، واحدة كـ«بائع البوظة»، والثانية كـ«بائع الصبار». لكن الغرابة أنه على الرغم من اندماجهما معاً، فإن صور شخصيات «الحكاية الأولى» هي بالأسود والأبيض، في حين إن شخصيات «الحكاية» الثانية هي بالألوان، فيما الخلفيات في جميعها تغرق في ضبابية كثيفة، دون معالم أو تخوم؛ صورة لـ«أبو حمدان» و»أبو سمير» يحلقان معاً منتشين في فضاءات غائمة، وبيد كل منهما كأس من «عرق اليانسون»؛ صورة لأشخاص على مصطبة الحارة، «أبو علي» المجنون معانقاً «أم حمدان» العمياء، و»أم علي» تجلس في حضن الجني بجسده الهلامي، فيما حسنية تسفح المياه أمامهما؛ صورة حمدان في باحة البيت، وهو يرفع أثقالاً رياضية، وإلى جانبه علي، المتقافز في الهواء ويدله على سروال فايزة الذي يبرق بألوان قوس قزح تحت التنورة، وهي تنشر الغسيل على السطح المجاور؛ صورة الممرض «أبو خليل» ومصلح الدرجات فرهود، وهما يمارسان الاستمناء معاً؛ صورة أولاد الحارة من «الحكايتين»، وهم ينزلقون ضاحكين على هضاب الكتل اللحمية لصباح، المتكدسة على مصطبة الحارة؛ صورة نساء عاريات بالكامل، متمددات على أسرة ينتظرن معاينة الطبيب ياسين، فيما تنظر إليهن خديجة مثارة.

صور وصور، أوقفت الزمن... لكن الأصوات لا تزال تنفلت منها، تقول إن الشخصيات تعيش متجددة مع «الحكايات».

(8)

«أم زياد» / الجنية سوسن . الحمامة سوسن

أنادي، بإيقاع موسيقي «يا مشوَّب، صبارة حلوة، عسل، ثلاثة بفرنك».

ينهـض خلف بسطتي الصغيرة لبيع الصبار منزل أرضي حجري واسع، بسطح طينـي مُدعم بعوارض خشبية. للبيت واجهة من الحجـر المنحوت، تجعله يتمايز بيـن البيـوت العشوائية الطينيـة المنتشـرة حولـه، التي تسـود بمعظمهـا البلدة. يتوسـط الواجهة باب خشبي بدرفتين، مع مطرقة نحاسية ثقيلة، على شكل قبضة يـد، بأصابع بارزة تمسـك كـرة. تتوزع على جانبيه أربع نوافذ مطلة على الشـارع، تعلوهـا أقواس حجريـة، وتغلقها قضبان حديديـة. يطفو البيت طوال النهار ورائي فـي غمامة كثيفة، منبثقة من سـردية سـحرية، تتآلف بحنين مـع «الحكاية» التي أعيشـها. ينطفئ البيت في المسـاء، عندما أغادر بسطتي، ويغدو خرابة مهجورة معتمة، ينعق فيها البوم.

تقـول «الحكاية» إن «أم زياد» تلقت البيت ميراثاً من عائلتها الميسـورة مادياً، ذات الأصـول الإقطاعية القديمة البائدة في منطقتنا، وسـجلته باسـمها فقط دون زوجها. «أم زياد» ستينية، طويلـة ونحيلـة، ذات عينين غائرتين، في وجه جامد لا يعـرف الابتسـام. ترتدي دائماً معطفاً أسـود طويلاً، يصل إلـى الأرض، وغطاء ريفياً أبيض على الرأس، ينسدل على الجزء العلوي من الجسد. ألمحها مرة عبر النافذة، تسير في الصالون دون ملابسها، فإذا هي مجرد هيكل عظمي، دون أي عضلات أو شعر. أعرف عندئذ إنها عندما تخرج إلى الشارع، تخفيه تحت ملابسها الفضفاضة، وتضع على وجهها قناعاً اصطناعياً، ترتسـم عليه عينان غائرتان، وفم لا يبتسـم.

أدخلُ ذات صبـاح إلى صالون بيت «أم زياد»، وانا أساعدها بحمل حقيبة مشـتريات مـن الخضار. تسـير أمامي، وهي حـذرة من انكشـاف هيكلها العظمي تحت معطفها. يذهلني الصمت المطبق علـى المنزل، متسائلاً أين هم أولادها الأربعة، ولماذا لا يرافقها أحد منهم إلى السـوق، ويساعدها بحمل حقيبة الشراء.

يتألق بلاط الأرضية القرميدي اللون تحت ضياء ثريات معلقة في السقف، تتلألأ بأنوار بيضاء، على الرغم من إن الوقت نهار. يلفحني تيار رطوبة صيفي منعش، منبعث من باب زجاجي عريض واسع، ينفتح في عمق الصالون على حديقة منزلية. تنهض في الحديقة شجيرات برتقال وليمون ونارنج، تهاجمني منها بكثافة عبق شجيرات ورد الجوري، المغروسة على الأطراف، بألوانها الخمرية والزهرية والسكرية والبيضاء. تمنحني «أم زياد» كيساً ورقياً مليئاً بثمرات النارنج، وأكتشف أن قناع وجهها يمكن أن ينطق بكلمات، وهي تقول «دع والدتك تعمل من قشرها السميك مُربى». أحب طعم مَربى النارنج المر اللاذع، وقرش قشرته السميكة المُحلاة تحت أسناني، لا يغادران ذاكرتي على مر الأيام.

لا أفهم كيف ينطفئ عند المساء هذا البيت الساحر، بثرياته المتلألئة وحديقته المنزلية الشاعرية، ويختفي طوال الليل، تاركاً مكانه خرابة. يبدو إن «الحكاية» السحرية تستدعيه قصراً من الحلم، فقط في أثناء وجودي نهاراً أمامه. لكن كيف يحضر فيه الهيكل العظمي الغريب لـ«أم زياد»، الذي يشوش سحر أحلامي؟

تتقافز الصغيرة سوسن، ذات الخمس سنوات، أمامي في الحارة مرحة، وأنا أبيع الصبارة. هي ابنة الجارة «أم عبدو»، كما يعرفها الجميع، لكنها في الواقع هي جنية صغيرة، قادمة من «حكاية» سحرية، دون أن يعرف بحقيقتها سواي. أظن أنها هي نفسها لا تعلم أصولها، أو تخفيها عنا قصداً، وانضمت إلينا، كي تستمع باللعب مع الأولاد. أسمع بليل نهار ألحان قرع قبقابها ذي الكعب العالي والكنار الأحمر، على الدرج الخشبي لبيت أهلها في الحارة. تعزفها، وهي لا تنقطع عن الصعود والنزول، مع صوت هديلها حمامة، مدندنة بترانيم أغنية شعبية. عندما تتقافز في الحارة، تتطاير في الأجواء بتنورتها القصيرة ألوان قوس قزح، هي وضحكتها المغناج، وتلويحة يدها الراقصة بتلويحات، تقطف بها ندفات غيمات صيف عابرات.

ترافق سوسن مرة والدتها في زيارة إلى منزل «أم زياد»، تمر قرب بسطتي مبتسمة، ملوحة لي بيدها الصغيرة. أدعوها كالعادة إلى ثمرة صبار ضيافة، تتناولها مني بخفة، على الرغم من أن والدتها تزجرها، وهي تجرها من يدها. تختفي سوسن في البيت، لكن ابتسامة الجنية الحلوة لا تفارقني.

يمـر وقت، وتهبط سوسـن فجأة أمامي من السـماء، وترتطم بالرصيف بعنف. يتحطم جسـدها، ويشـج رأسها، وتملأ الدماء وجهها، لكنها تبقى مبتسمة. يتخلى عن جسدها شبح الجنية اللطيفة، ويعلو فوقها مدهوشاً مما حدث لها.

تقول «الحكايـة» إن «أم زيـاد» و«أم عبدو» تركتا سوسـن تلهو في الحديقة مع قط صغير أبيض. وفي غفلة عن الأعين، تلاحقه، وهو يتسلـق سلم الحديقة الخشـبي إلى سطح البيت الطينـي غير المسـور. يلفـت انتباهها هناك وجود مدحلة بيضاء بقضيبها المعدنـي، تُسـتخدم لدحله أيام المطر، فتقتـرب منها تستطلعها بفضول. ثم وفيمـا هـي تشـرئب بنظراتها إلى الشـارع، كي تراني، وتلفـت انتباهي من الأعلى، وهي تنادينـي، تفقد توازنها بسـبب قبقابها العالي، وتهـوي على الرصيـف أمامي بصوت ارتطـام مكتـوم، دون أن يسـعفها الوقت للصراخ، وأنـا مذهول مما يحدث. تقول «حكايـة» ثانية إن ابنة «أم زياد» غير المرئيـة سـلوى، التي تغار من جمال سوسـن، هي التي دفعتها عن السطح في غفلة منها.

تُسـرع «أم عبدو» بصغيرتها سوسـن إلى مستشـفى في دمشـق بسيارة ركاب قديمة، إذ لا خدمات طوارئ طبية في بلدتنا الصغيرة. لكن الصبية تفارق الحياة، وقد تعطلت السـيارة على الطريق، قبل الوصول إلى المستشـفى. في أثناء غياب «أم عبـدو» يبقـى طفلها الرضيـع عبدو في عهـدة والدتي، في بيتنـا. يبكي طوال الوقت جائعاً، فترضعه إلى جانب أختي المولودة حديثاً، فيصبح لنا أخاً بالرضاعة، لا يحـق له الزواج من أخواتي البنات، عندما يكبر.

تختفي سوسن، ولا أتذكر أن جنازة أقيمت لها، أو إن والدتها ارتدت السواد، بل لم يلف الحارة الحزن، كأنها غير موجودة. تمضي ببسـاطة، لكن قرع قبقابها على الدرج الخشبي لا يتوقف ليل نهار، فروحها الجنية لا تفارق بيت أهلها.

«أم زياد» معروفة بقوة شـكيمتها واسـتقلال شخصيتها وازدرائها للأخرين، بل وتفـرض إرادتها حتى على زوجها المسـكين اللحام المسـكين «أبو زياد»، مسـتقوية بأموالها الموروثة. يُقال أنها لا تطيق رائحة جسـده، بسـبب مهنة الجزارة، التي لم يمارس غيرها طوال عمره. وأنا لا أفهم كيف تنام إلى جانبه في السـرير وتتحمل رائحته،

بـل وكيـف تنجـب منـه أربعـة أولاد. ثم أتذكـر إن الهيـاكل العظميـة تفتقد حاسـة الشـم، لكن كيف لها أن تنجب؟

يرتدي اللحام «أبو زياد» دائمـاً شروالاً أسـود، يشده بزنار فضي، ويعتمر طاقية صغيـرة مخمليـة. يسير وهو محني الظهر بشدة، يكاد كتفيه يلتصقـان بالأرض، عاقداً يديه خلفه. لا علاقـة لهذا التشـوه بعمـره، فقد وُلِدَ به هكذا. يستيقظ كل يـوم في الرابعـة فجـراً، يجر شاته إلى «مسلخ البلديـة»، الواقـع عند طرف السـاقية، التي تقطع بسـاتين البلدة. تغدو الذبيحة معلقة بكلاباتها المعدنية في السادسـة صباحـاً، وسـط دكانه المعتم العتيق في السـاحة، غير بعيد عن بسـطتي. تبـدأ الزبونـات بالتوافد باكـراً، تثرثـرن طويلاً أمام الدكان، فهـن حضرن لأجل هذا، مدعيـات انتظـار دورهن في الشـراء. تشـتري الواحدة منهن أوقية لحـم للطبخة اليومية؛ ثلثين هبرة وثلث دهنة، وتجادل «أبو زياد» طويلاً من أجل الحصول على قطـع مجانية من العظم حتى يصبح طعم الطعام أدسـم.

تنتشـر فجأة في البلدة دكاكين اللحامين بكثرة، تحوم حولها القطط الشاردة، تمـوء دون توقـف، وتخيـم أمامهـا الكلاب الشـاردة، وهي تتشـمم رائحـة اللحم. يشـتري الآن كثير مـن الأهالي لحـم الخراف طازجـاً مـن هذه الدكاكيـن، بدلاً من تقديدهـا ذبيحة مفرومة مقلية بالسـمن البلدي، مؤونة تكفيهم طوال الشتاء. منذ اختفـاء والدي في الغمام، لم يعد في أسـرتي مثل هذه الذبائـح، كي نقدد لحمها، ومثلهـا انطفـاء التنور مع افتقادنا البلان، الذي كان يحضره من الجبل.

مـع شـراء اللحم الطازج يوميـاً، بدأت تسـود عادة أخرى جديـدة لدى الأهالي، وهي إعداد «الفطائر» و«الصفائح» عند اللحام، ومن ثم المضي بها إلى أحد فرنيّ البلـدة في السـاحة، لشـيها في موقـده القرميـدي المتأجـج بالنيـران. ينبغي حجز الدور مسبقـاً في أحد الفرنيّن أيام الجمع والأعياد والمناسبات الاجتماعية، بسبب كثرة الطلبات، للحصول عليها وقت الغداء ظهراً.

يسيل لعابي لطعم «الفطائر» ذات العجينة المثلثة الشكل، المحشية لحماً مفرومـاً مع البصل والبندورة، والأكثـر لـ«الصفائح»، التي يُمد على عجينتها اللحم المفروم مع البصل، والمشبع بدبس الرمان. والنوعان يخرجان مـن موقد الفرن

مسقسقين بالدهـن الذائـب الشـهي، ونتناولهـا عادة مـع اللبن. لكـن «الفطائر» و«الصفائـح» هـي رفاهيـة فـي بيتنـا، لا تدخـل إليـه إلا فـي الأعيـاد والمناسبات الاجتماعيـة النـادرة. ومنـذ افتقادنـا للبقـرة والأغنـام، بعـد اختفاء والدي، تشتري والدتـي الحليـب مـن بائعـة بدوية. تحضـر فـي الصباح الباكر إلـى بلدتنا، من قرية فـي التـلال القريبـة، وتـدور علـى البيـوت، تقـرع أبوابهـا، كـي تبيعـه. تغليه والدتي، وتخمـره فـي قـدر فخـاري، بعـد أن تغطيه ببطانية سميكة بضع ساعات.

مـع ازدهـار موضـة «الفطائـر» و«الصفائـح»، يرغـب «أبـو زيـاد» بالاستفادة من أمـوال زوجتـه فـي توسيـع دكان ملحمتـه، وضم فرن إليها، كـي ينافس بهما اللحامين المتكاثريـن فـي البلـدة. لكـن «أم زيـاد» لا تهتـم بطموحـات زوجهـا، وتقرر فجأة اسـتثمار أموالهـا فـي بنـاء منازل إسـمنتية طابقية، تنتشـر موضتها الآن فـي البلدة، بـدلاً من البيوت الطينية القديمة.

يمضـي «أبـو زيـاد» فـي العـادة بشـاحنة مسـتأجرة إلى بدو التـلال مرة في الشـهر، يشـتري من قطعانهم أغناماً رخيصة بسـعر الجملة، ويجمعهم في زريبة، تقع خلف بقاليـة «أبـو حمـدان» الطينيـة، مكتفيـاً بالمرور عليها مسـاءً لعلفهم بالتبن والشـعير. فـي الصبـاح الباكـر، يأخذ شـاة من الزريبـة إلى المسـلخ، يذبحها، ويبيعها في دكانه. لكـن الطمـع لـدي زوجتـه يبلـغ حـداً بـأن تسـتولي علـى الزريبة من أجل تشـييد البناء الإسـمنتي الأول فـي مشـروعها، مدعية إن الأفاعي تسـتوطن في سـقفها، المبني من أخشـاب شـجر الحور، المغطاة بنبات البـلان والطين الجاف. وبفقدان الزريبة، يصبح علـى «أبـو زيـاد» شـراء الأغنـام، كل يوم بيومه، من الفلاحين بسـعر غالي.

مـن أجـل توفيـر الأمـوال، لا تسـتعين «أم زيـاد» بمهنـدس بناء، بل تسـتقدم بدلاً منـه الفـلاح «أبـو عدنـان»، السـكير المتطفل حديثـاً على مهنـة العمار، بعد أن باع حقلـه، وبـذر ثمنـه في القمار والعربدة. هو يغريه إمكانية السـطو على أموالها عن طريـق تعهـده عمليـة البناء وفق رغباتها، وهي يغريها عضوه المنتصب دائماً تحت البنطـال، بـدلاً مـن زوجها المحني الظهـر، غير القادر علـى النوم معها. لكن «أم زيـاد» لديهـا من ذكاء الاحتيال أنها لا تمنح «أبـو عدنان» من النقود سوى الأمنيات، وثمن «بطحات عرق اليانسون».

يتم هـدم الزريبة، وتنبت أجنحة شـفافة للأفاعي التي تقطن السـقف، وأراها تحـوم ناقمـة في فضـاء الحـارة، لا تهـدأ ولا تنـام، تريـد الانتقـام ممـن دمر موطن إقامتها الذي لا تعرف غيره منذ عشرات السنين. يرتفع البناء سريعاً تحت إشراف «أم زيـاد»، دون أساسـات وأعمـدة حمل، بل ويتم تقليل نسبة الإسـمنت، مقابل زيادة الرمل والبحص، كي تنخفض التكاليف. ولقلة المواد الأساسية المستخدمة، يطفو البناء الطابقـي خفيفاً، معلقـاً في الهواء، يتأرجح مهتـزاً مع عصفات الرياح، مغيـراً مـن مكانـه في كل ليلة. لكـن «أم زيـاد» لا تأبه لذلك، تردد باستمرار «هذا أفضل بأضعاف من البيوت الطينية، الآيلة للسـقوط مع أول مطرة خريف».

ينفذ «أبو عدنان» كافة طلبات «أم زياد» بلا تردد، بما فيها مطارحتها الغرام في الفراش. ما إن يغادر الزوج «أبو زياد» البيت في غبش الصباح الباكر إلى المسلخ مـن أجل ذبح شـاته، حتى ألمح خيال «أبـو عدنان» يقفز من فوق الحائط الطيني الخلفـي، المطـل على حديقة بيتها. يتسـلل بين أشـجارها إلى غرفـة نومها، حيث ينتظره هيكلها العظمي، ويقضيان وقتاً طويلاً في سـريرها المعدني حتى موعد عـودة زوجها. وعبـر النافـذة، وأنا وراء بسـطتي، أسـمع صرير الاهتـزاز الصباحي الرتيب للسـرير المعدني، يختلط بقرقعة طقطقة عظامها، وهي تسـحق جسده. أنغـم ماداتي لبيع الصبار على إيقاع الصرير والقرقعة.

يبـدو أن «أبـو عدنان» يدلق في جوفـه الكثير من «عرق اليانسون» باكراً، كي يثمـل، وينسـى أنه ينام مع هيـكل عظمي، بانتظار الحصول على النقود الموعود بها. في أثناء ذلك، تمتص «أم زياد» رحيق جسـده اللحمي، فيشـتد عود عظامها، فيما يأخـذ هـو بالذوبان شـيئاً فشيئاً، ويتحول إلى هيـكل عظمي. مـع الوقت، تعلو قرقعة عظامهما معاً على صوت صرير السـرير المعدني. والآن تضج أصوات القرقعة في كل ركن منزو، على امتداد الحارة، بعد معاينة البناء، فأعرف مباشـرة إنهما معا، غير آبهين بسـماع هديرهما من قبل مارة عابرين.

في المـرة الأخيـرة، أرى «أم زيـاد» تعطـي «أبو عدنان» التعليمات لاسـتكمال البنـاء الطافـي في الهواء بطابق ثالـث، فيما هـو يجادلها بأنه سـيعلو كثيراً فوق السـحاب، ولـن يقبل أحد من الأهالي السـكن هناك، وهـم المعتادين على البيوت

الطينيـة الأرضيـة. وباشـتداد الجدال، يقرران فـض التوتر بينهما بقرقعة عظامهما معاً، فيتعاركان مباشرة على أرضية الطابق الأول الطافي. يأخذ البناء بالاهتزاز على رعدات قرقعاتهما، ثم ما يلبث أن يتأرجح بشدة، مع مضيهما إلى ذروة النشوة، فما إن يصلاها حتى يسقط فجأة عليهما، وعلى بقالية «أبو حمدان». ينجو «أبو حمدان» مصادفـة فـي تلك اللحظـة، إذ يخرج ليرتب بسـطة الخضار والفواكـه أمام مدخلها.

خُسِـفت البنايـة ومعهـا بقاليـة «أبو حمـدان»، واختفت جثتا «أم زياد» و»أبو عدنـان» تحـت الأنقـاض. وعلـى الرغـم مـن البحـث الحثيـث لأهالي الحـارة عن الهيكلين العظميين، فلم يجدوهما، فقد انسحقا وتفتتا تحت ثقل الكتل الإسمنتية. لكن الجميع يلاحظ، في أثناء البحث، إن «أبو زياد» يتمتم مبتسماً، ثم مـا يلبـث أن يقهقه بصوت عال، عند فقدان الأمل بالعثور على زوجته.

تقول بعض العجائز في «الحكاية» إن الأفاعي الطائرة هي التي تسببت بسقوط البناء فوق «أم زياد» و»أبو عدنان»، انتقامـاً منهما، مؤرجحة إياه في الهواء، فلهذه الزواحف ذاكرة لا تنسـى موطن الإقامة، الذي حُرمت منه.

يفقـد «أبـو زياد» زريبة الأغنام وأفاعيها، إضافـة إلى زوجته التي اختفت تحت أنقـاض البناء المنهار. تقع الحادثـة قرب بيتنا الطيني، يخيفنا وقتها صوت الانهيار الراعـد، الـذي كاد أن ينـال منه، ونحـن نظن إن الأرض أصابتها زلزلـة عظيمة، فيما نشاهد الكتل الإسمنتية تتدحرج على أرض الحارة. لكن الأهالي في الحارة، خاصة أهلـي بالـذات، لا يتذكرون هذه الحادثة أبداً، بل ينفـون وجود الزريبة في الحارة أصلاً. لكن من أين تنتشـر كل هذه الثعابين المسـالمة في الحارة ليلاً، إذا لم تكن هناك زريبة، تعشش في سقفها؟

بعكـس «الحكاية»، يروي الأهالي إن «أم زياد» تسـافر لعنـد أخيها في أمريكا، بعـد إحضـار «أبو زياد» زوجة ثانيـة «ضرة» لها. وينظرون إلـى موتها تحت الردم على إنها هلوسات من نسج خيالي، بل وينفون وجود أربعة أولاد لها، ومن بينهم البنـت سلوى التي دفعت سوسن عـن السطح، ويعتبروهم أطفـال الوهم لدي. ويؤكدون إن تسـمية «أم زياد» ليس إلا نوع من الأمنيات لديها بإمكانية إنجابها ولد، لكنها هي عاقر تماماً، بسـبب نحول جسدها الشديد. لا أحد يصدق أني أسمع

أصوات الأولاد الأربعة، وهم يتقافزون عصراً تحت شجيرات البرتقال والليمون والنارنج في حديقة منزلهم، ملاحقين قطهم الأبيض الصغير، فيما أبيع أنا الصبار. بل إن «أم زياد» نفسها تمنحني قبل أيام كيساً مليئاً بثمار النارنج المقطوف من أشجار حديقتها، كي تصنع والدتي منها مربى. للأسف، حتى والدتي لا تتذكر تلقيها هذه الثمار، على الرغم من إن قطرميزات صغيرة من مربى النارنج تملأ رفوف غرفة المؤونة.

يقولون أيضاً إن «أبو زياد» تزوج الهيكل العظمي لـ«أم زياد» طمعاً بأموالها، ليوسع دكان الجزارة، ويضم إليها فرناً لخبز «الفطائر» و«الصفائح». لكن عندما يئس من الحصول على النقود، أو حتى على بعض منها، أحضر إلى البيت زوجة ثانية، يستمتع بجسدها. وهذه تنجب له أربع أولاد، وأصبح يُنادى «أبو محمود»، على اسم ابنه الأول منها.

الزوجة الثانية هي إحدى الزبونات الدائمات في دكان «أبو زياد»، تحضر باكراً، وتجلس على كرسي القش عند المدخل، حتى موعد الإغلاق. تغريه بكتل اللحم المكدسة على جسدها تلالاً متهدلة حتى الأرض، خاصة ثدييها العملاقين، كضرعي بقرة، ومؤخرتها الممتلئة بجنون لفيل عملاق، وفخذيها المتثاقلين لوحيد قرن غاطس في طين نهر. وهو يعرف قيمة اللحم، ويشعر بالدوار من رائحته، فيقرر أن يتزوجها. يتندر الأهالي بأنه فعل ذلك، كي يذبحها في المسلخ، ويبيع لحمها المتكدس على جسدها في الدكان على عدة أيام. لكنه يحضرها إلى بيته ليسترخي بجسده النحيل بين هضابها اللحمية، ويغفو هناك طوال الليل، بدلاً من الهيكل العظمي لـ«أم زياد».

بعد فقدان الزريبة، لا يشتري «أبو زياد»، الذي أصبح الآن «أبو محمود»، الخراف قطعاناً بالجملة من بدو التلال، إنما فرادى من فلاحي البلدة؛ كل يوم بيومه، خروفاً واحداً للذبح صباحاً. في العادة، تربي كل واحدة من عائلات الفلاحين في البلدة بضعة أغنام، في زرائب لصق البيوت الطينية، للاستفادة من حليبها للطعام اليومي، ومن لحمها للقديد مع السمن البلدي، ومن صوفها للفراء. في أيام الضيق المادي، تضطر العائلة لبيع أحد الخراف، أو مقايضته بأطعمة للمنزل.

الزرائـب في البيـوت ضيقة علـى الأغنـام، وأماكن الرعـي في البسـاتين أمامها محصـورة بفسـحات محـدودة، حيـث يمكن للأغنام التسـبب بإتلاف المزروعات. لذلك يلجـأ الفلاحـون إلى الراعـي العجوز «أبو حمـودة»، الطويل كشـجرة حور باسـقة، بحيـث يكاد رأسـه يصـل إلى الغيمـات، الذي يسـرح بها طـوال النهار في غمامات سفح الجبل، مقابل زوادات طعام يومية كأجر له. هناك، في الأعالي بين الغيوم، ترعى الأغنام أعشاباً برية ندية طوال النهار، وتعود مساء وأضرعها مكتنزة بالحليـب، ويقـوم الفلاحـون بحلبها في سـطول معدنية، فينتعشـون بعبق الغمام كلما شربوا منه.

في الصبـاح الباكـر، تخرج الأغنـام بغريـزة حيوانيـة مـن زرائبهـا إلى الشـارع الرئيسـي، حيـث يمـر «أبـو حمـودة» أمـام البيـوت، مع «ذئبه المسـتأنس»، الضخم والشـرس الأسـود، وتلحقهمـا زرافات. تعرف الأغنـام «أبو حمـودة» جيداً من مظهـره ورائحته، فهو يشـبه ذئبه تمامـاً، خاصة بتقاطيع الوجه، وقد اعتادا العيش معاً منذ زمـن طويـل، في جحـر عند كتف الجبل، دون أي أثاث، سـوى فراش عتيق. يرتدي «أبو حمودة» معطفاً أسود، ثقيلاً وسميكاً وطويلاً، وغطاء رأس مثله، يخفيان كامل جسده. يسير وبيده عصا غليظة من شجر الزعرور لا تفارقه، لا نعرفه إلا بهما، منذ إن نبت من الأرض شجرة حور، ووجدناه فجأة يرعى الأغنام.

علـى الرغـم من غلظة مظهـر «أبو حمـودة»، وعزلته الغريبـة، وصمته المريع، فلديه مشاعر فياضة. تتفجر، عندما ينفخ في ناي من القصب ألحاناً شجية، ينثرها في أرواحنـا، عنـد رأس الحـارة، إذا مـا ألححنا عليـه، نحن الأولاد، عنـد عودته من المرعـى مسـاء. أفهـم عندئذٍ كيف تجعل موسـيقاه الأغنام تلتم حوله في الجبل، فتلفهـم غمامة رمادية مكتنـزة بالرطوبة، تعلوا بهم بين الغيوم، وتسـيّرها الرياح. وإذا مـا وصلت هذه الغيوم البلدة، أسـتطيع سـماع خليط عذب مـن صفير الناي السحري، وثغاء الأغنام، ونباح الذئب، يهطل منها على البيوت والشوارع والحقول، فتنتعش الأرواح.

هكـذا، عنـد المسـاء، نجلس نحـن الأولاد علـى المصاطب وأطـراف الرصيف، عنـد رأس الحـارة، نتحدث ونتسـامر، منتظرين عـودة قطيع الأغنام من مرعاه في

غمام الجبل. ننتظرها لا لشيء، فكل مجموعة منها تعرف دربها إلى زريبتها، وإنما فقط كمجرد موعد للقاء. يسبق القطيع رنين أجراس أكباشها، المعلقة على رقابها، موسيقى ريفية للمساء. ثم يلحق الرنين خشخشات ضاجة متداخلة لشحط الحوافر على الأرض. في النهاية، تظهر غمامة كثيفة من الغبار، تعلو في الفضاء، بموسيقاها المكتنزة بالثغاء. في النهاية تتفرق الأغنام، تبحث عن صغارها المتروكة في الزرائب، كي ترضعها. لا يبقى من أثر في الشارع سوى الغبار، الذي ما إن ينجلي، حتى نعرف إن موعد العودة إلى البيوت قد حان. نتناول العشاء مع أهالينا، ثم نمضي إلى الفراش.

تنفصل صور عديدة من الزمان والمكان، تعيش الحنين في ذاكرة حالمين، تغدو معلقة على جدران متأرجحة من ضباب. مع مرور الزمن، لن يتبقى من أشخاصها سوى «حكايات»، أعيشها أنا بطريقة ما، تتلون جميعها بالأحلام والأمنيات؛ صورة بيت «أم زياد»، يطفو متلألأً فوق غمامة، قادماً من حكاية سحرية؛ صورة لحديقته، بأشجارها وورودها، يلهو فيها ثلاثة أولاد، وصبية اسمها أسمهان، مع قط صغير أبيض؛ صورة الجنية سوسن، تتوسد غيمة في السماء، قرب قوس قزح، ترسل لي بيدها قبلة طائرة؛ صورة أفاعي بوجوه حزينة، نبتت لها أجنحة، وتحوم في فضاءات الحارة؛ صورة لي، وأنا أتناول قطع من «الفطائر» و»الصفائح»، يتصاعد منها البخار، وقد خرجت للتو من الموقد الآجري المشتعل بالنيران؛ صورة «أبو محمود» غاطس بين هضاب لحمية لزوجته الثانية، مسترخ في غفوة لذيذة؛ صورة الراعي «أبو حمودة»، ممسكاً بعصا زعرور، ورأسه بين الغيمات، وإلى جانبه ذئبه الضخم الأسود؛ صورة غمامة غبار مسائية، تطفو فيها قطعان أغنام.

يتصاعد من الصور ضجيج محبب لأولاد يلعبون، هديل حمام، تطلقه جنية صغيرة، وموسيقى رعاة مسائية، يعزفها ناي المساء... يتصاعد من الصور طعم مربى النارنج المقرمش، وطعم «فطائر» و»صفائح»، المسقسقة بالسمن الذائب، وطعم الحليب المشبع برطوبة الغمام الجبلي.

(9)

ذات سحر، ذات حنين... عندما كان في البلدة سينما.

أنادي بائعاً، بإيقاع موسيقي «يا مشوب، أسكا بفرنك، وكلاسيه بفرنكين».

يبدو أنه بسبب الحر الشديد والدوار الـذي يصيبني جراءه، في أثناء تجوالي في الشوارع تحت الشمس، وأنا أبيع البوظة، تختلط في عقلي كثير من تفاصيل «حكاية» صديقي «بائع الصبار» مع ما أعيشـه في «حكايتي». يحدث هذا خاصة عندما تكون الشخصيات مشتركة بيننا، من الأهالي أنفسهم، الذين أعرفهم في الحـارة أو في البلدة. بل وتهاجمني أحياناً ومضات مـن «حكاية» ثالثة ورابعة، لا أدري كيـف، فتصبح «حكايتـي» مجدولة بحوادث غريبة، بحيـث لا يصدقها أحد، مع إني أروي وقائع أعيشها.

يحكي لي صديقي «بائع الصبار» عن بنت صغيرة حلوة تعيش في الحارة أسمها سوسن، ويبوح لي بسرها إنها جنية، حضرت إليها، كي تلعب مع الأولاد. ويؤكد لي بأنها ليست من خياله، بل حقيقية، فهو يطعمها كل يوم من الصبار مجاناً. لكن لا أحد يصدقني، عندما أروي ما يحدث يوم سقوطها من سطح بيت «أم زياد»، بـل ويُقال أيضاً إن هذا من نسـج خيالي، مثل كثير من الأحداث التي أختلقها، كما يدعي من حولي.

«أم عبدو» هـي جارتنـا في الحـارة، ولديهـا حتـى الآن خمسـة عشـر صبيـاً، جميعهـم في العمـر نفسـه، كأنهـم توائـم، ولا يكبـرون. لا أحـد يعـرف مـن هو والدهـم، أو بالأحـرى والـد كل واحـد منهم، فهي تفتح فخذيها لـكل عابر طريق يمـر في الحـارة، عنـد هبـوط الليـل. يتنـدر الأهالـي بأن طيـور اللقالق هي التي تحضرهـم، في الصبـاح الباكـر، إلى سـطح بيتهـا، ملفوفيـن بأقمطـة بيضاء، وهي تحملهـم بمناقيرهـا الطويلة. يحدث هذا على الرغم من إن هذه الطيور لا تعيش في بلدتنا، بـل وحتى لا تمر عبـر أجوائها، عندما تسـافر بين الفصول. أما ابنتها سوسن، فالجميع ينكر وجودها، بمن فيهم والدتها نفسها، على الرغم من تقافزها

في الحارة، بين إخوتها الصبيان، على إيقاع قبقابها الخشبي، المسموع بوضوح. أروي ما يحدث مع سوسن في يومنا المشؤوم نفسه، الذي تسقط فيه من سطح بيت «أم زياد»، وتختلط عليّ الأمور، إن كنت «بائع الصبارة» أم «بائع البوظة». على الرغم من ذلك، ففي لحظة سقوطها، أشاهد والدتها «أم عبدو» تتربع على مصطبة طينية، أمام بيتها في الحارة، تغيب في غمامة كثيفة من دخان سجائرها، التي تدخنها كعادتها بشراهة، منتظرة أن تفتح فخذيها لعابر طريق. لا يعنيها سقوط ابنتها سوسن من السطح، وهو ما يحدث قريباً منها، بل تستمر بمراقبة المارة بفضولها المعتاد، فيما أولادها الصبيان يلعبون أمامها. ويدعي ابنها الأول عبدو إنه ليس أخاً لنا بالرضاعة، وهو يغازل الآن أختي الصغيرة متودداً، راغباً بالزواج منها في المستقبل، وإن لم ينجح في التقرب منها حتى الآن. ويُقال أيضاً أن قرع القبقاب، الذي يُسمع ليلاً على الدرجات الخشبية لبيت «أم عبدو»، ما هو إلا صوت قفزات جنية مسالمة، تشارك أهل البيت سكناه منذ زمن بعيد، وتلهو بالتقافز عليها صعوداً ونزولاً، مستمتعة بموسيقاه، والناس نيام.

النسوء العجائز هن اللواتي يلتقطن «حكايتي» عن سوسن، ويروينها باستمرار على أنها حدثت فعلاً، وإن بتلاوين متنوعة في السرد، بل ويزدن عليها تفاصيل لا أتذكرها تماماً. يحكين إن سوسن هي الآن حمامة بيضاء، تربض تحت الشمس، على أسطح البيوت الطينية في الحارة، مع حمامات أخرى ذات ألوان قاتمة. لكنهن لا يعرفن إنها في الأصل هي الجنية الصغيرة، وقد تحولت الآن إلى حمامة بيضاء، إثر فقدانها جسدها البشري، بعد سقوطها المأساوي من سطح بيت «أم زياد». لا ترغب بمفارقة الحارة، وهي ترفرف فوقي، من وقت لآخر في النهار، متذكرة إني كنت أطعمها صبية ثمرات من الصبار مجاناً. لكنها في الليل يدفعها الحنين للعودة إلى طبيعتها البشرية، وتتقافز في العتمة على الدرجات الخشبية لبيتها بقبقابها نزولاً وصعوداً، وهي تضحك، وتستمر هذه الموسيقى حتى انبلاج الفجر.

يحدثني صديقي «بائع الصبار» في «حكايته» عن التقاء الأولاد، صبيان وبنات، كل مساء، عند رأس الحارة، بانتظار عودة قطيع الأغنام من مرعاه في غمامة الجبل. يتسامرون طويلاً في هدأة المساء، بانتظار قدومه في جلبة غمامة من

الغبار، ومن ثم انفضاضه. مما يعني لهم انقضاء النهار، وبالتالي العودة إلى البيت، حيث ينتظرهم الأهل على العشاء، ومن ثم إلى النوم.

ونحن الأولاد في «حكايتي» نجلس أيضاً عند رأس الحارة نفسها مساء، إنما لا قطيع أغنام يعود من غمام الجبل، فالفلاحون هم قلة في بلدتنا، لا يرسلون أغنامهم القليلة إلى المرعى هناك. لكن لدينا صالة سينما، هي مكان الترفيه الأساسي في البلدة، الذي يرتاده الأهالي. نجلس نتسامر، منتظرين خروج مشاهدي الحفلة المسائية منها. وبعد انفضاضهم من الشارع، نذهب إلى العشاء مع أهالينا، ومن ثم إلى النوم.

تقع دار السينما على تلة في طرف البلدة، وتضم صالة أرضية، تذكرة دخولها رخيصة، يعلوها نصفياً بلكون طابقي «اللوج»، مخصص للعائلات، بأسعار أغلى. تُعرض حفلتان يومياً، واحدة في الساعة السادسة مساء، والثانية الساعة الثامنة ليلاً، تذهب إليها في العادة العائلات. عندما كنت صغيراً، كان والدي يصطحبنا جميع أفراد العائلة إلى الحفلة الليلية، بمن فينا الولد الرضيع لدينا، كما هي العادة لدى العائلات في بلدتنا. في أثناء العرض، يختلط بكاء الرُضع بأصوات الممثلين وموسيقى الأفلام، فيما تحاول الأمهات إخماد أصواتهم بتلقيمهم الثدي، والهزهزة والمناغاة بصوت عالٍ. هكذا، تشارك الأمهات والرضع بأصواتهم في الأحداث الأساسية في الفيلم.

الآن أصبحت مراهقاً، أذهب إلى السينما مع ثلة من الأصدقاء، في حفلة خاصة ظهر يوم الجمعة، بتذاكر رخيصة لهذا اليوم، مستفيداً مما أوفره من أجري من بيع البوظة. لم يعد والدي يذهب إلى السينما، أنتهى زمن إغراء والدتي برومنسياته، وهو يقضي الآن عصرياته ومساءاته في لعب طاولة النرد مع ندمائه في الحارة. ووالدتي نفسها لم تعد تلح على مشاهدة الأفلام بوجود قطيع من الأولاد لديها، يتزايد أفراده باستمرار، قافزين من الفراش في غفلة من الزمن.

من حسن حظ البلدة إن مالك السينما في بلدتنا لديه دار عرض رئيسية في العاصمة دمشق، لذا نشاهد جميع الأفلام العالمية الحديثة التي تصلها؛ أفلام العشق المصرية، وأفلام الحزن الهندية، وأفلام المغامرات الأجنبية. ومن صالة عرضه في

دمشق، ينقل المالك إلى بلدتنا الطقوس المقدسة لحضور أمسيات السينما؛ حضور العائلات مع الأولاد، مرتدين أفضل الملابس، والنساء متغندرات، وشراء المسليات بكرم من بوفيه السينما، وتناولها في أثناء العرض. وهو يحضر أحياناً من دمشق بسيارته الفورد الفخمة، السوداء العريضة، أعجوبة البلدة، ليطمئن على سير العمل في السينما. تجلس في مقعدها الأمامي زوجته الغندورة المُغندرة، المتلفعة بفرو ثمين على رقبتها ، حتى لو كان الوقت صيفا، دون أن تغادرها.

في أثناء النهار، يدور الأخرس ياسين في شوارع البلدة، حاملاً على كتفه سلماً خشبياً طويلاً، وبيده سطل غراء، وبالأخرى اللفافات الإعلانية للأفلام، يُلصقها على لوحات دعائية ثابتة، موزعة في شوارع البلدة؛ ملصقات عن الفيلم المعروض، الذي يتغير كل ثلاثة أيام، مع ملصقات دعائية للأفلام القادمة. يستعرض ممثلو الأفلام في الصور عضلاتهم المنتفخة، والممثلات أفخاذهم وصدورهم الناهضة في ملابس البكيني، وهم يبتسمون لنا، يشجعوننا على ارتياد فيلمهم، بدعوات إغراء فاضحة.

قبل نصف ساعة من بدء العرضين المسائيين يومياً، يصدح مكبر الصوت من واجهة بناء السينما بأغاني «أم كلثوم»، كي تشجع الأهالي على الحضور. ينتشر صداها في الوادي الصغير الممتد أمام الصالة، ممتزجاً بخرير الساقية، المارة تحت جسر حجري صغير، وبموسيقى ضاجة لذكور الزيزان، تصدرها من حفيف أجنحتها في دعوة لإناثها إلى ليلة جنسية فاحشة. ينساب صوت أم كلثوم متسللاً إلى المنازل والقلوب، فيتحسر من لا يمتلك رفاهية شراء تذكرة السينما، فينام، وهو كظيم.

في مدخل السينما الأنيق، تنهض واجهات زجاجية مُضاءة، تُعرض فيها صور فوتوغرافية، لنساء في البكيني، يعانقهن ممثلون مشهورون. المفترض أن هذه الصور هي من الفيلم المعروض، لكنها فخ إغراء مجمعة من أفلام أخرى، كي يحسم المترددون أمرهم في الحضور، ثم نفاجئ بعدم وجودها في الفيلم المعروض.

نشتري التذاكر من كوة ضيقة، في مدخل السينما، ينحشر فيها الرأس الضخم لـ«أبو جوني» الأرمني، بعينيه المبحلقتين، وشعر رأسه الذي يلمع بزيت خاص

لتثبيته. عندما تغلق السينما أبوابها، يترك «أبو جوني» رأسه في الكوة، ويعود إلى البيت دونه. «أبو جوني» لديه محل تصوير فوتوغرافي للبلدة، يفتحه في أثناء النهار. عندما يلتقط صور الزبائن بالأسود والأبيض، يختفي نصف جسده العلوي تحت غطاء أسود، خلف الكاميرة. لذلك، لا يحتاج إلى رأسه الذي يتركه في كوة السينما.

عند بوابة المدخل من الزجاج المحجر، يتلقى «أبو كردو» التذاكر من الزبائن، ويدخلها عبر فتحة صغيرة إلى صندوق خشبي. يرتدي دائماً بنطالاً عريضاً، يتسع لفيل من الأدغـال، يخفي فيه مؤخرته الهائلة الحجم، ويشـده إلى الأعلى بشيال جلدي، مُعلق على الكتفين، الأقدر على حمل كرشـه الضخم المندلق على الأرض. يضع نظارة سوداء على عينيه، فيما تلفه غمامة كثيفة من دخان سيجارته، فيبدو مثل مخبر سـري قادم من فيلم تجسـس. يتناول التذاكر باليد اليمنى، فيما تمسك قبضته اليسـرى حفنة مـن بذر دوار القمر، يفصفصها دون توقف، وينثر قشـورها علـى الأرض. لـ«أبـو كردو»، أكثر من عشـرين ولداً، كلهم نسـخة طبق الأصل عنه؛ الحجم والشـكل والملابس والنظارة والسـيجارة، أشـاهدهم يسـيرون في شـوارع البلدة، وهم يفصفصون بذور دوار القمر، ويرمون قشـورها أرضاً.

في البهو، يقف «أبو مرعي» وراء مصطبة بوفيه، يبيع فيها البسكويت والفوشار والبذورات والبوظة لرواد الحفلات، قبل بدء العرض. يتأمل الزبائن في البهو، وهم يتابعون على الجدران ملصقات الأفلام التي سـتعرض لاحقاً، فربما تسـنح له فرصة الحصول على فريسـة جنسية سـهلة في عتمة الصالة. «أبو مرعي» شجرة سنديان يابسـة، متشققة الجذع، دون أوراق، تبدو الجلافة على وجهه وفي حركاته، ولديه دائماً عضو منتصب خلف بنطاله. مشهور بقفزه إلى المنازل ليلاً من فوق جدران حدائقها يحاول الاعتداء على النسوان في غياب أزواجهن، ولا يتورع عن التحرش حتـى بـالأولاد. لكنه يرتعد خوفاً، إذا نهرت الكلاب أمامـه، بعد ما عضه واحد منها في أثناء قفزه فوق جدار أحد المنازل.

يبدأ العرض السينمائي بمقتطفات دعائية من الأفلام القادمة، تسـتمر لمدة ربـع سـاعة. ثـم يتلوها عـرض الفيلم الأساسـي، تتخللله اسـتراحة طويلة قسـرية

من أجل بيع المسليات والمرطبات، فتضاء الأنوار. يتقافز في أثناء ذلك بين الممرات الصبي مرعي من أجل بيع البوظة والمسليات من بوفيه والده، وهو ينادي عليها بصوت شجي مغري. وتجدها النسوة فرصة للنهوض من مقاعدهن، واستعراض ملابسهن أمام الحضور، وتبادل الثرثرة بين بعضهن البعض. يستغل مالك السينما في أحيان كثيرة الاستراحة بعروض حية لا علاقة لها بالفيلم، لجذب الأهالي؛ يستقدم «هرقل الشرق»، أو «ماشيستي العرب»، تتحطم الصخور على بطونهم بمطارق ثقيلة، ويقطعون الجنازير بأسنانهم، ويأكلون المسامير، فيما تدور بينهن راقصات غجريات، تهتز المنصة مع مؤخراتهن، وصيحات الاستحسان تلاحقهن.

في أثناء النهار، يستغل عارض بكرات الأشرطة السينمائية رامي فراغ الصالة من العاملين فيها، فيحضر في السر إليها مع ثلة أصدقاء مقربين، ويشاهدون شرائط إباحية. عندما أشاهده يشتري «بطحات عرق اليانسون» من عند «أبو سمير»، أعرف أن بناء الصالة سيهتز بعد قليل تحت تأثير التأوهات الجنسية.

هكذا، يكون الشارع هادئاً في المساء بالكامل، لا تعكر صفوه سوى مرور عابر لسيارة ما. فجأة، مع انتهاء الحفلة المسائية الأولى، يخرج من السينما قطيع كبير من البشر، بغمامة صاخبة ضاجة من الهمهمات والأصوات المبهمة، يتخللها صيحات الأولاد المتقافزين، وهم يقلدون أبطال الأفلام. يتوزع هؤلاء الأبطال بين أفراد الحشد، مشاركين الصخب الاستعراضي؛ هرقل وماشيستي الجبارِيّن بعضلاتهم المنفوخة، يلحقهم مصارعو حلبات القتال الرومانية نصف العراة بسيوفهم القصيرة. ترافقهم كائنات أسطورية غرائبية، على رأسها تنين بعدة رؤوس، تنفخ النيران؛ فرسان الكاوبوي على أحصنتهم، وهم يطلقون رصاص مسدساتهم في الهواء؛ طرزان الغابة وحسناؤه، مرتدين فراء النمر، يتقدم فهوده وأفياله، وهو يطلق صيحات غوريلا الغابة؛ زعيم قراصنة البحار ذي الطماشة التي تغطي عيناً عوراء، وعكازاً خشبياً بدل ساقه المقطوعة، وحوله بحارة قساة جلفون؛ فرسان فرنسيون بسيوف الشيش، وهم يحرسن أميرات ملكيات؛ جنود أمريكيون وفرنسيون وإنكليز، انتهوا من هجماتهم على النازيين المتوحشين؛

سوبرمان يطير فوق الجموع بردائه الأحمر، والوطواط متقافزاً بردائه وقناعه الأسودين، يرمي خطافاته في الهواء؛ جيمس بوند بسيارته التي تسير تحت الماء؛ الهندي شامي كابور، وحوله نساء يرقصن، وهن يغنين بملابسهن الزاهية الألوان؛ العشاق الوسيمون المصريون، الذين أنقذوا البنات الحلوين من أفراد عصابات جلفين.

يمر وقت، يختفي الجمهور بغمامته الضاجة الصاخبة، بعد أن يتفرق أفراده ماضين إلى بيوتهم. ويتركون ممثلو الأفلام يجلسون على الأرصفة، منتظرين أن يدعوهم أحد إلى العشاء، وفراش للنوم، فأتقاسم أنا والأولاد واجبات الضيافة. تكون من نصيبي في كل ليلة واحدة من البطلات؛ حسناء طرزان الغابة، وأميرة فرنسية هربت من فارسها، وبنتاً مصرية حلوة تمنحني قبلاتها، وراقصة هندية ترقص طوال الليل. تمضي واحدة منهن إلى فراشي، ونغفوا معاً، وأنسى أني دعوتها للعشاء.

تنفصل صور عديدة من الزمان والمكان، تعيش الحنين في ذاكرة أطفال حالمين، تغدو معلقة على غمامات كثيفة من ضباب. مع مرور الزمن، لن يتبقى من أشخاصها سوى «حكايات»، أعيشها أنا بطريقة ما باستمرار، جميعها ملونة بالأحلام والأمنيات؛ صورة «أم عبدو» تجلس على مصطبة طينية، غارقة في غمامة دخان كثيفة، تفتح فخذيها عريضاً، كي تتلقى صفاً طويلاً من الرجال، الواحد تلو الآخر؛ صورة طيور اللقالق، تحمل بمناقيرها الطويلة أقماطاً بيضاء، تلف أطفالاً، تنزلهم بهدوء على سطح بيت «أم عبدو»؛ «صورة الجنية سوسن، أضحت حمامة بيضاء، تحلق فوقي، ترغب بتناول الصبار من بسطتي؛ صورة غبارية بالأسود والأبيض لحشد من المشاهدين، عائدين من حفلة سينمائية مسائية، تتوزع بينهم صور ملونة لأبطال أفلام، الرجال بعضلاتهم المفتولة، والنساء بملابس البكيني؛ صورة عدة بطلات أفلام يقاسمونني الفراش معاً، نسيت أن أطعمهم عشاءهم.

يتصاعد من الصور أصوات هديل حمامة، أصوات اللقالق، وبكاء رضع، أصوات ضاجة لصبيان يقلدون أبطال الأفلام... يتصاعد منها رائحة دخان سجائر «أم عبدو»، رائحة أجساد نساء.

(10)

حرائق الذاكرة

أنادي، بإيقاع موسيقي «يا مشوُّب، صبارة حلوة، عسل، ثلاثة بفرنك».

في ليلة اختفاء جثتيّ «أم زياد» و«أبو عدنان» تحت الأنقاض، وبعد انفضاض قطيـع الأغنـام المسـائي إلى الزرائب، يحدث شـيء جديـد مثير فـي حياتنا، نحن الصبيـان والبنـات، الذيـن نجتمـع عند رأس الحارة مسـاء للمسـامرة والتسـلية، لا يجعلنـا نعـود إلى بيوتنا مباشـرة، من أجل العشـاء والنوم. يسـطع فجأة في طرف البلدة الغربي ضياء أحمر ناري غريب، سـرعان ما يأخذ بالانتشار في السـماء، ثم يصبغها نارية بالكامل. نتراكض نحوه مع كثير من الأهالي، وسـط دهشـة الجميع، لنتبين سـريعاً أن ألسـنة نيران تشـتعل في الأفق، وتتصاعد عالياً لتغطي السـماء. يأتينـا صوت من بين الحشـود، معلنـاً إن حريقاً ضخماً يشـتعل الآن في مسـتودع «أبـو عيـاش»، حيـث يكدس الصناديـق الخشـبية الفارغـة، المسـتخدمة فـي نقل الفواكه والخضراوات من «سـوق الهال»، ويجمعها من بقاليات البلدة كل مسـاء، لإعادة بيعها فيه.

في أثنـاء ركضنـا، تتوالى التأكيـدات بأن الحريق بـدأ صغيراً، إلا أنـه يأخذ الآن بالانتشار سريعاً، وتشتعل معه تلال الصناديق الجافة المكدسة، التي تصل أكوامها عنان السـماء. يقول أحدهـم إن أحد الثمالى ألقى عقـب سـيجارته عند طرف المسـتودع، وهو عائد إلى منزله مساء، على الأغلب بلامبالاة. لكن الخشب الجاف للصناديـق يلتقط فـي حرارة الصيف القائظـة بصيص الجمرة المتألقة للسـيجارة، ويشتعل بها بسرعة.

تتـوارد الأخبـار سـريعاً إن الأهالي المتواجديـن هناك لا يسـتطيعون السـيطرة علـى الحريـق، فلا صنابير مـاء حولهم، ولا تتوافر لديهم مجارف لحفر الأرض، ولا سـطول لنقل التراب منها، والنيران تشق طريقها بواسطة الأعشاب البرية المهملة اليابسـة إلى كامل المسـتودع. لا تصل سيارة إطفاء البلدية الوحيدة، فقد تبين إن

محركها متعطل لا يدور، كالعادة، إلا عندما يريد رئيس البلدية سقاية شجيرات حديقته المنزلية الكبيرة.

نركض ونركض ولا نصل، والنيران تنتشر وتغطي الأفق بكامله، غير مصدقين اشتعال حريق في بلدتنا. نحن لا نعرف النيران إلا في حفرة التنور، وموقد الطبخ، ومدفأة الحطب.

أشاهد «أبو عياش» متربعاً على الأرض، قرب المستودع، يضرب صدغيه بكفيّ يديه، وهو يبكي نادباً حظه السيء بضياع رأسماله من الصناديق. يقول إنه يجمعها منذ بداية الصيف، ويكدسها تلالاً في العراء، حيث لا مطر يهددها، وفجأة يضيع كل شيء هباء بالنيران. يردد بعض العجائز على مسمعه «أنت رجل طماع، كم مرة نصحناك بتسوير المستودع وسقفه، خوفاً من السرقة أو اشتعال النيران، وأنت تقول إن البلدة آمنة. وقلنا لك إن الحشائش البرية اليابسة تملأ المكان، وعليك اقتلاعها، قبل أن تشتعل بحرارة الصيف اللاهبة، فترد إن هذا مستودع، وليس بستان للمزروعات».

تبدو النيران شديدة، ووهجها يلفح بحرارته من يقترب منها. لكن على الرغم من ذلك، فإن منظرها مهيب، ساحر الجمال؛ أمواج من اللهب تتراقص عالياً، بألوان شاعرية متداخلة أخاذة؛ حمراء، برتقالية، أرجوانية، ليلكية، زرقاء. تتطاير منها نجيمات صغيرة من الشرر متناثرة في الأجواء، نتقافز نحن الأولاد محاولين اصطيادها قبل انطفائها. وأمام جماليات النيران، تجلس حشود الأهالي على أكمات صغيرة ناهضة، تُشرف على الحريق، يراقبون تألقها الجميل؛ شيء طارئ غريب يكسر رتابة الليالي المملة في ليالي بلدتنا الخامدة الخاملة.

ولأن النيران تشتد أكثر فأكثر، معلنة عن سهرة طويلة، تجلب النسوة لأزواجهن من البيوت أباريق الشاي المغلي مع كؤوسها الصغيرة. يشرب الجميع معاً، يتسامرون، دون أن يكفوا عن التحديق بالنيران. ثم تعود النسوة ثانية بفرشات النوم ومخدات ومساند، ينشروها أرضاً، إذ يبدو إن النيران لن تنطفئ طوال الليل، وقد يغفو البعض على منظرها الساحر. لا يمكن تفويت مثل هذه المشاهد في هذه الليلة، إذ تحدث لأول مرة في حياتنا، وربما لن تتكرر.

عند الصباح، تخبو النيران بمعظمها، ويختفي سطوعها مع إشراقة الشمس، إلا من بعض جمرات متألقة هنا وهناك، وخيوط من الدخان تتصاعد خجلى. ينفض الأهالي إلى أعمالهم، وهم يفركون أعينهم من النعاس، وأعود أنا وراء بسطتي لبيع الصبار.

عند المساء، بعد عودة قطيع الأغنام إلى الزرائب، يشعر الأهالي من جديد بالملل، لا يرغبون بالنوم باكراً، في عتمة الغرف والقلوب. يمضي البعض إلى بقايا المستودع، من أجل استطلاع الأوضاع، فربما مازالت هناك بعض جمرات من البارحة مشتعلة. وبمجرد وصولهم، تضطرم نيران عظيمة، كأنها تنتظر قدومهم لتتفجر، وتملأ سماء البلدة بضياء ساطع شديد من جديد، وهو ما يستدعي بقية الأهالي إلى الحضور متراكضين، فيحتشدون بكثافة أكبر من البارحة. وبدلاً من محاولة إطفائها، يتركونها تستعر، ويجلسون يتأملونها برغبة شديدة لا تقاوم، وقد أضحوا مثل المنومين.

وبما أن هذا وقت العشاء، تجلب النسوة من البيوت مع الفرش طعاماً طيباً على صوانٍ من النحاس، يتناوله الجميع في الهواء الطلق، على الأنوار المتراقصة للنيران، ويشربون بعده الشاي. وبما إنهم متعبون بعد عمل نهار طويل، يتمددون على الفرش، ويعانق الرجال زوجاتهم، ويتمدد الأولاد تحت أقدامهم. يغفو الجميع على أصوات اضطرام النيران، والذكريات تشتعل في المخيلات مع تراقصاتها التي تنتقل إلى الأحلام الليلية، وينامون ملء أجفانهم. عندما يستيقظ الجميع صباحاً، ويريدون المغادرة إلى أعمالهم اليومية، يجدون الجمرات ما تزال ملتهبة، فيقررون ترك الفرش في مكانها، فربما تشتعل النيران من جديد مساءً، ويعاودون السهر أمامها.

في مساء يومنا الثالث هذا، تتقد النيران أكثر فأكثر بقدوم الأهالي، ويعلو صوت اضطرامها أعلى فأعلى. يحضرون الآن، ومعهم ألعاب التسلية؛ أوراق الشدّة للرجال، ورقع البرجيس للنساء. تصبح المحلات محجوزة بالفرش المتروكة، يعرف أصحابها مواقعها غريزياً، كما الأغنام زرائبها. تحتدم مناوشات الرجال ومشادات النساء في منافسات اللعب، فيما يتصايح الأولاد، وهم يتقافزون

بينهم، مسرورين بعدم النوم باكراً. في أثناء ذلك، لا ينقطع الجميع عن تأمل النيـران المتراقصة بشاعرية ألوانها وجماليات تشكيلاتها، دون التوقف عـن لهوهم ومسامراتهم، فيما هي تزحف بينهم عن طريق الأعشاب اليابسة، وهم غير عابئين بها.

في مسائنا الرابع، يحضر الراعي «أبو حمودة» بمزماره القصب، بعد أن ترتد الأغنـام إلـى زرائبها، يرافقـه غجري بطبل كبير، خاص بالأعراس. يأخـذ الاثنان بالعزف بالتناغـم مـع إيقاعـات اضطرام النيـران، فيـدب الحماس لدى الشبان والصبايـا. ينهضون ويمسكون بأيادي بعضهم البعض، ويعقـدون رقصة «الدبكة الشعبية» أمـام النيـران، وهـم يهزجـون بالمواويـل الشعبية، وتزيدها النسـوة بالزغاريـد. بـل وتأخذهم نشوة الرقص، فيقتربون كثيراً من النيران، ويرقصون علـى تخومها، دون أن يرهبهم وهجها الحار.

بما إن النيران لم تعد تنطفئ ليلاً، والأهالي لا ينقطعون عن القدوم مسـاء، تحفر البلدية في اليوم الخامس بئراً، وتسوره بجدار صغير. تُركب عليه سـاعدين دواريـن من الخشـب، يلتف عليهما جنزير، يُربط بأسفله دلو بلاستيكي، فيصدر صريـراً معدنيا عند استخراج المياه منه. يدرك رئيس البلدية بحصافته إن الأهالـي بحاجـة إلى المـاء ليلاً، ليـس فقط لإرواء الظمـأ، بل وأيضاً لغلي الشاي فـي أباريقهـم، المستقرة على جمـرات ملتقطة من النيران. هكـذا، اعتباراً من هـذا المسـاء الخامـس، يستعين الأهالي بمياه البئر مـن أجل غلي الشـاي. وأنا أقلعـت عـن بيع ثمار الصبارة نهاراً عند رأس الحارة، ونقلت أعمالي إلى هنا ليلاً، مستغلاً كثافة تجمع الأهالي. ينتشـر معي أيضاً باعة أخرون، يشوون العرانيس أو يسلقونها، مستفيدين من وجود النيران قربهم.

في المسـاء السـادس، يُحضر الراعي «أبو حمودة» معه فرقة كاملة من الغجر بآلاتها الموسيقية؛ طبول ودفـوف وربابات ومزامير، يعزفون حـول النيران. مع احتدام موسيقاهم الحماسية، يزداد اضطرام النيران، فيتبارى الشبان والصبايا بجنـون أكبر بالرقص قربها؛ الشبان يُظهرون مهاراتهـم أمـام الصبايا، والصبايا يتغنجون أمـام الشـبان. وحتى تأسـر قلوبهـن، يتجرأ بعض الشبان على

القفز داخل النيران، غير هيابين بها. تشتعل ثيابهم، ثم أجسادهم، ويغدون كتلاً ملتهبة متقافزة بجنون، تُصدر فرقعات احتراق عظامهم. لكنهم يبقون مستمرين بالرقص، مبتهجين بإظهار مهاراتهم النارية أمام الصبايا، اللواتي لا تنفكن عن إطلاق زغرادات نارية مشجعة لهم. ثم يختفون في عمق النيران، يذوبون، ويرتفعون نجيمات نارية في عتمة السماء، دون أن يرجعوا إلى الأرض. على الرغم من ذلك، لا يزال الشبان يتقافزون في النيران التي تفرقع بأجسادهم، والصبايا تزغردن لهم.

في مساء اليوم السابع، لم يعد هناك ما تلتهمه النيران في مستودع الصناديق، ويكاد الأهالي يشعرون بالقلق، خوفاً من أن تخبو. لكنها تتجدد، وهي تأخذ بالزحف نحو بيوت الأحياء المجاورة، متسللة إليها عبر الحشائش البرية الجافة، المنتشرة بكثرة في هذا الصيف الحار. ينتقل الأهالي عندئذٍ بفرشهم إلى مواقع رؤية جديدة أعلى، في تلة قريبة، تسمح لهم بمشاهدة أفضل، وفي الوقت نفسه كي يوسعوا الدروب للنيران، فتزحف بيسر. وعندما لم يستطع قاطنوا البيوت، التي تتقدم إليها النيران، الوقوف في وجهها وإطفاءها، أحضروا فرشهم وانضموا إلينا، نحن المتفرجين من الأعلى، وقد أفسحنا لهم الأمكنة بيننا. وسرعان ما تصلنا الأخبار بأن البلدية تخطط لحفر آبار في الأماكن التي تنتشر فيها النيران، لتأمين مياه غلي الشاي على جمراتها المتقدة، من أجل راحة جموع المحتشدين، اللذين أصبحوا الآن متناثرين على مساحات واسعة.

يتأمل الجميع الآن كيف تنسل النيران إلى البيوت الطينية القديمة، وتبدأ شيئاً فشيئاً بالتهام ما بداخلها. على الرغم من شدتها، فإن الجدران والأسطح لا تتصدع، بل تبقى ناهضة، إلا إن ألسنة اللهب تتصاعد عالياً من الأبواب والنوافذ والطاقات. تتشكل منها كرات نارية ضخمة، تغلف البيوت، وتُصدر أصوات فرقعات وقرقعات عظيمة من احتراق الأثاث فيها. تتكاثف فوق الكرات النارية الملتهبة المغلفة للبيوت غمامات دخان بكرنفالات ألوان متداخلة، حسب نوعية الأشياء المحترقة فيها، وتهبط علينا بروائحها السحرية، فتخدرنا بعبقها.

يحترق كل شيء في البيوت الريفية أمامنا؛ السجاد القديم المُصنّع على الأنوال، البسط المجدولة بالخيطان الملونة، حصائر القش المزخرفة برسومات الحكايات، المساند المحشية بريش الطيور، الفرشات المكتنزة بالحشوات من صوف الأغنام، صواني القش والمقشات المشغولة يدوياً، الستائر المنسدلة على النوافذ، المطرزة بإيادي النسوة، الإطارات المحفورة في عاج المرايا الجدارية، ملابس الأعراس والمناسبات، صحون القيشاني الزرقاء، المعروضة على رفوف الجدران الطينية، المستلزمات المنزلية للخبز على التنور، خوابي حفظ الطعام في غرف المؤونة، أدوات الفلاحة والزراعة اليدوية... يحترق كل شيء، بما فيها الذكريات وأحلام الماضي.

تنتشر الآن النيران في البلدة، تضطرم أينما يحل الأهالي مساء متوقعين مشاهدتها، ويشتد لهيبها المتراقص، إذا ما احتشدوا متكاثرين. لم يعد أحد منهم يعمل في البساتين والحقول والكروم، إذ ينامون طوال النهار، ويسهرون ليلاً أمام النيران، وهم يتناولون الطعام والشراب، مستلقين على الفرش.

تبقى النيران مضطرمة، وهي تتنقل من حي إلى حي، إذ لم يعد لجوعها حدود، وهي تبحث عن وقود جديد يغذيها ويديمها باستمرار. وسرعان ما تصل شعلات منها إلى البيادر في طرف البلدة، حيث يجمع الفلاحون محاصيلهم الصيفية تلالاً مكدسة عالية، كي يفصلوا الحب عن القش.

هنا المساحات أرحب، ممتلئة بالقش الجاف السريع الاشتعال، فيرتفع اللهيب، ويصل عنان السماء. يشاهد الفلاحون احتراق مواسم العام، التي تشكل مؤونة الطعام في الشتاء. لا يفكرون حتى بإطفاء الحرائق، فهم منومين، لا يستطيعون فعل شيء، سوى إحضار فرشاتهم وأباريق الشاي، ويلحقهم البائعون المتجولون أينما يذهبون، ويراقب الجميع النيران.

النيران جائعة بلا حدود، تزحف الآن إلى كروم العنب والتين والزيتون، إلى حواكير الصبار الشوكي، إلى حقول الحبوب والبقوليات، إلى بساتين الجوز والمشمش والتفاح، إلى دغيلات الرمان، إلى سياجات التوت البري. تشتعل النيران في كل مكان، لم تعد تقتصر على الليالي، بل وامتدت إلى النهارات. يمر

صيف، ويأتي شتاء دون أمطار، وتنشف السواقي، ولا شيء يطفئ النيران. تلتهم كل شيء، وتصبح البلدة قاحلة جرداء؛ لا كروم ولا حقول ولا بساتين، والبيوت فارغة دون أثاث، والأهالي دون ذكريات، دون أرواح. بدأت بوادر تمرد الأهالي ضد البلدية التي أمنت آبار المياه لغلي أباريق الشاي، لكن من أين تُحضر لهم بطعام تلتهمه النيران، كي تبقى مشتعلة؟

وتفتق عقل رئيس البلدية عن حل عبقري لإسكات شكاوى الأهالي وإرضائهم. يُحضر من العاصمة شاشات ضخمة متنوعة الأحجام، تعمل على الطاقة الشمسية ليل نهار، حيث لم يعد هناك أي أمطار، والشمس ساطعة بقوة، حتى في أثناء الليل. يوزع الصغيرة منها على الأهالي في البيوت الفارغة، بعد احتراق أثاثها، والكبيرة في الشوارع والساحات التي فقدت معالمها، والعملاقة في المساحات الجرداء حول البلدة، الممتدة من سهول مطلع الشمس إلى جبال مغربها، وقد فرغت تضاريسها من الأشجار والمزروعات.

على هذه الشاشات، تُعرض الآن صور نيران عظيمة ملتهبة، تخرج منها متجاوزة سطوحها، ومشكلة كرات عظيمة ملتهبة حولها. يستمتع الأهالي بمشاهدة النيران ليل نهار، يستمتعون بطقطقة جمراتها، وعبق دخانها، وجماليات تراقص لهبها، لا يفعلون شيئاً سوى الاستلقاء أمامها. تمتد النيران من الشاشات إلى ما حولها، تتراقص ألسنتها في البيوت، وتلتف حول حلقات الأهالي المتجمعين أمامها. ثم تنتشر في الشوارع والساحات، وتمتد لتغطي السهول الجرداء، وتعلو الجبال، فتسد الآفاق بلهيبها.لم تعد النيران تكتفي بالتهام المنازل ومعالم البلدة في الشوارع والساحات، دون أن تقصر عن اليابس في المساحات الجرداء، بل تصل إلى الأهالي. وفيما هم مستمتعون بمشاهدة تأججها المستمر، تأخذ بالتهامهم أيضاً، مستسلمين لها بالكامل. كل شيء مشتعل، وليس هناك إلا نيران ونيران. وما يحترق يتحول إلى غبار ناري، ومن ثم يختفي هباء.

... وقبل أن تصل النيران إلي، أهرب إلى حلمي، وأختبئ به.

تنفصـل الآن فيديوهـات سمعيـة ـ بصريـة ملونة عـن الزمان والمـكان، تغدو معلقـة فـي غمامات دخانيـة كثيفة، لا تحمـل أي ذكريات أو حنيـن؛ مجرد تتابع لمشاهد نيران ونيران، مضطرمة ومتأججة، تمتد منتشرة في الاتجاهات جميعها، وتغطـي الآفـاق. فـي داخل مشـاهد النيران هذه، تشـتعل قرى وبلـدات ومدن، بأناسـها، وهـؤلاء غيـر مبالين باحتراقهـم، وذوبانهم، وفنائهم. في داخل مشاهد النيران هذه، تشتعل غابات وحقول وكروم وبساتين ومزارع، تترك الأراضي جرداء بالكامـل. وعلى الرغم من أن النيران اسـتنفدت وقودها من الشـجر والحجر، من الأخضر واليابس، من الحي والميت، فلاتزال تضطرم، تشتعل في صحارى القلوب والأرواح دون نهايات.

(11)

الحياة فيلم نعيشه يومياً

أنادي بائعاً، بإيقاع موسيقي «يا مشوب، أسكا بفرنك، وكلاسيه بفرنكين».

في كل مساء، نجلس كالعادة، نحن الأولاد، على أطراف الرصيف، عند رأس الحارة، ننتظر عودة قطيع جمهور المشاهدين من حفلة السينما الليلية بلغطهم وضجيجهم. نراقبهم، وهم يمرون، ونتابعهم بنظراتنا حتى ينفضوا من الشارع، وعندئذٍ نعود إلى بيوتنا، كي نتناول طعام العشاء مع أهالينا، وننام حتى الصباح. لكن هذا المساء، يطول انتظارنا للمشاهدين، فيما هم لا يعودون، فنتساءل عن السبب في تأخرهم حتى الآن، هل الفيلم طويل إلى هذه الدرجة، بحيث تتجاوز مدة عرضه الساعتين؟

ننتظر، فيخرج أهالينا بعد بعض الوقت إلى الشارع، مستفسرين عن عدم عودتنا إلى البيت حتى الآن، ويريدون اصطحابنا إلى العشاء، لكنهم يتفاجؤون مثلنا بعدم عودة قطيع المشاهدين من حفلة السينما الليلية. بدلاً من ذلك، يُحضرون طعام العشاء من المنزل إلى الشارع، ونتناوله معاً جالسين على الرصيف، بعد أن نمده على أوراق جرائد قديمة. في أثناء ذلك، نحاول الأصغاء جميعاً لأولى علائم اللغط والضجيج التي ينبغي أن تسبق المشاهدين، من طرف الشارع. لا شيء!

يتجاوز الوقت منتصف الليل ولا يعودون، فأقرر أنا وبعض الأولاد الذهاب إلى مدخل صالة السينما، واستطلاع الأوضاع هناك، وإذا بها مغلقة بالكامل، لا تصدر منها لا أنوار ولا أصوات. يبدو إن الحفلة المسائية انتهت في وقتها، لكن دون خروج المشاهدين منها.

في الأيام التالية، نراقب جمهور المشاهدين يمضون مساء إلى صالة السينما بشكل اعتيادي، ونتأكد من دخولهم إليها. لكنهم لا يخرجون منها عند انتهاء الحفلة، على الرغم من انطفاء الأضواء فيها. يتكرر هذا في كل ليلة، دون انقطاع

مجموعـات كبيـرة مـن الأهالي مـن الذهاب إلى حفلاتها. لا يرجـع أحد منهم، كي نسأله ماذا يحدث للمشاهدين فيها، وكيف يختفون.

تسـود التسـاؤلات بيـن الأهالي بإلحاح عـن اختفاء المشاهدين المريب في السينما، وتنتشـر شـائعات عديدة عن الأسـباب. يقول البعض إن هنـاك ممثلون يخرجـون مـن الشاشـة إلى الصالـة، فـي أثنـاء عـرض الفيلم، يستغلون العتمة، ويختطفون الحضور، ويحتجزونهم في الفيلم. وهؤلاء يعلقون فيه، فلا يستطيعون العـودة إلى الصالة، بعد انتهاء عرضه.

عـددت الأقاويـل فـي هـذا المجـال، فبعـض الأهالـي يقولـون إن الممـثلات الحسـناوات يغرين المشـاهدين الرجال، بنصف أثدائهن البارزة من السـوتيانات، وأفخاذهن المرمرية البيضاء، والممثلون الوسـيمون يوقعون المشـاهدات النساء بشـراك حبائلهم، بعضلاتهم المفتولة وتسـريحاتهم الأنيقة. يذهب الجميع معهم إلى الفيلـم، ومـن ثـم إلى أسـرة النـوم فيـه لممارسـة الجنـس، ولا يعـودون. يرد البعـض الآخـر علـى ذلـك بالقول إن الممثليـن والممثلات مكتفين بأنفسـهم، فهم يتبادلون العناقات والقبل في الآسـرة طوال الفيلم، فلماذا يختطفون المشـاهدين والمشاهدات؟

لكـن بالتأكيـد هنـاك مـن يختطفهـم، وإلا لمـاذا لا يعودون؟ ربما هـي مافيات إيطالية، تعيش خارج القانون، في الأفلام الأمريكية، هي من تفعل ذلك، وستطلب قريبـاً فدية من أقربائهم في بلدتنا، مقابل إطلاق سـراحهم.

وبمـا أنـه لا يصلنـا حتى الآن ولا طلـب فدية من أي مافيا أمريكية، فقد اسـتقر الـرأي الغالـب بـأن المشـاهدين والمشـاهدات هم الذين يتسـللون عبر الشاشة إلى بلاد جميلة، تعرض الأفلام مناظرها الطبيعية الأخاذة، ومسـاكنها المرفهة، وسياراتها الأنيقة، فيسـتغلون الفرصة، ويمضون إليها مهاجرين. يتأكد هذا الرأي خاصة مع معرفة إن الجميع في بلدتنا التعيسـة الخاملة يشـعرون بالضجر، بل وبالقرف من الحياة فيها، فيغادروها غير أسفين.

يصيب الأهالي الشـواش والبلبلـة مما يحدث في السـينما، دون وجود رادع يمنعهـم من حضور حفلاتها، وبالتالي اختفائهم فيها. ماتـزال الملصقات الدعائية

المغرية عن الأفلام تنتشـر في شـوارع البلدة، على اللوحات الإعلانية، بل وتتجدد باسـتمرار؛ ممثلات شـبه عاريات، وممثلين وسـيمين. وأمام هذا الوضع المريب، يضطر رئيس البلدية إلى منع الأهالي مـن ارتياد السينما، تحت طائلـة الغرامة الماليـة والسجن للمخالفيـن. لكن الصالة لا تزال تفتـح أبوابها، وتضيء أنوارها، وتعـرض الأفلام باسـتمرار، علـى الرغم من عدم وجود جمهور مشـاهدين، بسبب الخوف من الغرامات المالية.

بعـد أيـام من قرار منع الأهالي مـن ارتياد حفلات السـينما، يظهر أمامي في الشـارع فجأة سبعة رجال كاوبوي أمريكييـن، بقبعاتهم المميزة، والمسدسـات على أحزمتهم، يمتطون أحصنة، ويجولون في شـوارع البلدة. أعرف مباشـرة إنهم قـد تسـللوا إليها من أحد الأفلام المعروضة على شاشـة السـينما، بعد إن افتقدوا المشـاهدين. وبما إنهـم يتلثمـون بمناديل سـوداء، لا تظهـر مـن خلفها سـوى العيـون، فأعـرف مباشـرة إنهم من قطـاع الطرق الخارجين على القانون، ويبدو إنهـم يبحثـون عـن بعض المارة المنفرديـن مـن أهالي البلـدة من أجل سـلبهم. بالفعل، فقد أوقفوا في طرف الشـارع، الذي أبيع فيه البوظة، ثلاثة رجال وامرأة مـن أهالـي البلـدة، ليكتشـفوا أن لا مال نقدي أو حلـى ذهبية لديهـم، فيطلقون النار علـى الرجال الثلاث من مسدسـاتهم، ويردونهـم قتلى. ويختطـف أحدهم المـرأة على حصانه أمامه، التي يبـدو أنها مسـرورة بفعله، بدليـل ارتمائها على صدره، ومعانقتها له.

لكن سـرعان ما يظهر أمامي «الشـريف» الأمريكي، الذي يعلق نجمته الذهبية علـى قميصه رمـزاً للقانون، مع مجموعة مـن مرافقيه، وهم يمتطون أحصنتهم. يبـدو أنهـم خرجـوا أيضاً مـن الفيلم ذاتـه، وهم يتتبعـون الآن آثار حوافر خيول السـتة الخارجين عن القانون. يمرون قربي، ويفرد «الشـريف» في وجهي ملصقاً إعلانياً، يحـوي صور السـتة، مـع جائـزة مغريـة بالدولار لمن يسـاعد في القبض عليهم، أحياء أو أمواتاً. أعتذر له بأنني لا أتدخل في مسـيرة «الحكاية»، والأفضل أن يشـتروا بوظـة مني ولو بالدولار، حتـى أرجع باكراً إلى البيـت. يغادروني بنظرات امتعاض، دون أن يشـتروا مني، ويسـتمرون في البحث عن العصابة. يمر

بعض الوقت ويكتشفوها، فتبدأ مطاردة بين الأزقة، وتتلعلع طلقات المسدسات بصدى أزيزها، دون أن تنتهي حشوات الرصاص منها. في أثناء ذلك، يسقط الكثير من الأهالي العابرين قتلى نتيجة الرصاص الطائش، وتتناثر جثثهم في الشارع. على الرغم من اختفاء المجموعتين عن ناظري، فمازلت أسمع باستمرار صوت أزيز الطلقات في أزقة البلدة، فيما أشاهد جثث من الأهالي في طريقي، وأنا أبيع البوظة.

في اليوم التالي، أنتبه في الشارع أمامي إلى مجموعة «المصارعين العشرة» الرومان، وقد تسللوا من فيلم تاريخي، بصدورهم العارية، وسراويلهم القصيرة، وهم يحملون أسلحتهم؛ سيوف قصيرة، وفؤوس حادة، وشوك ثلاثية الرأس، وشباك من الحبال. يقتربون مني، ويطلبون مني البوظة مقابل كؤوس ذهبية، فلا أمانع. يروي لي أحدهم إنه تم إجبارهم في الفيلم على قتال الأسود في حلبة مدينة روما، ومن ثم على الناجين منهم أن يتصارعوا فيما بينهم حتى الموت، كي يستمتع الإمبراطور وحاشيته برؤية سفك الدماء، فيتمردون هاربين عبر الشاشة إلى البلدة. وهم يبحثون الآن عن جماعة سبارتاكوس، محرر العبيد في الإمبراطورية الرومانية، ويسألوني إن كان يقيم في البلدة أو يمر بها. أجيبهم بأنه ربما يتحصن هو ومجموعته الآن في مناطق الجبال الأثرية، حيث أعرف بوجود بقايا معبد روماني هناك، وعليهم التوجه إليه، إذا لم يرغبوا بالعودة إلى الفيلم.

في أثناء الحديث، تبرز في طرف الشارع، من اتجاه صالة السينما، مجموعة كبيرة من الجنود الرومان، بالخوذ التي تعلوها أرياش الطيور، ودروع الزرد البرونزية، وأردية الظهر الحمراء. يتقدمون بصفوف منظمة، مشرّعين السيوف من أغمادها، والنبال من جعبها في أقواسها. سرعان ما يهجمون على «المصارعين العشرة»، ويحتدم القتال بينهم شرساً دموياً، فأنزوي جانباً منتظراً انجلاء المعركة، كي أبيع ما تبقى معي من البوظة للناجين منهم. على الرغم من إن المصارعين العشرة يمتلكون مهارات قتال باهرة، لكن لايزال يحضر الكثير من الجنود، للتغطية على خسائرهم. ويتم لهم أخيراً محاصرة المصارعين في

حلقـة، أخـذت تضيق عليهم أكثر فأكثر، وقـد أثخنوا بالجراح، وأصبحوا أقرب إلى الموت قاب قوسين أو أدنى.

في هذه الأثناء، يظهر البطل هرقل، ابن زيوس، كبير الآلهة الإغريقية، قادماً من جهة السـينما، لينقذ المصارعين العشرة، تظلله غيمات مرافقة، محملة بصخرات عظيمـات، بأمـر مـن والده. يتناولهـا، ويرمي بها الجنـود الرومان، فيسحق الكثير منهـم. ثم يلحقـه البطل ماشيسـتي المؤيد مـن الآلهـة الرومانيـة، مصطحباً معه التنين ذي الرؤوس السبعة، التي تنفث نيراناً شديدة على الجنود. ومع إن البطلين يفكان الحصار عـن المصارعيـن، إلا إن وطيـس المعركة مـا يـزال يتصاعد بقدوم الكثير من جنود الإمبراطورية الرومانية.

يسقط بالخطأ كثير من الأهالي العابرين قتلى في أثناء المعركة، بنبال طائشة، بل إن بعضهم يُسحق تحت صخور هرقل، في أثناء مرورهم قريباً من المتصارعين. كمـا إن الكثيـر من بيـوت أهالي البلدة تحترق بالنيران المنفوثة من أفواه رؤوس التنيـن السـبعة، ومن بينهـم بيتيّ «أبو أحمد» و«أبو ياسـين»، ولم تنفع محاولات الأهالـي بإطفـاء النيـران فيهمـا. وماتزال المعركة مسـتمرة في الشـارع، والنيران تشتعل في البيوت.

في اليـوم الثالث، ترسـو في البلدة سـفينة بحرية بأشـرعة عريضة، مبحرة من أحـد أفلام القراصنـة، على الرغـم من عدم وجود بحر لدينا. يرفرف على سـاريتها العلم الأسـود، المزين برسم جمجمة متوضعة فوق عظمتين متقاطعتين، ومزودة بمدافع قديمة، تُطلق حشـواتها من قذائف البارود بشـعلات النيـران. يقفز منها علـى الأرض مجموعـة مـن قراصنـة البحـار المتوحشـين الجلفين، متمرجحيـن بالحبـال، بملابـس ممزقـة قذرة، مسـروقة من عابـري بحار، وذقون غيـر محلوقة منذ سنين.

يتصايحون وهم يلوحون بسيوف منحنية النصال، وهراوات بدبابيس، وغدارات مـن ذوات الطلقـة الواحـدة. يقودهم زعيـم يتقافز على عكاز خشـبي، حلَّ مكان سـاقه المقطوعة، وتغطي عينه العوراء طماشة سوداء، يشدها بشريط على جبينه، وبلحية طويلة، ولفائف شـعر، تتصاعد منها أدخنة زرقاء.

يقترب مني زعيم القراصنة، وهو يعرج على عكازه، ويفرد أمامي خريطة قماشية مهترئة، مطلسمة برموز غريبة، ويقول لي هذه دليلنا إلى الكنوز في البلدة، التي أخفاها أجدادكم فيها. إذا ساعدتنا بإيجادها، سنشتري كل قطع البوظة التي تبيعها. أعرف إن أجدادنا في البلدة، عندما كان يتم تجنيدهم في الجيوش العثمانية الانكشارية بالقوة، ويتم سحبهم إلى بلاد بعيدة، يخفون مصاغاتهم الذهبية في حفر عميقة تحت صخور ثقيلة، في طرف التلال. وحتى يضمنوا عدم وصول المحتالين إليها، فيما لو اكتشفوا مكانها بعصي الاهتزازات المغناطيسية، يتركون على كل كنز منها رصداً بكلمات سحرية، يُحرض ثعباناً أسود ضخماً رابضاً فوقها لحراسته. وحسب روايات جدتي، فتلال البلدة ماتزال تذخر بالكنوز المدفونة، التي مات مالكوها في حروب البلاد البعيدة. يمتعض زعيم القراصنة من صمتي، مكشراً عن بقايا أسنانه السوداء المكسرة، على الرغم من محاولات إغرائي بشراء كامل قطع البوظة مني.

ينقذني من زعيم القراصنة الجلف ظهور روبن هود وجماعته، الماهرين برمي السهام، قادمين متراكضين من غابات فيلم إنكليزي. أتساءل ما الذي يأتي بهم إلى بلدتنا، وهم يُغيرون عادة على ممتلكات النبلاء الإقطاعيين في إنكلترا، فيسطون عليها، ويوزعونها على الفلاحين الفقراء هناك. هل يلاحقون القراصنة الشريرين، أم سمعوا بوجود كنوز في بلدتنا أيضاً، ويرغبون بالحصول عليها لتوزيعها على الفلاحين الفقراء في إنكلترة؟ وسرعان ما تشتبك المجموعتان في قتال دموي شرس. على الرغم من مهارة روبن هود ورجاله برمي السهام من بعيد، إلا أن القراصنة المتوحشين لا يقبلون بالهزيمة، فيأخذون بإطلاق قذائف البارود عليهم من مدافع سفينتهم. وتسقط الكثير من القذائف على بيوت البلدة، وتدمرها فوق رؤوس ساكنيها. وماتزال المعركة مستمرة فيما بينهم.

في اليوم الرابع، يتسلل من السينما إلى البلدة عدد كبير من ممثلي الأفلام الإباحية، تلك التي يشاهدها في السر عارض البكرات رامي مع أصدقائه، بعد أن يشتروا بطحات عرق اليانسون من عند «أبو سمير». يحضر الممثلون عراة بالكامل من أفلامهم، ويسيرون في الشارع أمامي بأعضاء ذكرية ضخمة منتصبة،

وقد بلغ الشـبق بهم ذروتـه، بعد تناولهم هرمونات ذكريـة اصطناعية مهيجة. أما البوظة التي أبيعها، فيرغبون بها مجاناً، فلا أقبل. يبحثون في البلدة عن نساء جدد ليمارسوا معهن مهن الجنس، بعد أن أدموا رفيقاتهم المسـكينات في أفلامهم.

أرى الآن الممثلـين الإباحيـين يقفزون إلى البيوت عبر النوافذ المفتوحة، بحثاً عن نساء منفردات، في غرف النوم أو الحمامات، يتناوبون عليهن دون توقف. في البداية، تُسَرُّ النسوة منهم، وقد مللن أعضاء أزواجهن الخاملة، والدليل إنهن تقفن عاريات على أبواب منازلهن، بين جولة وأخرى، ويناديني، كي يشترين البوظة لهم مبتسـمات. إلا إنه كما يبدو إن تكرار الممارسـات الجنسية دون توقف، مع هؤلاء الممثلين الشبقين، الذين لا يرتوون، أنهكتهن بشدة. وتضج البلدة الآن بصراخهن، مستنجدات بمن يخلصهن منهم.

على إثـر صرخات اسـتغاثات نسـوة البلـدة، يحضر من السـينما أبطـال الأفلام المعروفين بمرؤتهم في إنقاذ الأميرات المختطفات من قبل الرجال الشـريرين.

يصل في البداية «الفرسان الثلاث» الفرنسيون على أحصنتهم، بشواربهم الرقيقة الأنيقة، وأرديتهم السوداء الفضفاضة، وسيوف الشيش الخاصة بالمبارزات. هؤلاء اللذيـن مـا إن يشـاهدوا أميرة من النبـلاء، ترمي لهم منديـلاً مطـرزاً معطـراً، حتى ينحنـوا أمامهـا، ويرفعـوا القبعة لها باليد اليسـرى، والشـيش باليد اليمنى. والآن، يلبـون النـداء في البلدة لإنقاذ نسـوتها، إذ أشـاهد كيـف ينقذون ثلاثة من أسـرّة الشـبقين، ثم يحملوهن على أسـرجة أحصنتهم، دون شراء البوظة مني، ويمضون بهن مسرعين إلى أحد القصور الملكية الفرنسية.

ويحضر «زورو أبو الفردين»، بشاربيه الرقيقين، قادماً من فيلم مكسيكي على حصانـه الأسـود، بعـد الانتهـاء من قتـال دام مع مسـتعمريّ بلاده الإسـبان. يرتدي ملابسه السوداء؛ القناع المميز على عينيه، قبعته الأنيقة، الوشاح على ظهره. يمر من جانبي بحصانه، ووشاحه الأسود يتطاير خلفه، دون أن يهتم بي. يقفز مباشرة بواسـطة حبـل عبر إحـدى نوافذ البيوت التي تصدر منها الاسـتغاثات، ويصل إلى سرير امرأة، أنهكها ممثل شبق. يرسم بالسيف على وجهه وصدره علامته الدموية المميزة «Z»، ويعيد رسمها على جدار قربي، إشارة إلى أنه مر من هنا. ثم يُصفر

لحصانه، الذي يحضر لعنده، فيمتطيه بعد أن يرمي المرأة أمامه، وقد لفها بردائه الأسود، ويمضيان إلى المكسيك.

ويقفز «طرزان» مباشرة من فيلم أدغاله الأفريقية إلى غرفة إحدى النسوة المستغيثات في البلدة عبر نافذة بيتها، وهو يتمرجح بحبل قنب من ليف الأشجار، مرتدياً فقط سروالاً من فراء نمر مرقط. ما إن يقف على أرض الغرفة حتى يطلق صرخته العالية، ويضرب صدره بقبضتيه، مثل غوريلات الغابة، معلناً عن قدومه، فيبث الرعب لدى الرجل الشبق. ينتظره أمام باب المنزل القرد والفهد والفيل، اللذين يرافقونه دائماً أينما تحرك. يعود «طرزان» عبر النافذة، متأرجحاً بحبل قنب بيد، ويحتضن المرأة إلى صدره باليد الأخرى. يمر من فوقي، يبتسم لي، وإلى الأدغال في فيلمه مباشرة. هناك، يُعد لها مرقداً خشبياً في أعالي الأشجار، تلفه غصينات كثيفة الأوراق، بعيداً عن نظرات القرود المتقافزة حوله.

والآن يأتي من جهة السينما رجل وسيم، ببذلة أنيقة ونظارات، يسير متلفتاً بخجل هنا وهناك، وهو يحمل أوراقاً وقلم. يقترب مني، فأظنه يريد شراء البوظة، لكنه يقول إنه صحفي، قادم إلى بلدة المستغيثات، كي يجري تحقيقاً لجريدته في نيويورك. يُصدر من عينيه شعاع ليزري غريب، فتنكشف أمامنا الأشياء خلف جدران منزل، ونشاهد امرأة يتناوب عليها عدة رجال شبقين. يخلع بثواني بذلته الأنيقة، وينسل منها «سوبرمان»، بملابسه الزرق وردائه الأحمر، ينتزعها منهم، ويطير بها في السماء، وهي مستلمة له، إنما مندهشة من فعله. ثم يأخذها إلى فيلمه، ويدور بها عدة مرات حول الكرة الأرضية، ويهبط بها أخيراً في قلعته السرية، الموجودة في أقاصي المنطقة المتجمدة، حيث لا يصل إليها أحد.

تستغل عصابات الأفلام الشريرة اشتعال الفوضى الشديدة في البلدة، من جراء تسلل عدد كبير من الممثلين والممثلات إليها. ينشؤون في بعض الحارات بارات، وبيوت دعارة، ونوادي قمار، وأوكاراً لتوزيع المخدرات؛ عصابات مصرية وهندية وروسية وكولومبية، مافيات إيطالية، مجموعات من آل كابوني الأمريكية. سرعان

ما يصطدمون بين بعضهم البعض بسبب النزاع على مناطق النفوذ، فتنشأ بينهم المعارك الدامية بالمسدسات والرشاشات وتفجير السيارات المفخخة، وتتساقط الكثير من الجثث.

في أثناء تجوالي في الشوارع وأزقة الحارات، وأنا أبيع البوظة، لا أستطيع التمييز بين جثث أعضاء العصابات وجثث أهالي البلدة، الذين يموتون بالخطأ في أثناء هذه الاشتباكات. يبدو أنه لا يجدي تدخل الأبطال الوسيمين المصريين والهوليوديين، ولا هيئات مكافحة المخدرات الأمريكية، ولا الإنتربول الدولي، في قمع هذه العصابات، فكلما يتم القضاء على بعض منها، تحضر مجموعات أخرى من أفلام جديدة. أما الأبطال الهنود الوسيمون، الذين يحضرون من أفلامهم لملاحقة عصابات بلادهم، فهم بدلاً من ذلك يقضون أوقاتهم في الرقص مع بنات البلدة في الشوارع، ثملين بنشوة غريبة، على إيقاع عزف الطبول والطنبورات والسيتارات الهندية.

في ذروة الفوضى الناتجة من المطاردات والتفجيرات والحرائق بين العصابات، لم يعد يجرؤ أهالي البلدة على الخروج ليلاً من منازلهم. أما نحن أولاد الحارة، فقد أصبحنا حذرين في التحرك من مواقعنا على الرصيف، عند رأس الحارة، حيث نجتمع مساء. وأصبح أهلنا يستعجلوننا بالعودة إلى بيوتنا مبكرين، ومن أجل ذلك يقدمون موعد العشاء.

يتردد الآن كثير من الأولاد في الخروج مساء إلى جلستنا عند رأس الحارة، عندما أروي لهم بإني أشاهد طيوراً سود تحضر من الأفلام، وتهبط في الشارع، ثم تتخذ مظاهر مصاصي دماء بشرية، بنابين طويلين، مطلقين فحيحاً مخيفاً. وأؤكد إنهم يتجولون بحرية في البلدة ليلاً، بقيادة دراكولا وفرانكشتاين. كما تنتشر هياكل عظمية تنهض من قبور أفلامها، ويلحقها أموات حديثون، يسيرون بأكفانهم. ثم يظهر المستذئبون، وهم أناس طبيعيون في حياتهم اليومية في أثناء النهار، ويتحولون إلى ذئاب في الليل، ومنهم جارنا «أبو ماهر». وهذه الذئاب لا تقتصر على التهام الجثث المنتشرة في الشوارع، بل وكل ما يصادفها من الأحياء الذين يضطرون للخروج ليلاً. وتحلق فوق الجميع ساحرات عجائز

بأنف طويل، تركب مكانس بعصيان طويلة، مطلقة ضحكاتها المجلجلة، ويحولن الأشخاص إلى قرود.

ثم تكتمل هذه المشاهد بظهور صحون طائرة في سماء البلدة، قادمة من أفلامها، تطلق أنواراً ساطعة، بعد اجتيازها مسافات كونية هائلة من عوالم بعيدة. تُطلق نحو الأرض إشعاعات ضوئية على شكل أسطوانات، تغدو ممرات لهبوط كائنات فضائية وصعودها من جديد، بعد اختطافها أناس من البلدة، كي تُجري عليهم التجارب. ويؤكد لي ذلك ممن يرجعون أحياء من هذه التجارب، إلا إنهم كانوا مضطربين نفسياً، مشوشي الذاكرة.

وفي أحد الليالي، ألمح تحت جنح الظلام مجموعة من الرجال، يزحفون بصمت وسرية من السينما نحو تلال البلدةً، يحملون معهم معدات حفر وبناء. وبعد عدة ليال أكتشف إنهم يبنون قواعد إطلاق صواريخ نووية عابرة للقارات، ومعها قواعد غواصات، على الرغم من عدم وجود بحر في بلدتنا. ومن النجمات الحمر المرسومة على أسلحتهم، أعرف إنهم قادمين من أفلام «ما وراء الستار الحديدي الشيوعي». سرعان ما يحضر العميل السري البريطاني «007 جيمس بوند»، بسيارته المصفحة التي تسير تحت الماء، وتطير في السماء، ويأخذ بتفجير هذه القواعد، فتمتلئ أجواء البلدة بضجيج الانفجارات، وتتناثر القطع المشتعلة على بيوتها.

لكن العميل جيمس بوند لا يستطيع تدمير هذه القواعد جميعها، لكثرتها وانتشارها عميقاً في باطن الأرض، في مناطق مختلفة حول البلدة. تضطر عندئذٍ قوات التدخل السريع البحرية الأمريكية «المارينز» إلى المشاركة بالعملية مباشرة، بسبب الأخطار التي تشكلها هذه القواعد على بلدان «العالم الحر». تحضر هذه القوات من معظم الأفلام الأمريكية، حيث تقاتل في كوريا والفليبين وفيتنام كمبوديا. وتأخذ بقصف كل شيء في البلدة بالنابالم، دون أي تمييز بين الأهالي والغرباء القادمين من الأفلام.

نتيجة القصف العشوائي المدمر للبلدة، تشتعل بالكامل، وتُدمر البيوت فوق سكانها. وتصل النيران إلى حارتنا، فتقتل الجميع حتى نحن الأولاد المسالمين

الجالسـين علـى الرصيـف... وعندما أ تبـدأ النيـرات بالتهام قدمـيّ الممدودتين، أهرب في اللحظـة الأخيـرة إلى المنام، واختبئ فيه.

تنفصل شـرائط سينمائية عن الزمان والمكان، تبقى معلقة في غمامات نارية، لا تتـرك أي ذكريـات أو حنيـن في القلـوب والأرواح؛ أفلام عـن عصابـات تتاجـر بالنسـاء والأطفال وتدير بيوت دعارة، وشبكات توزيع المخدرات، وشـبكات بيع الأعضـاء البشـرية؛ أفلام عـن جيـوش تقتحم بلـدان، وتحولها إلـى خرائب ودمار، وتفني سكانها الأحياء والأموات.

يترافـق العـرض بأصـوات انفجـارات هـادرة تهـز الفضـاءات؛ تختـرق الأزمنـة والأمكنة.

وفجـاءة تنتهـي العروض بصـورة لكامل كوكب الأرض وقـد دمرته حرب نووية، بعـد أن ضغـط زر إطلاق صواريخهـا زعيـم مجنـون، رد عليـه بكبـس أزرار أخرى زعمـاء مجانيـن آخريـن... كامل الأرض خـراب ودمار، لا أحد من البشـر بقي، كي يروي «حكاية»، أي «حكاية».

(12)

الحكايات المختنقة... اجتياح العسكر للبلدة

أنادي، بإيقاع موسيقي «يا مشوّب، صبارة حلوة، عسل، ثلاثة بفرنك».

مشاهد نيران ونيران، مضطرمة ومتأججة، تمتد منتشرة في الاتجاهات جميعها، تغطي الآفاق. تشتعل غابات وحقول وكروم وبساتين ومزارع، تترك الأراضي جرداء بالكامل. تشـتعل قـرى وبلدات ومدن، أناسـها غير مبالـين باحتراقهـم وذوبانهـم وفنائهم. تصل النيران إلى جسـدي، تشـتعل بي. أركض مجنوناً إلى البئر في باحة بيتنا، أسـحب منه دلاء ماء، أسكبها على جسدي، كي أطفؤها.

تنظر والدتي إليّ باستغراب وتساؤل. أقول لها «النيران!».

«أي نيران؟»، وتغادرني.

آه، أخرج من «كابوس حكاية»، وأنا الآن في «حكاية» غريبة بعض الشيء، إنما ليس فيها أي حرائق. أجلس وراء بسـطة بيع الصبار أمام بيت «أم زياد».

تتواجد في بلدتنا بضعة منازل أرضية أنيقة، بمساحات واسعة، تنهض بواجهاتها الحجريـة المنحوتـة، المتمايـزة بها، بغـض النظر عن أسـطحتها الطينية، السـائدة لدينا. تعبيراً عن رفاهيتها، فلهذه المنازل أبواب خشـبية ثقيلـة، مدهونة بألوان رماديـة رصينـة، مزودة بمطارق نحاسـية، ونوافـذ مطلـة على الشـوارع، مغلقة بقضبـان معدنيـة، تعلوها أقـواس حجريـة. في خلفياتها حدائق بيتيـة، تُزرع فيها أشـجار البرتقـال والليمـون والكباد، وتزين أطرافها شـجيرات ورد الجوري. ينتمي إليها بيت «أم زياد»، الذي أضع بسـطة الصبار على الرصيف أمامه، وقد سنحت لي الفرصة مرة بالدخول إليه، فراودني شعور بأني أدخل إلى قصر حكايات مسحور. وجميـع هـذه البيوت الأنيقـة الفارهة تحضر في النهار على غمامات سـحرية من «حكاياتها»، وتغـدو في الليل، عندما ننام، خرائب ينعق فيها البوم.

تمتلك هذه البيوت الأنيقة عائلات موسرة، تعود أصول معظمها إلى إقطاعيات ريفيـة قديمـة بائدة، لكنها مسـتمرة بغناها ورفاهيتها من خلال اسـتثمار أموالها

الموروثة في أعمال تجارية، على الأغلب في العاصمة دمشق القريبة. لكن أفرادها الآن ليسوا بإقطاعيين، ولا فلاحين أو تجار أو موظفي دولة، بعيدين عن أي تصنيف اجتماعي، وقلما يظهرون في شوارع البلدة، وإن ظهروا فأشباح.

على امتداد السهل، تتناثر بيوتنا الفلاحية، المبنية من الحجر والطين، مبعثرة على مساحات واسعة منه، يتوسط كل منها بستانه. يتألف البيت الواحد من عدة غرف متصلة ببعضها البعض، عبر غرفة رئيسية كبيرة للمعيشة اليومية، تُمد فيها الفُرش للنوم ليلاً، وتُرفع نهاراً في رفوف جدارية مُغطاة بستائر. تمتد أمام الغرف باحة ترابية واسعة، يُحفر في طرفها بئر دائماً بدلو جلدي. وليس بعيداً عنه، ينهض قن للدجاج، وإلى جانبه زريبة للأغنام والأبقار، ومن ثم غرفة «التبان»، المملوءة بالتبن، لإطعام حيوانات الماشية هذه شتاءً. ويتم الحصول على التبن من المحاصيل الصيفية، بعد فصل الحبوب عنها.

تستمر حياتنا في هذه الأيام بأمان وسكينة، وقد غادر الفرنسيون بلادنا، من زمن ليس ببعيد. وجاء يوم، يقترب فيه أعداء غريبون من منطقتنا من جهة الجنوب، فينشأ خط جبهة عسكري في مواجهتهم، لا يبعد عن بلدتنا سوى خمسة عشر كيلومتراً؛ بضعة خنادق «دفاعية» فارغة، مبعثرة في العراء. لكن هذه الجبهة تبقى هادئة باستمرار، دون اشتعال أية معارك، أو حتى مجرد مناوشات صغيرة.

مع ظهور هذه الجبهة الوهمية، تنبت فجأة معسكرات صغيرة في التلال الشمالية من بلدتنا، ما تلبث أن تتوسع أكثر فأكثر؛ أكواخ صفيحية متناثرة في أراضٍ جرداء، لا ترد حر صيف ولا مطر شتاء، وحولها تتوزع بضع شاحنات عسكرية قديمة، معظمها مُعطل. يتدرب حول هذه الأكواخ بضعة جنود عجائز كسالى، غرباء عن المنطقة، ببنادق قديمة صدئة، دون وجود مكان يؤويهم ليلاً، وعليهم تدبر أمور سكنهم خارج المعسكرات. أين؟ تتجه الأنظار إلى بلدتنا.

فلاحو بلدتنا أناس بسطاء، يعيشون إيقاع حياتهم اليومية بالارتباط مع بساتينهم وحقولهم وكرومهم. على الرغم من كفاف عيشهم، الذي بالكاد تؤمنه لهم هذه الأراضي الزراعية، إلا إنهم لا يرغبون بالعمل الرتيب الممل

في إحدى مؤسسات الدولة، الموجودة في دمشق، وما يتطلب ذلك من تنقل يومي بين البلدة والعاصمة. من الطبيعي إنهم يناصبون مباشرة باللامبالاة العسكر الغرباء، وكل الغرباء، الذين ينبثقون فجأة بين ظهرانينا، إن لم يكن بالعداء شبه الصريح لهم.

مع ظهور العسكر في حياتنا، تحدث أشياء جديدة، تكسر الرتابة اليومية في بلدة، شوارعها خاملة في الحر، ومقفرة في البرد. جنود العسكر فقراء بسطاء، قادمون من البعيد؛ من مناطق صحراوية قاحلة، ومن جبال جرداء قاسية، وسهوب مقفرة جافة، يبحثون عن فرص جديدة لحياتهم، وإن برواتب ضئيلة، بالكاد تؤمن طعامهم، لكنها ثابتة. ينتشرون فجأة في البلدة، يبحثون عن غرف صغيرة للإيجار، من أجل استقدام عائلاتهم من قراهم البعيدة، المشلوحة في الضياع والنسيان.

الفلاحون عادة منغلقون على أنفسهم بطبيعتهم الريفية، بمن فيهم بالطبع عائلتي، يستفزنا وجود العسكر المفاجئ في البلدة، خاصة بالقرب من أراضينا الزراعية. إضافة إلى ذلك، فهم قادمون من أصقاع بعيدة مجهولة لنا، يستثيرون سخريتنا بلباسهم العسكري المهلهل المتسخ، ولهجاتهم الغريبة، وعاداتهم المغايرة، وفوق ذلك ينضحون بالفقر المدقع. يتطوعون في الجيش، دون الحاجة إلى أي شهادة دراسية، بل إن معظمهم لا يقرأ ولا يكتب. ومن يسعفه الحظ، يصل بعد خدمة سنين طويلة في الجيش إلى رتبة «مساعد». الغريب إن معظم المتطوعين هم من العجائز، لم يمارسوا أي مهنة في حياتهم، ووجدوا في الجيش الوليد فرصة للارتزاق. هكذا، نجد، نحن الأهالي، مادة للاستعلاء الاجتماعي على مجموعة بشرية من الغرباء، في بلدة هادئة، تغفو في الصمت والسكينة واللامبالاة.

لكن استعلاؤنا على العسكر ينكسر فجأة برنين بضع ليرات شهرية، يريدون دفعها لنا أجاراً لغرف صغيرة من رواتبهم العسكرية. تُغرينا الليرات، ونحن الفلاحون لا نتعامل بالنقود إلا نادراً، إذ نعتمد في حياتنا بشكل أساسي على المنتوج المباشر لأراضينا، وتبادله فيما بيننا. لكن بضع ليرات نحصل عليها

شهرياً، تفتح لنا مردوداً مادياً غير متوقعاً، يُرّد به بعض العوز، ويسمح بشيء من رفاهية الشراء.

يبحث العسكر عن غرف في البلدة بشكل مُلّح، مهما تكن حالتها مزرية، محاولين إيجادها بإيجارات منخفضة، فعائلاتهم في مناطقهم البعيدة تنتظر استقدامهم إلى جنة العسكر الموعودة. أما الأهالي، المعتادون على عدم وجود غرباء في بلدتنا، فيتقبلونهم الآن في أحيائهم، وهم يفكرون باستغلال فرصة العمر للحصول على ليرات ثابتة شهرياً، بغض النظر عن تشويش حياتهم اليومية بوجودهم.

هكذا، يقرر الأهالي تفريغ غرف صغيرة جانبية من بيوتهم وتأجيرها للعسكر، بشروط حصار جيرة قاسية. إلا إن هذا لا يكفي، فالطلبيات كثيرة، مغرية وملحة، واستقرار الجنود في البلدة أصبح أمراً مفروغاً منه بناء معسكرات جديدة، تتوسع باستمرار، إنما دون بناء مساكن مرفقة. هكذا، حتى يحصل الأهالي على غرف جديدة للتأجير، ينقلون المؤونة إلى غرف المعيشة اليومية، يشعلون مواقد طعامهم في باحة البيت بدلاً من المطبخ، يتركون الماشية دون زرائب، تحت حر الشمس ومطر السماء، يعبؤون التبن في أكياس خيش قاسية، ويرمونها في الباحة الخلفية بدلاً من التبان. وبما إن الغرف طينية، فمن السهل ترميمها، بل وحتى بناء الجديد منها سريعاً؛ بضعة أحجار تنهض بملاط من الطين والتبن، وإن كانت لا تحمي من الحر والبرد، وقد تنقلب على ساكنيها بعصفات رياح.

في هذه الأثناء، تختفي «أم زياد» تحت الأنقاض، هي ومشاريع بناء طوابقها الإسمنتية المعلقة في الهواء. وهي لم تكن بالأصل موجهة إلى العسكر، إنما من أجل تأجيرها بمبالغ عالية لموظفي الدولة، الهاربين من زحام المدن وضجيجها، ويرغبون بالسكن في الأرياف.

تنتشر الآن الغرف المؤجرة للجنود لصق بيوتنا، بأسعار شهرية لا تتجاوز الخمس ليرات، يدفعونها من رواتبهم التي بالكاد يصل الواحد منها إلى ما يقارب الثلاثين ليرة. سرعان ما تملؤها عائلاتهم المتوافدة من المناطق البعيدة، مقتصرة بأثاثها على حصيرة ممزقة، وفراش مهترئ، وطاولة مخلخعة، وطنجرة

صدئـة مرميـة علـى الأرض، و»بابـور« قديـم يعمل علـى الكيروسـين. تبدو هذه الغرف ببشـاعتها قصوراً، بالمقارنة مع ما كانوا يعيشونه في مناطقهم المشلوحة في النسيان، كما يروون.

مـا يفاجؤنـا، نحـن أهالـي البلـدة، إن كل واحدة من عائـلات الجنـود القادمة لديها على الأقل عشـرة أولاد، بل وسـرعان ما يتزايدون في العام الواحد بأضعاف منهـم، فيصعـب عدهم. لا نفهم كيف يتوالدون جميعهم في غرفة واحدة، وعلى الفـراش نفسـه، بهذه الأعـداد الكبيرة، ومن ثم كيف يأكلون ويشـربون وينامون جميعهـم معـاً. عندما ينهار سـطح غرفة، نتيجة تصدع أو مطر شـديد، على عائلة ما، فإنه ينبت أطفال جدد من بين الركام بدل المفقودين، يلاحقون الوالدين إلى غرف جديدة. الآن، لا نشاهد سوى أطفالاً ضاجين، حفاة، مشعثي الشعر، بوجوه وسـخة، يرتدون مزق ملابس عسـكرية قديمة، رثة ممزقة، بالكاد تسـتر بعضاً من عريهـم، يتراكضون في الحارات، دون هدف محدد.

يُحضـر الجنـود إلـى غرفهم المُسـتأجرة ما يتيسـر لهم من قطع أثـاث محطم، وأدوات مطبـخ صدئة، وأجهزة مكسـرة، وخردوات محطمـة، منهوبة جميعها من معسـكراتهم، يكدسـونها في الزوايا، دون معرفة ما يفعلون بها. بالمقابل، تشـكل النسـوة وأطفالهن أسـراب جراد تغزو الأراضي الزراعية للبلدة، لا يستثنون بستانـاً، أو حقلاً، أو كرماً. يدخلون في البداية إلى إحدى بدعوى جمع الحشائش البرية الصالحة للطعام، فيتغاضى الفلاحون عنهم بدافع الشـفقة. لكن ما إن يستحكموا بأحدها، فلا يغادروه إلا ويتركوه يبابـاً؛ يقتلعون شـتلات الخضار، يقصفون أغصان الأشـجار، يخربون السـياجات، لا ينجوا شـيئاً مـن تدميرهم، ويأخـذون معهم كل شـيء، ما يؤكل وما لا يؤكل.

ثـم يأخـذ الأولاد بالتسـلل إلى بيـوت الأهالـي، المشـرعة أبوابها للريح عادة، يسـرقون ما يقع تحت أيديهم، لا فرق إن كانت أشـياء يمكن التهمها أو الاستفادة منهـا، أم لا. لـم يعـد يجرؤ الأهالـي علـى مـد البرغل والكشـك وعصير البندورة والمربيات، في باحات البيوت أو على الأسطح الطينية، من أجل تشميسـها، إذ سـرعان ما تختفي، وقد التهمها الأولاد.

وبـدلاً من أن يستجيب الضابـط قائد المعسكرات لشكاوى الأهالي بدفع أسراب الجراد عـن أراضيهـم، يُرسل الشاحنات العسكرية إلى البساتين بدعوى إخفائها بين الأشجار، بعيداً عن أعين رصد العدو؛ «تمويه عسكري»، دون معرفـة أي عدو، لم نشاهده أبداً طوال حياتنا. ينصب العسكر خيامهم هناك، فوق الأراضي المزروعة، قرب مياه سـواقيها، يلتهمون الأخضر واليابس مجاناً. لا يفعلون شـيئاً سوى النـوم نهاراً، واللعب بالشـدة وتدخين السجائر ليلاً، فيما لا تنجوا الفلاحات مـن تلصصهـم، بـل وإيقاعهـن في مصائدهم. مع الزمـن، تصبح المناطق الزراعية مناطق عسكرية، يُحرّم علـى الفلاحين دخولها، وتسـورها أسـلاك شـائكة، ولافتـات معدنيـة؛ «ممنـوع الاقتـراب والتصوير، مناطق عسكرية».

يمـر زمـن، وتـزداد رواتب الجنود بشـكل كبيـر، خاصة وإن البـلاد تتحول أكثر فأكثر إلى «دولة العسكر»، وقد أصبح لهم الامتيازات الخاصة في السلطة. يطلب الأهالي بالطبع رفع الإيجارات الشـهرية للغرف، بسبب غلاء المعيشـة المتزايد، فيرفض الجنود ذلك بغطرسـة. بدلاً من ذلك، يأخذون بتوسـيع غرفهم المستأجرة لحسـابهم، ويبنـون إلى جانبها الإسـمنتي الجديد، وقد أحضروا مـواد البناء مجاناً من المعسـكرات. ثم يسورونها بشـكل مستقل، وقد امتلأت بما يتم نهبه منها، ومـن الفلاحيـن. عندما يطلب منهـم الأهالي مغادرة الغرف، مبديـن رغبة عدم تجديد إيجارها، يسخر العسكر منهم، يقولون لهم «نعم سنغادرها، إذا ما دفعتم لنا ثمن الأرض ومواد البناء والأثاث فيها».

أجلـس وراء بسطتي لبيع الصبار على الرصيف، أراقب الشارع والمارة فيه. ابتداءً من السـاعة الثانية والنصف بعد الظهر، تبدأ الشاحنات العسكرية، روسية الصنع، بإحضار الجنود من معسكراتهم المحيطة بالبلدة، وتلقيهم في الشارع أمامـي، كي يؤوبوا إلى بيوتهم، فقد انتهى دوامهم الرسمي اليومي.

الشـاحنات زيتيـة اللـون، دائمـاً ملطخـة بالطيـن اليابـس، مهشمة زجاج غرف القيـادة، وصناديقهـا الخلفيـة المخلخعـة، حيـث يتكدس الجنود بأعداد كبيرة، مغطاة بشـوادر بنيـة مهترئـة ممزقة، تلولح حوافها عند السـير. تهدر محركاتها

المحتضرة بقرقعة شديدة، وهي تنفث من عوادمها دخاناً أسود كثيفاً، يملأ الشارع برائحته الكريهة.

يبدو أنه حتى لو تحدث معارك على الجبهة فجأة، فإن هؤلاء العسكر يتوقفون عن القتال بعد الظهر، بغض النظر إن كان العدو يتقدم أم لا، مادام هذا عمل يمارسونه ضمن دوام رسمي. على كل الأحوال، لا تحدث معارك أبداً على جبهتنا منذ حفر خنادقها المبعثرة، كأن هناك هدنة دائمة مع الأعداء، مُتفق عليها ضمنياً. ثم ما علاقة هؤلاء الجنود بالقتال، فهم تطوعوا في الجيش ليؤمنوا مورد رزق لهم فقط، على اعتبار أنه لا مهنة لديهم في الأصل. هم ينامون في المعسكرات نهاراً، وينجبون أطفالاً في البلدة ليلاً.

عند وصول الشاحنات أمامي، تفرمل اندفاعها بشكل مفاجئ، فتتأرجح صناديقها إلى الأمام والوراء، ويتساقط منها عندئذٍ الجنود العجائز المكدسين فيها على أرض الشارع. ينطرحون أعضاء متناثر في أنحائه؛ مؤخرات ضخمة، كروش منتفخة، أفخاذ ممتلئة، رؤوس صلعاء مع وجوه بخدود متهدلة، تتدحرج جميعها هنا وهناك. تنتظر الأعضاء قليلاً، كي تتخفف من أثر الصدمة أرضاً، ثم تلتم وتتجمع عشوائياً، وقد تحتل مؤخرة مكان الرأس، أو كرشاً مكان المؤخرة. في بعض الأحيان، تتبادل الأجساد الأعضاء، أحياناً الرؤوس، وبشكل خاص المؤخرات.

عندما تتلملم عشوائياً الأعضاء المبعثرة، ينهض الجنود أخيراً بصعوبة، وهم يلهثون بأنفاس ثقيلة. يأخذون بمسح عرق النهارات القائظة عن جباههم المجعدة بأكمام ستراتهم العسكرية، الملوثة ببقع الشحوم والزيوت المعدنية المعجونة بالطين. يلتقط كل منهم كيسه الجلدي المهترئ، المنفلت منه في أثناء السقوط، يلملم فيه ما تناثر منه أرضاً؛ فواكه وخضار، أرغفة الخبز، أكياس سكر ورز ومعكرونة، علب شاي وقهوة، وكل ما يتيسر نهبه من المعسكرات يومياً.

في هذه الأثناء، يتسلق السائقون مقدمات شاحناتهم البارزة إلى الأمام، يرفعون بحذر غطاء المحركات التي تكاد تنفجر من شدة الحرارة، فيتصاعد

منها بخار كثيف، يبعدون وجوههم عنه. ثم يسكبون عليها ماء ساخناً من «بيدونات» بلاستيكية نصف ذائبة. غالباً ما تنطفئ المحركات في أثناء هذا التوقف، فيعاد تشغيلها يدوياً بواسطة عمود معدني معقوف، يدخلونه في مقدمة السيارة، ويبرمونه بتسارع حتى تعمل. بما أن هذا التشغيل يحتاج إلى مجهود عضلي شديد، فهم يخلعون ملابسهم بالكامل، كي لا تعيقهم عن العمل، فتلمع قطرات العرق على أجسادهم العارية، خاصة على مؤخراتهم الضخمة المرتجة. في النهاية، عندما يستديرون بشاحناتهم للعودة إلى المعسكرات، تتساقط منها على أرض الشارع بقرقعة شديدة قطع من المحركات، أجزاء من الأبواب المخلخعة، كسرات من الصناديق المخلخعة، فلا يهتمون. سرعان ما يلتقطها الأولاد، ويجرونها إلى الحارة، ويلهون بها.

لكن الشاحنات العسكرية ليست كافية لتَنقل الجنود جميعهم بشكل يومي بين البلدة والمعسكرات. كما إنه من غير الممكن الاستعانة بالطنابر الخشبية التي تجرها البغال، والمتوافرة بكثرة لدى الفلاحين، كوسيلة مواصلات عملية، بسبب بطء سيرها وبُعد المسافة. هنا يظهر «أبو غالب».

يتقلب «أبو غالب» باستمرار بين عدد من المهن، يسعى دائماً للحصول على مورد رزق جديد، ليطعم زوجتين، وجيش جرار من الأفواه الجائعة باستمرار من كلتيهما. عندما تصبح الجزارة موضة سائدة في البلدة، يتحول إليها، لكنه يضطر إلى الانسحاب من المنافسة، بسبب كثرة أعداد المتطفلين عليها. الآن، ينتبه إلى أفواج الجنود المترامين في الشارع، وهم يجدون صعوبة في التنقل اليومي بين البلدة والمعسكرات، فيقرر اغتنام الفرصة.

يشاهد «أبو غالب» دائماً سيارة عتيقة، صدئة ومعطلة، ببقايا إطارات متهالكة، مرمية أمام منزل أحد ورثة إقطاعي بائد. لم يعد أحد يستعمل موديلها القديم ذي المقدمة العريضة، منذ زمن بعيد، وتحولت إلى خردة. على الرغم من توقفها هنا تحت المطر والشمس، منذ أكثر من عشرين عاماً، فإنها ماتزال تحمل بعض مظاهر الرفاهية القديمة تحت صدئها؛ المرايا العريضة في داخلها، ومصابيح الإنارة الليلية الضخمة في مقدمتها، وجلد أنيق يغطي مقعديها

العريضين؛ أمامي، كان يجلس عليه الإقطاعي وزوجته، وخلفي لأولادهما الثلاثة، أي أنها مخصصة فقط لخمسة أشخاص. يشتريها «أبو غالب» بسعر بخس جداً، ويسر مالكيها التخلص منها كخردة قديمة تشوه مدخل البيت.

يجر بغلين السيارة إلى دكان تصليح بوابير الكيروسين بواسطة حبال. هناك، يستعين «أبو غالب»، هو ومصلح البوابير، بسقط القطع من الشاحنات العسكرية في الشارع لتصليحها، ويبدل إطاراتها، ثم يدهنها، فتعود جديدة. وبأعجوبة، عاودت السير في الشارع، بجلبة محركها القديم، بل وأصبحت تطير فوق الإسفلت. ويؤكد بعضهم أنه يشاهدها في الليل تطير فوق بيوت البلدة، والناس نيام، حيث تجلس إلى جانب «أبو غالب» أرملة، يغريها بالنزهات بين الغيمات، كي يضمها إلى بيته زوجة ثالثة.

تقف فجأة سيارة «أبو غالب» أمامي في الشارع، قادمة من أحد المعسكرات، بعد انتهاء الدوام الرسمي، محشية بالجنود، مثل قطيع من الأغنام. ينزلق هو أولاً من خلف المقود بجسده العملاق، الذي يحتل ثلاثة أرباع السيارة، ثم يأخذ بسحبهم منها قطعة تلو الأخرى؛ رأس، قدم، ساعد، مؤخرة، صدر... ويرميها في الشارع، حيث تتراكب الأجساد، وتعود جنوداً. يُنزل منها أعضاء خمسة جنود، كما أتوقع في البداية، لكن يلحقهم عشرة، عشرون، ثم خمسون. ويلتف بعد ذلك إلى الصندوق الخلفي، يرفع غطاءه، ويسحب منه قطع أجساد العدد نفسه، إذ يبدو أنه أحضر كتيبة كاملة من الجنود، بعد نهاية دوامها الرسمي. وأثناء سحبهم، يصرخ بهم كالخراف «هررر، هررر، لا تنسوا الدفع، خمس فرنكات على الراكب الواحد». هكذا، يعمل «أبو غالب» الآن سفرة صباحية إلى المعسكرات، ويعود بأخرى بعد الظهر. يكسب الكثير من النقود، ويستطيع أن يضم الأرملة المشتهاة إلى بيته زوجة ثالثة.

مع الزمن، يستملك «أبو فؤاد»، الذي وصل إلى رتبة «مساعد أول» في الجيش، غرفة طينية، أستأجرها في بيتنا، وقد كنا نستخدمها في الأصل «تباناً»، ولم يعد يدفع إيجارها لنا. يأخذ بتحويلها إلى عدة غرف إسمنية، مُحضراً مواد البناء المنهوبة من المعسكرات، ويستولي في أثناء هذا التوسيع على قطعة من بستاننا

بالقوة، نزرع فيها الخضـار. لا يكتفي بذلك، بل يقوم بتأجير هذه الغرف إلى أفراد مُستقدمين من ضيعته في الجبال، كي يتطوعوا في الجيش، دون أن يدفع لنا شيئاً. لا يُفلح التفاهم مع «أبو فؤاد»، فكل يوم يحضر إلى البيت ظهراً برأس جديد، حسب لملمة الرؤوس فوق الأجسـاد عشوائياً، بعد سـقوطها من الشـاحنات العسـكرية؛ مـرة برأس «أبـو فؤاد»، وثانية بـرأس «أبو حيـدر»، وثالثة برأس «أبو جواد»... وهكذا. عندما يبرم والدي اتفاقاً مع أحد الرؤوس، فإن الرأس القادم في اليوم التالي ينسـى، أو يتناسـى، ما تم الحديث عنه البارحة.

مـا إن يرجع «المسـاعد أول» من الدوام الرسـمي إلى البيت، بكيسـه الجلدي المهتـرئ، المكـدس بأنواع مختلفة من الأطعمة، حتى يقلـب محتوياته أرضاً عند البـاب، أمام قطيع أولاده. يلتهمونها مباشـرة، بما فيها البرغل والرز والمعكرونة، دون طهي، وهم يتشـادون متنازعين عليها بصراخ وضجيج. في أثناء ذلك، تنتظر الزوجة «أم فؤاد» القادم بأي رأس، لا يهم، وبأي مؤخرة، لا تهم، عند عتبة البيت، وقد فتحت فخذيها الضخمين العاريين. سـرعان ما تهتز مؤخرة القادم الضخمة بينهمـا، بينما تطلق هـي التأوهات العميقة. في اليوم التالي، يُسـمع صوت بكاء رضيـع جديد، صادر من البيت.

بما إن الإخوة في العائلة ليسـوا إخوة، في عائلة «أم فؤاد» المفترضة، بسـبب تعـدد الـرؤوس والمؤخـرات التي تحضر إلى البيت، فإنهـم ينامون مع بعضهم البعض دون زواج رسمي. يكفي أن يتوضع في طرف الغرفة فراش صغير، أو حتى بسـاط أو حصيـر، حتى يسـتلقي عليه صبي وبنت، يتعانقـان، وينجبان ولداً بعد عـدة أيـام، فيختلـط الأبناء بالأحفاد بتعدد الأصول والأنسـاب. ومـن لا تجد رفيقاً لهـا في هذا الازدحام، تفتح فخذيها لعابر في البسـتان، ومثلها من لا يجد رفيقة، يؤجـر عضوه لعابرة خلف البيت؛ ثوان، وينتفضون باختلاج شـديد. يحدث هذا وراء شجرة جوز، أو سـياجة عليق، أو كوم من الأحجار المصفوفة، يسـور البستان، مقابل رمانة أو تفاحة أو حفنة جوز أو ما شـابه.

إضافة إلى البسـتان أمام البيت، والحقل في طرف البلدة، تمتلك عائلتي أيضاً كـرم تيـن بعليٍ، عند كتف الجبل، ترتوي أشجاره بمطر الشـتاء. ينضـج التين في

نهاية الصيف لذيذاً شهياً، فأتحول من بائع الصبار إلى ناطور للكرم، ويستمر هذا حتى الانتهاء من جني المحصول على دفعات. تستخدم والدتي هذا الجني مؤونة للشتاء؛ قسم لصنع مربى «التين»، تحفظه في أواني زجاجية، وقسم تيبسه، ثم تصنع منه عقوداً، تشدها خيوط من الخيش، تعلقها على الجدار. أما الباقي، فتوزعه على الأقارب والمعارف هدايا موسمية.

بما إن أشجار التين البعلية صغيرة، لا تمنح ظلاً من الشمس الشديدة الحرارة صيفاً، أجلب من بساتيننا أغصان شجرة حور، وابني منها خيمة، أؤثثها بحصيرة عتيقة، وأجلس فيها مستظلاً. ومثلي يفعل نواطير الكروم المجاورة من الأولاد، حيث علينا قضاء النهار بأكمله فيها لحراستها من عابرين يسرقونها، وحديثاً من أسراب جراد زوجات العسكر وأبنائهم. وهؤلاء الأخرين، إذا ما دخلوا كرماً في غفلة منا، ينقضون على الشجيرات، ويتناولون ثمارها عجراء قبل نضوجها، دون تناسي تكسير أغصانها.

هكذا، نجتمع، نحن الأولاد النواطير، بين خمس وسبع منا، في خيمة أحدنا، نغلي الشاي على الحطب، وندخن السجائر التي نصنعها من وريقات نبات الذرة، وقد لففنا فيها ذؤوبات العرانيس اليابسة. عندما نشعر بالملل، نتنافس بالتقاط الأفاعي من أوكارها، وصيد «عصافير التين» برميها بحجيرات «النقافة» التي نصنعها من شعب خشبي ومطاط. لكن المهم أننا عندما نجوع ظهراً، نفرد معاً زوادات الطعام، التي تُحضّرها لنا الأمهات في البيت صباحاً؛ زيتون وجبنة ولبنة ومكدوس وخيار وبندورة.

يحدث فجأة طارئ غير اعتيادي في نمط حياة النواطير في الكروم، وطريقة طعامنا فيها. ينهض بالقرب منها معسكر للجنود، مسور بإسلاك معدنية شائكة؛ تجمع أكواخ ومستودعات صفيحية، وسيارات شبه معطلة، مع كثير من النفايات التي لا تُرفع أبداً، وتصبح مرتعاً للكلاب الشاردة. بعد انتهاء غداء الجنود المناوبين في المعسكر، يجتمع «السَخرة» منهم لغسيل الأواني المعدنية الضخمة، التي يتم الطبخ فيها، عند مضخات ماء، مُركبة على بئر في طرف المعسكر. نمر بهم مرة مصادفة، ونقدم لهم عبر الأسلاك الشائكة تيناً مقطوفاً من كرومنا، فيمنحونا

بالمقابل بقايا الطبخ من الأواني، نحملها في علب معدنية، ونتناولها بلذة في الكروم. يصبح الحصول على بقايا الطعام طقساً يومياً، فنذهب قبل ساعة من موعد غسيل المواعين، وننتظر تحت الشمس. نُسّر خاصة بالأرز المُسقسق بالسمن، ونحن معتادون على البرغل الناشف يومياً في بيوتنا. لكن نحصل معه على حساء مع عظام وبعض الخضار. مع إن جميعها مجرد بقايا، تُرمى عادة للكلاب الشاردة ليلاً، فنحن نستمتع بتناولها كغنيمة طارئة.

أسأل مرة أحد عسكر السخرة عما تحويه المستودعات الصفيحية في المعسكر، فيصرخ في وجهي مؤنباً «هذه أسرار عسكرية». ثم يَتبع تأنيبه بصوت مخيف «بووووم، بووووم»، وهو يفتح ذراعيه واسعاً، ويتبعها بقهقهة رنانة. أفهم إن هناك ذخيرة، دون أن يهمني الأمر، المهم أن أحصل على بعض الطعام.

لكن يحدث السرور الأكبر، عندما يحصل والدي على قسيمة غداء لشخصين من قائد مخفر الشرطة العسكرية في البلدة. يذهب إليه للشكوى من تعديات العسكر على حقلنا، فيمنحه هذه الرشوة الصغيرة كحل ترضية. يعود والدي حزيناً، ويرمي القسيمة على طاولة في البيت، فتشجعني والدتي على الذهاب بها إلى «نادي صف الضباط»، الموجود في البلدة، للحصول على الطعام مقابلها. أمضي حاملاً «السفرطاس» المعدني، بأوعيته المعدنية الأربعة، التي تتراكب فوق بعضها البعض، وتُشد بمقبض، حيث يمكن وضع في كل واحد منها نوعاً مختلفاً من الطعام. كنا اشتريناه حديثاً كرفاهية سفر من بائع متجول، مع أن لا أحد في العائلة يسافر.

اذهب إلى «نادي صف الضباط»، الذي لا يُسمح بارتياده إلا للعسكر، كنوع من التمييز لهم عن المدنيين. أتجاوز كوخ الحراسة في المدخل، حيث يغفو الجندي الحارس على مقعد خشبي صغير، مُستنداً بقبضتي يديه ورأسه على سبطانة بندقية تتوسط ركبتيه. أمر به بثقة، رافعاً القسيمة بيدي عالياً حتى لا يتم اعتراضي، فلا يهتم ويستمر بغفوته. أدخل إلى صالة رطبة، تتوزع على جدرانها مراوح كهربائية، وتتوسطها طاولات أنيقة، بأغطية قماشية سماوية، صُفت عليها بأناقة صحون ميلامين بيضاء، وأباريق ماء زجاجية شفافة. لا أصدق أن هذا

المكان مخصص للجنود القذرين، الرثي الثياب، بكروشهم الضخمة المتهدلة، الذين أشاهدهم في الشارع، مع إني لا أرى أحداً منهم يجلس إلى الطاولات.

أعبر القاعة إلى مطبخ كبير في نهايتها، تشدني إليه رائحة طعام مطهي، مُشذى بتوابل نفاذة الرائحة. ما إن أدخل حتى أطفو في غمامات كثيفة من البخار الحار، ألمح فيها خيالات قدور معدنية عملاقة، متوضعة على مواقد، تعمل بغاز البوتان. لكن لا أشاهد أحداً من الطهاة، لا عسكراً ولا مدنيين. على سطح القدور، يغلي الطعام المطهو بفاقاعات، تبقبق متراقصة بإيقاعات رتيبة؛ فاصولياء مطبوخة بحساء البندورة، ومثلها بازلاء، «شاكرية» اللبن المغلي، وجميعها بكتل لحم الضأن، أرز مع الشعيرية مسقسق بالسمن، تزينها أفخاذ فراريج مسلوقة. يليها الكثير من القدور بأنواع أخرى من طعام مطهي يغلي، تبدو بلا نهاية.

أتسلق بحذر المواعين المشعة بحرارة شديدة بواسطة سلم خشبي، واسكب الطعام منها في أوعيتي، مستعيناً بكبجاية وكفكير معدنيين ضخمين. فجأة تمتد أمامي عشرات أوعية من علب «السفرطاس»، ممتلئة بأنواع مختلفة من الطعام. أركبها، وأصفها على عربة معدنية، أدفعها أمامي وأمضي بها إلى البيت، دون أن يعترض أحد طريقي، حيث لايزال النادي فارغاً من الجنود، ما عدا الحارس الغافي على بندقيته.

لا يصدقني الأولاد في الحارة بوجود «نادي صف الضباط»، مع أن موقعه غير بعيد عن منزل «أم زياد». بل تسخر والدتي من أخبار إحضار طعام مطهي شهي إلى البيت منه، وتنفي ذلك قائلة «نحن نحب البرغل مع العدس، وإلى جانبه لبن أو سلطة خضار، وهذا يكفينا». كأن والدتي تعيش في عالمين منفصلين، أو ربما أنا الذي أتنقل بينهما، فتختلط عليّ الأمور. أشاهدها تأكل من الطعام الشهي الذي أحضره بنهم من «النادي»، وهي تقول لي «ارتحنا من الطهي في هذا اليوم»، ثم تنفي ذلك في اليوم التالي. بل إن والدي الذي يمتلك إحساساً عالي بالكرامة وعزة النفس، يقول لي بأنفة أنه يأبى الشكوى لرئيس المخفر عن تعديات العسكر على أرضنا، وسيأتي يوم ويأخذ حقه بيده منهم.

عندما أروي هـذه الأخبـار عن العسـكر الذين يعيشـون بيـن ظهرانينا، لا أحد يصدقنـي مـن الأهالي، بمـن فيهم والدي، الـذي يذهب إلى قائد مخفر الشرطة العسكرية للشكوى، ووالدتي، التـي تتناول طعام «نادي صف الضباط»، وحتى «أبو غالب»، الذي يقول إنه لم يمارس أي مهنة في حياته سـوى الجزارة، وهو لا يعرف أبداً قيادة السـيارات. لكن العسـكر يعيشون حقاً في بلدتنا، وقد استأجروا غرفـاً طينيـة فيهـا، حولوهـا إلى إسـمنتية، بمـواد بنـاء منهوبة من المعسكرات. والشـاحنات العسـكرية تنقلهـم أمامـي يوميـاً بيـن البلـدة والمعسـكرات، فيمـا قطعـان نسـاءهم وأولادهـم يغـزون الحقـول كمـا الجـراد، والأعـداد الهائلـة من أولادهـم يتراكضـون في الحـارات. يسـخر الجميـع مني، ويعدون مـا أقوله مجرد هلوسـات، وإنـي بالغـت في الهذيانات، فلا جبهة، ولا عدو، ولا معسـكرات في بلدتنا، وتسـتمر الحياة طبيعية.

ذات يـوم، تندلـع حرب مفاجئة مـع العدو المختبئ خلـف الجبهة، المفترض أنه غيـر موجـود، فيمـا عسـكرنا نائميـن نهاراً فـي معسـكراتهم. تسـتمر هذه الحـرب حتى خارج أوقات الدوام الرسـمي لهـم، مما يجعلهم يسـتغربون، ليس فقـط مـن اندلاعها، بل وأيضاً من اسـتمرارها. هـم تطوعوا في الجيـش كوظيفة نـوم رسـمية، والحصول مقابلها على راتب شـهري ثابت، وليـس لمهام قتالية، لا يفقهون منها شـيئاً.

نشـاهد، نحن أبناء البلـدة، لأول مرة في حياتنا، غرباناً سـود آلية، تُحلق هادرة فـي سـمائنا، ثـم تنقـض علـى المعسـكرات وتقصفهـا. تصـدر مـن هنـاك أصوات انفجـارات مريعـة، تشـبه الرعـود الشـديدة، ترتج لها الأرض. تتألـق منها نيران عظيمـة، تصعـد عاليـاً في السـماء، تتـرك غمامات دخانيـة وغبارية كثيفـة، تكاد تحجب الشمس.

نمضـي، أنـا والأولاد؛ صبيان وبنات، إلى التلال الغربية المطلة على البلدة، كي نتأمل غمامات الانفجارات بوضوح، ونسـتمتع برؤيتها. نشعل حطباً، نغلي الشاي ونشـوي العرانيس على نارها، ونتفرج. ثم يلحقنا الأهالي، يتجمعون في حلقات، ويتأملـون القذائف المنهـارة من السـماء، وهـم مسـرورين مـن سـقوطها فوق

براكيات العسكر، المتطايرة في السماء. نستطيع تبين غمامات الانفجار بوضوح، تعلـو فوق المعسـكرات، وقـد تطايرت فيها قطع متناثرة من الأكـواخ الصفيحية والشاحنات. وتناثرت فيما بينها أجساد العسكر مُقطعة ممزقة؛ رؤوس، وأيادي، وأقدام، وجذوع، تتطاير جميعها في السماء، ولا تعود.

بعد انتهاء الدوام الرسـمي، أشـاهد من نجا من العسـكر يعودون إلى بيوتهم في البلـدة، على الرغم من اسـتمرار حـرب الانفجارات. يعودون دون شـاحنات، فقد طارت وتناثرت قطعاً محطمة في الفضاءات. يستندون على عكازات خشبية، أو يسـحبون أنفسـهم علـى الأرض زاحفين. لم يسـلم أحد من فقـدان يد أو رجل أو مؤخـرة، وأغلبهـم بقي دون رأس. لم أعد أعرف الآن من يدخل إلى بيت جارنا «أبو فؤاد»، إذ ما أراه هو فقط مزق أجساد، دون رؤوس، تدخل يومياً. أفكر الآن كيف سـتنجب الزوجة «أم فؤاد» أولاداً جدد منها.

في الصباح تعاود مزق الأجساد العودة إلى دوامها الصباحي، لكن لا شاحنات عسكرية بالطبـع تقلهـم. يُسعف الحـظ بعضهم، فيجـد مكانـاً في سـيارة «أبو غالـب»، التي تقـوم الآن بعدة سـفرات إضافية بين البلدة والمعسـكرات. هكذا، لم يعد هناك من يداوم في المعسـكرات المدمرة إلا أطراف أعضاء.

ذات ليلة ظلماء، وبروق هادرة تضيء السـماء، دون أي أمطار، يحدث انفجار هائل في المعسكر الناهض قرب كروم التين، حيث تتواجد مستودعات الذخيرة. تأخـذ القذائـف بالتطايـر منهـا نحـو البلـدة، وتنفجر فـوق البيوت التي أسـتولى عليهـا العسـكر، وحولوهـا إلى إسـمنتية، ا تختارهـا هـي بالذات. يجلس الأهالي على أسـطحة منازلهم الطينية، يشـربون الشـاي، ويتأملون القذائف المنهارة من السـماء، وهـم مسـرورين مـن سـقوطها فوق بيـوت العسـكر فقـط، التي تتطاير في السـماء. ما إن يطل الصباح حتى تختفي جميـع بيوت العسـكر، وقد غدت بسـاكنيها غبـاراً منثوراً في الفضاء.

اختفـاء العسكر المفاجـئ، واندثارهـم هـم وعائلاتهـم، يريحنـي مـن تكـرار أخبارهـم، التي لا بصدقها أحـد، على الرغم من تأكدي إنهم كانوا موجودين في البلـدة، بـل ومعايشـتي لهـم. لا أحد يصدقني إلا صديقي «بائع البوظـة» الذي

يحدثني من قلب «عالم المرايا». يقول لي إن العسكر يعيشون في بلدته أيضاً، لكنهم مختلفون عما أرويه عنهم، إذ يبدون كأنهم جيل ثاني من عسكر «حكايتي»، يمتلكون في «حكايته» «سلطة البلاد»، بل ويظن إن أولاده العسكر في «حكايتي» قد تسللوا خلسة منها « إلى «حكايته».

في الصباح، أجلس على الرصيف وراء بسطة الصبار، أنادي بإيقاع موسيقي «يا مشوِّب، صبارة حلوة، عسل، ثلاثة بفرنك»، فيما تستمر الحياة حولي، دون أن استغرب غياب العسكر عن بلدتنا.

تنفصل من الزمان والمكان خيالات صور مبهمة غامضة، تنحل إطاراتها في غمامات دخانية باهتة، فيبدو أشخاصها أشبه بأشباح؛ صورة غرفة طينية صغيرة، يجلس في وسطها، على فراش مهترئ، رجل ضخم بحجم فيل، وامرأة سمينة بحجم بقرة، يبتسمان، تتكدس حولهم عشرات رؤوس أطفال رُضع، في فم كل واحد منهم قطعة خبز يابسة؛ صورة جمهرات أطفال في إحدى حارات البلدة، يرتدون مزق ملابس عسكرية، وهم يحملون بنادق عسكرية حديثة؛ صورة جنود يقفزون من شاحنات عسكرية مخلخعة، أعضاءهم متناثرة على عرض الشارع؛ صوة انفجار كبير، تتطاير فيه مزق جثث جنود.

من الغمامات الدخانية، تتعالى أصوات الانفجارات، وأصوات أطفال، يضحكون بسخرية من شيء ما.

(13)

عسكر الديكتاتور ... جهاديو السلطان

أنادي بائعاً، بإيقاع موسيقي «يا مشوب، أسكا بفرنك، وكلاسيه بفرنكين».

تجتاح الحرائق بلدتي، نتيجة قصف طائرات لها بقذائف النابالم لها، تشتعل البيوت فيها. تصل النيران إلى جسدي، فأركض إلى برميل ماء في باحة البيت، وأسكب الكثير منه على جسدي، وسط ذهول والدتي، التي تنظر إلي مستغربة.

أقول لها «النيران؟». تتسأل «أي نيران؟»، وتمضي لامبالية.

يوقظني الماء البارد من «كابوس حكاية»، سرعان ما أتناساها، وأمضي إلى عملي، أبيع البوظة.

أمر أمام «عالم مرايا» صديقي الشبيه؛ «بائع الصبار». يروي لي اليوم «حكاية» عن العسكر في بلدته. يحدثني عن تفاصيل حياتهم؛ كيف يستأجرون غرفاً طينية فيها، ويحولونها إلى إسمنتية بمواد بناء منهوبة من معسكراتهم، وكيف تغزو نساؤهم وأطفالهم الأراضي الزراعية كأسراب الجراد، ثم يختفون جميعهم فجأة في ليلة واحدة بانفجارات غامضة. يقول لي أخيراً بحزن بأن لا أحد من الأهالي يبالي بما يحكيه عن العسكر، غير مصدقين وجودهم في بلدته، كأنهم لم يعيشوا فيها، أو بالأحرى كأنهم من عالم آخر؛ من «حكاية» أخرى.

على العكس من «عالم مرايا» صديقي، فإن العسكر موجودين الآن في بلدتي، ولديهم «السلطة المطلقة»، وبأيديهم مفاتيح الحل والربط. يحدث هذا منذ إن أنبثق «الزعيم الجنرال» في ليلة ظلماء في العاصمة، وأمتلك البلاد مزرعة شخصية له، ووزعها غنائماً على حاشيته من العسكر. أما نحن أهالي البلدة، فقد أخذنا نفقد مكانتنا في البلدة، بسبب العوز والتهميش الناشئين من وجود العسكر الطارئ الغريب فيها، وتسلطهم العدائي على حياتنا، ويبدوا أن لا خلاص لنا منهم.

لا أدري بالضبط إن كان العسكر في بلدتنا قد تسللوا إليها خلسة من «حكاية» صديقي «بائع الصبار»، بعد اختفائهم المفاجئ في «عالم مراياه». ربما يستطيعون التنقل بين «عوالم الحكايات»، بسبب أصولهم الطقوسية المرتبطة بـ«التقمص» و«التناسخ»، في عشائرهم الغارقة في القدم. والعسكر الذين يظهرون الآن في عالمـي يبـدون جيـلاً ثانياً أكثر شبابـاً، بدل أولئك العجائز الذيـن يصفهم صديقي «بائع الصبار» في «حكايتـه»، وعلى الأغلب هـم أبنائهم الذيـن كانـوا يتراكضون هناك في الشـوارع، وهم يحملون بنادقاً.

لكـن على عكـس أصول عسكر صديقي، القادمين مـن أصقاع مناطـق قاحلة وفقيرة، بعيدة عن بلدته، فإن مرويات العسكر في بلدتنا، المتناقلة عبر الأجيال، تحكي إنهم، رجالاً ونساء، ينتسبون جميعاً إلى سلالة «إله»، هبط من السماء إلى الأرض، وتجسـد ضابطـاً برتبة «الزعيم الجنرال». وهـو مـن ينقل أرواحهم من جيل إلى جيل عبر تجسدات جديدة.

يفتخر العسكر في بلدتنا إن «الزعيـم الجنرال» هو «أبونـا القائد»، أي إنه والدهـم، الـذي نـام مع جميـع نسـاء مناطقهـم الجبلية البعيـدة، المشـلوحة في النسيان، اللواتي يتواردن إلى سريره. تقول مرويات العسكر إنه يمتلك قوة سبعين «حصان أبيض» في السرير، ويستطيع النوم مع عشرين امرأة في الليلة الواحدة، بمـن فيهن العجائز الجافات العـود، والمراهقات الصغيرات اللواتي بالكاد نبتت أثداؤهـن، ويمتعهـن جميعـاً، دون أن يتوقف عن الصهيل. وهاته النسـوة تحملن منـه مباشـرة، وتنجبـن خلال بضعة أيام أطفالاً، لتعاودن النـوم معه بهدف المتعة السـحرية التي يمنحهم إياها، ومن ثم الإنجاب من جديد.

لا يُقصر «الأب القائد»، في جولاتـه النهاريـة في الجبـال، من النـوم أيضاً مع فتيات مشلوحات في العراء؛ فلاحات في الجرود، وراعيات أغنام على المنحدرات، وحطابات في الدغيلات، وجامعات أعشاب في البراري، وبائعات عنب وتين على مفارق الطرقات، وأي عابرة سـبيل تعترض طريقه. يمتلك عضواً منتصباً باستمرار، جاهـز للقنـص والانقضاض، وجميعهـن يفتحن لـه أفخاذهن مباشـرة، فيأخذهن، وهن في ملابسـهن، في أحضـان الطبيعة، فيحملن مباشـرة أولاداً بريين شرسين.

يريد «الزعيم الجنرال» بفعله الإنجابي هذا تعويض النساء عن الرجال المفقودين بالكامل، في صراعات تاريخية طويلة، عندما شكلوا عصابات قطاع طرق، قضوا فيها جميعاً تحت سنابك خيول جحافل جيوش السلاطين والملوك والأمراء. بقيت النساء طويلاً دون رجال، وكادت السلالة أن تنقرض، إذ إن «نوم النساء مع النساء» لا يؤدي إلى إنجاب أطفال، إلى إن أنقذهم بنزوله من السماء، واستلم «السلطة» في البلاد، وخلصهم من البلاء المحتوم. على الرغم من إن المواليد من «الأب القائد» هم إخوة وأخوات بانتسابهم جميعهم إليه بالأبوة، وإن من أمهات مختلفات، فإنهم اضطروا في جيلهم الأول إلى كسر حواجز المحرمات، والزواج من بعضهم البعض؛ الإخوة من أخواتهم، كما فعل «أولاد آدم وحواء». إلا إن هذه العادة بقيت منتشرة في الأجيال التالية، مفضلين عدم تلوث سلالتهم بغريب العباد.

على الرغم من إنه لا توجد قرب بلدتنا لا جبهة حرب، ولا حتى أعداء، نستيقظ ذات يوم، نحن الأهالي، وإذ بهؤلاء العسكر مقيمين فيها مع عائلاتهم، دون أن يتذكر أحد منا منذ متى، وكيف تقبلنا وجودهم في حياتنا بشكل اعتيادي. يسيطرون على معظم الأراضي في البلدة، ومعهم مروياتهم المتناقلة عبر الأجيال عن أصولهم المقدسة. نجدهم هكذا، وهم يقيمون في تجمعات سكنية من أبنية مسبقة الصنع، مكعبة الشكل الغريب، دون نوافذ، بجدران مبرقعة، على لون ملابسهم العسكرية المموهة. تنقسم التجمعات السكنية هذه حسب التراتبات العسكرية لديهم؛ «مساكن الجنود الأفراد»، «مساكن صف الضباط»، «مساكن الضباط»، تشقها أزقة متربة، دون أي أشجار على أطرافها، وتتجمع فيها أكوام النفايات، دون أن تُرفع. ثم تتلوها تجمعات سكنية أخرى لمجموعات عسكرية لديها امتيازات سلطوية؛ «مساكن الحرس الجمهوري»، و«مساكن رجال الاستخبارات» و«مساكن الشرطة العسكرية»، و«مساكن الميليشيات الرديفة للجيش»، والأزقة فيها أيضاً متربة ودون أشجار، تنتشر فيها النفايات. ثم تُضاف إليها تجمعات سكنية جديدة للخبراء العسكريين الأجانب؛ الروس والصينيين والكوريين، تبدو بمظهرها أفضل بقليل، إذ إن هؤلاء الخبراء هم من ينظفوا أزقتها.

ثم تتشكل حول هذه التجمعات العسكرية أحزمة سكن عشوائية من خرائب مدن الصفيح، من أجل معارف العسكر، القادمين من الجبال الجرداء، الذين لا يتقنون أي مهنة عرفتها البلاد. وبما إن السلطة بيد عسكرهم، فلن ينفعهم العودة إلى تراث الأجداد واستلهامه بتشكيل عُصبات قطاع طرق، فالبلاد مُغتصبة لهم، يمتلكونها بالكامل. يلجؤون بدلاً من ذلك إلى إنشاء «أسواق تهريب» ببضائع من البلدان الأجنبية البعيدة، يتاجرون فيها بكل ما هو مفتقد في الأسواق المحلية، إلى جانب الممنوعات الرسمية، بدءاً من «مواد الهلوسات»، وصولاً إلى «المواد الإباحية»، يعرضونها علناً على بسطات مكشوفة في شوارع البلدة. أما النساء المسكينات الضعيفات القادمات إلى هذه التجمعات السكنية العشوائية، فيجدن وظائف رسمية كسكرتيرات لطيفات في مؤسسات الدولة، يقمن بالترفيه عن المدراء وكبار المسؤولين.

يأخذ العسكر بالاستيلاء على الأراضي حول البلدة لضرورات عسكرية، بسبب الأخطار غير المرئية، «المحدقة» بالبلاد، من قبل أعداء لا نعرفهم، لقصر في عقولنا، نحن الأهالي، كما يقولون. لكن ما إن يحفروا مربضاً لدبابة في إحداها، حتى ينفجر فيه بئر ماء، سرعان ما تنهض إلى جانبه فيلا أنيقة مرفهة، بمسابح ونوافير ونساء عاريات، لأحد كبار الضباط.

على الرغم من إن «القطعات العسكرية» المقاتلة تغطي التلال حول البلدة، يتم الاستيلاء أيضاً على الأراضي الزراعية في السهل، الممتدة حتى العاصمة. تمتلئ بتشكيلات متنوعة من المناطق العسكرية؛ «حقول تدريبات الرمي؛ للأفراد، للدبابات، للطائرات»، «معسكرات الميليشيات الرديفة للجيش»، «مستودعات حربية للوقود»، «مطار حوامات عسكرية»، «قاعدة صواريخ عابرة للبلدات». وقد تم حديثاً إنشاء «قاعدة للغواصات الحربية» قرب التلال، على الرغم من إن لا بحار لدينا، بل حتى إن الأنهار نشفت منذ قدوم العسكر. وإلى جانبها، ينهض مركز بحوث لأسلحة التدمير الشامل، يتم تناقل إشاعات بأنهم يستبدلون فيها حيوانات التجارب بالمعتقلين السياسيين. ويتم الآن التخطيط لبناء محطة تنصت للإشارات

القادمـة مـن الفضـاء، التـي يمكـن أن تحمـل تهديـداً للبـلاد ولـ«الزعيـم الجنرال» مـن قبـل الكائنـات الفضائية.

أسـتغربُ حديـث صديقـي «بائـع الصبـار» عـن اسـتعمال العسـكر فـي بلدتـه لوسـائل نقـل شـبه بدائيـة؛ شـاحنات عتيقـة محطمـة، يتكدسـون فيهـا مثـل الأغنـام، وقـد يلجؤون إلـى سـيارة «أبـو غالـب» المدنيـة. علـى العكـس منهـم، فلكـل عسـكري فـي بلدتنـا وسـيلة نقـل خاصـة بـه، موجـودة تحـت تصرفـه ليـل نهـار؛ دبابـة، برمائيـة، شـاحنة قاذفـة صواريـخ، فـي حيـن يسـتخدم مالكـو بسـطات التهريـب الحوامـات العسـكرية فـي تنقلهـم ونقـل بضائعهـم. أمـا الأطفـال، فابتـداء مـن عمـر الخامسـة، يتنقلـون علـى دراجـات ناريـة عسـكرية. تزمجـر هـذه الآليـات العسـكرية بكثافـة فـي شـوارع البلـدة جيئـة وذهابـاً، تنفـث دخانهـا الأسـود الكثيـف الكريـه الرائحـة فـي الأجـواء، حتـى لـو يرغـب مسـتخدموها شـراء الخضـار مـن السـوق. بسـبب هـذا الازدحـام، يتـم الاضطـرار إلـى تخصيـص شـرطة عسـكرية فـي السـاحات، وعلـى مفـارق الطـرق، لتنظيـم المـرور الكثيـف لهـا. أمـا نحـن أهالـي البلـدة، فنسـتخدم حافـلات النقـل العـام القديمـة، والشـباب المحظوظـون الدراجـات الهوائيـة، والفلاحـون الطنابر الخشبية.

أجمـع المرويـات عـن تآلـف هـؤلاء العسـكر مـع حيـاة «العسـكرة»، فـي تفاصيـل حياتهـم اليوميـة، عبـر احتكاكـي معهـم، وأنـا أبيـع «البوظـة»، وأحكيهـا لصديقـي «بائـع الصبـار». هـم لا يخلعـون، رجـالاً ونسـاء، بذلاتهـم العسـكرية المبرقعـة، بمـا فيهـا الأبـواط والخـوذ، لا فـي النهـار ولا فـي الليـل، حتـى فـي أثنـاء النـوم. لا يتخلـون أيضـاً عـن أسـلحتهم، كجـزء مـن هندامهـم الدائـم؛ حـراب، مسدسـات، بنـادق، رمانـات يدويـة، ألغـام أرضيـة، قاذفـات مضـادة للدبابـات، وأحيانـاً صواريـخ. يتزينـون بهـا متفاخريـن، ويزينـون بهـا جـدران المنـازل، بـل وترافقهـم إلـى أسـرّة النـوم، فيمـا تبـدو فيهـا النسـاء أكثـر إغـراء لرجالهـم، تدعوهـم لممارسـة الجنـس، والأمتـع فـي العـراء، علـى ظهر دبابة في الشارع.

يشـكل وجـود الملابـس المبرقعـة وتوسـط الأسـلحة بيـن الأجسـاد، فـي أثنـاء ممارسـة الجنـس، عامـل إثـارة عاليـة، حيـث تشـتد وتيـرة المتعـة بالإيحـاء إلـى

انفجار الذخيرة. ما إن يكادوا يصلون إلى ذروة النشوة، حتى يطلقوها بحماس واهتياج في الأجساد، ومعها عدة مخازن من بنادقهم في فضاء الغرفة، فتختلط التأوهات المجنونة مع صليل الرصاص. وإذا كان الابتهاج شديداً، يلقون عدة قنابل يدوية تحت السرير، فيحلق بها في فضاء الغرفة، متراقصاً على وقع اهتزاز الانفجارات. ثم يغفو الثلاثة متعانقين معاً؛ الزوجين والسلاح. بل إن الأطفال ينزلقون في أثناء الولادة من الأرحام، مرتدين ملابساً مبرقعة، ومتزنرين بمسدسات وقنابل يدوية، ورغبة وحشية في القتال، وممارسة الجنس مباشرة مع أقرانهم، مما هو مشفر في الجينات الموروثة من «الأب القائد»، «سليل السماء المقدس». وهؤلاء الأولاد هم من يروون لي هذه الأخبار، وأنا أبيعهم البوظة، متجولاً في أحيائهم.

يطلق العسكر الرصاص في العراء وفي منازلهم، تعبيراً عن الابتهاج، سواء في المناسبات أو دونها، بل قبل بدء الطعام، وطوال السهرات، وهم يمزمزون مشروبهم المفضل «المتة»، تعبيراً عن الشكر لـ«الزعيم الجنرال» الذي منحهم الحياة ونعمها. بل ويطلقون الرصاص بدل التحية والعناق، حين التقاء المعارف مصادفة في الطريق، تعبيراً عن الاشتياق. وعندما يحدث اللقاء بين أصدقاء حميميين، فهم يلقون القنابل بغزارة، وقد يطلقون صاروخاً عابراً للبلدات. هكذا، تتزين البلدة باستمرار، ليل نهار، بكرنفالات صليات الرصاص وانفجارات القذائف، على الرغم من عدم وجود أي حرب، وبالأصل ليس لدينا أي جبهة مع أعداء.

لا يذهب أولاد العسكر إلى المدرسة، بل يلتحقون مباشرة بالمعاهد الحربية، بتخصصاتها المختلفة؛ البرية والجوية والبحرية والاستخباراتية، فهم ليسوا بحاجة لتعلم القراءة والاطلاع على المعارف الإنسانية، إذ تكفيهم المعلومات المزروعة في شيفرات جيناتهم، والمنقولة بالوراثة من «الأب القائد». وسرعان ما يتم اختيار القادة منهم في هذه المعاهد لإدارة شؤون العباد، من أجل الاستمرار بـ«عسكرة البلاد»، بغض النظر إلى وصولهم إلى سن الرشد أم لا.

أما نحـن أولاد أهالي البلدة، صبيـان وبنات، فنرتـاد المدارس بملابـس ترابية شبه عسكـرية، ونحيّ في الصبـاح قبل بدء الـدروس «العلَم الوطنـي»، المصمم بإيحاء من سـروال «الزعيم الجنرال»، رمز الخصب الجنسي، على إيقاع الأناشيد الحماسية الممجدة له. وتستمر هذه التحية عادة عدة ساعات. يرتكز التعليم في المدرسـة على مقررات «الديانة العسكـرية»، و«فقه عبـادة الجنرال»، المتضمن طقوس التقرب من أيقوناته وتماثيله، إلى جانب تدريبات عملية على المسيرات الشـعبية للتعبير عن محبته.

عنما يبلغ صبيان الأهالي في البلدة عمر الثامنة عشرة، عليهم إداء الخدمة العسكـرية الإلزاميـة، وغالبـاً مـا يتم تحويلهـم إلـى أعمـال الحجابـة لخدمـة الضبـاط. لحسـن الحـظ، مازلـت مراهقـاً، ومازال لـدي بضع سـنوات لتأديـة الخدمة العسكرية.

نتيجة تسـلط العسكر على حياتنا، يبدأ التمرد ضدهم هنا وهناك، خاصة لدى أبنـاء الأريـاف التي يتم الاسـتيلاء على أراضيها الزراعية لـ«ضرورات عسكرية». يـرد العسـكر عليهم بمحو «البلدة المتمردة» عـن الوجود بسـلاح تدميري جديد، هـو «البراميـل المتفجـرة» الملقـاة مـن الحوامات، ابتكـره لهم الخبـراء الأجانب المقيمـين لديهـم. بضع سـاعات وتختفي البلـدة ببيوتها وسـكانها وحيواناتها وشـجرها، لا يبقـى من أثر لهـا، حتى دون أي علائم خراب، تختفـي كأنها لم تكن موجـودة. حـدث هـذا لبلـدة مجـاورة لنـا، بحيـث لـم يعد أحـد يعـرف أيـن كان موقعهـا. لذا أخذ الشـباب الثائرون يتجمعون في التلال للقتال ضد العسكر من هناك، خوفـاً من تدمير قراهم وبلداتهم.

فـي هذه الأجواء، يتنازع بشراسـة الأخوان، إسـماعيل وعرفان مـن بلدتنا، على الورثة من والدهما المتوفي فجـأة، يختلفون على ملكية البسـتان والحقل والكرم وقطيع الأغنام، بناء على وعود شـفهية لكل منهما قبل وفاته. يشـتد النزاع بحيث لا يتركان فرصة لـذم وقدح بعضهما البعض أمـام أي تجمع للأهالي. بل يصل الأمر بينهما إلى الاشـتباك في الشـارع، إذا ما التقيا مصادفة، وتشـارك بذلك كامل العائلتيـن مـن النسـوة والأولاد، وأحيانـاً الأكباش مـن قطيع الأغنام المرافق لكل

منهما. والسلاح المفضل في هذه الاشتباكات هو الرمي بالنعال، وقد يتم اللجوء إلى العض في الأكتاف والرقاب والمؤخرات، إذ كانوا متقاربين، ويلجؤون إلى رمي الحجارة لفج الرؤوس، إذا كانوا متباعدين. يجد الأهالي في ذلك حفلة مسلية، بمؤثرات صوتية من الصراخ والعويل والولاويل، ولا فائدة من فض النزاع، وإلا نالهم حذاء عابر أو حجر طائر. يجلسون في ظلال شجرة، ويتسلون، مراقبين المشهد من بعيد، وهم يشربون الشاي، فالاشتباك يستمر طويلاً حتى ينال التعب من المتنازعين، الذين ينفضون أخيراً بوجوه دامية، وهم يلملمون نعالهم ومزق ملابسهم، دون التوقف عن السباب والشتائم. أجلس مع المتفرجين، محاولاً بيع ما تبقى لديّ من البوظة.

تزداد حدة الخلاف بين الأخوين، عندما ينضم ابن إسماعيل إلى المتمردين على العسكر في الجبال، في حين يلتحق ابن عرفان بـ«مركز أمني» في البلدة، لقضاء الخدمة العسكرية الإجبارية. ويُعد هذا تعبيراً عن الخلاف المستحكم بين الوالدين حول الأراضي، لِيُضاف إليه الاصطفاف مع العسكر أو ضدهم، إذ يفقد إسماعيل قطعة من أرضه لـ«ضرورات عسكرية»، أما عرفان، فيحصل على حصة من تسهيل بيع مهربات العسكر في البلدة.

ذات يوم يعود الابنان إلى البلدة جثتين؛ ابن إسماعيل مقتول بيد العسكر، وابن عرفان بيد الثوار. يعلو النواح واللطم ي في كل بيت على حدة، على الرغم من إن سكن العائلتين متجاورين، لا يفصل بينهما إلا سياج عالي، دون أن تجمع بينهما المصيبتان. أمر أمام البيتين، وأنا أبيع البوظة، فألمح الحشود النائحة، في فسحة الباحتين، وكل منهما يشتم الطرف الأخر، كأنه السبب في موت القتيل لديه.

عند المساء، تخرج كل عائلة مع مؤيديها في جنازة منفصلة، والولاويل تتصاعد منها، بدل التكبيرات المحرمة منذ زمن بعيد من قبل العسكر في البلدة. في أثناء المسير، يطلق أصدقاء القتيلين المسلحين صليات الرصاص في السماء من بنادقهم، تعبيراً عن الحزن على طريقة العسكر السائدة في البلدة. وتلتقي الجنازتان أخيراً عند مدخل المقبرة، فيتذكر الأخوان إسماعيل وعرفان الأحقاد،

ومعهما محازبي المتمردين والعسكر. سرعان ما يبدأ الطرفان بالاشتباك، لكن هذه المرة ليس بالنعال أو الحجارة، وإنما بالبنادق، وقد تم تركيب الحراب على رؤوسها، فتسيل الدماء من الطرفين، ويتساقط القتلى منهم. في هذه الأثناء، يثير ضجيج الاشتباك الجثث المستقرة في المقبرة بسلام، فتتململ منزعجة في قبورها، وتخرج بقايا هياكلها العظمية لتستطلع الأحداث. تجدها فرصة لتتسلى بعيداً عن عتمة قبورها، وتجلس مستندة على الشواهد، تتفرج. كما تخرج جثتا الابنين من التابوتين منزعجتين من الضجيج، وقد توقعا الدفن بسلام، بعد موتهما الفجائي المجاني، وهما في عز الشباب. تلتقيان وتمسكان بأيدي بعضهما البعض، وتتسلقان شعاع ضوء قمر شحيح، ويمضيان نحو السماء، تاركين العراك في الأسفل.

تنجلي المعركة أخيراً بين الطرفين بموت جميع المشاركين في الجنازتين، وعلى رأسهما الوالدين الأخوين، إسماعيل وعرفان. تختلط أشلاء الجثث، وتسيل الدماء حتى تغمر المقبرة، وتغدو شواهد القبور ملطخة بها. وتهرب عندئذ الهياكل العظمية المتفرجة إلى عتمة قبورها خوفاً من تلوثها بالدماء.

على إثر هذه الحادثة الدموية في المقبرة، ومقتل الكثير من مؤيدي العسكر في جنازة ابن عرفان، يعلن الحاكم العسكري ـ رئيس البلدية، البالغ من العمر أربعة عشر عاماً، حالة الطوارئ في البلدة. ويصدر قراراً بمنع الأهالي من دفن أمواتهم في المقبرة، وإنما برميهم في مكب النفايات عند التلال. لا يطال هذا الأمر العسكر، فالذي يموت منهم، يتم حفظه في براد جثث خاص، ريثما تتناسخ أو تتقمص روحه في جسد جديد، فيختفي القديم. على أثر هذا القرار، تم جرف المقبرة، وتحويل أراضيها إلى مقبرة للآليات العسكرية المتحولة إلى خردوات.

وفي ليلة ظلماء، تتسلل إلى البلدة من تحت أرض مقبرة الآليات أشكال صحراوية، أقرب إلى الوحوش منها إلى البشر، متخفين في غمامات غبار، يُقال أنها وصلت إلى هنا عبر نفق سري من الصحراء البعيدة. تلتف حول جسد الواحد منها أشواك يابسة، كثيفة وطويلة، تهطل من شعر الرأس ولحية الوجه.

يحملـون سـيوفاً وخناجـر وفؤوسـاً، ويجـرون وراءهـم منجنيقـات، وهـم يصرخون بالتكبيـرات. يهجمـون علـى أحيـاء العسـكر في البلـدة، السـاهرين تحـت جنازير الدبابـات، يتناولـون العشـاء علـى ضـوء مصابيحها. يباغتهـم المتوحشـون، فيذبحون مباشـرة مـن يقـع تحـت أيديهـم مثـل النعـاج، فتسـقط جثثهم متكدسـة فـي الأزقـة، وتسـيل الدمـاء منهـا جـداولاً. وإذا اسـتعصى عليهـم حـي مـا، دخـل إليه واحـد منهم، متزنـر بحـزام ناسـف، يفجـره بنفسـه، فيطيـر ويتطايـر معـه كل من حولـه بانفجار عظيـم، يطال السـماء.

يسـتنفر العسـكر حواماتهـم العسـكرية ببراميلهـا المتفجـرة، يرمونهـا علـى المهاجميـن المتوحشـين، ومـن معهـم مـن العسـكر الملتحميـن معهـم، لا فرق. لكـن المتوحشـون يتسـلقون رؤوس الأشـجار، ويصطـادون الحوامـات بالرمـاح وسـهام الأقـواس، المـزودة بفتائـل ناريـة متفجـرة، وتنفجـر فـي السـماء، ويهبـط حطامها المشـتعل متناثـراً فـوق الجميع. تنتشـر الحرائق فـي أحيـاء العسـكر، وتشـتعل معها البيـوت، وتحـرق النيـران الأخضـر واليابـس فـي الأراضـي حولهـا، وتتكـدس جثث الطرفين في الشـوارع، تعـوم في بحيرة واسـعة من الدماء.

منـذ بدايـة تصاعـد التكبيـرات، يدرك الأهالـي خطـورة الموقـف بين العسـكر الغربـاء ومتوحشـي الصحـراء، فينسـحبوا مـن بيوتهـم، ويغادروهـا إلـى التـلال. يشـعلون هنـاك حطبـاً، يغلـون عليهـا المـاء فـي الأباريـق مـن أجل تحضيـر الشـاي، ويجلسـون يتفرجـون علـى المعركـة الحاميـة الوطيس، ونحـن الأولاد بينهـم. تأخذ بحيـرة الدماء أمامنا، التـي تسـيل من الجثـث، تغمر بيوت البلـدة أكثر فأكثر، التي سـرعان مـا تختفـي تحتها. ثم تكبـر البحيرة وتتوسـع، بحيـث تصـل أطراف التلال حيـث نجلس، وتطفئ مواقد النيـران التي أشـعلناها من أجل غلي الشـاي، فنضطر إلـى التسـلق إلـى مواضع أعلى. لكـن الدمـاء المتقافزة تتناثـر علينا، وتلوث وجوهنا وملابسـنا، بل وتغرق فيها أحذيتنا.

عندمـا أشـاهد الـرؤوس المقطوعـة وأعضـاء الأجسـاد الممزقـة تعـوم متقلبة أمامـي فـي بحيـرة الدمـاء، ينتابنـي خـوف شـديد، علـى غيـر العـادة، فأضطر إلى الاختباء في منام.

أستيقظ في اليوم التالي، فأجد مباني البلدة سالمة، غير غارقة في بحيرة دماء، كأنه لم تقع حرب دموية بين العسكر الغرباء والمتوحشين الصحراويين. بل ويسخر مني الأهالي مدعين بأنه لا يعرفون عسكراً ولا صحراويين، وأن بلدتنا تعيش بسلام طوال الوقت. لكني أشاهد وجوههم وملابسهم، وخاصة أحذيتهم، ملوثة بدماء حمر، فأطلب منهم أن يشاهدوا أنفسهم في المرآة، كي يتأكدوا من صدق قولي، فيشيحون بوجوههم عني، وهم يتهموني بأنني أهلوس كما هي العادة.

فقط صديقي الشبيه «بائع الصبار» يصدقني ما أرويه عن العسكر في بلدتي، لكنه يعتقد أن هذه «الحكاية» التي أرويها قد حدثت في عالم مرايا مغاير عن عالمي، لكنه بالتأكيد يقابل عالم مراياه عن عسكره. وأنا أصدقه عندما يقول بأن عسكر «حكايتي» بالتأكيد هم جيل ثاني من عسكره، وقد تسللوا إليها، وهو يصدقني بأنهم تصارعوا مع متوحشي الصحراء.

تنفصل من الزمان والمكان خيالات صور مبهمة غامضة، تنحل إطاراتها في غمامات دخانية باهتة، فيبدو أشخاصها أشبه بأشباح؛ صورة بسطات «سوق تهريب العسكر»، والحوامات العسكرية تلقي البضائع عليه؛ صورة رجل وامرأة، متعانقين على سطح دبابة، يمارسان الجنس بملابسهم المبرقعة، يشاركهما العناق صاروخ حربي؛ صورة حوامة تلقي برميلاً متفجراً على بلدة ممحية المعالم، مع تصاعد دخان انفجار؛ صورة جنازتين أمام باب المقبرة، وقد أشهر الجميع بنادقهم، في العمق تتصدر هياكل عظمية المشهد، وقد جلست متكئة على شواهد القبور؛ صورة بحيرة من الدماء، تغمر بيوت البلدة، تبرز منها رؤوس وأعضاء ممزقة لجنود ومتوحشين... صورة أرض جرداء، وصورة صحراء يباب.

(14)

اللقاء... تحطم عوالم المرايا

يتقدم أهالي البلدة نحوي في هرج ومرج شديدين، تلفهم عاصفة غبار كثيفة، تتعالى منها الأصوات الغاضبة، وأنا جالس وراء بسطة بيع الصبار، أطفو فوق غمامة «الحكايات». أراهم يحملون بأيديهم حجارة، وعصياً غليظة، بل ويشهر بعضهم السكاكين.

يصرخون بهياج غاضب «اذهب أنت وبسطتك إلى الجحيم. ابتعد عنا، وعن البلدة بأكملها. ابتعد أنت وهلوساتك المجنونة المستمرة. تسببت مرتين بتدمير بيوتنا وأراضيها الخصبة، وموت الكثير منا، نحن الأهالي.

في المـرة الأولى، تُشعل البلدة بالحرائق، تُدمر بيوتنا، وتزحف إلى أراضينا الخصبة، فتلتهم الأخضر واليابس، الشجر والحجر. نجد أنفسنا بنتيجتها في صحراء يبـاب، تصفـر فيها الريح الخراب، لم نعد نعرف فيها ندى الصباحات.

في المرة الثانية، أحضرت إلى بلدتنا عسكراً غرباء جلفون، نهبوا، هم وأسرهم، كل مـا يقع تحت أيديهم مـن ممتلكاتنا ومحاصيلنا. ثم انفجرت البلدة بقذائف تسـقط من السماء، دون أن نفهم لماذا، لكنها دمرت الكثير من بيوتنا.

كنـا نعيـش في «حكاية» واحدة، وأنت تجعلنا نعيـش الآن في عدة «حكايات»، بنهايات مأساوية، يختفي فيها بعضا بظروف غامضة. ومن يتبقى يعيش شخصيات متعددة انفصامية، متمزقين بين عدة «حكايات». لا تهتم بنا، بمشاعرنا، تتركنا نهب استيهاماتك، ولانهائية احتمالات هلوساتك، في إطار رؤى غريبة للحياة. لا تترك لنا في «الحكاية» حرية الاختيار، تلقينا على دروب الحياة تائهين، مُسيرين بمزاجية اختياراتك. نحن لسنا فقط ناقمين عليك، بل ونريـد أيضاً الانتقـام منك، ولتخمد نهائياً بعيداً عنا، أنت و«حكاياتك»، التي لا نريد أن نعيش فيها، مُفضلين الفناء».

غريـب، لا أرى والدتي وإخوتي والأقارب حولي، كي يدفعوا المهاجمين عني. أتذكر أني، في تفاصيل «حكاياتي»، أجعل والدي يختفي في ضباب الجبل، ولا

أهتم لأمور والدتي، أما إخوتي فلم أعطهم أي دور فيها، فلماذا يتذكروني الآن في أوقات الشدة؟

لا يكتفي الآن المهاجمون المتقدمون نحوي بالألفاظ النابية، بل تتطاول أيديهم إلى بسطتي، يحطموها بضربات العصي، فتتناثر، وتحلق كسراتها في الغمام، وتختفي. تنمحي عندئذ المسافات بيني وبينهم، وأصير في مرماهم. أشعر بالهلع، أهرب منهم متراكضاً في الشارع، لا أعرف إلى أين. لا أستطيع مغادرة بلدتي الصغيرة، فـ«الحكاية» رسمت أمكنتها بمساحات ضيقة، وحاصرتها بأسوار من غمام كثيف، لا يمكن اختراقه، إذ أعلم إن ما وراءه «لا حكاية»؛ مجرد عدم.

... لا أجد أمامي إلا خياراً وحيداً؛ جدار «عالم مرايا» صديقي، «بائع البوظة».

أحمل على كتفي برادي الصغير، أسير في الشارع، مطلقاً نداءاتي لبيع البوظة. لكن لماذا يلاحقني فجأة حشد غفير من الأهالي، وعاصفة غبار كثيفة تلفهم؟ من أين انبثقوا؟ لماذا يطلقون صياحات غاضبة، وهم يحملون أحجاراً وعصياً غليظة، بل ويشهر بعضهم السكاكين؟

يلاحقوني بهياج صارخين «ابتعد عن شوارعنا، أنت وبرادك اللعين. غادر البلدة بأكملها. تدمرنا بهلوساتك المستمرة، وقد فعلتها مرتين، تسببت بتدمير البيوت، وموت الكثير منا، نحن الأهالي.

في المرة الأولى، تجعل البلدة مرتعاً لعصابات الجريمة، ومسرحاً للصراعات بينهما على شبكات توزيع المخدرات. ثم تحولها إلى ساحة صراع دولي، لا علاقة لنا به، مما يستدعي قصفها بقنابل النابالم، فتحرق الأحياء وبيوتها، ويفنى الكثير من الأهالي.

في المرة الثانية، تستقدم عسكر مجانين، بأساطير تقمص وتناسخ، سرعان ما يلحقهم جهاديّ صحراء متوحشين، عبر نفق من تحت المقبرة. تجعلهم يقتتلون بشراسة ووحشية، فتنتشر الجثث في أحياء البلدة، وتغرق هي بكاملها في بحيرة دماء.

كنا نعيش في «حكاية» واحدة، وأنت جعلتنا نعيش في عدة «حكايات»

متناقضة، بنهايات مأساوية. يختفي فيها الأهالي بصراعات الآخرين، دون أن يكون لنا علاقة بها. ومن يتبقى منا يعيش شخصيات متعددة انفصامية، ممزقة بين عدة «حكايات». تتركنا نهب أوهامك وهلوساتك، ولانهائية الاحتمالات، في إطار رؤاك الغريبة للحياة. لا تترك لنا حرية الاختيار، في دروب «الحكاية»، مُسيرين بمزاجية اختياراتك. نحن ناقمين بشدة عليك، ونريد الانتقام منك، بسبب الشواش الذي خلقته فينا. لتخمد نهائياً بعيداً عنا، أنت و«حكاياتك»، التي لا نريد أن نعيش فيها، مُفضلين الفناء».

غريب، لا أرى والدي ووالدتي، كي يدفعوا المهاجمين عني. بالتأكيد هم ناقمين عليّ، فلقد قطعت على والدي سلسلة «حكاياته» البطولية، ونشوة انتصاراته فيها، وتركت والدتي غارقة في قطيع كبير من الأولاد، أما إخوتي فلم أعطهم أي دور فيها، فلماذا يتذكروني الآن في أوقات الشدة؟

يصل إليّ الآن المهاجمون المتقدمون نحوي، وهم يشتموني بالألفاظ النابية، بل تتطاول أيديهم إلى برادي الصغير، المعلق على كتفي، يقطعون قشاطه، ويحطمونه أرضاً بضربات العصي، فتتناثر قطعه في الغمام، وتختفي. أصبح في مرمى أيديهم، فأشعر بالهلع، وأهرب منهم متراكضاً في الشارع، لا أعرف إلى أين. لا أستطيع مغادرة بلدتي الصغير وحقولها الضيقة، فـ«الحكاية» رسمت أمكنتها بمساحات ضيقة، وحاصرتها بأسوار من غمام كثيف، لا يمكن اختراقه، إذ أعلم إن ما وراءها ليس سوى «لا حكاية»؛ مجرد عدم.

... لا أجد أمامي إلا خياراً وحيداً؛ جدار «عالم مرايا» صديقي، «بائع البوظة».

أنا «بائع الصبار» أحطم زجاج «عالم مرايا» صديقي «بائع البوظة»، وأجتازه.

أنا «بائع البوظة» أحطم زجاج «عالم مرايا» صديقي «بائع الصبار»، وأجتازه.

«أنا» هو «أنت»، و«أنت» هو «أنا».

نلتقي في حطام «عالم مرايا» جديد، لكنه عدائي أيضاً، إذ نفاجأ بحشود تتلقانا بالتهديد، ملوحة بالعصي والسكاكين. نركض فوق حطام زجاج «الحكاية» فيه هاربين، نتحد نحن الأثنان معاً، نصبح «أنا» واحد، وأقفز إلى «عالم مرايا»

أخـر؛ من جديد حشـود عدائية. أحطم «عوالم مرايا» بالتتالي، جميعها تتكشـف عدائيـة. أسـير فوق زجاج «حكاياتها» المتناثـر، وأعاود القفز باسـتمرار؛ دوامات محيرة من احتمالات لانهائية من الرؤى والاستيهامات والهلوسـات، تغلي بالأحلام والذكريات والتوقعات، تتصادم وتتقاطع، تتراكب وتنحل. أتنقل بينها طيفاً، شبحاً، أفقد مسارات الأزمنة، في أمكنة كأني أعرفها؛ «ثقب أسود» كوني يبتلع الأحداث فيها، إنما يترك عند «أفق الحدث» «معلومات»، تتشكل منها «حكايات».

لا أدري أنه تغادر نسخة مني في كل عالم محطم، تتشكل في «حكاية» جديدة، ومـن مجموعها «عوالم متوازية»؛ «حكايات متوازية»... «حكايات» و«حكايات»

...

«أنـا إبراهيـم، زعيـم عصبـة رعـاة الأغنام في الحقول، الشـرس والماهـر برمي الحجـارة، أشـتري دائمـاً مـن «بائـع البوظة»، عندمـا يصل إلينا. تسـتدعيني الآن «حكاية جديدة»، أعمل فيها أجيراً عند اللحام «أبو محمود»، أرافقه إلى المسلخ في الصباح الباكر، وأعمل معه بقية النهار في الدكان. يكلفني بأسوأ الأعمال؛ فرم البصـل لـ«الفطائـر» و«الصفائح»، فتدمع عيناي طـوال الوقت، فأكره عملي وأكره «أبو محمود». إنما ما يسـرني هو إيصال اللحم والخضار إلى زوجته «أم محمود» يومياً عند الصباح، كي تحضر له الطعام ظهراً. عندما أصل إلى بيته، تفتح لي الباب هضبـة كثيفـة من اللحـم المتكدس المُغري، من الصعب إدراك تخوم تضاريسـها لهـول ضخامتها، سـرعان ما تلقطنـي يد تمتد منها، وتُغرقني بيـن ثديين عملاقين، أتخبـط في طراوتهما. ثم تجعلني أهبط إلى غابة تعلو فخذين هائلين، ومن هناك أنزلق إلى ممر رطب ويبتلعني، بالكاد أسـتطيع التنفس فيه بسبب لزوجته الرطبة الكثيفة. ننتشي معاً بجنون، ويدمن جسدي على الغرق النهاري فيه، لا أشبع منه، ولا أرغب بالخروج منه.

تقـول لـي «أم محمود» «لا أكتفي منك نهاراً، أريدك معي نهاراً وليلاً، ففحولتك تغريني بجنون».

في الصبـاح التالـي، أقتل «أبو محمود» بالسـاطور في المسـلخ، في غفلة عن العيـون. أفرم جثته، وأبيعها لحماً للزبائن، وأحل مكانه في الدكان والبيت، وعيني

على لحـم «أم محمـود». لكن هـذه المـرة تبتلعنـي فـي ممرهـا الرطـب اللزج، وتحتجزنـي هنـاك طـوال الوقـت، تائهـاً فـي متاهاتـه اللحميـة. لا أدري ماذا يحـدث فـي العالـم الخارجـي، لكـن يتناهـى إلـى سـمعي يوميـاً قرع علـى البـاب الخارجـي، وصـوت يوصـل اللحم والخضار إلى البيت».

. . .

«أنا «أبو بشـير»، بائـع الخضار المتنقل علـى عربة مكشـوفة، يجرهـا بغلي المزين بخرزات زرق. أدور فـي الحارات، بعد أن ألقي في جوفي «بطحة عرق اليانسون»، فتتجمـع حولـي النسـوة للشـراء. اسـتمتع بمداعبة مؤخراتهن، وهن يقلبن الخضار فننتشـي معـاً. تسـتدعيني «حكايـة جديـدة»، أثمـل فيهـا أكثـر بـ»بطحـات عرق اليانسـون»، مـا إن أنتهي مـن بيع الخضار علـى العربة، حتى أصعد إلى سـطحها، أخلـع ملابسـي وأرقص عاريـاً. تُسـر النسـوة من فعلـي، فيدرن حول العربة مغنيات مصفقات، وتزداد شعبية عضوي بينهن.

أقـرر الاسـتيلاء علـى بقاليـة «أبو حمـدان»، الموجودة في حكايـة «بائع صبار». سـأبيع فيهـا الخضار، وأداعـب في عتمتها مؤخرات النسـوة، اللواتي يشـترين منها، وننتشـي معـاً. أسـتغل فرصـة المسـاء، حيـث يتضـاءل حجم «أبو حمـدان» إلى قزم صغيـر، وأمـر فوقه بدولاب عربتي، فتهرس أضلاعـه، ويموت. أرمي جثته عند المزابل غيـر بعيـد عـن الحارة، فـي موقـع قَتـل فيه رجل شـجاع، في إحـدى «الحكايات»، الوالـي العثمانـي، الهـارب علـى جمل. والآن تنهـش الكلاب الجثتين معـاً، في المكان نفسـه، على الرغم من إنهما قادمتين من «حكايتين» مختلفتين.

تتوافـد النسـوة الآن إلـى بقاليتـي، يشـترين كالعـادة، دون دفع النقـود، لكننا ننتشـي باسـتمرار. تسـألنني بعضهـن عـن زوجتـي «أم بشـير»، ولمـاذا لا أخشـى انكشـاف مغامراتـي النسـائية لهـا. لا أتذكر إن لي زوجـة، هكذا تقرر «الحكاية» التي أعيشها».

. . .

«أنا حمدان، الرياضي ذي العضلات المفتولة، أرفع الباص المنقلب إلى الوادي بسـاعديّ القويين، وأنقذ الركاب من الموت. اختفي فجأة بسـبب حمى أصابتني،

وأنا أغتسل بمياه بئر باردة بعد تمارين رياضية شديدة. تستدعيني الآن «حكاية» جديدة إلى باحة بيتنا نفسه الذي يتوسطه البئر نفسه. على السطح الطيني المجاور، الواقع لصق بيتنا مباشرة، تصعد يومياً جارتنا فايزة، المهووسة بنظافة الملابس، لنشر الغسيل. أترقب صعودها اليومي، لأرى سروالها الذي يبرق لي بانكشافات سريعة من تحت تنورتها القصيرة المنفرشة، كلما انحنت لتناول قطع الغسيل من سلتها. عندما تنتبه إلى فعلي، تصبح ترتدي كل يوم سروالاً جديداً مغرياً، ويطول نشرها للغسيل، وهي تبالغ في الانحناءات. في الوقت نفسه، أخلع قميصي العلوي، وأكشف عن صدري العاري، وأشد عضلاتي أمامها، فتبتسم لي بإغراء شديد.

عندما أدعوها بصوت خفيض للنزول عندي بواسطة سلم خشبي موجود في الباحة، ترد عليّ هامسة «زوجي في البيت ينتظرني، لا أستطيع اليوم».

ذات يوم، ألمحها دون سروال، فأعرف مباشرة إن زوجها ليس في البيت. وسرعان ما تنزلق لوحدها على السلم، تتدحرج وتهبط مباشرة في حضني.

تسألني، وهي تعانقني «هل تعرف علي؟».

«أي علي؟».

«ابن «أبو علي» من «حكاية» أخرى، ويسكن في هذا البيت. ينتظرني كل يوم، كي يتلصص على سروالي، وهو يقلب مجلات قديمة، تحوي صور ممثلات شبه عاريات. يمضي بعد ذلك إلى غرفته، وهناك يمارس الاستمناء، بعيداً عن أنظار زوجته حسنية ذات الجسد الأعجف، التي لا تنفك عن إعادة غسل الأواني بسبب وسواس النظافة. عندما تخلص منها برميها في البئر، ظننت إن الأجواء خلت لنا، فخلعت سروالي، وانزلقت إليه على السلم الخشبي. تصيبني الدهشة، مكتشفة إنه عنين، دون أي انتصاب في جسده، من رأسه حتى قدميه. أشعر بالغضب لإضاعة وقتي عليه، وأدفعه في البئر لإضاعة وقتي عليه، وأجعله يلحق زوجته».

«والآن ماذا؟».

«أنت بطلي الذي رفع الباص من الوادي بساعديه القويتين، وأشعر بانتصابك بقوة، ولن أفارق «حكايتك» اللذيذة».

...

«أنـا الجنيـة سوسـن، أعيـش فـي عـدة «حكايـات»، وأتنقـل بينهـا بسـهولة، مسـتعينة بطبيعتـي الجنيـة. أسـكن في قصر سـحري، بدهاليـز طويلـة، غارق في مياه بئر، ويمتد تحت بيت «بائع الصبار». كلما يرفع الماء من البئر بدلو جلدي، يشـاهدني أتراقـص علـى صفحة المياه أو أتنشـف بشـعاع شـمس متسـلل إليها، فيتوله بي ويعشقني، ثم يسـتدعيني بحلمه إلى عالم البشر. أتجسد في البدايـة حمامـة بيضـاء، وانضـم إلـى سـرب حمـام بألـوان قاتمـة، دون أن يعرفـوا طبيعتـي الجنيـة. نربـض علـى أطـراف الأسـطح الطينية تحت الشـمس في الحـارة، نراقب البشـر. مـن هنـاك، أشـاهد «بائـع الصبار» وراء بسـطته، على رصيف أمـام بيت «أم زيـاد» السـحري، الذي يطفو فـوق غمامة. أرفرف فوق رأسـه، فيتعرف عليّ، ويتبسـم لي، وينتظر مني أن أتجسد له بشرية.

أتجسـد بصـور عـدة بنـات، يلعبـن فـي الحـارة أمامـه؛ واحـدة أسـمها هالة، ترتـدي بنطالاً أحمر قصيـراً، وتركب دراجـة هوائية، تصـدم بها الصبيان الذين يحاولـون السـخرية منهـا، وصور بنـات يقفزن بلعبة «نطة الحبل». لكني أسـتقر أخيـراً علـى صـورة سوسـن الحلـوة، ذات الخمس سـنوات، بتنـورة تنفـرش ألوان قـوس قـزح، عندمـا أطيـر، وبقبقـاب خشـبي يُصـدر إيقاعـات موسـيقية حلوة، عندمـا أتقافـز. أقتـرب من «بائع الصبار»، فيتعـرف عليّ، ويصبح يقدم لي يومياً ضيافة مـن الصبار اللذيذ.

عندما أشـعر بالملل من جسـد سوسـن أقرر مغادرتـه، فيتراءى لـ«بائع الصبار» إنـي أنـا من يسـقط من سـطح بيت «أم زيـاد» على الرصيف، وأفقـد الحياة، بينما تجـري الحادثـة لابنتهـا سـلوى في أثنـاء ملاحقـة قطها الصغير. لذلك لا تعمل لي «أم عبدو» أي جنازة، لأني غير موجودة بالنسـبة لها، وهي مشـغولة بفتح سـاقيها لعابـري الحـارة. لكني أتسـلى طوال الليـل، بالتقافـز على الدرج الخشـبي لبيتها أقرع درجاتـه الخشـبية صعوداً ونزولاً بقبقابي إيقاعات موسـيقية، كي يسـمعني صديقي «بائع الصبار» وأملئ قلبه سروراً.

عندما أشعر بحزن «بائع الصبار» على فقدي، أتجسد من جديد بصورة خديجة؛ السكرتيرة التي تعمل في عيادة الطبيب ياسين. هناك، أتابع المداعبات الجريئة التي يقوم بها الطبيب للنسوة المتمارضات، وأراهن كيف يسترخين تحت لمساته لأعضائهن الحميمية. وعلى الرغم من طبيعتي الجنية، فإني أشعر بالإثارة لمرأى هذه المشاهد، لكن الطبيب لا يلتفت لي، ربما لإني مراهقة، أو بالأحرى فإن مؤخرتي صغيرة ممحية، ليس فيها شيء من الإثارة.

أعود كل ليلة إلى الحارة من العيادة مثارة، فأجد «بائع الصبار» ينتظرني أمام باب منزلي. أتحدث معه عما يفعل الطبيب ياسين مع نسائه المتمارضات، ثم أمضي إلى فراشي، وأطفئ إثارتي بالاهتزاز مع مخدة بين فخذيّ. صديقي بـ«بائع الصبار» المندهش مما أحكيه، يطلب مني الآن المزيد من الحديث عن نسوة العيادة، فأشده إلى غرفتي، ونستلقي معاً على الفراش، ونغرق طوال الليل، ونحن نهتز معاً مرات، بعدد النسوة اللواتي يداعبهن الطبيب ياسين في يومي الفائت.

أنا بطبيعتي جنية، أعبر «الحكايات» بسهولة، لكن صديقي «بائع الصبار»، يحدثني أيضاً عن شخصيات يتجسدها في «حكايات» عديدة، منها «بائع البوظة». في ذروة عناقنا، ينظر في عينيّ بشغف، ونحن نتبادل قبلاً خفيفة ناعمة، ويحدثني بكلام غريب «ربما نستيقظ صباحاً، ولا نجد بعضنا، فقد يكون أوان «حكايتنا» قد أنتهى»

ثم يُردف، مغمض العينين «هل نعيش في حلم، يتكرر بلا نهاية، في «حكايات»، باحتمالات لانهائية لسير أحداثها، مكتوبة مسبقاً لنا في مكان ما؟ هل نعيش في حلم، يحدث في حلم أكبر، أم نعيش في محاكاة كونية؟».

الجزء الثالث

سفر نحو اكتشاف الذات
سفر خارج الزمكان

(1)

تيهان في حلم كابوسي

أمشي تائهاً، متخبطاً في ظلمة كثيفة، ينضح منها صمت ثقيل، حتى لا هسيس أنفاس لي، أشعر باختناق يضغط على صدري، هل هذا ليل؟ السماء بعيدة عالياً، دون نجوم، دون أي بصيص ضوء ما، ولو شاحب، هل هناك سماء؟ أرفع إصبعاً، فلا أشاهد شيئاً، ربما أنا دون إصبع، أو دون يد، بل حتى دون جسد، وقد ذاب في الظلمة مع أنفاسي.

أغمض عينيّ وأفتحهما، فإذا بضياء بلوري رقيق يزحف بتثاقل بطيء من منبع غامض مبهم، ينير الفضاءات والمساحات بألق صفاء. لا أجرؤ على مسه خوف انكسار رقته، فإذا ما تحطم وتناثر، فقد تسود الظلمة من جديد. ينكشف المكان، وإذ أنا في صحراء قاحلة، إلا من كثبان رمال كثيفة. صحراء تمتد دون نهايات واتجاهات، دون أفاق وتخوم، دون حجارة ومعالم تضاريس، دون نباتات شوكية وهوام زاحفة. أشاهد فقط مساحات قائظة، تلتهب فيها الكثبان الرملية، على الرغم من عدم وجود شمس في كبد السماء. يُخيل لي إن المساحات مغلقة بطريقة ما، على الرغم من لانهائية امتدادها.

يصيبني دوار بسبب القيظ والفراغ حولي، أشعر إني محموم بشدة، وجسدي يشتعل بحرائق. أغمض عينيّ وأفتحهما، فإذا قربي بقايا جدار طيني متهدم،

تتتوضع في طرفه الشاحب بسواد بقايا قرميدات آجرية لموقد، محطمة مبعثرة. من أين يحضر هذا الجدار؟ على الأغلب هو بقايا «حكاية» اختفى أناسها، دون أن يتركوا سوى هذا الأثر.

أقف حائر، أتلفت في اللاتجاهات بحثاً عن آثار دروب، لا شيء، الامتدادات ذاتها أينما اتجهت. أغمض عينيّ وأفتحهما، تشتعل في البعيد عواصف غبارية بدوامات، تتشكل في داخلها خيالات، أشباح، كائنات ما، تتهادى دخاناً. أغذ السير نحوها، فتبتعد بمقدار ما أقترب منها، فإذا هي سرابات، تختفي بمجرد تركيز بصري عليها.

أتعب من التيهان وراء السرابات، أغمض عينيّ من جديد وأفتحهما، الخيالات، الأشباح، تتجسد بأشكال مبهمة. لا تختفي هذه المرة، عندما ألاحقها، فأعاود السير وراءها. ينفتح أمامي درب وعر، يتلوى بين هضاب جرداء، تكسو أرضه حطام أحجار مبعثرة، على جانبيه تنهض صخرات قاسية الحواف، غارقة في دغيلات أشواك يابسة.

يقودني الدرب إلى قرية مشلوحة في سرير هضبة، فأنحدر إليها منزلقاً بحذر خوف السقوط. أدخلها؛ ممرات وعرة تتلوى بين حارات، جدران بيوتها تنهض من أحجار خشنة، مصفوفة فوق بعضها البعض عشوائياً، دون ملاط يجمعها، أبوابها فتحات في الفراغ، أطل عبرها، لا حياة، لا أثاث، فقط عتمة. أمشي في الأزقة، لا أناس لا حيوانات، لا أشجار لا أعشاب، فقط دغيلات أشواك، تتلاعب بها نسيمات هواء حارة. أشعر بجفاف شديد في حلقي، في روحي، لا ماء. أغمض عينيّ وأفتحهما، تضج الفضاءات بأصوات مبهمة؛ همسات، وشوشات، هممات، غمغمات، نداءات، صراخات مختنقة. أصوات تتسرب من عتمة البيوت، من زوايا الحارات، من تحت الأحجار، من شقوق الأرض، إنما لا أناس، لا حياة. هل هي أصوات «حكاية» قديمة انتهت، أم أصوات تنتظر «حكاية» جديدة تتلبسها؟

أغمض عينيّ وأفتحهما، تضج الأصوات في اتجاه واحد، تقودني إلى مكان مفتوح، فإذا هو مقبرة واسعة، في طرف القرية. أرى فيها تكتلات تجمعات؛ نسوة متشحات بالسواد، تخفيهن الأثواب السود، ورجال عجائز، متهالكي الأجساد، أشبه

بهيـاكل عظميـة، جميعهم بوجوه ممحية، دون أي ملامح. يـزورون قبور الأموات، وقـد أحضـروا لهم طعاماً فـي أواني خشبية. أرى الأموات يخرجون مـن قبورهم، بعد أن يرفعوا بلاطاتها، ويركنونها على جنب، ويجلسـون مع زوارهم بجثثهم التي دفنـوا بها؛ بعضها مكتمل هيئة الجسـد، والبعض الآخر مهشم العظام، أو مبقور الأحشـاء. يتناولـون الطعـام معـاً، الأحياء والأموات، وهـم يتبادلون الحديث فيما بينهم هممهمات.

أعبـر المقبرة بجموعها من الأحياء والأمـوات، وأنا أطفو فوق الدروب المتلوية بين قبورها، محاذراً السقوط في واحد مفتوح منها. أمر بينهم، لا أحد يلتفت إلي، أو حتـى يشـعر بوجـودي. أجتازهم، وأمضي نحو سـور للمقبرة، يتهـادى من بعيد مثـل خيال؛ تراكم حجار، مرمية فوق بعضها البعض بفوضوية. فجأة أسـمع ورائي هممهمـات تلاحقني. ألتفت، فإذا جموع المقبرة، الأحياء والأموات، تنهض، وتسـير ورائي، وهي تطفو فوق الأرض، تاركة مسـافة بيني وبينها. كلما أنظر إليها ملتفتاً، تتوقـف عـن التقـدم والهمهمة، فأرى وجوهـا ما تزال ممحيـة، دون أي ملامح. ما إن أعـاود التقدم طفواً، حتى تلاحقني من جديد بهمهماتها.

أصـل سـور تراكم الأحجار، تنبثق من بينها أفاع وثعابيـن ضخمة، وهي تتلوى. عندما تراني، تتوقف عن الحركة، ترفع رؤوسـها، تلاحقني بنظراتها. أقترب باحثاً عـن منفذ عبور خـارج المقبرة، تختفي الأحجار، يرتفع بدلاً منها تشـكلات ضخمة مـن أجسـاد الأفاعـي والثعابين، تتلوى بتكتلات متشـابكة، دون أن تتوقف نظراتها عـن ملاحقتـي. أغمـض عينـيّ وأفتحهما، فـإذا بممر ينفتح لي بين سـور الأفاعي، أجتازه طافياً، وسـرعان ما تعبر ورائي تجمعـات المقبرة، وهي تطفو فوق الأرض، دون أن تتوقف همهماتها.

تنهض أمامي غابـة غريبـة، مغلقة التخوم بضباب كثيف؛ جذوع أشجار جافة، ممزقـة اللحـاء، والأغصـان تمضي عالياً، وتتفرع فـي الفضاءات، إنمـا عارية، دون أي أوراق تغطيها. أرض الغابـة تبدو أيضاً دون حياة، لا عشب يغطيها، لا زواحف أو حشـرات. لكن الرطوبة تفوح من الغابة، بل أسـمع أصوات تسـاقط مطر غزير، يقرع الأشـجار بإيقاعات رتيبة، لكني لا أراه، لا أشـعر به. أسـمع أيضاً عصفات ريح

شديدة تصفر، لكن لا شيء يتكسر في الغابة، بل حتى يتمايل. تنتابني البرودة، أرتجف، تصطك أسناني، أكتشف إني طوال الوقت عارياً، حافياً. أتقدم الآن في الغابة، لا أعرف ما يدفعني إلى المضي فيها، كأن شيئا ما ينتظرني.

ألتفت الآن إلى جموع الأحياء والأموات التي تلاحقني، لأرى إن هم ينسلون في الغابة أيضاً ورائي أم لا. أراهم وقد غدوا جميعاً أحياء، رجالاً ونساء، وقد اكتملوا بأجساد عارية حلوة متناسقة، وملامح وجوه متنوعة متمايزة، يتحركون بحيوية، ويتبعثرون متطايرين عالياً بين أغصان الأشجار اليابسة. يتوزعون الآن عليها؛ جالسين، متكئين، مستلقين، معلقين من الأيدي أو الأقدام، بعضهم يتدلى من الأغصان متأرجحاً، وبعضهم يتقافز بينها. أتوقف عن السير، وأنا أنظر إليهم، فيهزون أغصان الأشجار، كأنهم يطلبون مني بألا أتوقف، ينتظرون مني فعلاً ما، لا أدركه. أتقدم في الغابة، فألمح في طرفها طفلاً في الخامسة من عمره، يرتدي قميصاً وبنطالاً قصيراً، يتراكض بين الأشجار، وهو يتلفت حوله. يبدو هارباً من أحد يطارده، فما إن يراني حتى يتجه نحوي، كأنه يلجأ إلي مستنجداً. أسمع من بعيد عواء ذئاب وحشية، أراها الآن قطيعاً كبيراً، بأنيابها الحادة البارزة، وهي من تلاحقه. يقترب الطفل مني، أتمعن في وجهه، وتتلاقى النظرات. «إنه أنا، عندما كنت طفلاً». أنظر بعينيّ، فأشاهد أمامي رجلاً عارياً، «إنه أنا، عندما أتقدم في العمر». نغمض أعيننا ونفتحهما، فتنبثق جذور الأشجار من باطن الأرض، غليظة قاسية متلوية، بأصوات قرقعات وهدير. سرعان ما تلتف على أعناق الذئاب، وتشدها إلى باطن الأرض، وتبتلعها.

ينبثق أمامي الآن أشخاص في مختلف الأعمار، من المراهقة حتى اشتداد العود، يتقلبون بين الخمسة والعشرة، ظهوراً وخفاء، يترامون مبعثرين جانب الطفل. أعرفهم مباشرة، إنهم جميعهم أنا، في أعماري المختلفة بتدرجاتها. ثم ما يلبث أن ينبثق وراءهم جموع أشخاص آخرين، لكنهم في هذه المرة هم جميعاً في العمر ذاته. أمعن النظر في المجموعة الثانية، إنهم جميعاً أنا أيضاً، إنما على شكل نسخ شبيهة لي، نسخ تتكرر بفروقات صغيرة لا تدرك بسهولة، إثنين منهم هما «بائع الصبار» و«بائع البوظة». يختلط الجميع، نرى أنفسنا عبر

بعضنا البعض، متبادلين النظرات الحائرة. ينتظرون مني فعلاً أنفذه، وقد ارتدوا ملابساً متنوعة، يبدون فيها جاهزين لـ«حكايات»، تنتظرهم في «عوالم مرايا» لا نهائية، كي أرويها.

نغمض عيوننا وأفتحها، وإذ أجدهم متوزعين على أغصان الأشجار في الغابة، التي أورقت فجأة بكثافة؛ وريقات شجر بكرنفالات ألوان ساحرة، وغدت أرضها معشوشبة، تنبت بينها الزهور، تغدو الغابة حياة.

تتطاير الأجساد الشابة للرجال والنساء، القادمين من المقبرة، حول أغصان شخصياتي، يشكلون حولهم لوحات مشتعلة بتشكيلات حياة متنوعة، لم يعودوا فيها عراة، بل وتميزت ملامحهم. أرى وجوه الجميع منيرة، ورزاز خفيف من المطر يسبغ عليهم انتعاش حياة، يشكلون إطاراً بشرياً حول «حكايات» شخصياتي.

الغابة الآن، بأرضها وجذورها الغارقة في حنين التراب، هي «حكاية الأصل»، ومنها ينبثق عبر جذع كل شجرة فيها «حكاية كبيرة»، وتتفرع أغصانها إلى «حكايات فرعية صغيرة». تتفاعل «الحكايات» بين بعضها البعض عبر شبكة من الجذور، تمتد تحت الأرض، حيث تتبادل التفاصيل فيما بينها. تشتعل «الحكايات»، إنما تنتظر مني أن أشكل لها «عوالم المرايا».

فجأة تهتز أرض الغابة بزلزلة عظيمة، تميد بأشجارها وأناسها يمنة ويساراً، والسماء تطبق عليها، تضغط ببنيانها إلى حد الاختناق. تتقعر الأرض، وتهبط في فجوة عميقة، تجذب إليها كل شيء، تبتلع الأشجار والناس؛ تلتهم «الحكايات». أشعر بحمى شديدة، والعرق يتصبب مني غزيراً، أتبعثر، أتشظى، أتناثر، يجذبني بقوة «ثقب أسود»، توضع في القعر، دون أي قدرة على الانفكاك والانفلات منه. أصحوا عندئذ من حلمي، وقد تحول إلى «كابوس» مريع، هارباً من وحشيته. لم أعرف إني أحلم، والحلم بذاته ليس إلا ومضة في مسير عالم غريب، وها أنا أعود إلى انتظام حياة.

أجد نفسي على هضبة صغيرة، تغطيها جموع كبيرة من الناس، يحيطون بي؛ إنهم أبطال «حكاياتي»، هاربين معي من «كابوس انهيار الغابة» في حلمي. يتجمهرون حولي الآن، يطلبون من جديد إعادة بناء «عوالم مرايا»، كي يتشكلوا

فيها «حكايات»، فهم لا يرغبون بالفناء. وفيما أفكر بما سـأفعل، وإذ أسـمع هدير طوفـان عظيـم قادم من وراء الآفـاق، يتقدم نحو الهضبة، نحونـا، من كل الجهات؛ موجـات عالية، تصل الأرض بالسـماء. سرعان مـا يحيط الهضبـة بأمواجه الهادرة، فنهرب جميعنـا إلى أعلاها. لكن مياه الطوفان تلاحقنا، تبدأ بغمر الهضبة، تصل إلى أقدامنا، ثم تغمر أجسـادنا شيئاً فشيئاً، وأخيراً تبتلعنا بالكامل، وسط صرخات الخوف والهلع التي يصدرها الجميع، وهم يسـتنجدون بي. كأني أحلم من جديد، و«حلم الهضبة» تحول إلى «كابوس» آخر، وعليّ أن أسـتيقظ منه.

الآن أفهـم أني كنـت في «حلـم الغابة»، الذي هـو داخل «حلـم الهضبة»، وما عليّ الآن إلا أن اسـتيقظ من «كابوس الطوفان»، فأنجـو، كما نجوت من «كابوس انهيار الغابة».

أنجـوا من «كابوس الطوفان»، فإذا بي أنا وأشـخاص «حكاياتي» مجتمعين في قريـة صغيـرة وادعة، تقع على سـفح جبـل. فجأة تزحف على القرية حمم بركان مخيـف، فإذا بي أنـا في «حلـم القريـة»، ويجتاحني مـن جديد «كابوس انفجار البركان»، فاستيقظ منه هارباً.

يبـدو إنـي أسـتيقظ مـن حلـم، فأجد نفسـي أني أحلم بـه، لكني أعيش حلم جديد يحتويه، مـا يلبث أن يتحـول إلى «كابوس» وحشـي، يريـد أن يبتلعني، أنا و«حكاياتي»، ويجرني إلى «العدم». يحدث كل شـيء بومضات سـريعة، دون أن اسـتوعب بسـهولة أنني أعيـش معاً ضمن سلسـلة أحلام متتالية، يحتوي كل منها الآخر. لا أقوى على التفكير، دون أن أعرف في أي حلقات من الأحلام أعيشها الآن، فيما لا تنفك شخصياتي عن الاستنجاد بي باستمرار في كل حلقة.

في لحظة وعي أخيرة، وقد أضحيت الكون نفسـه بكامله، يحلم بنفسـه، كحلم أخيـر، ويتضمن في داخله تسلسل الأحلام، يحدث انفجـار كوني هائل، يدمر كل شـيء، بما فيه الكون ذاته، ونذهب جميعاً إلى «العدم»...

... لكـن مـهلاً، يبـدو أن هنـاك «كون مواز» لنـا، نتكرر فيـه، لا بل سلسـلة من «الأكـوان المتوازيـة»، نتكـرر فيهـا، كأنها لا نهائيـة، أحلام فـي أحلام... يبـدو إن «الحكايات» لا تنتهي، تخاف «العدم».

(2)

تشظي حكايات لانهائي

أعيش الآن «حكاية»، في «عالم مرايا»، من سبعينيات القرن العشرين...

أنـا الآن فـي الثانية والعشرين مـن عمـري، أعيش في بلدة مـن الريف الغربي للعاصمة دمشـق. أتنقل يوميـاً بينهما، في باصات «سكانيا» المزخرفة من الداخل والخارج، من أجل محاضراتي في الجامعة، في قسم اللغة الفرنسية وآدابها.

أعيـش وفـق الموضـة السـائدة بيـن الشـباب، فـي هـذه الأيـام، والقادمـة من «الغرب». أرتدي قميصـاً مشجراً، يشتعل بالألوان الفاقعة، وبنطال «الشارلستون»، العريض من الأسـفل؛ بمقدار هذا العرض ولولحته في الهواء، فأنا أكثر «مودرن»، وحذاء برأس مفلطح. يشتعل رأسـي بشعر أسـود مجعد، طويل غزير، يتسـاقط على كتفيّ، مترافقـاً مع لحية كثيفة، لا تعرف التشـذيب. أخر زيارة لي إلى لحلاق حدثت منذ أكثر من عامين. كعادة الشـباب، أسـتمع إلى الأغاني الإنكليزية، دون فهم معانيها؛ مجرد قرقعات وصراخات أنتشي بها. لدي راديو محمول، يعمل على البطارية، يرافقني في البلدة باستمرار.

في العاصمة، أشتري الجريدة اليومية بانتظام، أحل الكلمات المتقاطعة فيها، وأنا أشـرب الشـاي، في كافيتريا الجامعة. عندما أسـير في الشـارع، ألف بها كتبـاً؛ روايـة، مسـرحية، شـعر، كتيب سياسـي، ودائمـاً قواميـس فرنسـية، وأحملها إلى جانبي، تعبيراً عن شخصيتي كـ«مثقـف». بعد انتهاء الدوام في الجامعة، أذهب مـع الأصدقـاء والصديقـات إلى «صالة الكندي»، كـي نحضـر فيلمـاً، ينتمي إلى «الواقعيـة الإيطاليـة» أو إلـى «الموجـة الجديدة الفرنسـية» أو «ثـورات التحرر في أمريكا اللاتينية». أنا عاشـق لبازوليني وأنطونيوني وفيلليني، من الإيطاليين، وغـودار وتروفـو ورومـر، مـن الفرنسـيين، وكوبولا اسـتثناء مـن الأمريكيين. لكن قبل حضور العرض، نمر على محل «فلافل المعرض»، يشـتري كل منا سندويشـة سـاخنة، نتناولهـا مـع كأس لبن عيران مثوم. في المسـاء، يزورني في غرفتي، في

بيت أهلي، صديقي الشاعر المجنون ياسر الشيوعي، يحضر معه زجاجة النبيذ، ويقرأ لي أخر قصائده.

مرحلة مراهقتي، من العاشرة حتى العشرين، في «الحكاية الأولى»، هي من الناحية العاطفية حلوة، أوثق بعض منها بشكل فانتازي في «كتابيَّ» «وصايا الغبار» و«الغرانيق»... رسائل معطرة مع زهور، أجففها بين صفحات كتبي، أتلقاها من بنت الجيران في الحارة؛ قبلات خفيفة ناعمة على الخد أختطفها من صديقة أختي، عندما تزورنا في بيت أهلي؛ مداعبة جريئة لثدي قريبة، تكبرني بثلاثة أعوام، في البستان، في ظلال شجيرات الرمان؛ تأمل طويل لعينيّ رفيقتي في المحاضرة الجامعية، بدلاً من الاستماع إلى إلقاء المُحاضر؛ مداعبة يد صديقة في عتمة صالة السينما طوال الفيلم... هكذا، بهذه الطريقة تسير الأحداث العاطفية في «الحكاية الأولى».

أشارك في دورة لـ«النادي السينمائي، في مدينة دمشق، لمدة ستة أشهر، تحت إشراف مخرجين سينمائيين معارضين للسلطة، منهم عمر أميرلاي، ونبيل المالح، ومحمد ملص. في نهاية الدورة يتم تقسيمنا إلى مجموعات صغيرة، كي نصور أفلاماً وثائقية عن الحياة الاجتماعية دمشق، تتكون الواحدة من ثلاثة أشخاص، يتم تزويدها بكاميرة محمولة. تزور مجموعتي عائلة ريفية مدقعة الفقر قادمة من الأرياف، تعيش في إحدى ضواحي العاصمة، كي نصنع عنها فيلماً وثائقياً. تتكون العائلة، إلى جانب الأب والأم، من ثلاثة عشر ولداً، إلى جانب عدد كبير من الأحفاد، يسكنون ثلاثة غرف طينية مستأجرة، آيلة للسقوط. الأب شرطي عجوز، يقترب من سن التقاعد، متعب من الحياة والضجيج في البيت، لم يعد يميز فيه الابن من الحفيد.

تختارني إدارة النادي السينمائي للمشاركة في دورة تدريبية دولية للسينما في باريس، على أساس إنني المميز في الدورة. لا أعرف بماذا أنا مميز، ربما لأني مجنون بلباسي وتصرفاتي وأفكاري، إضافة إلى معرفتي اللغة الفرنسية. لكني في الوقت نفسه، أتفق مع عائلة الشرطي، كي تُخرج مجموعتي فيلماً وثائقياً عن حياتها. تنفصل عندئذٍ من «الحكاية الأولى» «الحكاية الثانية»، وأتشظى إلى

نسخة ثانية شبيهة فيها. أبقى في «الحكاية الأولى» في دمشق لأكمل تصوير الفيلم عن عائلة الشرطي، وفي «الحكاية الثانية» أسافر إلى باريس، حيث يتشكل في كل مدينة «عالم مرايا» منفصل عن الآخر.

على الرغم من إن «عوالم المرايا» في «حكاياتي» هي دائماً منفصلة عن بعضها البعض بالكامل مكانياً، إلا أنها تتزامن معاً بطريقة ما. كما إن شخصياتي فيها متمايزة، إلا إنها هي ذاتي نفسها، بنسخ متشابهة بالكامل. نتلاقى جميعنا مع بعضنا البعض بومضات لاوعية سريعة، كأن وعياً جمعياً خفياً يوحدنا في جذور «حكايتنا الأصلية»، القادمة من «غابة الطفولة». لكن شخصيتي «الأنا الواعية ـ العليا» في «الحكاية الأصلية»، التي تعيش في هذه «الغابة»، هي البوصلة التي تتلقى الومضات بوضوح من جميع النسخ التي أتشظى إليها. بالتالي، هي لا تشعر فقط بوجودها جميعاً، وإنما تعيشها معاً أيضاً بطريقة غامضة، بغض النظر عن نسخ تشظياتها، مهما بلغت أعدادها، وبغض النظر عن الأزمنة والأمكنة التي تجري فيها الأحداث. هذه «الأنا الواعية» هي التي تروي «حكايات» جميع النسخ حتى لا تذهب أحداثها إلى الفناء، ويتم نسيانها.

هـذه «الأنا الواعية» تروي الآن جميع «الحكايات»...

هكذا، في «الحكاية الثانية»، تجري الدورة التدريبية في إحدى ضواحي باريس، وأشارك ضمنها، مع مجموعة من عدة دول أوروبية، في صنع فيلم وثائقي. يتم فيه استغلال جنوني وحركتي المفرطة في تصوير أجزاء منه، وأنا شاب في الثانية والعشرين، ممتلئ بالنشاط والحيوية. يتقاسم غرفتي في الدورة شاب فرنسي، نلتقي مساء، ينام عارياً بالكامل في سريره، دون التحدث معي، باستثناء إلقاء التحية. يصدمني الفعلين؛ نومه عارياً، وعدم الحديث معي.

أذهب أنا وإحدى المشاركات من النرويج، في يوم عطلة، إلى نزهة عبر الحقول. هي في العشرينات، قصيرة ومفلطحة الجسد، وتشد شعرها بمطاطة إلى الخلف، ويغطي وجهها حقل كثيف من النمش البني الفاتح. نستلقي وحيدين على حشائش برية، تحت أشعة الشمس، تنحسر تنورتها القصيرة الكحلية اللون،

التـي تذكرنـي بالجـدات القدامـى، فينكشـف فخذهـا الأبيـض الممتلـئ. أتذكر إن تجربـة دهشـتي في اكتشـاف الجسـد الأنثـوي، في «الحكايـة الأولى» في «عالم مرايا» بلادي، لم تتجاوز أكثر من مداعبة ثدي قريبتي، في ظلال شجيرات الرمان. أقـرر الآن تجريـب دهشـة أعمـق، هنا فـي «عالـم المرايـا» الجديـد. أتحدث مع النرويجيـة بشـكل لطيـف، فيمـا يـدي تتسـلل إلى فخذهـا، وتمضـي عميقا تحت التنورة. سـرعان ما تسـيل الدمـوع من عينيها بغزارة، وينكمش جسـدها مثل قنفذ. ثم تجهـش في البكاء طـوال النزهة، وهي تهز رأسـها يمنة ويسـرة بحركة اعتذار، فيمـا أحـاول تهدئتهـا بمداعبـة شـعرها المشـدود بالمطاطـة. لم أفهم هـل لديها الدورة الشـهرية، أم مريضة نفسـياً، أم هي مثلية. لكن النزهة تمر سـريعاً، دون أن أنجح بأي معانقة لها.

«بيريـن» الفرنسـية، مسـؤولة المؤثرات الصوتية في الفيلم الدورة السـينمائية، في الثلاثين من عمرها؛ شـقراء، نحيلة، بوجه ناعم دون نمش، وبشـرة جسـد تفوح منـه الأنوثـة الحميميـة، ولديها مؤخـرة صغيرة مغريـة، بالكاد تهتز تحـت بنطالها المهترئ، عندما تسـير. لكن الأهم إنها تسـحرني بصوتها الموسـيقي الدافئ، وهي تحدثنـي بالفرنسـية، وتداعب وجهي بأناملها بشـكل عفوي، أمـام الجميع. عندما تنتهي الدورة، تدعوني بشـكل مفاجئ للإقامة في شـقتها الباريسية عدة أيام، ريثما أعـود إلى بلادي، دون أن أفهم لماذا هذا الكرم المفاجئ.

تقـع شـقة «بيريـن» في أحـد الأحيـاء الباريسـية القديمة، مكونـة من غرفة وصالون صغيـر. تعيـش فيهـا مع عشـيقها المصـور الفوتوغرافـي الفرنسـي «دونـي»، الذي يُحضّـر لسلسـلة معـارض فـي هـذا المجـال. لدوني وجـه مليء بالبثـور الحمراء، وشـعر منكوش دائماً، ويرتدي دائماً الملابس الممزقة المهترئة نفسـها، لا يخلعها إلا عنـد النوم عاريـاً مع «بيريـن». يترك صوره الفوتوغرافية معلقـة على الجدران بعشـوائية شـديدة، يقول إنه يريد أن يتأملها باسـتمرار، فيما تتذمر «بيرين» من هـذه الفوضـى. لا ألتقـي معهما إلا في الليل، حيث أنام وحيداً في الصالون على فـراش أرضي، وهما في غرفتهما، دون أن نتحدث إلا نادراً. أقضي نهاري في حضور أفلام السـينما في الصالات الباريسـية، مسـتفيداً من بقايا نقود منحة الدورة؛ في

اليوم الواحد ثلاثة أفلام على الأقل، بسبب جنوني بالسينما، فهذه فرصة لا تعوض في باريس. لا يخلو الأمر أحياناً من حضور أفلام إيروتيكية، خاصة من السلسلة الشهيرة من أفلام «إيمانويل».

أعود في إحدى الأمسيات إلى الشقة، فأجد فيها «جولييت»، القادمة من الريف الفرنسي؛ شعر أسود غزير، وعينان زرقاوان، وخدان حمروان. تحييني معانقة، وهي تغمرني بثدييها الطافحين تحت بلوزتها. ثم تدخل مع «بيرين» و«دوني» إلى غرفة النوم، بعد أن تترك عينيها وخديها وثدييها معي، ويقضون ليلة جنسية صاخبة معاً، فيما أبقى وحيداً في الصالون. بما إن غرفة الحمام والتواليت تقع في الصالون، فهم لا ينفكون عن الذهاب والإياب عراة طوال الليل، كي يتبولوا ويغتسلوا، تاركين الباب مفتوحاً في أثناء ذلك. يمرون فوق رأسي، وقطرات الماء تسيل من الأفخاذ عليّ، دون أن يهتموا بأمري، أو كأني غير موجود. لم تحدث مثل هذه الليلة العارية سابقاً مع «بيرين» و«دوني» لوحدهما.

ينتهي وقت إقامتي في باريس، لكن بين إغراءات الحياة الباريسية وضرورة العودة إلى بلادي، أجد نفسي أمام قرارين متعارضين، من الصعب الاختيار بينهما. لذا، أضطر إلى تنفيذ الإثنين معاً، وتنقسم «حكايتي الثانية» الباريسية عندئذٍ إلى «حكايتين» منفصلتين. أتشظى فيهما إلى نسختين شبيهتين جديدتين من ذاتي، تندمج كل واحدة في إحداهن، التي سرعان ما يتشكل لها «عالم مرايا» خاص بها. هكذا، أعود في «الحكاية الثالثة» إلى بلادي، وأعيش في «الحكاية الرابعة» في باريس.

في «الحكاية الثالثة»، أعود إلى بلادي، لأجد «عالم مرايا» جديد، غير ذاك الذي غادرته، عندما تركت شبيهي يحاول صناعة فيلم وثائقي عن الشرطي العجوز. في «الحكاية الرابعة»، أعيش بشكل نهائي وبشخصية شبيهة في باريس، متخلياً عن كل ما يمت بصلة إلى بلادي.

هكذا، في «الحكاية الرابعة»، أنغمس تماماً في الحياة الباريسية، وأعتاد على الليالي الجنسية الصاخبة لـ«بيرين» و«جولييت» و«دوني» معاً، دون التوقف عن حضور العروض السينمائية، والنقود تكاد تنفذ مني. بعد مرور بضعة أيام من

الإقامة في الشقة، يتنازع «بيرين» و«دوني» بشدة في الفراش، بوجود «جولييت» معهما، ويعلو صراخهما، لسبب لا أفهمه. ينتهي النزاع بينهما بأن يحزم «دوني» أمتعته وكاميراته، ويغادر الشقة نهائياً، إنما مع «جولييت»، تاركاً صوره المعلقة على الجدران. في تلك الليلة، تأتي «بيرين» إلى فراشي، وتبكي طوال الليل على صدري، وهي تداعب وجهي، هذه المرة دون عفوية. أعانق أنا جسدها النحيل، وأداعب مؤخرتها الصغيرة المغرية بمتعة شديدة، وأقبل وجهها الناعم دون نمش بني فاتح. هنا تبدأ حياتي من جديد، وأعيش بنسخة جديدة مني مع «بيرين» في «الحكاية الخامسة».

لكن في أثناء نزاع «بيرين» و«دوني» في الفراش، يحدث احتمال ثاني، إذ تنسل «جولييت» إلى الحمام عارية، هاربة من صراخهما. في أثناء عودتها، تتوقف فوق فراشي، وقطرات المياه تسيل من فخذيها على وجهي. تتردد قليلاً، وهي ترمقني بنظراتها، غير راغبة بالعودة إليهما. ثم تقرر الاستلقاء إلى جانبي، تغمرني بثدييها الممتلئين، وتغفو بين ذراعيّ. عند الصباح، أحزم أمتعتي، وأذهب أنا معها، هي وشعرها الأسود، وعينيها الزرقاوين، وخديها الحمراوين، وثدييها الطافحين، إلى شقتها. هنا تبدأ حياة جديدة لي، وأعيش معها بنسخة أخرى مني في «الحكاية السادسة».

في «الحكاية الخامسة»، بعد مغادرة «دوني» و«جولييت» الشقة، تكتشف «بيرين» طاقة حيوية هائلة لدي، تختزن كل سحر الشرق وحرارته، وتثيريني أنا نعومتها الفرنسية، وجسدها المغري بنحوله. نقرر العيش معاً في الشقة نفسها، ونتزوج رسمياً بعد ثلاث سنوات. لكن «الحكاية الخامسة» مع «بيرين» تنقسم إلى «حكايتين» جديدتين، نتيجة خيارين متعارضين في الحياة معها، أعيشهما بنسختين شبيهتين جديدتين؛ «الحكاية السابعة» و«الحكاية الثامنة».

في «الحكاية السابعة»، ننجب أنا و«بيرين» طفلين، ولد وبنت، وتدعمني بالحصول على منح رسمية من الدولة لإخراج أفلام وثائقية، وتشاركني بصنعها بالإشراف على المؤثرات الصوتية. أستوحي هذه الأفلام من أجواء «الواقعية الإيطالية» و«الموجة الفرنسية الجديدة» و«ثورات التحرر في أمريكا اللاتينية».

نحـن الآن، أنـا و»بيرين»، شهيرين، وقد نلنا جوائز سينمائية عديدة، ونزور معاً بلداناً عديدة لعرض أفلامنا. في أثناء ذلك، لا أفهم عشـقها للصحراء، التي تجدها سحرية غرائبية، وتغيـب عني في رحلات طويلة فيها. لكن سرعان مـا أقع بين خيارين صعبين، عندما تتخذ «بيرين» قراراً مفاجئاً، فتنقسـم «حكايتنا السابعة» إلى «حكايتيـن جديدتين» منفصلتين؛ «الحكايـة الثامنة» و»الحكاية التاسعة»، لـكل واحدة منهما بالطبع «عالم مرايا» خاص بها.

في «الحكاية الثامنة»، وفيما أصور فيلماً وثائقياً عن الحياة البدوية لصالح قناة تلفزيونيـة فرنسية، تقع «بيرين» في عشـق أمير صحراوي، يبدو أنـه يعرفها من رحلاتها السـابقة إلى الصحراء. يغريها ببشرته السمراء القاتمة بشدة، وتغريه هي ببشـرتها البيضاء المضيئة بشـدة. تنفصل عني، وتنضم إلى حريم الأمير في قصره الملكي، المستوحى بأجوائه المعيشية من «حكايات ألف ليلة وليلة».

يصيبني حزن شـديد، وأشـعر بالقنوط والانهيار، جراء انفصال «بيرين» عني، فأضطر إلى العيش في «الحكاية التاسعة» مع الروائية الفرنسية الشهيرة «إيزابيل». يغريني الارتباط بها بسبب شـهرتها الأدبية، ورواياتها التي تتحدث عن الأزمات النفسـية لدى الإنسـان المعاصر. في هذه الأثناء، ينفصل ابني وابنتي من «بيرين» عنا، ويعيشـان حياتهما الخاصة، وقلما يزوراني.

سريعاً ما أكتشف إن الروائية «إيزابيل» مدمنة كحولية، وإضافة إلى ذلك فهي مصابة بانفصام شخصية، يجعلها تعيش نوبات هيستريا، لا يمكن السيطرة عليها. أحـاول مسـاعدتها بعرضها على طبيب نفسـي، فينصحني بإدخالها إلى «مصح معالجة نفسـية»، فترفض بشـدة. في النوبة الأخيرة التي تُصاب بها، تُشـعل حريقاً في البيت، وأنـا نائـم. وفيما تصل النيران إلى جسـدي، أعرف إن حياة نسـختي فـي «الحكايـة التاسـعة»، تنتهـي، وتمضي إلى الفناء. لكن في اللحظات الأخيرة مـن فناء نسـختي الشخصية هنـا، تصلني ومضات سريعة مبهمة مـن «الحكاية الثامنـة» التي تركت فيها «بيريـن» تعيش مع الأميـر الصحراوي؛ أرى فيها كيف يمزق جسـدها الناعم الأبيض بوحشية، بعد أن ثمل بالكحول، في ليلة جنسية صاخبـة. في الومضة الأخيرة، يطعنها بمدية طعنة قاتلة، فتموت، وهي تناديني.

هكـذا، تذهب كل مـن «الحكاية الثامنة» و«الحكاية التاسعة» إلى الفناء معاً. لكنـي فـي اللحظـات الأخيرة من حيـاة النسختين الشخصيتين لي فيهما، أرسل ومضـات عنهمـا إلى نسختي التي تعيـش «الحكايـة الأصلية»، الغارقـة في «غابة الطفولة». أفعل ذلك، كي لا تندثر «الحكايتين»، وكي ترويهما في الأمسيات.

في «الحكاية العاشرة»، لا ننجب أنا و«بيرين» أي أطفال فيها. أعيش معها في الشقة، وتطلب مني أن أجد عملاً، كي نتقاسم النفقات، بدلاً من التسكع في صالات السـينما. أجد عملاً في مخبز، يقع على ناصية الشارع، أسفل البناية التي نسكنها. تمتلكه «ميريل»، التي يغيب وجودها كامرأة تحت تلال من اللحم المتكدس في جسـدها، وهـي تتدحرج مثل برميـل، كيفما تتحرك. في أثناء العمـل، كلما تقترب مني «ميريل» بوزرتها البيضاء الملوثة ببقايا العجين ومربيات الفطائر، أتحاشـاها مبتعداً، مشـمئزاً من رائحة العفن والعطن الصادرة من كتلها اللحمية.

على الرغم من حياتنا المشـتركة، أنا و«بيرين»، فإن سـحر شرقيتي يختفي بعد عام من عينيها، ولم تعد تغفو بين ذراعي، وتداعب وجهي بنعومة، بينما أبقى أنا مشدوداً للاستمتاع بمؤخرتها بسحر شديد، التي تديرها لي، وهي نائمة. ذات مسـاء مـن «الحكايـة العاشـرة»، أعود إلى الشـقة مبكراً، بعد أن أطلب إجازة من عملي في المخبز، بسبب شعوري بالإرهاق. يفاجئني وجـود «جولييت» و«بيرين» في الفراش، وقد علت أصوات تأوهاتهما. أكتشـف إن الاثنتين لم تتخليا عن مثليتهما الجنسـية طوال الوقت، وتلتقيان في أثناء غيابي عن الشـقة في الفراش باستمرار. أعـرف أيضـاً إن «دونـي» غادر «جولييت»، وسـافر في رحلة طويلـة إلى الصحراء، كـي ينجز معرض صور فوتوغرافـي عـن حياة أمير صحراوي، يعيش في أحد قصور «ألـف ليلة وليلـة». تخبرني «جوليـيت» بأن هذا الأميـر طلب من «دونـي» تصوير حياته المرفهة الشاعرية في قصره الصحراوي، كي يدرئ عنه شبهات قتل امرأته الفرنسية، التي أتهمها بالانتحار.

يضعني هذا اللقاء المفاجئ بين «بيرين» و«جولييت» في الفراش أمام خيارات ثلاث جديدة في الحياة، أقرر مضطراً أن أعيشها معاً بثلاث نسخ شبيهة جديدة مني؛ «الحكاية الحادية عشـرة»، و«الحكاية الثانية عشرة»، و«الثالثة عشرة».

تخيرني «بيرين» إما بالانضمـام إليهمـا، هي و»جولييت»، في الفراش، أو بحزم أمتعتي ومغادرة الشـقة نهائياً. وبما إنني لا أريد فقدان مداعبة مؤخرتها الصغيـرة الناعمـة، فأرضـخ لها، وأنتقـل للعيـش معهما في «الحكاية الحادية عشـرة». أنسـل بين المرأتين في الفراش، وأكتشف الآن متعة لـم أختبرها من قبـل، فإلـى جانـب مؤخرة «بيريـن» الناعمـة، التي أداعبهـا باستمرار، تغمرني «جولييت» أيضاً بثدييها الممتلئين الطافحين. في ذروة النشـوة، تتمسـح بي «بيريـن» بوجهها الناعم دون نمش بني فاتح، فيما ترمقني «جولييت» بعينيها الزرقاوين، وقـد أحمر خديها.

في الليلـة الثانيـة، تُحضـر «بيريـن» خمـس نسـاء، جميعهن لديهـن مؤخرات صغيـرة ناعمـة ووجـوه دون نمش بنـي فاتح، مثلها، وأثداء ممتلئة وعيون زرق وخدود حمر، مثل «جولييت، ونقضي معاً حفلة جنسية صاخبة في الشـقة حتى الصبـاح. في الليلـة الثالثة، تغدو الحفلة الجنسية الصاخبة مشمولة بمجموعة نسـاء ورجـال معاً، لم أستطع إحصاء عددهـم؛ الرجال جميعهم بشعر منكوش، وبثور حمراء في الوجوه، شبيهين بـ»دوني». إلا إنه يتخلل الحفلة في هذه المرة العديـد من الألعاب الجنسـية المشـتركة، مع الكثير من الهذيانات والانتشـاءات تحـت تأثيـر الكحـول والمخدرات. في نهاية الحفلـة، يتم إطفاء الأنوار، ونغيـب في هذيان جماعي عشـوائي. تتكرر هذه الليالي، وأنا مسـتمتع بها، دون أن أفقد مكانتـي المميزة لدى «بيريـن و»جولييت»، اللتين لا ترغبان بالتخلي عني، على الرغم من كل الأجسـاد الذكرية والأنثوية التي تمر عليهما.

ذات ليلـة، يفاجئني حضـور «دوني» إلى الشـقة، بملابسـه الممزقة، وشعره المنكـوش، ووجهـه المليء بالبثـور الحمراء، دون أن أعرف من دعاه. حضر، وهو يحمـل كاميرات التصوير. لا يشـاركنا في مجون الحفلة الصاخبة، على الرغم من وجـود الرجال الشـبيهين له، إلا إنـه يلتقط طوال الليل صـوراً فوتوغرافية للحفلة الماجنـة بكامـل تفاصيلها. يقول إنه يريـد أن يقيم بها معرض تصوير فوتوغرافي، يُبـرز فيه جماليات العري الجماعي في الجسـد البشـري، ويجول به في عدد من المدن الفرنسية.

تفاجآني «بيرين» و«جولييت» الآن برغبتهما فتح «بيت دعارة» مميز، في كامل البناء، الذي تقع فيه شقتنا، مع الإبقاء على مخبز «ميريل» في الأسفل عند الناصية. تحدثاني بأن مشروعهما سيكون ناجحاً مالياً، بسبب كثرة السياح الذين يرتادون حينا القديم، ويرغبون بالمتعة السريعة. لا تعارض السمينة «ميريل» المشروع، مادام سيتحرك البيع في مخبزها بطريقة أفضل، وتفتحه نهاراً وليلاً. وبما إنني في داخلي لم أتخل عن شغفي بالسينما، أقرر فتح أستوديو للتصوير في «بيت الدعارة»، أستغله في إخراج أفلام إباحية، وأمنح البطولة الرئيسية فيها لـ«بيرين» و«جولييت». أصنع سلسلة من هذه الأفلام، تغدو شهيرة، تنافس بشعبيتها سلسلة «إيمانويل» الإيروتيكية، التي تشاهدها الآن باستمرار إحدى نسخي في صالات السينما الباريسية في «الحكاية الثانية»، وأستوحي منها المواضيع بومضات تزورني في الذاكرة.

لكن بالعودة إلى «الحكاية السابعة»، عندما تخيرني «بيرين» إما بالانضمام إليها في الفراش مع «جولييت» أو مغادرة الشقة نهائياً، أعيش الخيار الثاني بشخصية أخرى، لا أمتلك فيها أي ميول جنسية خارجة عن المألوف، بسبب عقليتي الشرقية الشاعرية. لذا، أحزم أشيائي القليلة، وأغادر الشقة حزيناً، وأنتقل إلى الحياة في «الحكاية الثانية عشرة»، حيث لا أجد ملجأً لي إلا عند «ميريل»، مالكة المخبز السمينة. أقرع باب مخبزها، وأنا حزين، وأبكي على صدرها الممتلئ بهضاب ثدييها، فأغرق فيهما، فيما هي تغمرني بحنان بين كتلها اللحمية، وأنسى العالم من حولي.

هكذا، أكتشف في «الحكاية الثانية عشرة» إن لدى «ميريل» قلب ناعم رقيق، ينبض بالمشاعر الجياشة، تحت كتل جسدها اللحمية المتكدسة، إنما ينبغي فقط الإنصات لضرباته بصبر محب. بل وأشعر إن هذه الكتل اللحمية تفوح بأحاسيس حميمية خفية غامضة، تثيرني وتجعل كل جسدي ينتصب. وأمام تأثرها بحزني، تداعب رأسي طويلاً، ثم تفسح لي مكاناً بين فخذيها العملاقين، كي أغرق فيهما. عندما تنتشي عدة مرات، تنهض، لكنها لا تتدحرج مثل برميل، إنما تطير بي بخفة ريشة إلى شقتها الصغيرة، الملحقة بقبو

المخبز. تطلب مني الإقامة عندها بشكل دائم، وننام معاً في سرير ضيق جداً، تحتل هي معظم مساحته.

تتولى الآن «ميريل» التعامل مع الزبائن وراء بسطة البيع في المخبز في أثناء النهار، فيما أعمل أنا طوال الليل في القبو على تحضير العجين وشيه في الفرن الآجري، كي يكون الخبز جاهزاً في الصباح الباكر. لا أعرف متى أغرق بالكامل بين كتل العجين وبين الكتل اللحمية لجسد «ميراي»، فكله عجن، يأخذ مع الزمن باستنزاف قواي. في الصباح، بالكاد أستطيع الإفلات من متاهات العجن، متعللاً بضرورة تجهيز الخبز على البسطة، قبل قدوم الزبائن، فيما هي تريد أن تستبقيني لوقت أطول، وهي تقول «لم أقابل رجلاً مثلك، يتقن عجن كل هذه الكتل بطريقتك السحرية».

كي أهرب من متاهة العجين واللحم المتكدس، أتخذ خياراً ثانياً بالانتقال من «الحكاية الثانية عشرة» إلى «الحكاية الرابعة عشر» بنسخة شبيهة جديدة. أعرض فيها على «ميريل» مهاراتي بصنع أنواع شرقية من المعجنات والفطائر التي لا تعرفها، فأنا ذواق من الدرجة الأولى في اختيار المناسب للبيع، مما سيجعل مخبزها مشهوراً. وأقترح عليها أن أعمل على بسطة البيع من أجل الترويج للمنتجات الجديدة. تُسَر «ميريل» من اقتراحي، خاصة مع تجربة تذوقي كتلها اللحمية المتكدسة، بطرائقي الشرقية المبتكرة، مبتدئاً من تضاريس ما بين فخذيها.

هكذا، تنتظم حياتي في «الحكاية الرابعة عشر» بنسخة جديدة، أتعامل فيها مع الزبائن من وراء بسطة البيع، في حين إن «ميريل» هي من تتولى العجن بساعديها العملاقين في القبو. في عملي وراء البسطة، تتاح لي فرصة للثرثرات الطويلة مع الزبائن.

عند المساء، أتحدث دائماً من وراء البسطة مع امرأتين حلوتين، تشتريان الفطائر والمعجنات الشرقية يومياً من المخبز. تقولان لي إنهما تسكنان في بناية المخبز نفسها. واحدة شقراء، بمؤخرة صغيرة ناعمة، ووجه دون نمش بني فاتح، والثانية بشعر أسود غزير، وعينين زرقاوين، وخدين حمراوين، وثديين

طافحيـن، لا تنفكان عن تبادل العناقات والقبلات الحميمية طوال الوقت. الأولى أسـمها «بيرين»، والثانية «جولييت». تقولان لي إنهما لا تستلذان فقط بفطائري الشرقية، بل ويعشقن أيضاً سمرتي الملوّحة بشمس الشرق، لذلك ترغبان بالثرثرة معي طويلاً. ويأتي مساء، تطلبان على الهاتف أن أحضر لهما بنفسي إلى شقتهما فطائري اللذيـذة. أجدهما معاً في الفراش، وسرعان ما تستمعان بطعم الفطائر الشـرقية، وبحرارة جسدي الملوّحة بالشمس.

هكذا، أترك «ميريل» كل ليلة تنام منهكة، بعد عملها القاسي بالعجن في القبو، وأدعي بإني سـأمضي سـهرة مع أصدقاء شـرقيين، وأتسـلل بالطبع لعند «بيرين» و»جولييت». أمضي الآن أوقاتي بين العمل مع «ميريل» في المخبز، والتسلل إلى فراش «بيرين» و»جولييت» في الليل. في هذه الأثناء، يتصاعد الاشمئزاز لديّ من الكتـل اللحميـة المتهدلة عند «ميريل»، ومن رائحة العفن والعطن الصادرة عنها.

أنتقل الآن بنسخة شبيهة جديدة مني إلى «الحكاية الخامسة عشرة»، وأعيش مـع «بيريـن» و»جولييت» حياة زوجية ثلاثيـة. تعمل فيها «بيرين» باحثة في تاريخ «الوسـائل السـمعية ـ البصرية»، وتؤلف الكتب في هذا المجال، خاصة عـن تاريخ السـينما، فيما تدير «جولييت» متجراً لبيع الكتب القديمة والنادرة. وأتفرغ أنـا لكتابة مؤلفات عـن علوم الكونيـات والباراسـيكولوجيا، خاصة تلك التـي تهتم بنظريات «الأكوان المتعددة»، و»الأكوان المتوازية»، و»السـفر عبر الزمـكان»، إلـى جانب الاهتمـام بقضايا التقمص والتناسخ والتخاطر. أسـتفيد فـي مؤلفاتـي مـن الومضات الغامضـة المبهمة التـي تصلني مـن «عوالم مرايا» متعـددة، تعيـش فيها نسـخ شـبيهة لي، من أجـل تأكيد نظرياتي. أصبح شـهيراً، وتمتلئ أمسـياتي ببرامج محاضرات وحفلات توقيـع لكتبي، تنظمهـا «بيرين» و»جولييت».

الهـروب مـن «ميريـل» ومخبزهـا، والعيـش فـي حيـاة جديدة مع «بيرين» و»جولييت»، حيث نعمل بالتأليف وبيع الكتب، هي جميعها خيار، أعيشه بنسخة جديدة مني في «الحكاية الخامسـة عشـر». إنما يوجد خيار ثان لـديّ، تحرضه ومضات تنبثق من «حكاية قديمة»، تتراءى فيها صور مبهمة عن «بيت دعارة»،

يقع في بنايتنا، مما يمهد للانتقال بي بنسخة شخصية جديدة إلى «الحكاية السادسة عشر».

هكذا تجري الأحداث في «الحكاية السادسة عشرة»، فأنا أعمل في مخبز «ميريل» على البسطة، وقلما أخرج إلى الشارع الذي يقع فيه. إنما أشاهد دائماً عبر نوافذ المخبز الزجاجية العريضة وجود نساء متسكعات، متوزعات على طرفيه. يستندن إلى الجدران، أو يتمشين جيئة وذهاباً، يعرضن أجسادهن شبه العارية على المارين. يحاولن اصطياد زبائن منهم، والذهاب بهم إلى غرف «بيت الدعارة» في بنايتنا، فيقضين معهم بعض الوقت مقابل أجر، بالتأكيد يتم دفعه إلى الإدارة، التي تنظم الأمور المالية، ثم يعاودن الوقوف. ألاحظ أحياناً إن غياب الواحدة لا يتجاوز العشرين دقيقة، فأفكر كم زبوناً يسقط بين فخذيها في النهار. على كل الأحوال، لا تكترث هاته النساء بي، وأنا أيضاً بالمثل، فهن بالنسبة لي مجرد زبونات، يشترين من المخبز بعض الفطائر والمعجنات، لا يهمهن نوعها أو طعمها أو شكلها، فقط يزدردنها سريعاً، حتى لا يضيعن فرصة اصطياد زبائنهن في الشارع. ولسن هن من يدفع أثمانها، إنما يتم تسجيلها على حساب الإدارة، التي أتلقاها في نهاية الأسبوع.

في إحدى الأمسيات، تتصل بي إدارة «بيت الدعارة» من أجل طلبية كبيرة من الفطائر والمعجنات، وتطلب مني إحضارها سريعاً. أجدها فرصة، كي أدخله للمرة الأولى، وأتعرف علي خفاياه من الداخل. تقع غرفة الإدارة في المدخل إلى اليمين، بجدران زجاجية عريضة، تكشف حركة الدخول والخروج. ومن ثم يمتد درج عريض وطويل، يذهب إلى الطابق العلوي، تتوزع على كل درجة منه امرأة شبه عارية، تجلس فاتحة فخذيها دون سروال، وتنظر في اللاشيء بلامبالاة. بهذه الطريقة تعرض بضاعتها، وهي تنتظر زبوناً من الرواد الزائرين، كي يختارها.

أدخل إلى غرفة الإدارة، فأجد امرأة بوجه بني نمش فاتح، وثانية بشعر أسود كثيف، وعينين زرقاوين، وخدين حمراوين. عندما تنهدان، أكتشف إنهما شبه عاريتين، للأولى مؤخرة صغيرة ناعمة، وللثانية ثديين ممتلئين، وتناديان

بعضهما باسمّي «بيرين» و«جولييت». ما إن تشاهداني حتى تقتربان مني مذهولتين، وتتلمسان جسدي بشغف مجنون، وهما تقولان بدهشة وبصوت واحد «شمس الشرق، وفحولة الصحراء، لماذا لم نشاهدك قبلاً؟». ثم تنزعان عني الملابس بعنف، فأغدوا عارياً، وتردفان، وهما تدوران حولي، «ما الأجر الذي تناله من عملك في المخبز؟ لماذا لا تستفيد من هذا الجسد الوحشي؟ هيا امضِ معنا إلى أستوديو التصوير، وستنال لدينا أضعاف أجرك هناك. لقد طلبنا الطعام، لأنه لدينا حفل صاخب سنصوره، وستشاركنا به.»

تشداني المرأتان، وأنا مثل المنوم، إلى صالة مظلمة، تحوي كاميرات تصوير مركبة على حوامل، وأجهزة إضاءة وتسجيل في الزوايا، وأسلاك كهربائية مبعثرة على الأرضية. في عمق الصالة، يبرز سرير عريض، يتسع للعب عشرة من الأشخاص، تتوزع حوله ألعاب جنسية بلاستيكية، منها أعضاء جنسية ذكرية وأنثوية، وسياط، وقيود، وأقنعة، ودمى نساء منفوخة. عندما يُضاء السرير بشدة، أصحو من تنويمي، فإذا بجمع من الرجال والنساء العراة الممسوحي الوجوه يترامون عليه بعشوائية. سرعان ما يختلطون ويتحدون في كتلة هلامية واحدة رجراجة، تموج مثل كائن خرافي بجسد واحد ورؤوس متعددة، تصدر عنها أصوات التأوهات والصرخات.

تدفعني «بيرين» وجولييت» إلى السرير، وننضم إلى المجموعة، فيما أسمع أزيز خفيف للكاميرات، وهي تصورنا. في هذا السعار الجنسي للجنون الجماعي، الذي أضيع فيه، لا تهمني الأجساد حولي، وإنما أبحث فقط عن مؤخرة «بيرين» الناعمة، وثدي «جولييت» الطافحين، اللذين شاهدتهما في غرفة الإدارة. وبدلاً من ذلك أصطدم بطرف جسد أسمر، فأشعر كأن صعق كهربائي يلسعني. أنزلق عنه بعيداً، ويبتعد هو عني بالمثل، وننسحب جانباً من الكتلة اللزجة، فإذا هو شبيهي تماماً، لا بل هو جسدي نفسه بنسخة ثانية. ننظر إلى بعضنا البعض مستغربين، «أنا صانع الفيلم، والمسؤول عن تنظيم الحفل وتصويره»، «وأنا أعمل في المخبز، الواقع على ناصية البناء، أحضرت لكم طلبية الطعام.»

لكـن قبـل أن نبـادر إلى فعـل أي شـيء، تعانقانا «بيرين» و»جولييت» من الخلـف، وتدفعانـا إلى الالتصاق ببعضنـا البعض، كي نعـاود الانضمـام إلى الكتلة الهلامية. يحدث شيء غريب، عندئذ، إذ تتولد صعقة كهربائية من التقاء جسدينا، وينتشـر منهـا تموجـات غريبـة في الأجـواء. ونشـاهد بالتالـي، نحن الجسـدين، كيـف تتوقـف الشخصيـات المشـاركة بالصخب الجنسـي عن الحركـة، ويأخذون بالانطفـاء والاختفـاء رويـداً رويـداً. ثم ما نلبـث أن ننطفئ نحن الجسـدين أيضاً. في الومضـة الأخيـرة، نشـعر إن هنـاك خلل احتمالـي يحدث في «عالم المرايا» هـذا، وإن «الحكاية السادسـة عشـر» تؤول إلى الاختفاء. لكن الومضات الكاملة عـن «حكايتنا» تصلني كاملة إلى شـخصية «الأنا الواعية ـ العليا» في «الحكاية الأصليـة»، الغارقة في «غابة الطفولة».

أجـد نفسـي الآن في «الحكاية العاشـرة» من جديد، في اللحظـة التي أرجع فيهـا إلى الشـقة باكراً من المخبز، الذي أعمل فيـه عند «ميريل»، وأجد «بيرين» و»جولييت» في الفراش معاً. تضعني «بيرين» وقتها أمام ثلاث خيارات؛ الأول أن أنضم إليهما إلى السرير، وأعيش في «الحكاية الحادية عشرة»، الثاني هو الرفض والالتجاء إلى «ميريـل» في المخبز، وأعيـش معها في «الحكاية الثانية عشـرة»، لكن هنـاك خيـار ثالث. أغـادر «بيرين» حزينـاً مسـتنكراً فعلها مـع «جولييت»، وألتجـأ إلى مخبز «ميريـل»... فتطردنـي هـي أيضاً. وأضطر عندئـذ للعيش في «الحكاية الثالثة عشر».

هكذا، أصبح في «الحكاية الثالثة عشر» مشرداً في الشوارع، لا أعرف إلى أين أذهب. أشـتري زجاجة نبيذ بحثاً عن الدفء، أحتسيها سريعاً ببضعة جرعات. ثم تليهـا ثانيـة وثالثة، فأصبح ثملاً، وأرتمي إلى جانب جدار بيت مهجور، وأغفو في العتمـة. يبدو إن الزمن يمر الآن رتيبـاً، فكلما أستيقظ، أشـتري زجاجات جديدة، أحتسـيها وأنام مخموراً، بحيث أصبح سكيراً مُدمناً. ذات ليلة، يقترب مني مشرد، يمنحنـي قليـاً من بـودرة هيروين، ويقـول لي بإني إذا أستنشـقتها، سأسـافر إلى عالـم آخر، وأنسـى مثلـه واقعنا البائس كمشـردين في الشـوارع. لكنه أردف بأن هذه المرة الأولى سـتكون مجانيـة، لكن في المرة القادمة عليّ أن أدفع.

هكـذا، أغدوا مدمنـاً على الكحـول والمخدرات معاً، ومظهـري بائس، مثل كل المشـردين في الشـوارع؛ أسـير حافياً، وأرتدي معطفاً عتيقاً، يخفي عريّ، وقبعة مهترئـة، وجدتهما فـي البيت المهجور. أحتاج الآن للنقـود، ليس للطعام، فهذا لا يهمني أبداً، وإنما لأشتري كحولاً وهيروين بشكل مستمر.

في مكب للنفايـات، أجد طبلـة صغيـرة شرقية، مهترئـة الغطـاء الجلـدي، مثقوبة، بقاعدة مكسورة، فأسـر بها. أجلس على طرف رصيف، في أحد الشوارع الباريسـية، التي يرتادهـا المتنزهـون بكثافـة، وأضع قبعتـي أمامي، كـي أتلقى الصدقـات، مثل عادة الشـحاذين المهذبين في المـدن الغربية. أقرع على الطبلة إيقاعـات غريبـة بشكل هستيري، وأنا غارق في هلوساتي الناتجة عـن تناول الكحـول والمخـدرات. يتوقـف المـارة أمامي طويلاً، وأنا مسـتغرب مـن فعلهم، كأنهم يستعذبون موسيقاي، ويجدونها غرائبية من الشرق الجميل، كما يصرحون منتشـين بها. لا يهمني تصفيقهم واستحسـانهم، فأنا أحتاج نقودهم، كـي أشتري متطلباتي من الكحول والمخدرات.

مـع الزمـن، يستقر مقامي هنا في الشارع ركنـاً خاصـاً بي. يأتي موظف من البلدية مع عماله، يسـقفونه، ويزينوه بديكورات شرقية، ويزودوه بفراش وبعض المسـتلزمات الضروريـة للحيـاة، كـي أتابـع العـزف، وأمتع المارة. يحضر عمال البلدية يوميا، وينظفون المكان، ويصبح ركني مزاراً سـياحياً، يلتف المارة حولي، وبعضهم يجلس طويلاً، ويسـتمعون إلى عزفي.

يحضر إلى ركني شـاب يرتدي ملابس ممزقة؛ منكوش الشـعر، ووجـه مليء بالبثور الحمراء، يحمل كاميرات تصوير فوتوغرافي. ترافقه فتاة بوجه دون نمش بنـي فاتـح، ولها مؤخـرة صغيرة، تحمـل أجهزة تسـجيل صوتية. وفيمـا أنا أعزف، يقوم الشـاب بتصويري لقطات من مختلف الزوايا بكاميراته، فيما تسـجل الفتاة عزفي بأجهزتها الصوتية.

يقول لي الشـاب «أنا «دوني»، أقيم معارض تصوير فوتوغرافي وأجول بها في البلاد. أصور هذه اللقطات عن حياتك في هذا الركن، وأنت تعزف، وسـأعمل منها معرضاً مميزاً».

تقول الفتاة « أنا »بيرين»، أسجل موسيقاك الشرقية الساحرة، التي سترافق معرض التصوير الفوتوغرافي، وربما تشارك بالعزف فيه مباشرة. بالمناسبة، أنا باحثة مختصة بتاريخ الوسائل ـ السمعية ـ البصرية، وأرغب بتأليف كتاب عن الموسيقى الشرقية، فربما تقدم النصائح لي».

ثم تردف «بيرين» «لدي شقة صغيرة، أقيم فيها أنا و»دوني». يوجد فيها لدينا صالون، ما رأيك أن تحضر إلينا، وتقيم معنا فيه؟».

أجد نفسي من جديد في «الحكاية الرابعة» عندما يتنازع «بيرين» و»دوني» في الفراش ومعهما «جولييت». وبنتيجة النزاع يغادر «دوني» الشقة مع «جولييت»، وأبقى أنا «مع بيرين»، وأعيش معها «الحكاية الخامسة». لكن يوجد هنا خيار آخر، عندما تضم «جولييت» إلي في الفراش، وعند الصباح، أغادر معها، وأعيش «الحكاية السادسة».

هكذا، أعيش مع «جولييت» «الحكاية السادسة». أكتشف أن ليس لديها شقة، وإنما تسكن مع مجموعة شبه فوضوية، تسمي نفسها «التروتسكيون». يعيش أفرادها معاً في صالة كبيرة، بملابس شبه ممزقة، الرجال فيها ملتحون، ولديهم نظارات صغيرة سميكة، ويحملون كتباً، أينما تحركوا، فيما النساء لا يمتلكون عيوناً زرقاً، ولا أثداء طافحة. يتقاسم كل شاب وامرأة فراشاً معاً، فيما أدوات الطعام في الصالة مشتركة للجميع. تشرح لي جولييت بإن التروتسكيون يؤمنون بـ»الثورة الدائمة» التي أعلنها تروتسكي، ويريدون تفجير الاشتراكية في العالم أجمع معاً، بدلاً من التركيز على بنائها في الاتحاد السوفياتي، كما كان يريد ستالين وخلفاؤه. وبما إن الزمن تغير، وذهب ستالين، فهم يتوجهون مرحلياً الآن إلى دعم احتجاجات «الثورة الاجتماعية» في فرنسا، كأحد البلدان الرأسمالية، من أجل تغيير الأوضاع فيها.

ينتاب رأسي دوار شديد مما أسمعه، فأنا لم ألتق لا بتروتسكي ولا ستالين، بل هذه أول مرة أسمع بها عنهما. أنا أرغب فقط بمعانقة «جولييت»، والنظر في عينيها الزرقاوين، ومداعبة ثدييها الطافحين. تبتسم لي، ونمضي إلى فراشها، الذي تحيط به فرش كثيرة؛ يوجد الكثير من الأشخاص حولنا، إما يتناقشون

بضجيج عال، أو يقرؤون كتباً، بل إن بعضهم يمارس الجنس، مكشوفاً دون غطاء.

تشعر «جولييت» باستغرابي مما أراه، فتقول لي «الجميع يعيشون هنا أولى أشكال المشاعية المستقبلية، التي ستكتسح العالم قريباً. لا أحد يمتلك جسد الآخر، وكل شخص يتصرف بجسده بحرية، وينام مع من يرغب. إذا كنت ترغب بالاستمتاع بثديي الطافحين، فينبغي أن تقبل بقوانيننا. أنا أحبك، لكن جسدي هو ملك لي».

أشعر بالحيرة بين خيارين، فإما البقاء مع «جولييت» وقبول قوانينها، أو التخلي عنها.

في الخيار الأول، أفكر بإن لا شيء يهمني، مادامت أنا مع «جولييت»، وليتقاسم الجميع أجساد بعضهم البعض. فأنتقل للعيش معها في «الحكاية السابعة عشر». هكذا، في المساء، يحضر شاب، على ما يبدو من هو «الزعيم» هنا، فالجميع يحييه باحترام شديد؛ لحية كثيفة، يحمل على وجه نظارات أكبر وسميكة أكثر، ويحمل عدة كتب. يجلس جانبي، ويقول لي «حدثتني عنك «جولييت» طويلاً، وقالت لي إنك تهتم بـ«الأفلام الوثائقية». بما إنك انضممت إلينا، وأصبحت عضواً في مجموعتنا، سنزودك بكاميرة تصوير سينمائي، وتنطلق مع «جولييت» إلى الأماكن التي ينتشر فيها المتشردون. ستقوم هناك بتصوير أفلام وثائقية عنهم، نستغلها في فضح الآليات الرأسمالية التي تحكم المجتمع الفرنسي».

أذهب بالكاميرة السينمائية إلى شارع المشردين مع «جولييت»، نشاهد البعض منهم يعزف على آلات موسيقية. وقد يضع كل واحد منهم قبعة أمامه، يلقي فيها العابرون بعض النقود، بعد أن يتوقفوا قليلاً، مستمعين للعزف. فجأة، يلفت انتباه «جولييت» إيقاعات شرقية، يعزفها أحدهم على طبلة شرقية، قادمة من طرف الشارع. أشعر باضطراب شديد، ونحن نمضي باتجاه الصوت، فإذا بحشد كبير من المارة، بعضهم يجلس على الأرض، يلتفون حول مشرد، يجلس في ركن مسقوف، ويستمعون إلى عزفه الشرقي.

في الركن، ألمح مشرداً يعزف على طبلة شرقية. يتقافز حوله شاب، بملابس ممزقة، وشعر منكوش، ووجه ببثور حمراء، يقوم بالتقاط صور فوتوغرافية له.

وإلى جانبه تجلس فتاة حلوة بوجه دون نمش بني فاتح، تسجل موسيقى عزفه. يفاجئني المشرد بأنه يشبهني، لا بل هو شبيهي بالكامل، لكنه بحالة سيئة في الشكل والملبس. تلتقي نظراتنا... أتراجع عن الاقتراب منه. أهرب، وسط استغراب «جولييت».

أعود إلى خياري الثاني في «الحكاية الرابعة»، عندما أكتشف إن «جولييت»، تريد أن تجعل جسدينا مشاعاً، على الرغم من الحب بيننا. ارفض البقاء معها، وأنتقل للعيش في «الحكاية الثامنة عشر».

هكذا أجد نفسي في الشارع وحيداً، مشرداً، بعد فقداني الأصدقاء الباريسيين الثلاثة. أشعر بحزن شديد، وأشتري زجاجة نبيذ، أحتسيها في الشارع بجرعات سريعة، ثم أتبعها بثانية وثالثة، فأشعر بالثمالة. أرتمي إلى جانب جدار بيت مهجور مخموراً، وأغفو في العتمة. يمر زمن، وأصبح مشرداً، مدمناً على الكحول والهيروين. أحتاج إلى النقود، ليس من أجل الطعام، فهذا لا يهمني، إنما من أجل الحصول على الكحول والهيروين.

أجد في أحد مكب النفايات آلة موسيقية وترية، تشبه الربابة الشرقية. على الرغم من إنها شبه محطمة، إلا إن بعض أوتارها ماتزال مشدودة سالمة. أنبش في النفايات، فأجد قضيباً، يمكن الاستعانة به من أجل العزف. أجلس في الشارع مع المشردين، أعزف على الربابة ألحاناً عشوائية، وأنا مخبول بهلوساتي بسبب الكحول والهيروين. أضع قبعتي أمامي، أستغرب إن النقود تُرمى بها، وإذ أرى مارة يجلسون حولي في حلقة، يستمعون إلى موسيقاي بشغف، يصفقون في نهاية كل مقطوعة، وهم يستحسنون عزفي.

فجأة أستمع غير بعيد عني عزف طبلة شرقية، أتناغم معها بعزفي على ربابتي.

فجأة استمع غير بعيد عني عزف ربابة شرقية، أتناغم معها بعزفي على طبلتي.

تتلاقى النظرات، متسائلين إن كنا قد ألتقينا سابقاً...

«ألست أنت «بائع الصبار»؟».

«ألست أنت «بائع البوظة»؟».

(3)

وصايا الغبار
تمثال الديكتاتور

تنفجر غمامة من عدم، فإذا أنا كيان؛ احتمال حدث جديد، في سلسلة أحداث متشابكة. أنا مدير صغير في «المكتبة الوطنية»، المطلة على «الساحة الكبيرة»، في «العاصمـة». يتم إيقافي عن العمل لأني كتبت «وصايا الغبار». هي ليست فقط عـن ذلك الغبـار القادم من صحـراء توحش بـداوة وهابية، بوصايا سـيوفها العطشى لجـز الرقاب والتلمظ بالدمـاء، وإنمـا أيضـاً ذلـك الغبـار، المُعفَّر في أرواحنا، وقد أثارته جنازير دبابات عسـكر البلاد، وهي تهرسنا بشهوة لا ترتوي. في داخلـي حزن عميـق مبهم، عن وصايا تعبق بحنيـن لحكاية حرية، ستنفجر في أي لحظة بـ«وصايا المطر»، المفتقد في بلادي. وخوفاً من أحلامي السحرية، التـي أسـتوحيها من «وصايا المطر»، يتم حجزي قسـرياً، في صندوق صغير، في «المكتبة»، بالكاد يسـعني، بدوام يومي رسـمي، تحت رقابة مشددة.

تسـقط قذيفـة «مدفع هاون» من السـماء، على شـارع يفصل بيـن «المكتبة» ومبنى عسـكري لإدارة المعارك المسـتمرة في البلاد، وأنا أقف هنـاك. تنفجر القذيفة بزلزلة هائلة، يهتز لها الأرض والعمار، وصوت راعد يحطم زرقة السـماء. تتناثر شظاياها زخات مطر من المعدن في الفضاءات، وتهطل على الأرض موتاً مـع روائح الدخان والدمار. يتشظى دماغي مـن ضغط صوت الانفجار، وتسيل الدماء من أذنيّ وأنفي وعينيّ، وتملأ جسدي زخات مطر معدني بمئات الشظايا الصغيرة، وأرتمي جثة بلا حراك. لكن نسخة ثانية مني، تقف وراء جدار، يحميها مـن مطر الشـظايا المعدنية. تنجو من خطر الانطفاء، لكن يصاب سـمعها بصمم جزئي، وضجيج الانفجار يبقى في الرأس مدوياً باستمرار.

هـذه النسـخة الثانيـة الناجيـة هي أنـا، المحتجزة الآن في صندوق صغير في «المكتبة»، بسـبب أحلامي عن «وصايا المطر».

لا أتذكر منذ كم من الأعوام، وأنا محتجز في هذا الصندوق، ربما منذ ما قبل ولادتي؛ شيء أشبه بـ«صندوق قطة شرودنغر». يحوي جميع الاحتمالات التي يفجرها خيالي، بناء على تحريض مما أرصده حولي، فأحولها إلى وقائع، ومن ثم إلى «حكايات».

الصندوق دون باب أو نافذة، لكن أحد جدرانه زجاجي، يطل على «الساحة الكبيرة»، ويكشفها بالكامل أمامي. يبدو مثل شاشة عرض لـ«فيلم سينمائي»، تجري أحداثه في «الساحة» أمامي، حيث تشكل التفاصيل فيها شعلة القدح لانفجار «حكاياتي». وأنا المشاهد الوحيد، متكور في الصندوق، وأتابع يومياً «الفيلم»، لكن «حكاياتي» لا تذهب سدى، تحتفظ بها أغنيات الرياح، وتنشرها وثائقاً للأزمان القادمة وأجيالها.

يبدأ «الفيلم» أمامي يومياً، في الثامنة صباحاً، موعد بدء الدوام الرسمي في «المكتبة». تحضر من «القصر الجمهوري» إحدى نسخ «تماثيل» الحجر الأسود لـ«الزعيم الجنرال»، الذي حلّ فيه استيهام إله طائفي. تحضر النسخة، كي تمارس بدلاً منه بعضاً من مهامه النهارية، من أمام «المكتبة»، في إطلالة على «الساحة العامة». تجلس نسخة «التمثال» على عرش حجري، متوضع فوق منصة رخامية عالية، يصل رأسه إلى السماء؛ مكفهر الوجه، بتكشيرة واضحة على فمه. يعطي «التمثال» تعليماته من هناك لأفراد الحواجز الأمنية المنتشرة بكثافة في «الساحة»، التي تفتش السيارات بحثاً عن «الإرهابيين»، ويراقب تنفيذها.

يبقى «التمثال» في موضعه أمام «المكتبة» حتى الرابعة بعد الظهر، نهاية الدوام الرسمي. ثم يعود إلى «القصر الجمهوري»، ويجتمع مع بقية زملائه من النسخ الحجرية الأخرى لـ«الزعيم الجنرال»، التي كانت متوزعة في مناطق متفرقة من «العاصمة»، بدوام رسمي أيضاً، وبالمهام نفسها. عند المساء، يتناولون وليمة عشاء فاخرة من لحوم معتقلين سياسيين، مسلوخة ومطهية في المطبخ الرئاسي. أسمع الإعلان عن مثل هذه النشاطات السياسية اليومية لـ«نسخ التماثيل»، في «النشرة الرسمية» اليومية لـ«وكالة الأنباء الحكومية».

لكـن نسـخة «تمثال المكتبة» تغـدو الآن الوحيدة التي تمارس صلاحياتها، إذ من حسـن حظها أنها تتواجد هنا، في «السـاحة» المحصنة بمواقع ومتاريس عسـكرية، بسبب قربها من «القصر الجمهوري»، وبعيداً عن مناطق المتظاهرين الغاضبين. تروج الآن إشاعات عن إن هؤلاء المتظاهرين هاجموا بالنعال الجلدية النسـخ الأخرى، التي كانت تتوزع في مناطق مختلفة من «العاصمة»، وسيطروا عليها. ويُقال إن الأحجار القاسية للتماثيل تتكسر بسـهولة تحت ضربات النعال الجلدية، وتتناثر أرضاً، دون أن تسـتطيع الدفاع عن نفسـها.

منذ زمن بعيد، يموت «الزعيم الجنرال»، هو واستيهام الإله الطائفي الذي حلّ في جسـده. وفي تعتيم إعلامي رسمي، يُدفن ما يشـتبه أنه جثتيهما، في «مزار» عسـكري عند السـاحل. ويُقال بأنه لـم يكن هناك أي «زعيم جنرال» في الحياة، وإنما مجرد نسـخ تماثيل فقط، تلبسـها اسـتيهام إلـه طائفي، وهـي التي تحكم البـلاد. بل ويُقال إن القبـر هو الآن في الحقيقة فارغ، دون الإعلان عن ذلك.

على كل الأحوال، يتحوّل «المزار» في الساحل إلى مركز حج، يتم فيه تقديم أضاحي أحيـاء، من المعتقلين السياسـيين؛ يُذبحون مباشـرة على بلاط مدخله. ويحـج المُريـدون إليه بـ«طقوس رسـمية»؛ يرتدون لباس الجنـود المموه، على أجسـادهم العاريـة، ويعتمرون خوذاً عسـكرية، بعد أن يلطخوا وجوههم بدماء أضحيـة بشرية مـن المعتقلين السياسـيين، ويطوفون مهرولين حوله، خمس دورات، علـى عـدد أبنـاء «الزعيم الجنرال» المفترضيـن. في النهايـة، وبجمار، مجموعـة بعنايـة مـن قريـة مولـده، يرمـون شياطين «الكيـان الإسـرائيلي»، و«الإمبرياليـة»، و«الرجعييـن الإرهابييـن»، الذيـن يحومون باستمرار في أجواء البـلاد، وهـم يشـتمونها بقبيـح الألفـاظ، باللهجـة المقدسـة التي يتحدث بها أهالي قريتـه الخالدة. في نهايـة الحج، يُغفر لهم ما تقدم من سـرقاتهم ونهبهم للبـلاد، ويتـم ترقيتهـم فـي المافيـات الوطنية الرسـمية فيها. وينالون في نهاية حجهم وشـماً بصورة «الزعيم الجنرال» مدبوغـاً على جباههم، يفتح لهم الطرق المغلقـة بـ«الحواجـز الأمنيـة»، ويسـمح لهـم دخـول «المسـتعمرات الطائفية» دون تفتيش، واسـتيطانها.

يُعتّم الإعلام الرسمي على أصول أبناء «الزعيم الجنرال» الخمسة، كـ«أولاد حرام»، بعـد أن تزداد الشكوك حـول وجوده الواقعـي، خارج نسخ «التماثيل»، خاصة بعد دفن صندوق مغلـق في «المـزار»، دون معرفـة محتواه. لكن الإيديولوجيا الرسمية تؤسس لأسطورة جديدة عن الابن الوريث ـ رغم بلاهته ـ إنه وُلِدَ «مسـيحاً ثانياً»، بعـد أن راود الإله الطائفي والدتـه، ذات ليلة، في غفلة منها. وتقـول الدعايـة أن الإله كان وقتها ثملاً بـ«عَرَق اليانسون»، المُخمّر في الساحل، فأخـذ يتأتئ بالكلام أثناء نشـوته، وانتقلـت هذه الصفـة الإلهية للابن، بعد أن يحلّ في جسده.

منـذ زمـن بعيـد، تحضـر يوميـاً نسـخة «التمثال» الحجري الأخيـرة، الخاصـة بـ«الساحة العامة»، في أثناء الدوام الرسمي، وتمارس مهامها من أمام «المكتبة». هكذا، عندما يزور البلاد «الرفيق الأممي الخالد»، العجوز فيدل كاسترو، لم تقو صحتـه على الحـج إلى «المـزار»، البعيـد في الساحل، مشـياً على الأقـدام، كما هـي عـادة الحجيج الأجانب. يقرر التمثال استقباله هنا في مدخل «المكتبة»، بتشريفات رسمية.

تُمد سجادة مخملية حمراء طويلة فاخرة، مـن مدخل «المكتبة» حتى قاعدة «التمثال»، يصطف حرس الشرف على جانبيها. يحضر الرفيق كاسترو، مع إكليل مـن الـورد، ببذلته العسـكرية الزيتيـة، ولحيته التـي لم يحلقها أبداً، بسـبب عدم تحقيق نذره بإسقاط «الإمبريالية». وفي أثناء إطلاق المدفعية إحدى وعشرين قذيفة على الأحياء الشعبية الدمشقية المتمردة على «السلطة» تشريفاً له، يؤدي الصلاة الأمميـة، وهو يذرف الدموع، حسـب الطقوس الستالينية. ثم يدور حول «التمثال» خمـس مـرات، بعد أن تُذبح أمامه أضحية معتقل إمبريالي أمريكي، تم إحضاره خصيصاً لهذه المناسبة العظيمة. أخيراً، يرمي الرفيق كاسترو شياطين «الإمبرياليـة»، المحلقـة في الأجـواء، بجمرات مـن «مزار» السـاحل، ويعـود إلى بلاده مطمئنـاً، كي يموت قرير العين، مرتاح البال، بعـد أن أدى واجبات الحج الأمميـة. ويُغفر له ما تقدم من ذنوبه، من إبادة لمعارضيه في معتقلاته الأممية، وتمضي روحه لتهجع قرب ستالين، وبول بوت، وما وتسي تونغ، وكيم إيل سونغ،

و»الزعيم الجنرال»... ما يحدث أمام «المكتبة» هو فيلم وثائقي دعائي، بأحداث حقيقية، أشهدها مباشرة من صندوقي الصغير.

بعد الموت المفترض لـ»الزعيم الجنرال» والإله الذي حلّ به، لم يعد من الممكن صنع نسخ تماثيل جديدة له، بدل تلك التي حطمها المتظاهرون بالنعال، بسبب غياب المومياء الأصل، كما يتم الادعاء رسمياً. لم يبقَ من نسخه سوى تلك الأخيرة، التي تتفقد الحواجز الأمنية، وجاهزية عناصرها المدججين بالسلاح، في مداخل «الساحة العامة» أمامي. تتخذ الآن السلطات أقصى درجات الحيطة والحذر، على الطريق المؤدي منها إلى «القصر الجمهوري»، فالأوضاع تغلي في البلاد، مهددة حياة «العائلة المقدسة»، و»المزرعة ـ الوطن»، التي تمتلكها، خاصة بعد أن تم اجتياح جبهات الأرياف بمحاربين صحراويين، قادمين على ظهور الجِمال وأسّنة الرماح، ملوحين بالسيوف والبلطات.

تنهض الحواجز الأمنية في «الساحة العامة» بمرابض رشاشات، وأكياس من الرمال تحيط بها، وبصادات للنبال والرماح، فيما لو هاجمها «الإسلاميون الصحراويون». تتحرك خلفها ثيران وحشية، بقرون ذات شعاب مسنونة، وبغال حرنة، بحوافر معدنية قاسية، جلودها جميعاً مبرقعة بالألوان الكامدة، المميزة لأفراد «الحرس الجمهوري». تغلق المداخل كتل أسمنتية وشوكيات معدنية، وركام من الأتربة والحجارة، تجعل السيارات العابرة تزحف فيما بينها عبر ممرات أفعوانية. يُسهّل هذا على العناصر الأمنية، المشكلة من فرق ذئاب، بأنياب ضارية، تفتيش السيارات، خوفاً من تسلل «الإسلاميين الصحراويين» فيها إلى «القصر الجمهوري» القريب من هنا، وهم يرتدون أحزمة ناسفة، أو يخفون تحت ثيابهم «أسلحة بيضاء»، حسب تصريحات «الوكالة الرسمية للأنباء».

تمتد الصفوف الأفعوانية للسيارات طويلاً بانتظار التفتيش، يتم إنزال الركاب منها، ويُجبرون على خلع ثيابهم كاملاً؛ رجالاً ونساء وأطفالاً. ومن يتم اكتشاف لديه حزام ناسف، أو سلاح أبيض؛ سيف، رمح، بلطة، قوس ونبال، حتى ولو سكين لتقطيع البصل، يتم إعدامه مباشرة في أرضه، ويُستأصل قلبه لوجبات

طعام العناصر الأمنية. ثم تجر الثيران والبغال جثته إلى منتصف الساحة، حيث ترتفع تلال من الأجساد الممزقة بالرصاص، تعلو يومياً أكثر فأكثر. ومن ينجو من الركاب يعود إلى سياراته عارياً، فقد تم الاستيلاء على ملابسه «غنائم تعفيش»، لصالح العناصر الأمنية.

في البداية، يبدو «الفيلم» الذي تجري أحداثه أمامي مملاً، على الرغم من الأعداد الكبيرة للأشخاص، الذين يتم إعدامهم مباشرة على الحواجز، وارتفاع تلال الجثث المُدماة في وسط الساحة. لكنه يصبح مثيراً أكثر، بطريقة هوليودية، عندما تبدأ شاحنات عسكرية بالعودة من جبهات القتال مع المتمردين، بصناديقها المكشوفة، الطافحة بأكوام من الجرحى، وهم على شفا الموت. وعليها أن تمر بـ«الساحة»، كي تصل إلى المستشفى العسكري، الواقع في الطرف الغربي لـ«لعاصمة».

يعتلي صناديق الشاحنات عناصر ميليشيات غاضبين وحزينين على أصدقائهم الجرحى؛ يصرخون من فوقهم بعويل، وهم يطلقون الرصاص بكثافة من بنادقهم في الهواء، كي تفسح لهم السيارات المتكدسة أمامهم طريقاً للمرور، مما يضفي على أحداث الفيلم مؤثرات صوتية ضاجة مميزة. لكن ليس أمام السيارات أي مجال للتحرك، فالازدحام على أشده، والحواجز الأمنية تقوم بواجباتها في التفتيش والإعدام. يأخذ الغاضبون بإطلاق نيران بنادقهم على السيارات، ويقتلون الكثير من ركابها، لكن دون جدوى، فهي لا تتزحزح. وعندما يشعرون بعبثية ما يفعلون، وبأن رفاقهم الجرحى قاربوا على مفارقة الحياة، يرموهم في الساحة، ويقررون الذهاب إلى مطاعم الحمص والفول المُدمس، في الحي الشعبي، القريب من «الساحة العامة»، ينفثون غضبهم بالطعام. لقد ملوا طعام الفراريج، التي تصلهم إلى الجبهات عظاماً دون لحم، مع أرز مخلوط بالبحص والزيوان.

لكن الطريق المعاكس عبر الساحة هي أكثر إثارة هوليودية في «الفيلم»، سواء بالحدث أو المؤثرات الصوتية. تتقدم أرتال دبابات من معسكرات «القصر الجمهوري»، الواقعة على التلال الغربية، المحيطة بـ«العاصمة»، لدعم الجبهات

المنكسرة مع المتمردين. تلفها غمامات دخان أسود، تنفثها بكثافة، وهي تهدر بضجيج محركاتها، وصرير جنازيرها. وفي طريقها، تهرس السيارات أمامها مع ركابها، ويُسمع تحتها صوت طقطقة المعادن المسحوقة، وتأوهات بشرية بدماء نافرة من أجساد ممزقة، وتكمل طريقها بيسر.

يستمر عرض «الفيلم» بأحداثه الوطنية، و«التمثال» يراقب ما يحدث بعين الرضى، فالأمور تجري على ما يُرام في «الساحة العامة»، وستنتصر «البلاد ـ المزرعة» على المتمردين. لكن ستحدث انعطافة مفاجأة في مسار الأحداث، لم يكن «التمثال» يتوقعها، إذ تأخذ المنجنيقات المخفية في بساتين الجبهات المتمردة منذ عدة قرون، برمي قذائف الهاون، المغمسة بالزيت المغلي على «الساحة العامة» بكثافة.

تنهال «قذائف هاون المنجنيقات» منفجرة بصوت مرعب، يصم الآذان، فترتج بها الأرض، وتتناثر شظاياها مطراً معدنياً، يهطل بزخات كثيفة. تتفجر السيارات، ويتطاير حطامها في الأجواء، وتلحقها أشلاء البشر وحيوانات الحواجز. يبقى كل شيء، معلقاً في الهواء، مشتعلاً بالنيران، الحطام والجثث، تلفها غمامات دخان أسود. لا تسقط، إذ تختفي الجاذبية التي تعيدها إلى الأرض، بسبب انفجارات قذائف الهاون المريعة، وهي تخلخل المجالات المغناطيسية للساحة.

تمتلئ الأجواء بشكل كثيف بقطع السيارات؛ محركات، دواليب، أجزاء هياكل محطمة، تتخللها الجثث الممزقة؛ أجساد، رؤوس، أعضاء، جميعها مشتعلة بالنيران في غمامات دخان. تختفي زرقة السماء، بحيث لا يبقى هناك معابر لطيور مهاجرة. في هذه الأثناء، أرى «التمثال» يقفز مرتعداً من فوق المنصة الرخامية، والذعر يرتسم على وجهه الحجري، وهو يتصبب عرقاً أسود. يختبئ خلفها، خوفاً من أن تفتته شظايا المنجنيقات.

ينتهي الدوام الرسمي عند الساعة الرابعة بعد الظهر، يتوقف عرض «الفيلم» عند المشهد الأخير. تهدأ الانفجارات، بعد أن تتوقف المنجنيقات عن الرمي، وتطفئ السيارات محركاتها، وينام الركاب على مقاعدها، وتهجع الحيوانات

الوحشية إلى الأرصفة، مضجعة عليها، متوسدة أكياس رمل، فيما يبقى الحطام والأشلاء معلقين في الهواء. يستمر هذا السكون حتى صباح اليوم التالي، في موعد الدوام الرسمي، لاستكمال عرض «الفيلم». في أثناء ذلك، يعود التمثال إلى القصر، يتعشى وينام، وقد أصبح وحيداً بعد تحطم نسخه الأخرى. بالمثل، أمضي أنا أيضاً إلى جحري في بلدتي، الواقعة في «الريف الغربي»، حيث أقطن منذ ألاف السنين.

كي أصل إلى موقف الحافلة، عند بداية «الأوتوستراد»، التي تقلني إلى بلدتي، ينبغي عليّ اجتياز الساحة، محاذراً تلال الجثث المكدسة في منتصفها، بالالتفاف حولها. أرى بشكل مباشر الفوضى تضرب أطناب المكان؛ أكوام الركام، وقطع السيارات المحطمة، وأشلاء الجثث، مبعثرة في أركانها، والقسم الأعظم منها تطاير في فضاءاتها، وبقي معلقاً في الهواء. تتحول جميعها، بشعلات نيرانها وغمامات دخانها، إلى مجرد صور رمادية ساكنة، يلفها غبار كثيف خانق راكد، والمطر المعدني للقذائف المتفجرة، المتوقف عن الهطول، وبقي معلقاً في الأجواء.

أضطر كل بضع خطوات أن أنحني، أو أخفض رأسي، حتى لا يصطدم بدولاب أو محرك أو جثة، معلقين في الهواء. أتلوى بين السيارات المتوقفة، وبين أكياس الرمل المبعثرة، فأسمع شخير النائمين عالياً. أعبر الساحة، وأغادرها، والسكون والصمت يعمها بالكامل. في الغد، مع بداية الدوام الرسمي، سيعاود كل شيء في «الفيلم» حركته.

تنطلق بي الحافلة، الممتلئة بركاب صامتين واجمين، لديهم الوجوه نفسها، شبه الممسوحة؛ نسخ متكررة، تحدق في اللامكان. لا تتبادل الأحاديث، ولا حتى النظرات، لا يميزها عن الحجر سوى زفير أنفاسها. يقود الحافلة «أبو نادر»، المساعد أول في «الأمن السياسي» سابقاً، الذي مايزال على الرغم من تقاعده يتسقط الإخباريات، عبر الهمسات في حوانيت البلدة ومسجدها، ويرفع بها التقارير لعقيد الأمن في البلدة، عن أحوال الرعية والعباد.

في أثناء الطريق، لا ينقطع أبو نادر عن التدخين، ينفث دخان سجائره بكثافة، فيغدو جو الحافلة عابقاً بغمامات الدخان، والركاب مجرد أشباح متراقصة. وبعد

نفث عدة سجائر، تطفو الحافلة في غمامة دخان، منفصلة عن المكان، وتسافر في الزمان. يُشغل جهاز التسجيل على أهازيج وطنية، عن الانتصارات المجيدة لجيشنا، بحكمة «الابن القائد المتأتئ بنعمة إلهية». تتكرر الأهازيج نفسها طوال الطريق بانتصارات لا تنتهي. يتخللها مقابلات مع مواطنين، يقوم بها مذيعون يتأتؤون بمهارة، على خطى «الابن المتأتئ».

تمر الحافلة بنا بين بلدات وقرى مقفرة، أبنيتها مدمرة بالقصف المدفعي، وبالبراميل المتفجرة الملقاة من الحوامات، وقد تحولت إلى خرائب وأنقاض. لا يجرؤ حتى البوم على الاقتراب منها، كي ينعق فيها ليلاً، خوفاً من القناصين المنتشرين على أطرافها، على الرغم من إن هؤلاء يتوقفون عن عملهم خارج الدوام الرسمي.

يفصل خط سير الحافلة بين منطقتين، تغطيهما الخرائب. تنسدل على الجانب الأول، صور قماشية ضخمة، هابطة من السماء لـ«القائد المتأتئ»، بالبذلة العسكرية المموهة، تزينها عبارة «مررنا من هنا»، وتصدر منها عبر مكبرات صوت «أناشيد وطنية». وعلى الجانب الثاني صور قماشية خضراء بالأحجام نفسها لـ«جهادي» بلحية غزيرة، يحمل سيفاً بأسنانه، يقطر دماً، تزينها عبارة «نحن قادمون»، وتصدر منها أيضاً عبر مكبرات صوت «أناشيد دينية». تختلط أناشيد الطرفين، ويتردد صداهما على الأحجار المتناثرة الصماء، فتترك بها شروخاً من كثرة التكرار.

على طول قارعة الطريق، تترامى الجثث المنتفخة، التي أرداها قناصون مترصدون من الطرفين. في كل بلدة وقرية، ترتمي جثة لي، في أثناء عبورها الطريق خطأ في أحد الأيام، في أثناء الدوام الرسمي، وأنا الآن النسخة الأخيرة الحية مني في الحافلة. لا يرفع الجثث أحد، ومن بينها جثثي، لذلك تجلس مستندة على الجدران المتهدمة، أو جذوع الأشجار المحترقة، يتكئ كل منها على حجر كبير، تتأمل الفراغ، بانتظار أن يدفنها عابر، قبل أن تلتهمها الكلاب الشاردة، المنتظرة هدنة القتال، كي تحتفل بها بولائمها الكلبية.

تعبـر الحافلـة بنـا بوابات البيوت المنهـارة، وتمر بباحاتها المختنقة الزهور، وغرفها المحطمة الأثاث، ومطابخها المنطفئة المواقد. أسـمع فيها ترداد صدى أصـوات بشـرية، قادمة من اختناقـات أزمنة، فـي حنين للمكان؛ أطفال يلهون بعوالم اسـتيهام، رجال يرتشفون الشـاي بسكر بطولات متخيلة، نساء تُطرِّزن الإشـاعات بهمسات، جدات تغزلـن حكايات النـدى الغابـرة، أجـداد يزرعون زيتون الذكريات.

أصـل بلدتي، البعيدة عـن «العاصمة» ما يقـارب ثلاثين كيلومتراً. أمضي إلى شـقتي فـي البنايـة، التي يحتلها العسـكر، وحولوهـا إلى موقع عسـكري محصن، بسـبب إطلالتها على السـاحة الرئيسية. هنـاك، حيث كانت تتجمع المظاهرات الشـعبية، المعارضـة لديكتاتور البلاد، بكل سلالته وقطيعه الوحشـي. يفر سكان البنايـة جميعهم منهـا، وأبقى فيها، القاطن الوحيد.

أجتاز الدبابتين وحواجز أكياس الرمل، التي تحيط بالبناية، وأصعد إلى شـقتي فـي الطابـق الثالث. أحضـر إليها مسـاء من عملي فـي «العاصمة»، وأخرج منها صباحـاً إليـه، دون أن يعترضنـي جنود الحراسـة. إما أنهم يتغاضـون عني كرهينة مدنيـة؛ «درع بشـري» لوقت الحاجـة، أو بالأحرى لا أحـد منهـم يلمحنـي أثناء الدخـول والخـروج. والاحتمـال الثاني هو ما أظنه، بحيث أشـك بأنـي طيف، يمر بمكان اسـتيهام، دون ارتسام له في الواقع.

الشـقة شبه فارغـة من الأثاث، إذ اضطر لحرق معظمـه على أرضها، بسـبب البرد الشـديد، مع فقدان وقود التدفئة. على كل جدار في الصالون، تبرز جدارية لروائـي نحتها خيالـي، تمثل شـريطاً مصوراً لأحداث روايتـه. أربعـة روائيـون يلاحقوني في أحلامي؛ غابرييل غارسيا ماركيز، مع روايته «مائة عام من العزلة»، وسـلمان رشدي، مع روايته «آيات شيطانية»، وأورهان باموق، مع روايته «ثلج»، وأمبيرتـو إيكو، مع روايته «اسـم الـوردة». يراقبوني باسـتمرار، وأنا أتمدد على أريكة شبه محطمة، نبش مخملها العسـكر بحثاً عن سلاح، في إحدى مداهمات الشـقة. مازالت هذه الروايات الأربعـة مرمية على الأرض، على الرغـم من إني قرأتها عدة مرات على ضوء الشـمعة، بسبب انقطاع الكهرباء الدائم عن البلدة.

وما أزال أعـاود تقليب أحداثهـا، العابـرة للأزمنـة والأمكنـة، على تراقـص لهيب الأثاث المشتعل في الشقة.

ألقـي نظـرة على جهاز التلفاز، المرمي في ركن الصالـون. يعمل ليلاً ونهاراً، دون توقـف، علـى الرغـم مـن إن الكهربـاء مقطوعة باستمرار. لا يلتقط سـوى المحطـة الرسـمية، التي تبث فقط برامجاً إخبارية، اسـتناداً إلـى «وكالة الأنبـاء الحكوميـة»، ومنها أتسـقط الأحداث اليومية في البلاد. يعرض التلفاز الليلة بثاً ليلياً حياً مباشـراً من «السـاحة العامة» في «العاصمـة»، التي مررت عبرها قبل سـاعات. ماتـزال الفوضى والأنقـاض المنتشـرة فـي أركانها وأجوائها كمـا تركتها، فـي أثنـاء مغـادرة عملـي؛ صـور رماديـة سـاكنة، لحطـام سـيارات وأشلاء جثث، معلقـة في الهواء.

يعرض البـث المباشر تجمهـراً مـن المريديـن؛ رجالاً ونسـاء، بملابسهم العسـكرية المموهـة، التي حجوا فيهـا إلى «المزار» عند السـاحل، ووشـوم «الزعيـم الجنرال»، المدبوغـة على جباههـم، بارزة للعيـان. يجدون بيـن ركامـات السـاحة فسـحة فارغـة، أمـام مبنـى «الإذاعـة والتلفزيـون»، فـي الجهـة الجنوبيـة مـن «السـاحة العامة»، ويعقـدون فيها حلقـات «الدبكة» الليليـة الحماسـية. يتناولون، بين الفينة والأخرى، رشـفات «عرق اليانسـون» الساحلي، مـن زجاجات تتأرجح في الهواء حتى يزداد خبلهم. يتقافزون، والبنـادق معلقة على ظهورهـم، متشـابكي الأيدي، وهـم يخبطـون الأرض بأبواطهـم العسـكرية، وقـد أنتشـوا طربـاً على لعلعة أهازيج وطنية رسـمية، تبثها مكبـرات صوتيـة، من مبنـى «الإذاعة والتلفزيـون» لكامل البلاد. ينتشـر بينهـم تلاميـذ، بزيهـم المدرسي العسـكري، يلوّحون بـالأعلام، ويرفعون بكثافـة صـور «القائـد المتأتئ»، ويافطات عريضـة، عليها كتابات مُشـفرة غير مفهومـة؛ مجرد اصطفاف كلمات.

يظهر في مقدمة الحشـود مذيع بلباس مموه، مشـارك في «الدبكة»، وهو يحمـل ميكرفونـاً بيده اليمنى، ويلوّح باليسـرى بخوذة عسـكرية. يصرخ بلهجة خطابيـة حماسـية، وهـو يلهـث، دون أن يتوقـف عـن التقافـز مع الراقصيـن

«ننتصر الليلة أيضاً على العدو الإسرائيلي، بفضل توجيهات «القائد المتأتئ» الحكيمة، وتقوم قوات دفاعنا الجوي الشجاعة الليلة، وبذكاء منقطع النظير، بالتشويش على الصواريخ الإسرائيلية الغبية، الموجهة إلى مواقعنا العسكرية الحساسة، التي تحوي مخازن أسلحة التدمير الشام. ومن ثم نحولها باسمنا إلى مناطق آهلة بالسكان الإرهابيين، في مناطق «الغوطة الغربية والشرقية». وتنفجر هناك موقعة الكثير من القتلى بينهم، تتجمع بالأكداس تلالاً».

مع كلمات المذيع الحماسية هذه، ينفجر جنون المشاركين بـ«الدبكة»، ويأخذون بالتقافز عالياً، متطايرين في الهواء. يصطدمون بالحطام المعلق في أجواء الساحة، فيعودون متساقطين تباعاً عبر شاشة التلفاز في الصالون أمامي، مترنحين على أرضيته. إلا أنهم سرعان ما يستعيدون توازنهم، فينهضون ويستمرون بالرقص أمامي في الصالون على زئير المذيع، الذي يحضر معهم لعندي، وهو يردد باستمرار «لقد انتصرنا بذكاء قائدنا المتأتئ».

عندما يجد المحتفلون أنفسهم في الصالة أمامي، ينفجر بهم الحماس أكثر، فتخلع النسوة ملابسهن، وترقصن عراة، بأثداء ضخمة، وعانات كثيفة الشعر، فيما يرفع الرجال بنادقهم عالياً، ويأخذون بإطلاق الرصاص منها بغزارة في الهواء، بهياج جنسي ذكوري. تتحول البنادق إلى أعضاء ذكرية، تقذف الرصاص بجنون شبقي سوائل منوية في رحم نسوة أسيرات، مرميات أرضاً بذل وهوان؛ انتشاء وحشي لاستيهام انتصارات ذكورية، تعويضاً عن هزائم تلاحقهم باستمرار.

عند يسمع الجنود، الذين يحتلون البناية، لعلعة الرصاص في الصالون لدي، يخترقون جدار الشقة المتاخمة لي، محطمين جدارية غابرييل غارسيا ماركيز و«مائة عام من عزلته»، كي يشاركوا المُريدين الاحتفال بالانتصار. يحضرون بأسلحتهم الثقيلة، ومعتقل سياسي يحققون معه. يقلبوني بعيداً عن الأريكة الأخيرة لديّ، ويشعلون بها النار، ثم يلقون بالمعتقل فيها. وفيما هو يتلوى في الحريق، مطلقاً صيحاته الأخيرة، يغدوا الجميعُ أفراد قبيلة غاب بدائية،

يرقصون عراة حوله، وهم يطلقون رصاص البنادق والصواريخ ألعاباً نارية، تزين أدغال الصالون. ثم ينقلبوا شخصيات رسوم متحركة، كان التلفاز يبث أفلامها قديماً بالأسود والأبيض، إنما ترتدي الآن ملابس عسكرية مموهة، ويستمروا بالاحتفال الجنوني.

تتحطم قطع كبيرة من السقف بفعل قذائف الصواريخ المتطايرة. تنكشف السماء، وتظهر نجوم الليل متلألئة. أشاهد مجموعة «الدب الأكبر»، ومجموعة «الدب الأصغر»، وعلى رأس الثانية «نجم القطب»، الذي يدل التائهين في الصحارى والبحار على أتجاه الشمال. أشاهد أيضاً مجموعة نجوم «الثريا» المتلألئة، ونجم «الدبران»، الذي كان في الحياة راعياً، يلاحقها أميرة بطلب الزواج، ويستمر بذلك في سماوات الليل، بعد أن يتحولا نجوماً. يشتعل، عندئذٍ، الحنين في روحي، وأنا أقلب ثلاثية «ذاكرة النار» لإدواردو غاليانو، وأقرر العودة إلى صفاء «الحكايات القديمة» لبلدتي، حيث لا عسكر، ولا أسلحة. أبني جدران استيهام حولي، وأنا أقرأ قصائد لبدر شاكر السياب، ومحمود درويش، وجاك بريفير، فيختفي المحتفلون، ويتلاشوا كما لو كانوا استيهامات عبثية.

الآن، لا أصوات محتفلين بالانتصارات في الصالون، لا أصوات معتقلين، يتم تعذيبهم في الشقة المجاورة، لا شيء سوى صمت كثيف يلف المكان، وعتمة تزينها نجوم السماء المتلألئة. يختفي السقف بفتحاته المحطمة، والجدران، وتختفي الشقة بأكملها.

(4)

مسافر مع الأرواح... شامان القبيلة البدائية

أتمـدد الآن ليلاً، في حقل طفولتي، على فراش قماشي عتيق محشـو بالقش، تحت شـجرة جوز باسقة، ملتحفاً السـماء بنجومها. نسـيمات عليلة تداعبني، وسـكون يلفُّ المكان، ما عدا موسـيقى ذكور زيزان الشـجر، تشعلها بحفيف أجنحتهـا، كـي تغري إناثها على التكاثر معها. على الأرض المعشوشبة، المتلألئة بالنـدى، يرتمـي قرب فراشـي كتابا جوزيف كامبل؛ «قوة الأسطورة»، و»البطل بألـف قنـاع»، وإلـى جانبهمـا وريقات عـن «تل الرماد»، الذي يبعد إلى الشـرق مـن بلدتي بكيلومترين فقط. كنت قد سجلت على هذه الوريقات ما حدثني به «راوي بلدتي»، ذات أمسـية غارقة في الذكريات، ونحن نشـرب الشاي بالجوز اليابس. وأضيفُ إليها باستمرار ما يأتيني في رؤياي، ذات سفر في أحلام مشبوبة بالحنيـن إلى أزمنـة غارقة في القدم، بحثاً عن جذوري الأولى.

أشرد بعيداً في كبد السماء، المتلألئة بالنجوم، يتسلل الصفاء إلى روحي رويداً رويـداً، ثم يغمرني بامتلاء. أمضي عبر الوريقات المسـجلة إلى «حكايات أسلافنا الأوائل»، الموغلـة في زمـان بعيد. أمضي بقوة الأسطورة، بطلاً متلبساً العديد مـن الأقنعة، لأعيـش بها السـرديات القديمة حول جذوري الغارقـة في «الحكاية الإنسانية البدئية». أبحث فيها عن بعض إجابات على أسئلتي الوجودية، تطرحها «الأنا ـ العليا ـ الراوية» باسـتمرار، وتتلقفها نسـخ احتمالات وجودي في تشابه شخصياتها بالكامل.

أحلق عالياً في السماء، وأغدو نجماً مسافراً؛ أجتاز المكان، وأكسر الزمان، وقد تفجرت الأجواء حولي اشـتعالات نارية متأججة، سـرعان مـا تنفتح عبرها بوابات زمنية. أختـار إحداها بخفـق الحنين، وأجتازها حلماً، فأصـل إلى موطن أجدادي الأسلاف الأوائـل؛ أول تجمع بشـري بدائي، يسـتقر به إنسـان ما قبـل التاريخ في منطقتـي، قبـل ثمانية ألف عام؛ «تل الرماد».

كان المد الجليدي الكوكبي قد وصل إلى حافة بلاد الشمال، والأراضي هنا على أطرافه، حول «تل الرماد»، مغطاة بغابات مطيرة كثيفة، تمتد على الجبال والسهول والوديان بمساحات شاسعة، وتحف بها بحيرات عظيمة. أهبط عند التل، وأنزل إلى ضفة بحيرة كبيرة، يغطيها ضباب كثيف، تمتد من جبال الشمال الخضراء الشاهقة، إلى جبال الجنوب البركانية القاسية، الناهضة في تضاريس حممها البركانية المتجمدة. تتغذى البحيرة بمسيلات ينابيع غزيرة، متفجرة من جبال «حرمون» القريبة غرباً، بقممه العالية المكللة بالثلج.

أصحو بشعر طويل كثيف، يغطي رأسي، وينسدل على جسدي، بالكاد تبرز منه وجنتاي وجبيني، الملطخة بأتربة يابسة ملونة سحرية. يلفني إزار من جلد ثور وحشي، مشدود على جسدي، الموشوم بنقوش سحرية. تتدلى على صدري العاري قلادات، بأسنان وكسرات عظام من حيواناتنا الطوطمية؛ حامية قبيلتنا بقواها السرية، وصدفات وقواقع من ضفاف البحيرة؛ أمنا الروحية، وأحجار ملونة من سفوح الجبل؛ والدنا الروحي. أحفر عليها حزوزاً تزيينية سحرية بنصال صوانية، ثم أثقبها بمخارز حجرية، وأشدها بخيوط من لحاء الشجر، حتى تصبح قلادات. وقبل تعليقها على رقبتي، أتلو عليها تعويذاتي السحرية، حتى تصبح تمائماً مرصودة بها، فلا تجرؤ الأرواح الشريرة على الاقتراب مني.

أقيم في الكوخ الأكبر، الذي يتوسط أكواخ قبيلتي؛ بيضاوي الشكل، محفور حتى منتصفه في التراب، تحمي جوانبه لبنات طينية، وتغطي سقفه جلود حيوانات، تجمعها إلى بعضها البعض أغصان شجر كثيفة، وأرضيته مفروشة بالصلصال المُذاب. في الزاوية، تتألق جمرات في موقد حجري، أوقدتها بقدح حجريّ صوان، أتركها تتوقد ليل نهار. على الجدران القشية، المدعمة بأغصان أشجار غليظة، تتراقص شعلات نارية، في سراجات حجرية، تديمها طوال الليل شحوم ثيران برية، مخلوطة بصمغ أشجار البطم.

أنا شامان القبيلة؛ ساحرها وحاميها الروحي. انبثقت، أنا وأفراد قبيلتي الأوائل، من تواصل «الجبل الأب المقدس» مع «البحيرة الأم المبجلة». ذات ربيع، نبتا من الأرض كائنات بشرية، وتناثرنا هنا بينهما. ويتوالد الآن عبرنا

أجيال بعد أجيال يحملون سماتنا المقدسة. بسبب نسبنا هذا، يحمينا الجبل بظلاله الروحية، وتمنحنا البحيرة دفئها الروحي الحميمي. وأنا أعيش هنا منذ ذلك الزمان البدئي، أرعى أفراد قبيلتي، وأدير أمورهم الحياتية. يمنحني كل من «الجبل الأب» و«البحيرة الأم» بعضاً من قبسهما الروحي، وبصيرة الرؤية في الأحلام، والسفر مع أرواح الكائنات البشرية والحيوانية، ومع أرواح العناصر الطبيعية. أدخل النيران الملتهبة دون أن تحرقني، أقرأ الطوالع من رميم العظام، أستشعر سقوط المطر من أغنيات الرياح.

لا يقتصر عالم الأرواح فقط على الكائنات البشرية، التي تتجسد خلال فترة حياتها بأجساد فانية، كي تختبر الحياة، بل وأيضاً الحيوانات والنباتات والحجر. أمر بتجارب روحانية عديدة، متجسداً بهذه الأرواح على تنوعاتها، كي أتقوى بها على السفر في عالم الرؤى. في بعض الأيام، أتجسد نمراً أو غزالاً، يتراكض في الغابات، نسراً أو صقراً، يحلق في السماوات، وفي أيام أخرى، أغدو شجرة بلوط أو بطم، زهرة أو عشباً، تنبثق على المنحدرات. أتحول أحياناً إلى جلمود أو صخرة، يراقب مطالع الشمس وغروبها. في هذه الأسفار، تمنحني هذه الكائنات بعضاً من قواها، فأعرف الرعد والصدى، البرق والألق، الألوان وارتساماتها، وأعرف الخصائص الشفائية للأعشاب، فأصنع منها الشرابات المُسكرة ومراهم التئام الجراح.

هنا، على الضفة الغربية للبحيرة، يقيم أفراد قبيلتي في أكواخ، والشاغل الأساسي في حياتنا هو تأمين الطعام. لذا، يغيب الرجال أياماً طوالاً في الغابات، من أجل صيد الحيوانات الوحشية، كي نقتاتها طعاماً. يحضرون الرجال الصيد بعد سفر طويل، ومشاق شديدة، نفقد فيها بعضاً منهم، وهؤلاء تسافر أرواحهم مباشرة إلى السماء، بسبب دنو أجلهم. ينهمك الأولاد بالتقاط الأسماك من «البحيرة الأم «بصناراتهم العظمية، التي تمنحنا إياها بوفرة. يصطادونها بمهارة، ويتهيؤون خلالها للانتقال إلى عالم صيد الحيوانات الوحشية، عندما يصبحون رجالاً. وتجول النساء في الغابة القريبة، يلتقطن من أرضها الثمار المتساقطة من الأشجار.

على أبـواب الأكواخ، نعلق قرون ثيران وحشية، كي تـردع الأرواح الشـريرة مـن ارتيادها. الثور الوحشي هـو الآن الطوطم الحامـي لقبيلتنا، ورمـز الخصوبة والعنفوان. إلى جانب كوخي، تنهض في فسحة واسعة تلة من جماجم الأجداد المحنطـة، والمطليـة بتربة حمراء مخلوطة بشحوم الثيـران المذابة، كي تتحدى الزمـن. ترتفـع التلـة أكثـر فأكثر بانضمام جماجـم جدد، يغادرون الحيـاة. لكن أرواحهـم تبقـى تحوم حولنا في المكان، تحمينا من الأرواح الشـريرة. ذات يوم، سـتنضم جمجمتي إلى هذه التلـة، مغادراً جسـدي الفاني، وتحـوم روحي فوق القبيلة مع أرواح الأجداد.

في الأمسـيات، تتألق محاجر الجماجم بالحياة، على ضوء النيران التي نوقدها قريبـاً منهـا، ونلتم حولها بطقوس الاحترام؛ نؤدي طقوس الرقص المقدس، على إيقاعـات الطبلات والصدى، منشـدين التراتيل. ثم أسـرد للمجتمعين «حكايات» الأجداد، الذين يشـاركونا الأمسيات عبر جماجمهم.

يبدأ نهارنا، عندما تملأ المكان غباشـة الصباح، فيتكشـف ضباب كثيف يغطي البحيرة بغمامه المسـافر، ومطر لا يـكاد يتوقف عن الانهمار. أمام كوخي، يقعي أفراد من القبيلة، تحت شجرة شوح باسقة، يحتمون بأغصانها الكثيفة من المطر. ينتظـرون سـفري إلى الأرواح الطيبـة، المتجولة في السـماء، وعودتي من عندها حـاملاً تعاويـذ الشـفاء. الرجـال ينحتون من عظام الحيوانات نصال رماح، ومن الحجـر أدوات معيشـتنا، والنسـاء يجدلن سلالاً مـن لحاء الأشـجار، فيما يتسـلى صبيـان وصبيات بنفـخ نايات قصب، محاكين أصوات طيور.

بجمرة ملتهبة أشعلُ خلطة سرية من أعشاب سحرية يابسة، مجموعة بعناية وخبرة مـن أطراف ضفـة البحيرة. تتصاعد منها خيوط دخـان، وأنا أرتـل عليها تعاويـذي. سرعان ما تتكاثـف مويجات الدخـان حولي غمامات كثيفة، وتملأ المكان برائحة حادة نفاذة. أستنشقها عميقاً، فتسري في أوردتي، وتتسلل داخل تلافيـف دماغـي. أنتشـي، ويأخذنـي دوار جميـل، يقودني إلى هذيان مشبوب، فلا أعود أميز من الأشياء حولي سوى غلالات شبحية متراقصة. أسافر في نشوة رؤيوية عميقة.

أنا شامان القبيلة، أنسحب من جسدي البالي، وعظامي المتآكلة، ورميم أحشائي، وأحلق روحاً؛ وعي صفاء في انتشاء. تتفجر رعود السماء، وتتألق بروقها، فتأخذني بسفر رؤية للقاء أرواح كائنات الوجود الطيبة. أحلق فوق الجبال المطلة على بحيرتنا؛ غابات خضراء تغطيها، تنهض من الوديان السحيقة إلى القمم الشاهقة، تتحدى المكان والزمان. أتحادث مع الأرواح الكبرى للجبال والغابات، أتحادث مع الأرواح الصغرى للأشجار الباسقات فيها، ونباتات أدغالها المتشابكة، وحيواناتها الطوطمية. الأجداد علموني أسماء كائنات الطبيعة هذه، ليس فقط كي أناديها وأتحادث معها، بل وأيضاً لأميز بينها، فتخضع لسيطرتي الرمزية.

ألاحق مسيلات أنهار، تتلوى في وديان وسهول، وأتساقط مع شلالات ينابيع متفجرة من بواطن الجبال، تتقافز مياهها من الأعالي. أحلق فوق بحيرات متلألئة، وجبال شاهقة، ووهاد عميقة، وصحارى مشتعلة. أمتزج مع فيروز بحار، ولازورد سماوات. أعوم في ليالي نجوم، تتفتت من أقمارها... أتحادث مع أرواحها جميعاً، وطويلاً، بعد أن أنشد لها تراتيل الاحترام، فتمنحني طاقاتها السحرية، كي أعود بها استشفاء لأرواح أفراد قبيلتي الأرضية. في أثناء ذلك، ألتقي أرواح الأجداد الأسلاف، الذين تسري دماءهم في عروقي، وأرواح الطواطم، التي حمتنا على مر الأجيال؛ ذئاب ونمور ودببة وثيران. يمنحني الجميع تعاويذ حماية لأفراد القبيلة.

يمضي زمن لا مدرك، وأعود من سفر رؤياي الطويلة. أصحو من غشوة غيابي على نداءات أفراد قبيلتي، وهم يرقصون بدوائر حول نار عظيمة، أوقدوها أمام كوخي، مطلقين أصوات حيوانات الغابة، كي يستردوني على إيقاعاتها من سفري. ما إن تعود الروح إلى تجسدي حتى يتراموا أمامي، كي أشفيهم من أسحار الأرواح الشريرة. أنقل لهم طاقتي الإيجابية، التي اكتسبها من سفري إلى الأرواح الطيبة، باللمسات والنظرات، بالإيحاء والتخاطر، فأمسح الحمّات من الرؤوس، أبلسم الجروح والقروح والحروق في الأجساد، أرمم رضوض العظام وكسورها، أسترجع وعي الغائبين في الهذيانات، أكشف لهم أسرار المختفين من الأحباء، وأقرأ لهم طوالع الأيام القادمة.

في الأمسيات، نتحلق، أنا وأفراد قبيلتي، حول نيران المواقد، وأحدثهم عن حكايات أرواح الأجداد التي أقابلها في أسفاري. وبعد أن يستنشقوا دخان أعشابي السحرية، التي قرأت عليها تعاويذي، يستطيعون رؤية صور الأجداد على لهيبات النيران المتراقصة، وقد استحضرتها لهم بنداءات الحنين... أنا شامان القبيلة.

قريباً، سأسافر إلى أرواح الأجداد، وأنضم إليهم إلى الأبد، متخلياً عن جسدي الفاني، تعبت منه ومن أثقاله المادية. لكن قبل سفري، سأمنح قواي السحرية إلى شامان جديد، يمتلك طاقة تواصل مع الأرواح بقدر أحلامي. سينضم رأسي إلى تلة جماجم الأجداد قرب كوخي، التي تُمارس حولها طقوس العبادة والتواصل الروحي معهم. من هناك، سأستمر بالتواصل معهم، عندما يشتعل محجري عينيّ بألق النيران. أما جسدي، فستحرقه القبيلة، وتذر رماده قرباناً، نصفه الأول على سفوح الجبل المقدس في الغرب؛ والدنا الروحي، الذي يحرسنا بقممه الشاهقة، وهو يفصل بين أرضنا وبلاد الظلمات، المليئة بالأرواح الشريرة، ونصفه الثاني على صفحات البحيرة؛ والدتنا الروحية، التي تمنحنا الدفء الروحي دون حدود.

سيظلل الجبل أفراد قبيلتي، الذين يتكاثرون في السهول، امتداداً من سفوحه وصولاً إلى البحيرة. أرواح أحجاره الصلدة الخالدة، التي تحمل قبساً من روحه الكبرى، تلتقط ما يحدث أمامها، بإطلالاتها على امتداد السهول. وتسجله في أعماقها نبضات حية، تبرزها على سطحها علامات رمزية مقدسة، عنا نحن الأجداد الأسلاف، أول المقيمين عند ضفة البحيرة. وسيقرؤها في الزمن القادم أصحاب البصيرة من الأحفاد «حكايات»، يتواصلون بها مع أرواحنا. أحجار الجبال هي ذاكرتنا الخالدة، تتحدى بها الزمن.

(5)

الاتحاد مع روح الجبل... كان هناك معبداً لإله الشمس

تتفجر الرعود بقوة، وتتألق البروق بشدة، فتتكسر الفضاءات، وتنفتح بوابة نارية زمنية جديدة، أجتازها بالحنين حلماً، كي أمضي إلى «حكاية أجدادي الأسلاف» التالية، في المكان ذاته؛ حكاية استمراري عبر الأزمان باحتمالات وجودات.

أصحو، وأصبح في بلاد عمران، تنتشر حول «تل الرماد»، تترامى في السهول نحو الشرق، وتظللها في الغرب «جبال حرمون» الشاهقة. نسكن هذه البلاد، نحن أقوام من الآراميين، مؤسسي «المدن ـ الممالك» فيها، نمتطي الأحصنة المستأنسة، ونزرع السهول حبوباً حولها، وتجر ثيران المدجنة عربات محاصيلنا. في السهول ذاتها، تنتشر حقول الزيتون، تمتد نحو الشرق، وتفترش كروم التين والكرمة التلال، تصعد باتجاه الغرب، فتنهض المعاصر الحجرية، وتمتلئ مستودعاتنا بجرار الزيت وخوابي النبيذ.

«جبال حرمون» الأربعة، الناهضة في الغرب، هي «أبناء الآلهة» على الأرض. تتوحد بها أرواح أجدادنا الأسلاف، الذين سكنوا المنطقة، ويستطيعون التحادث معها، ويتحد بها أرواح «الشامانات» منهم. تمتد جذورها عميقاً في رحم الأرض، تتشبث بها، كي تشمخ عالياً نحو السماء بثبات وكبرياء، وتختلج حياة. نتقرب من قداستها بمناجاتنا الروحية، فتتقبلنا، وتسمح لنا ببناء معابدنا على قممها، كي نكون هناك في الأعالي، أقرب إلى «الآلهة» في السماء، فتسمع نجوانا أكثر. إلى هذه المعابد المقدسة في الأعالي، يحج المريدون من أصقاع السهول.

على سفوح «جبال حرمون» تتشابك أشجار الأرز، والسنديان، والبلوط، والشوح، والزعرور، والملول، والشربين، والبطم، والبرقوق، والقيقب، والعجرم. علمني أسماءها والدي صغيراً، عندما نحتطب من سفوحها. تتبدل ألوانها، ليس فقط حسب الفصول، وإنما أيضاً في مختلف أوقات النهار، حسب الضياء الذي ينثره

عليها «إله الشمس». تجد الأسود، والنمور، والذئاب، والدببة، والخنازير البرية، والحمير الوحشية، والغزلان، في غاباتها مرتعاً واسعاً. «جبال حرمون» المقدسة تتحدى الفناء بغاباتها وحيواناتها، فنسميها «أرض الخالدين».

عندما أرنو إلى «جبل حرمون» الكبير، في هدأة الصباحات الباكرة، متقرباً من قداسته بروحي المختلجة انفعالات متقدة، يتكشف لي سحره شيئاً فشيئاً، وهو ينهض من سباته الليلي. ينفض العتمة عن سفوحه، مغتسلاً بإشعاعات «إله الشمس» الصباحية الأولى، وهي تداعب خصلات غاباته ووجنات أدغاله. تتمطى سفوحه في سرير الصباح، وتتهدج غاباته وأدغاله بالأنفاس، وتتردد صخوره صدى نبضات قلبه. يتبسم لي الجبل المهيب، وأنا أشرئب إليه بروحي، فيبثني دفئاً سحرياً، لا أختبره مع كائنات الطبيعة الأخرى، حتى مع البحيرة المقدسة الممتدة إلى الشرق منه، المجانبة لـ«تل الرماد»، الذي يضم أجداث أجدادي الأسلاف الأوائل.

أتسلق سفوح الجبل، وأنا أتلمس صخوره الصلدة، الصامدة في وجه العواصف، والمختزنة «حكايات» الأزمنة. ألصق وجهي بسطوحها، أتنفس مساماتها، مصغياً لنبضاتها الحجرية، فتهمس لي بما شهدته من أحداث على مر الزمن، على امتداد السهول أمامها. تروي لي «حكاية» جدٍ شامانٍ، كان يقطن مع أفراد قبيلته في أكواخ بدائية، على تل ينهض في السهل، اسمه «تل الرماد». يعرف كيف يتحادث مع أرواح كائنات الطبيعة، التي تمنحه طاقة سحرية، في أثناء سفره إليها، في غشوات الأحلام، ويعود بها إلى أفراد قبيلته، حاملاً لهم الشفاء. تروي «الحكايات» أن روحه متوحدة الآن مع روح الجبل، بل وتهمس لي الصخور أني أناجيهما معاً.

عندما أصل إلى القمة، وأكاد ألامس السماء، حيث تقيم الآلهة، تتكشف السهول إلى الشرق أمامي. تمتد بعيداً وبعيداً، وتتجاوز رؤيتي للبحيرة المقدسة، وصولاً إلى تلك الآفاق التي تنبثق منها إشعاعات الصباحات الأولى. نداعب، أنا والجبل معاً، زرقة السماء المهيبة، ونغتسل بأشعة «إله الشمس». تسري عندئذ القداسة في كياني، وأتوحد مع الجبل، مع روحه

وروح جدي السلف «الشامان»، المتلبسة به. يخاطبني الجبل بتخاطر الأرواح، قائلاً «ابنِ لي هنا على القمة معبد «بعل حرمون»، مكرساً لعبادة «إله الشمس» العظيم، الذي يمنح العالم الدفء والحياة، ولتكن فيه أنت «كاهني الأكبر». ولأنك صافي القلب، شفاف الروح، بتوحدك معي، فسوف تأتيك الرؤى من «آلهة السماء»، وترشدك إلى كيفية بنائه؛ معبداً ضخماً، محفوراً في الصخر، يتحدى الزمان».

وينهض معبد «بعل حرمون» المهيب، على أعلى قمة من قمم الجبال الأربعة؛ على الجبل المقدس منهما، في مكان بكر لم يرتده البشر سابقاً. هنا، حيث تلتقط الروح صفاء السماء بانفعالات وجدانية. يُنحت حسب إرشادات الرؤى لي، في كتل صخرية ضخمة، ناتئة من هضبة بيضاوية الشكل، بهيكل لإداء طقوس العبادات وتقديم القرابين. ويتم رفع الحجارة المنقوشة الضخمة وأسطوانات العمدان الهائلة فيه بقوة ترددات الأصوات الجمعية لمريديني، وهم يرتلون صلوات قدسية، ويصدرون اهتزازات موسيقى سحرية، ينفخوها بأبواق معدنية طويلة. على إيقاعات الترددات والاهتزازات، تطفو هذه الأثقال العملاقة في الهواء، ويتم توجيهها إلى أمكنتها في البناء. ويُحفر في وسط المعبد تجويفاً واسعاً لنذور الحجيج، يُترك مكشوفاً للسماء، كي تكون في متناول «الآلهة».

إلى جانب الهيكل، أكرّس موضعاً لألواح حجرية، ينقش عليها كهنتي نصوص تراتيل الطقوس، وإلى جانبها معارفي التي أكتسبها بالرؤى على مر الزمن، وأجعلها متاحة للمجتهدين في البحث عن أسرار الآلهة والوجود. وفي أماكن متفرقة منعزلة على القمة، بعيداً عن ضجيج الحجيج، أرفع صوامع فردية صغيرة، مخصصة للتأمل والسفر الروحي في قداسة المكان... أنا «الكاهن الأكبر» للمعبد، الرسول الوسيط بين الآلهة والزائرين الحاجين إليه.

يأتيني الحجيج من أصقاع السهول إلى المعبد، يتسلقون طرقاً وعرة شاقة عبر السفوح، فيتوحدون بالمعاناة مع قداسة الجبل، في خطوات أولى لتطهير النفوس. يحملون معهم هداياهم النفيسة، من حلي وأوانٍ ذهبية، نذوراً

للآلهة، كي تحقق أمانيهم، ويرمونها في التجويف. وحتى لا تكون هذه الكنوز مطمعاً للصوص دنيئي النفوس، أدفنها في جنبات سرية من المعبد، قرب أوكار أفاعيه المقدسة، التي تأتمر بتعاويذي، وأجعل عليها رصداً سحرياً، يؤذي من يفكر بسرقتها.

تتزايد أعداد الحجيج خاصة في نهاية مواسم الصيف، يقدمون فيها قرابينهم شكراً لـ«الإله بعل» على وفرة الغلال. يحضرون معهم جراراً مليئة بمياه من البحر البعيد، يسكبونها على أرض المعبد، طقساً لنيل رضى الإله، فيضمن هطول الأمطار شتاءً، ويستمر بتزويد الينابيع التي تتفجر من باطنه بالمياه صيفاً، كي تشتعل حقولهم بالحياة.

تنقل لنا «حكايات الأجداد الأسلاف» أخباراً عن إن «جبل حرمون» هو منذ غابر الأزمان «جبل الرؤى»، تتحقق فيه لمن يريد الاتصال بآلهة السماء بصفاء القلب. وتروي إحداها إن البطل العظيم «جلجامش» قدم مع صديقه «أنكيدو»، من أراضي «سومر» البعيدة إلى جبلنا المقدس، الذي تسميه «أرض جبل الأرز حرمون، أرض الخالدين»، في رحلة تدوم ستة أيام. يريدان اكتساب الشهرة بقتل الوحش «خومبايا» الشرير، الذي يحرس غابات الجبل. وتروي «الحكاية» إن للوحش شكل مرعبٌ، وألسنة اللهب تندفع من فمه عالياً، وأنفاسه البخارية تجلب الموت، إلا إن البطلين الأثنين تمكنا من قتله بمساعدة «الإله شمس».

في أثناء نوم «جلجامش» على سفح الجبل، تأتيه رؤية عن المصير الكوني لعالمنا بأحلام خمسة، إحداها عن برق قوي يشعل النيران في السهول، ويُحدث فيها حريقاً كبيراً، فلا يتركها إلا رماداً. ستكون هذه الرؤية مقدمة لخيبته الحتمية القادمة، وهو يبحث عن معنى وجود الإنسان، فيعلم أنه فانٍ، مهما فعل، ولن يكون باستطاعته تناول عشبة الخلود، المقتصر على الآلهة فقط. أعرف أن رؤية «جلجامش» عن المصير الكوني ستتحقق في يوم بعيد، يفنى فيه الكون ومعه الإنسان. أعرف هذا من تتالي الرؤى التي أحلم بها، وأن هذا قرار الآلهة منذ أن خلقت العالم والبشرية.

وبسبب ارتباطي الروحي بقداسة الجبل، أنا «الكاهن الأكبر»، فإن الرؤى تراودني أحلاماً باستمرار، عند أتصالي بالآلهة. لكن رؤاي ليست مرتبطة فقط بالمصير الكوني لعالمنا، إنما تتضمن أيضاً إجابات على تساؤلات الحجيج الزائرين. يطلبون معرفة ماذا يخبئ لهم المستقبل؛ عن أيام سلمهم وحربهم، وعن زيجاتهم وأسفارهم ومواسم حقولهم، وبكل ما يتعلق بخياراتهم في الحياة. وأرفق كشف الرؤى بقراءة طوالع النجوم، وظهور المذنبات، وكسوفات الشمس القمر، وعلامات الرعود والبروق، وتضاريس الطبيعة، فجميعها تحمل رسائل مباشرة من الآلهة، تؤكد الرؤى التي أحلم بها، وتكشف المستور من الإجابات.

إلى جانب الرؤى، التي تراودني أحلاماً، تمنحني الآلهة قوى خارقة فوق طبيعية، تؤكد مكانتي «الكاهن الأكبر» للمعبد، وتمنح تنبؤاتي صدقية. أستطيع أن أطفو في الهواء، ثم أختفي عن الأنظار، وأتواجد جسدياً في مكانين إثنين أو أكثر في الوقت نفسه، كما أني أشعل النار المقدسة في المعبد بشعلة تنبثق من يدي، وأنوم جموعاً تنويماً مغناطيسياً، فأبثهم قداسة المكان... وهذه بعض من قواي السحرية.

على أطراف سفوح الجبل، إلى جانب معبدي الكبير، أنشر أيضاً معابد أصغر لـ«عشتار»، إلهة الأنوثة والخصب والنماء. تنهض فيها تماثيلها الأنثوية رمزاً للحياة، وتحوي ألواحاً حجرية، نقش عليها كهنتي النصوص المقدسة.

تتمتع كاهناتي الجميلات في معابد عشتار بالقداسة والاحترام بين جميع فئات المجتمع، فهن في الأصل من الطبقات العليا في «المدن ـ الممالك»، المنتشرة في السهول. ينذرن أجسادهن للغرباء، كجزء من طقوس منح «عشتار» الخصب للطبيعة والحياة المتجددة للبشر. ما إن تتمرس الواحدة منهن في فنون المتعة المقدسة، حتى تصبح مرغوبة أكثر للزواج، فتنهال عليها الطلبات. أما الفتيات العذراوات، اللواتي يدخلن في طور النضج والإخصاب، فإنهن يقدمن إلى المعبد، كي تُفض بكارتهن بشعيرة مقدسة، ويقدمن دم عذريتهن قرباناً للآلهة.

بسبب طقوس الخصب والنماء، فإن الحقول والكروم عامرة بالوفرة، وينهض فيها عمران مدن على مساحات واسعة. من على السفوح، تترامى أمامي بلدات محفورة في صخورها، مشتعلة بالحياة؛ فوليا (مساكن الطيور الكاسرة)، وأورنيا (موطن طير الماء)، وذربولوس (مدينة آلهة الذكاء). وبين كروم السهل، نهضت إينا (مدينة الخمور)، وأرتوسا (مدينة الصخر الارتوازي)، وفي منتصفها قطيا (بلدة نبات القثة)، أو كاتانيا (أي مفترق الطرق). وهذه الأخيرة، المسماة حديثاً «قطنا»، تعود إليها أصولي المعاصرة، حيث يحتل العسكر بناية، تسكن فيها إحدى نسخي الشبيهة.

ولأن روحي متوحدة مع الجبل المقدس، أطلب من كهنتي أن يحرقوا جثتي عند موتي، ويذرّوا رمادها فوق سفوحه، كما كان يفعل أجدادي الأسلاف، من رؤساء القبائل وشاماناتها. هكذا، نبقى خالدين معاً إلى نهاية الزمان.

(6)

الاتحاد مع الحقيقة المطلقة... سفر الصوفي

أعبـر بوابة زمنية أخرى بحلم جديد، ملاحقاً «حكاية أجدادي الأسلاف».

أجـد نفسـي في باحة ترابية واسعة لجامـع عتيق، مبنـي من الحجر والطين، تعلـوه قبـة، ومئذنـة مسـتديرة بغطـاء خشـبي. لا يرتـاده مصلون، وإنما زائرون لضريح فيـه، يضم رفات صوفي المنطقة «حسـن الراعي»، تعلـوه رايته الخضراء. إلى جانبه، تتوزع أضرحة «الحلاج»، و«ابن عربي»، و«العطار»، و«الرومي». تـرقد رفاتهـم جميعـاً هنا، وقـد أضحت رميمـاً، فيما تمضي أرواحهم إلـى عملية «فناء روحـي» في «الإله الواحد الكلي الشامل»؛ «الحقيقة المطلقة». تتحد بها، بعيداً عـن ضجيـج الناس وملاهيهم. على سـتائر خضراء منسـدلة على أضرحتهم، تبدو أشـعارهم الصوفية مخطوطة بماء الذهب، تتردد أصداء كلماتها همسـاً خفياً في فضاءات المكان.

يحمل المكان هنا قداسـته التاريخية مخترقاً بهـا الأزمنة. في زمن بعيد، ينهض فيه معبد «الإلهة عشتار»، تُمارس فيه طقوس الخصب والحياة، والكاهنات يمنحن أجسـادهن للعابريـن نُـذراً لها. كان هذا منـذ زمن، الآن تنـزوي «الإلهة» هذه في عليائهـا، وتغـدو النجمة الأكثر تألقاً طوال الليل في السـماء. هي الأولى من تطلع في سـفر المسـاء؛ «نجمة المسـاء»، والأخيرة من تغيب مع مطلع الفجر؛ «نجمة الصبـاح». لكـن الحقول هنا ماتزال وافرة بالمحاصيل، والبسـاتين والكروم بالثمار، فسـحر «الإلهة» مايزال يخيم على المنطقة، ويمنحها الخصب والنماء باستمرار.

من معبد «الإلهة عشتار» هذا، المنحوت في الصخر، والمغطى بمعظمه الآن بـردم مـن التـراب، تبرز بقايا أعمدة حجريـة، بأسطوانات متوضعة فـوق بعضها البعـض، وأنصاف أقواس حجريـة تصـل بين بعضها في مدخله. وإذا ما أقتربُ منهـا مصغيـاً، يتناهى إلى سـمعي صدى تراتيـل الكهان والكاهنات، وهم يؤدون طقوسـهم، التي ماتزال تتردد في ذاكرة المكان.

ينهض جامع «حسن الراعي» فوق أنقاض بلدة قديمة، يغطيها ردم التراب، غارقة بأصولها في أزمان غابرة، عندما سكنها في حقب بعيدة أقوام أسلاف لنا من «أرام». تلتم مساكنها المنحوتة في الصخر، تحت الأرض، حول معبد «الإلهة عشتار»، وتنفتح على نهر غزير المياه؛ مصدر حياة البساتين والحقول حولها، ما يزال يجري حتى الآن.

أنزلق في إحدى الفتحات الجانبية تحت الجامع، منسلاً إلى الأسفل، فأصل إلى مغائر، تنفتح على غرف مربعة الشكل، تهبط حتى عمق ثمانية أمتار. هنا عاش أسلافي القدماء، متأقلمين مع منازلهم المحفورة بالصخر، التي بالكاد تصلها ضياءات النهار من «ضوايات» صغيرة في الأسقف، والهواء عبر فتحات خاصة بالتهوية. تتحول هذه «البلدة القديمة» إلى أنقاض مهجورة، منذ أزمان بعيدة، معظمها مردوم الآن تحت التراب. تنهض فوقها بيوت طينية جديدة، على أساسات من أحجارها، وتنتشر على مساحات واسعة، مشكلة «البلدة الجديدة»، يسكنها الآن أقوامي الحاليين.

أشعر بسريان دماء أناس المدينة الصخرية تحت الأرض في عروقي أجداداً لي، ويخفق قلبي مرتعشاً أمام رموزهم وإشاراتهم المنقوشة على الجدران، التي تهمس لي بحكاياتهم، ويتردد صداها في المكان، في روحي. أنا سليل هذه الأجيال المتعاقبة من الأسلاف، الذين سكنوا مثل هذه البلدات المحفورة في الصخر تحت الأرض، المبنية حول معابد «الإلهة عشتار»، المنتشرة بكثرة باتجاه التلال، نحو الشمال والغرب.

ما يزال ينهض مقابل «الجامع» بناء حجري قديم، من بقايا مدينة «آرام» القديمة المندثرة. يُستخدم الآن حماماً عمومياً، بغرفه الحجرية التي يتردد فيها صدى الأصوات، مستفيداً من جريان مياه النهر جانبه. وعلى جدار فيه، ما يزال فيه نحتٌ لنسر منتصب على ساقيه، مع رأسين متعاكسين، متصلين عند العنق. نُقشت في أسفله «حكاية» بلغتين؛ آرامية ويونانية قديمة، عن ملك اسمه «غورديانوس الثالث»، تزوج من امرأة من عامة الشعب، فعمت البلدة الأفراح لأسبوع كامل.

تتردد في المنطقة صدى «حكايات» قديمة حزينة، تروي مذابح شنيعة مروعة تصيب أهلها، مايزال يتناقلها الأحفاد، جيل بعد جيل. تحكي واحدة منها عن اجتياح جيوش «تيمورلنك» الوحشية بلداتها، فتحرق الدور والحقول، وتقتل الرجال، وتسبي النساء والأولاد. ثم تجمع الرؤوس المقطوعة من المجازر، وترفع منها تلة عالية عند طرف البلدة شمالاً، قرب جبل «الصوجة»، حتى يتم إرهاب أهالي المناطق المجاورة. ومن هنا يحشد «تيمورلنك» جيوشه لاجتياح «دمشق» غير البعيدة عن منطقتنا، فيبني أبراجاً عالية، مستفيداً من أخشاب الأشجار المتواجدة بكثافة هنا؛ «الغوطة الغربية»، يحاصرها بها، فتسقط بعد ستة أشهر، ويعمل جنوده فيها المجازر والخراب.

وتروي «حكاية» أخرى عن وصول الفرنجة، في عهود لاحقة من السنين، إلى حدود المنطقة جنوباً، من «فلسطين»، فيشكل «الأيوبيون» في بلدتنا خطاً دفاعياً لمقاومتهم، مستعينين بجند من المزارعين المقيمين فيها. هؤلاء يمارسون، في أيام السلم نهاراً أعمالهم الزراعية، لكنهم يتدربون مساء على القتال، خاصة على استخدام «الشيش»، الشائع بينهم بدل «السيف». ويُعد «جامع الصوفي حسن» أحد أماكن تجمعاتهم وتدريباتهم المسائية.

قدم «حسن» إلى المنطقة في ذلك الزمن، مبتدئاً حياته راعياً عند أعيانها. ثم جاءته استنارة روحانية، وأسس طريقة صوفية، وبنى جامعاً له فيها. لاتزال بعض قطع الشيش القديمة، التي أستخدمها المزارعون بالتدريب العسكري، ومن بعدهم المريدون في اجتراح عجائبهم، معلقة على الجدران.

أنا الآن شيخ صوفي، على طريقة «حسن الراعي» في الذكر والزهد، نتوارثها في بلدتنا عبر الأجيال. أجد نفسي في فناء الجامع بلحية طويلة بيضاء، مرتدياً خشن الثياب، وقد ضمر جسدي، بعد أن أصوم طويلاً عن الطعام والشراب، في صفاء عزلة، بعيداً عن الناس. أقف وسط حلقة من المريدين الدراويش، يحملون باليد اليسرى دفوفاً؛ طارات خشبية، شُدّت عليها رقوقاً من جلد الماعز، وتُزيّن جوانبها بصنوج نحاسية صغيرة. يتناوبون بالنقر عليها بكف اليد اليمنى وأصابعها، وبالهز عالياً في الهواء، وهم يتمايلون نشوة، على إيقاعاتها الرتيبة

الشـجية، مغمضي الأعين، بحركات متسقة نحو الأمام والخلف. ويرتلون بأصوات جماعيـة متهدجـة بتكرار «الله حي، الله حي»، فيما يصرخ أحدهـم بين الحين والآخـر بصوت طويل ممطوط «حي، حي»، مخترقاً الإيقاع الجماعي.

في هـذه الأثنـاء، أرتل أشعار الصوفيـين، المخطوطة على أسـدال أضرحتهم، والمحفوظـة فـي ذاكرتي، وأنا وسـط الحلقـة، متحضراً للسفر «رؤية فناء» في «المحبـوب الأعلى»، بعيداً عن عالمنا الأرضي.

تجتاحنـي التراتيـل والإيقاعـات بقـوة أكبـر، كلمـا ضجت حولي أكثـر. يختلج جسـدي، وأغمـض عينيّ. أرفع يـدي اليمنى إلى الأعلى، وأخفض اليسـرى إلى الأسـفل، وقـد فـردت الكفيّـن، وأدور حول نفسـي، كـي أتخفف من آسـار البدن وماديتـه، الذي سـكنته روحي، منذ أن هبطتْ العالم الأرضي. أدور حول روحي، وأنـا أتـوق إلـى عالمـي الأصلي؛ عالـم الأرواح، كمـا تـدور الكواكب في السـماء، فالدائرة كمال واكتمال، وبها أنسجم مع حركة الأفلاك في الكون.

أغـدو شـفيف القلـب، رقيـق المشـاعر، وحواسـي تزداد رهافة. وبقدر ما أدور خفة، وأمضي في غيبوبة نشوتي، أنفصل عن الزمان والمكان. يصغر جسدي شيئاً فشـيئاً حتـى يصل إلى حـد الانكماش في نقطة، هي مركز دائرة حلقة المريدين حولي، فيمـا تكبر روحي أكثـر فأكثر، فتتجاوزهم، وتصبـح مطلقاً بحجم الوجود. ثم يختفي جسـدي، منفصلاً عن عالمي الأرضي، وتتحرر روحي، ملتحقة بعالمها الأصلـي. أذوب، عندئذٍ، بفناء في «المحبوب الأعلى»؛ «الحقيقة المطلقة»، «سـر الأسـرار»، متحـداً بـه. هـو الحـق، الأول والأخيـر، الظاهـر والباطن. وباتحادي به، تُرفع الأسـتار أمام بصيرتي، وتتجلى الحقائق خارج ما يسـتتر على إدراك الحواس والعقل. أكتسـب طاقة روحية عظمى، هي قبس من مالك الوجود والأسرار، كي أعـود بها نوراً مباركاً إلى عالمي الأرضي.

أصحـو علـى لطمات الدراويش علـى وجهي، وهم يرددون «أصحى يا شـيخنا، عد إلينا من سفرك. «راية» «الشيخ حسن» ترفرف فوق الضريح، وتنتظرك. تخفق بشـوق، كـي تقـود بها موكب الأهالي المجتمعين في الخارج، مـن أجل الطواف على الأماكن المباركـة في البلدة، وتزور أحباءها الأولياء».

أنهض مشرق الروح، صافي القلب، متفتح الحواس. أسير، وأنا أطفو فوق الأرض بخفة، ووهج ضياء يشع من وجهي، هو منحة النور الإلهي التي رجعت بها. أعطي الأذن بفتح باب الضريح، كي تخرج «الراية» إلى باحة الجامع.

تطل «الراية» من الباب، تطير نحوي، وتنحني أمامي بساريتها المذهبة الطويلة، فألثم قماشتها الخضراء بقداسة، وأمنحها بركتي. ترتفع، وترفرف فوقنا عالياً، وتتقدمنا، وهي تطير منسابة في الهواء، وتقودنا خارج باحة الجامع. ما إن تظهر في الساحة أمام حشد الأهالي المتجمعين هناك حتى تضج الطبول والدفوف والصنوج عالياً، وتعلو الهتافات مكررة «الله حي، الله حي».

يتراكض إليّ المريدون متدافعين، ويركعون أمامي، فيما الراية ترفرف فوقنا، وساريتها تتقافز في الهواء. ألمس رؤوسهم مُبارِكاً، وأمنحهم طاقة نور قداسةٍ، مما اكتسبته من سفري العلوي. ينهضون، مشتعلين بالوجد والحماس، وقد أصابهم مس من شغف النور. مع تعالي نداءات «الله حي، الله حي»، المتكررة من حشود الموكب، يمشون حفاة القدمين متمهلين، على بساط طويل من الجمر المتوهج، أشعلوه من أجل هذه المناسبة، فلا يشعرون بلسع حرارتها. ويغرزون «الشيش» المعدني في الأجساد؛ يخترقون به الخاصرة والخدين، من الجانب إلى الآخر، فلا ينزفون. ثم يتمدد حشد كبير أرضاً على ظهورهم، وتبدأ فوقهم مسيرة «الدوسة»؛ يطأهم بحوافره حصان أبيض، يمتطيه فارس، على البطون والصدور والوجوه، يدوسهم، ويمر عليهم مثل نسمة، فلا يشعرون بالألم، ولا يتأذون. في كل هذه الأفعال، يتسامون متعالين على الأحاسيس الجسدية، ويحلقون في سماوات الأرواح.

أحفظ «الشيش» المستخدمة في الموكب على جدران الضريح الداخلية لمثل هذه الأيام، وقد وصلتنا منذ أيام «الأيوبيين»، عندما تدرب بها أجدادنا المزارعون استعداداً لصد غارات «الفرنجة» على البلدة. أدهنها بمادة «الشب» القابضة للجروح والمانعة للنزيف، قبل استخدامها في الموكب، وقد علمتُ المريدين أن يغرزوها فقط عند الخاصرة أو الخدين، وليس في الأحشاء، فتصيبهم مقتلاً.

أما بعد السـير علـى الجمر، فأداوي ندوبهم بملطف للحروق. على كل الأحوال، فهم لا يشـعرون بالآلام في لحظات الوجد هذه.

ثم تنطلق «الراية»، كي تطوف بالموكب على «المزارات المقدسة» في البلدة، التي تشتاق لزيارتها بعد طول غياب. تقودنا وفق خط سير تعرفه، مبتدئة بزيارة ضريح الصوفي «العوسجي» قرب المقبرة، حيث نشعل الشموع طوال الليل نذراً لأمنياتنا. مع ضياء هذه الشـموع الليلية، تنزاح العتمة عن المكان، فتأمن نسـوة البلدة ملء جرارهن ليلاً من النهر المجاور، محروسات بالضياء وقداسة الضريح، بعد العمل في الحقول طوال النهار.

تنحـرف الراية والحشـد يلاحقها إلى وسـط البلدة، حيـث تتواجد تحت الأرض مقبـرة قديمـة بتوابيـت حجريـة منحوتة، تعود لأجـداد لنا من كبـار قوم «آرام». تقف عندها بعض الوقت احتراماً لهم. ثم تستمر بزيارة أضرحة عدد من الأولياء، من النسـاء والرجال، المتوزعـة بين البيوت القديمة للبلدة. تشـع هذه المزارات نـوراً، بمجرد وصـول الراية المشـتاقة إليهم، فيـزداد قرع الطبـول ونقر الدفوف، وتعلو الصيحات أكثر «الله حي، الله حي».

يصل الموكب في تطوافه إلى «الزيتونة المباركة»، التي تسـكن بها روح امرأة من الأولياء، وتزورها النسـاء المرضعات طلبـاً لإدرار حليبهن. تعمر هذه الشـجرة هنا منذ مئات من الأعوام، ولا يمكن اقتلاعهـا، متحدية أدوات القطع والنيران.

ومـن «الزيتونـة المباركة»، يتجـه التطواف أخيراً إلى سـاحة البلدة الرئيسـية، فإذا بي أنفصل عنه، وأصبح قرب شقتي في البناية التي يحتلها العسكر. يصدمني منظر الدبابات حولها، فأسـتيقظ من سـفري في «الحلم ـ الحكايـة»، فإذا بي أنا في شقتي وحيداً.

(7)

سفر الجسد الأثيري... تحليق نجمي

عبر نوافذ شقتي، في بنايتي التي أحتلها العسكر، تصلني أصوات مكبرات صوت، مُرَّكبـة على سيارات عسكرية قديمة، تتجول في شوارع البلدة. تجأر المكبرات بأزيـز مُخرش، معلنة للأهالي منع التجول في البلدة، ليلاً ونهاراً. تحضر السيارات وأزيـز مكبراتها من أحد أفلام الحرب العالمية الثانية، وأنا أظن إن الزمن طواها بعيداً، لكنها تتسلل منه خلسة إلى البلدة، وها هي تغدو فجأة في الشوارع، تزأر بمحركاتها القديمة.

تقع شـقتي في الطابق الرابع، في بنايـة مطلة على ساحة البلدة، تُشرف بنوافذها على الشوارع والحارات، المتفرعة منها، وعبرها أستطيع مشاهدة حركة المارين فيها. مع إعلان منع التجول، أرقب راصداً انتشار الحواجز الأمنية المحمية بالدبابات في الشوارع، واعتلاء القناصة أسطح المنازل. لم تكد تختفي سيارات مكبرات الصوت من الشوارع، حتى بدأ العسكر يطلقون الرصاص على العابرين من الأهالي، بشـكل عشوائي ومفاجئ، دون سابق إنذار، ودون أن تُنزل الحوانيت أغلاقها، ويجد المتسوقون الوقت للعودة إلى منازلهم. من ثم ألحقوا بهم من يطل من الشـرفات، سواء بالمصادفة أو بنوع من الفضول.

أشـاهد الآن كيف يتسـاقط الأهالي تباعاً جثثاً دون حـراك، تتكدس فوق بعضها البعض، وتبقـى في أماكنها. ينـزف الجرحى حتى المـوت، دون أن يجرؤ أحد على الاقتراب منهم ومسـاعدتهم، إذ ينالهم الرصاص أيضاً. ترتمي بعض الجثث بأوضاع مأساوية، تنم عن مفاجأة الموت لها؛ منبطحة، أو راكعة، أو مستندة على جدار أو شجرة. كأنها جميعها تهم بالنهوض، فيما تحدق عيونها الحزينة في الفراغ، متسائلة في لحظة انطفائها عما يحدث لها، وبهذا الشكل المفاجئ. يتدلى بعضها الآخر من أغصان الأشـجار وأعمدة الكهرباء، حسب طريقة سـقوطها من الشرفات أو النوافذ لحظة قنصها، مثل ثياب الغسيل المنشورة، إنما تقطر دماً بدلاً من الماء.

بعـد أن تنـزف الجثث كامل دمائها، تصبح خفيفة مثل أوراق شجر الخريف،
تتلاعب بها زوابع الريح؛ تكورها، وتفردها، وتقلبها أرضاً، وتأخذها جيئة وذهاباً،
وفـي عصفـات قويـة تتطايـر بها في الفضاء. وعندمـا تعلو لا تسقط، بـل تبقى
متأرجحـة فـي الهـواء، وهي ترتعـش. وبسبب تبعثر هـذه الجثث في الأجواء،
تنتشـر رائحة تعفنها في البلدة، التي تفوح الآن شـوارعها وحاراتها بالعطونة، كأن
طاعونـاً ضربها.

لـم يعـد أحـد مـن الأحياء يجرؤ أحـد على الخروج من المنـازل حتـى لتبضع
الطعـام، بانتظـار انفكاك هذه الغمة، التي تبدو دون نهاية. يأخـذ القناصة الآن
بإطلاق الرصاص على النوافذ، ما إن يلمحوا خيالاً وراء الستائر في النهار، أو ظلال
طيـف على ضوء شـمعة في الليل. يطلقـون حتى على بصيص سيجارة يلمع في
العتمـة، فالكهربـاء مقطوعـة منذ زمـن بعيد عن البلدة، وأناسـها يعيشـون عتمة
البيـوت والقلـوب. وعندمـا يتحـول الناس إلى أطياف أشـباح، متخفيـن بصمتهم،
يطلـق القناصة رصاصهـم على الكلاب والقطط، ثم العصافير والفراشـات، دون
أن تفلت منهـم ليلاً نجمات السـماء. ثم أخـذوا يطلقون الرصاص علـى الصمت
المخيم على البلدة.

وأبقى أنا أيضاً محبوساً في شقتي، وظلمة كاملة تطبق عليها ليل نهار، بعد أن
أرخي سـتائر النوافذ بإحكام. لا أجرؤ على إزاحة إحداها أو إشعال شـمعة، خوفاً
مـن تحيـة قناص لي بطلقة غادرة. لا أفعل شـيئاً سـوى الاسـتماع إلى سـيمفونية
إطلاق الرصاص، تزين صمت الشوارع بكرنفال الرشقات.

أشعر مرة بالاختناق ليلاً، أزيح باب الشرفة قليلاً، كي تتسلل إلى الغرفة نسمة
هواء، وألق ضياء نجمة. ألمح مباشـرة نقطة ضوء حمراء، تلمع على سطح البناية
المقابلـة لـي. أعرفها، هنـاك قناص، يترصد طريـدة ببندقية، تعمـل بجهاز رؤية
ليلـي. تكشـف نظارتها كل مـن يتحرك في العتمة أمامها، بـل حتى من يتنفس أو
ينبض الدم في عروقه.

سـرعان مـا تنهال رشقات رصاص عبر باب الشرفة نصف المفتوح، يتراقص
أزيزهـا في الغرفـة، مثل موسيقى عـزف منفرد نشـاز على الكمـان، ويضيئها

بتقافزات الشرر. وسرعان ما تنقش تألقات تفجرها خريطة على الجدار المقابل، فتتشكل منها لوحة، تشتعل بالحياة. أشاهد فيها بيوت بلدتي تحترق، ولهيب نيران يتصاعد متراقصاً منها، حتى إني أسمع صوت اضطرامها، ويملأ الدخان المنبعث منها الشقة، فأضع على أنفي كمامة قماش مبلولة بالماء حتى لا أختنق. يتقافز من حرائق البيوت أناس يشتعلون بالنيران، يرتمون متناثرين على أرض الغرفة، يتلوون محترقين أمامي، وهم يصرخون متألمين، ثم يهمدون. وعندما استطيع زاحفاً إغلاق باب الشرفة، تتوقف موسيقى إطلاق الرصاص، يخيم الصمت، وتنطفئ النيران، وتختفي الجثث، وتسود الظلمة في الشقة من جديد.

أتمدد من جديد على فراش أرضي صغير، بعيداً عن النوافذ، حتى لا تنالني طلقات قناص، وإلى جانبي ترتمي كتب علماء كونيات؛ كارل ساغان، وهويمر ديتفورت، وستيفن هوكينغ، وبريان جرين، وبول ديفيس. أدمن على قراءتها عشرات المرات حتى تشرب عقلي معلوماتها عميقاً، وتدفعني بإلحاح إلى السفر في عوالمها.

الظلمة حالكة بشدة حولي، وتنشر صمتاً ثقيلاً مطبقاً على المكان، تبتعد أصوات إطلاق الرصاص شيئاً فشيئاً حتى تختفي. أرفع إصبعي في الظلمة، فلا أراه، بالكاد أتحسس جسدي، كي أكتشف إني ما أزال موجوداً، ولم تلتهمني الظلمة، وبالكاد أتنفس، كي أعرف أني حي، ولم يسافر بي الصمت إلى عدم. يشعر جسدي بالفراش الذي أتمدد عليه، دون أن أتعرف على حوافه، كأنها اختفت، لكن هل تبقى أرضية أو جدران في الغرفة، أو في الشقة كلها؟ كأن الفراش يطفو محلقاً بي في عتمة سحيقة دون تخوم، بل أكاد أسقط في فراغها، عندما أحاول النهوض منه والخطو خارجه، لو لم أسارع التمسك بحوافه، وقد تدلى جسدي منه. بصعوبة أتسلقه وأرجع إليه، وأعاود الاستلقاء، ولم أعد أجرؤ على الحراك.

فجأة، يختفي المكان، ويتوقف الزمن، وأشعر إني أطفو في الظلمة. أرتد إلى أعماقي، وأنا أتأمل ذاتي بصفاء، فألمح بصيص ضوء يشع في داخلي. من

هنـاك، توشـوش لـي منادية ظلال موسـيقى غامضـة مبهمة. أنسـل إليهـا حنينـاً، فأصـل إلـى بقعـة ضيـاء، وتغمرنـي غمامـة متراقصـة على إيقاع سـحري خفي كهمسـات، فـإذا بـي أنا ضياء؛ خفـة نور مهتـزة في فراغ صمت عميـق، طيف شـبحي أثيري بوعي متفتح كامل الإدراك، إنما لا جسـد. لقد غادرته، وتركته في مكان ما هناك بعيداً في الشـقة، وأختفى عن ناظريّ في العتمة. مع ذلك، أرى بوضـوح، وأنـا أشـق طريقي من قلـب الظلمة محلقـاً، مع أنه ليس لـدي عينان، فقد تركتهما هناك مع جسـدي.

أطفو الآن مسـافراً، فأجد نفسـي فجأة، وأنا بكامل صحوي ووعيي، طيفاً محلقاً فـي سـماء صافية زرقـاء، دافئة واسـعة، تذهـب أطرافها إلى اللانهايـات. أعلو في الفضاءات متقلباً، متحكمـاً بطيراني، دون أن أخشى السـقوط. تمتد وتمتد، تحتي بعيـداً فـي الأسـفل، جبـال شـاهقة، ووديان عميقـة، وسـهول شاسـعة، وبحيرات واسـعة، لم أشـاهدها من قبل في حياتي. ليسـت اسـتيهامات تنبثـق من خيالي، أو صـور تصلنـي مـن جهـاز بـث إلكترونـي مـا، بل هـي مناظـر طبيعيـة حقيقية، أشـاهدها تمـوج بالحيـاة، متألقة تحت أشـعة الشـمس. أتنفـس هواءها الرطب، وأسـتطيع تلمس عناصرها، إذا ما هبطت إليها. أسـتطيع فعل ذلك، على الرغم من إني طيـف أثيري، لا جسـد ولا حواس لي، لكني أشـعر بقدرتي على ذلك.

أحلق الآن فوق غابات كرنفالية ألوان الخريف، مذهلة بسـحرها وتألقها، تمتد من الآفاق إلى الآفاق. تتراكض بين أشـجارها حيوانات برية، وتعلو فوقها طيور، وأنا أسـمع أصواتها نداءات الطبيعة. أجتاز محلقاً غابات وغابات، دون حواف أو تخوم، لا تنتهـي، لكنـي أتحكم بسـفري ووعـي كامـلاً. ثم يتسـارع طيراني، بحيث أسـمع حفيـف انسـيابي في الهـواء، أطوي المسـافات تحتـي، فتبدوا الغابات مسـاحات ممتدة مزركشـة، متداخلة موسـيقى الألوان، تتصاعد منها ألحان. يتسـارع طيراني أكثـر فأكثـر، فتغدوا المسـاحات خطوطـاً انسـيابية ملونة، أجتازهـا، وهي تنسـحب إلـى الخلف بموسـيقاها. ثم تتحول إلى أشـرطة ضوئية خافتـة الصوت، ملونة في البدايـة، ثم ألماسـية متلألئة، ما تلبـث أن تتفتت نقاطـاً مبعثرة تتلألأ. فإذا أنا أحلق بين نجمات متألقة، تنير فضاء كونياً أسـود، تزينه كثافات الصمت.

في ذكريات طفولة تجسدي، أنام صيفاً مع أهلي ليلاً على سطح بيتنا الريفي، في الهواء الطلق، هرباً من حر الغرف الشديد. ليس هناك بعد بنايات في بلدتنا، والكهرباء لم تصلها أيضاً، فتنفرد السماء أمام ناظري مكشوفة دون حدود، دون أي ضجيج أو تلوث ضوئي. أراقبها من السطح متمدداً على فراش، وسرعان ما أحلق فيها، منساباً، متقلباً بخفة بين النجمات. ألهو بهن، وأنا أجمعهن أكواماً، وأصنع منهن عقوداً، تخشخش بين يديّ، وأبعثرهن من جديد، مرات ومرات. ثم أصنع منهن سريراً ضوئياً أغفو عليه. تلك الأيام الساحرة هي بعيدة جداً الآن، وقد فقدت طفولتي التي تركض في شموس الحقول وأمسيات النجوم، ومعها براءتي الأولى. الآن، أترك هناك في الأسفل جسداً مترهلاً، مثقلاً بالهموم. لكني أخرج منه مسافراً في رحلة عبر طيفي، هارباً من شقة بناية أحتلها العسكر.

طيفي يشع الآن نوراً، وأتألق مثل النجمات حولي، لا بل أغدو نجمة، ومن ثم أبدء بالتفتت نجيمات متناثرة. أخاف أن أذوب ضياءات صغيرة، وأتبعثر منحلاً غباراً ضوئياً، يحوم دون مسارات، وأفقد في النهاية قدرتي على استرجاع طيفي، ومن ثم العودة إلى جسدي، الذي ينتظرني في الأسفل. أستجمع ذاتي؛ طيفي، وأبحر في رحلة العودة إلى ظلمة جسدي الأرضية.

أحاول استشعار نبضي الحيوي في جسدي المتروك في الأسفل، كي أنشد إليه، فلا أشعر به. أختفى نبضي وتنفسي أو أي دلائل على حياة جسدي، وها أنا أحلق هائماً مستغرباً، طيفاً دون جسد. ربما داهم الجنود الشقة في أثناء تحليقي، ويطلقون النار عشوائياً أو بقصد، ويصيبوا جسدي مقتلاً، فتختفي دلائل الحياة منه. لن أستطيع العودة إليه بعد الآن، أفقده على ما يبدو إلى الأبد. سيتعفن سريعاً كجثة، ويذوي إلى عدم، ويبقى طيفي ضائعاً حائراً في فضاءات اللامكان واللازمان.

أبحث عن نبض ما لأجساد أخرى في بلدتي، ستغادرها أرواحها قريباً، كي أتلبسها في لحظة مفارقتها، وأعود ولو جسداً آخر إلى شقتي. أبحث، فلا أستشعر شيئاً. ليس هناك في الأسفل سوى أجساد مهشمة أو متعفنة، فارقت الحياة منذ زمن. لا أحد ينتظر الموت في بلدتي بهدوء، بمرض أو حادث عابر، الجنود لا

يتركون له فرصة، يتكفلون بتصفيته مباشرة. هم على عداوة مع أنصاف الأحياء، على المرء أن يكون إما معهم حياً، أو ميتاً مباشرة دون معاناة.

لا أرغب بتلبس جسد شخص حي آخر، غاب عنه في سفر حلم في أثناء نومه، فأغتنم الفرصة وأستولي عليه. هذا ليس أخلاقياً، فأين سيذهب طيفه، عندما يعود، ويجد جسده محتلاً من طيف آخر، فأحكم عليه بالضياع الطيفي، بدلاً مني. وعملياً، قد أسقط، دون أن أدري، في جسد بيولوجي سادي؛ جندي متوحش، أو متعصب ديني مجنون، يقتل كل منهما الناس دون رحمة، وهذا ما لا أرغب به. بل كيف ستكون مشاعر طيفي، لو أسقط في جسد رجل عجوز مريض، أو امرأة عاهرة، أو زعيم مافيا، أو قائد ميليشيا طائفية، أو مدمن مخدرات. قد أعلق فيه إذا ما تلبسته، بسبب عدم امتلاكه القدرة الواعية على السماح لطيفه بالتحليق مغادراً له. ستعيش روحي عندئذ محبوسة في جسد بيولوجي غريب عني، له نوازع عدائية سادية، أو غرائز بدائية منفلتة، أو ميول مازوشية مستكينة، لن أستطيع السيطرة عليها.

الأشخاص الذين تمتلك أطيافهم القدرة على السفر الروحي خارج أجسادهم والعودة إليها هم نادرون. مثل هؤلاء يعيشون في عزلة صفاء روحي؛ في أعالي الجبال، أو أقاصي الصحارى، أو قلب الغابات، لا تقلقهم حروب ومجازر، تحيط بهم. وأنا نفسي لم أكن لأستطيع الخروج من جسدي والتحليق بطيفي، لو لم أرجع إلى ذاتي في العزلة التامة، التي وضعني فيها الجنود، محاصراً بعتمة الشقة... لذا، أقلع عن فكرة تلبس جسد أرضي آخر، واستسلم لوضعي الطيفي.

بعد فقدان جسدي لا إرادياً، ينبغي عليّ الآن التأقلم مع وضعي الطيفي الطارئ، هذا الذي لا يصيبه البلى أبداً. ربما سيُحكم عليّ لزمن طويل بعدم العودة إلى عالم الأطياف الجمعي؛ عالم الاحتمالات في «العدم الكوانتي»، الذي قدمت منه في الأصل. هذه العودة هي ما تحدث عادة بعد الخروج من الأجساد عند فنائها بشكل طبيعي. وقد أبقى تائهاً إلى الأبد بعيداً عنه في هذا العالم، في فضاءات الزمكان الشاسعة هذه. كل ذلك يحدث بسبب مخالفتي

قوانيـن الوجود الأرضية بنزوة روحانية، أغادر بها عالمي الواقعي بقرار شخصي، دون أن أتمكـن من العودة إليه.

أحلق الآن طيفاً في سـماء كوكب الأرض، التي أشـاهد عبر غلافها الجوي ألق النجـوم حولي. لكن النجوم بعيدة جـداً عني، وما أعيه هـو فقط إشعاعاتها التي تصلني، بعـد أن تجتـاز مسافات كونيـة شاسعة، تُحسـب بآلاف السـنين الضوئيـة. كمـا إن الإشـعاعات هـذه تحمل صـور نجومها في زمـن بعيد مضى، يعادل المسـافات الهائلة المقطوعة. في هذه الأثنـاء، وعندما تصل الإشـعاعات إلي، ربما تكـون نجومهـا المصدر قـد أنهت دورة حياتها؛ انفجرت، وتحولت إلى قـزم أبيض أو ثقب أسـود. على الرغـم من ذلك، وقد فقدت جسدي، عليّ أن أغامـر بمغـادرة كوكبي، ما دمت قـادراً على ذلك بطيفي، الـذي يمتلك على مـا يبـدو قدرات هائلة، لم أكن أعرفها سـابقاً، وأستطيع بها اختراق الفضاءات والعوالم، وأستكشـف ما حولي.

هكـذا، أحلـق في الفضاء الكوني الفسـيح، طيفاً ينسـاب فيه. أول ما أشـعر به هـو حـرارة متوهجة شـديدة تصلنـي من جهة الشـمس؛ النجم الـذي يدور حوله كوكبي الأرضي.

تذكرني شمس الأرض بطفولة تجسدي الأرضي، عندما أستيقظ باكراً، في هدأة الفجـر. النسـيمات البـاردة تداعب وجهـي، والناس مازالوا نيام. أصعد إلى سـطح بيتنا العتيق، أنتظر بزوغ قرص الشـمس. يظهر شـيئاً فشـيئاً من مطلع الصباحات، عند أفق السهل البعيد شرقاً. يطلع بألوان سحرية شفافة؛ وردية، ليلكية، فستقية، لازوردية، ويأخذ بعض الوقت حتى يكتمل، مسـتقراً بلونه البرتقالي، ويمضي في رحلته إلى كبد السماء.

في هـذه اللحظـات الصباحيـة الأولى، أركـز عينيّ على القرص، وأغـرق فيه، فلا أعـود أرى سـوى دوائـر الألوان هـذه، تنفصل عنـه، وتتناثـر حولـه متداخلة، مشـكلة فـي الفضاءات حوله لوحات تشكيلية فريدة متتالية، بعناصر متبدلة متحركـة. يُصـدر كل لـون موسـيقاه الخفيـة، فـإذا ما تتداخل الدوائـر متصادمة، تتعالى مجموعـات إيقاعاتها في الأجـواء ألحاناً زاهية. أتماهـى عندئذ مع عالم

سحري، بشفافية ألوان وتراقص إيقاعات، وأنفصل عن المكان، ولا أعود أميز تخوم الأشياء حولي، التي تنحل إلى ضياء. سرعان ما أجد نفسي محلقاً في عالم الدوائر الشفافة هذه، أتلاعب بموسيقاها بأصابعي، وأغدوا معها ضياء سحرياً.

زمن طفولة تجسدي ولى بعيداً جداً، وأنا الآن طيف يعي نجم الشمس كرة كونية هائلة، بآلاف أضعاف حجم الأرض؛ شديدة الاشتعال بالنيران المتفجرة، تقذفها في أعماق الفضاء حولها مويجات طاقة هادرة، تلفحني حرارتها، وتصعقني أصواتها.

يبدو إن طيفي لا يتأثر لا بمويجات الشديدة الحرارة ولا الشديدة البرودة، على الرغم من إنه يستشعرها، عندما يرغب. أنا مجرد طيف طاقي أثيري، لا يتأثر بالمحرضات حولي. لكني أعيها جيداً بأحاسيس ومشاعر، وأمتلك ذاكرة عجيبة، تتجاوز وجودي الجسدي السابق؛ أشبه بذاكرة كونية كامنة تتفجر، لا أعرف أن كنت قد اكتسبتها، أم هي كامنة في طبيعتي.

أكتشف أيضاً إنني أستطيع الانسياب سريعاً في الفضاء، وأسبق إشعاعات الضوء بيسر شديد. يبدو إن سرعتي هذه لا علاقة لها بقوة الدفع التي تكتسبها الأجسام المادية من قذف الدورانات حول كوكب ما، وتتحاشى محاذرة احتراق كتلتها، بعدم الوصول إلى سرعة الضوء بالكامل. يبدو أن هذا لا علاقة له بالأطياف ذاتها، وطبيعتها الطاقية، فأنا أستطيع التحكم بسرعتي، مسابقاً حتى الضوء ذاته، دون أن أتأثر.

أتلهى الآن بانسياباتي في الفضاءات المحيطة بالشمس، وانا أجتاز المسافات الكونية بسرعات مذهلة. أتلهى حتى أشعر بالملل من هذه اللعبة. هل سأمضي وقتي هكذا دون هدف سوى هذا اللهو، والأقسى إني وحيد فيه؟ يبدو إنه حتى الأطياف تشعر بالوحدة، ولا ترغب بها. إذاً، لأعد إلى كوكب الأرض، وأتلبس أي جسد كان، حتى لو كان جسد زعيم ديكتاتور، أو أمير صحراوي مستبد. ستكون العودة أفضل من هذا التيه الكوني.

(8)

السفر خارج الزمكان

أعود من الفضاء إلى كوكب الأرض، ما أن أقترب من سطحها حتى يذهلني ما أشاهده. لا شيء سوى خراب شامل في كل مكان؛ أنقاض مدن مدمرة، بقايا غابات محترقة، أنهار وبحيرات جفت مياهها، وهواء ملوث بسمية عالية، لا يصلح لتنفس الأجساد. أحوم طيفاً في الأمكنة؛ صمت مخيم، لا أثر لأناس، أو حتى لكائنات حية من حيوان أو نبات، ودخان أسود كثيف راكد في الهواء، يكاد يحجب أشعة الشمس. تختفي الحضارة الأرضية، وتختفي معها جميع أشكال الحياة بأكملها. يبدوا إن أطياف الناس تعود إلى عوالمها «الجمعية العدمية»، بعد مغادرتها أجسادها، هذه التي تم على الأغلب إفناءها جميعها بضربة قاصمة واحدة، كأن عاصفة نارية هائلة مرت عليها، فلم يبق منها سوى غبار.

لم أفهم كيف إن الزمن القصير جداً الذي أقضيه في الفضاء بسرعة الضوء، وأحسبه بضعة أسابيع، يمر بمئات الأعوام على الأرض بزمنها الاعتيادي، إلا عندما تذكرت «أينشتاين» ونظريته النسبية. يحدث كل هذا الخراب في غيابي القصير النسبي عن الأرض، في حين يمر عليها زمن طويل.

لا أجد حفرة هائلة لنيزك كوني قد ضرب سطح الأرض، أو حمم تغطيه نتيجة انفجارات شاملة للبراكين عليه، أو آثار زلازل مدمرة قلبت الجبال في البحار، وأثارت مد تسوناميات غمرته، لا شيء من هذا. لكن كيف تم تدمير الحياة والحضارة عليها؟ بالتأكيد، استخدمت الدول العظمى أسلحة الدمار الشامل على نطاق واسع، في حرب عبثية، فدمرت نفسها وكل ما على الكوكب، وإلا لما حدث مثل هذا الخراب.

أتذكر إن طيفي غادر الأرض، وعليها زعماء دول مجانين، يتسابقون على امتلاك الأسلحة النووية؛ جنرالات ديكتاتوريون، وزعماء مافيات، ورجال دين،

وأمـراء صحراويـون، ورؤسـاء احتكارات دوليـة، يقـودون بلادهـم والعالـم نحو الخـراب. كلهم مريضون نفسـيون؛ ممسوسون، مخبولون، سـاديون، نرجسـيون، منفصمـوا الشـخصية، مهووسـون بالسـلطة، رفعـوا تماثيلهـم كآلهـة معبـودة في السـاحات، وفي العقول. لم يكن لجنون أحدهم أن ينفجر سـوى بكبسـة زر من إصبعـه، ويتتالى بعدها إطلاق الصواريخ النووية من كل الأطراف، فتتدمر الحياة الأرضيـة بكل كائناتها، ومعها الحضارة الإنسانية، بين ليلة وضحاها.

أمـام هـذا الوضع المأسـاوي، أفكر مـاذا لو أنطلقُ بسـرعة تسـبق الضوء، فقد يسـتطيع طيفي الطاقـي طي الزمكان، وبالتالي تنفتح بوابات زمنية، أعبرها نحو الماضي أو المسـتقبل. بالتأكيد، سـأرجع إلى الماضي، إلى زمن بلدتي، وسـأتخذ عندئـذٍ لطيفـي أي جسـد كان. أو بالأحرى، سـأتوغل أبعد قليلاً، إلـى الزمن الذي كنـت فيـه أمتلك جسـدي في الشـقة. وبمجرد اسـتعادتي لـه، فلـن أفكـر أبداً بمغادرتـه طيفـاً، بعد تجربـة التيـه القاسـية هـذه، بل وسـأغادر الشـقة والبلدة مسـبقاً حتى لا ينال جسدي الموت برصاص العسكر.

هكـذا، أنطلـق طيفـاً، مسـابقاً سـرعة الضوء، وسـرعان مـا تنفتح أمامـي أعداد كبيـرة مـن البوابات الزمنية، كل واحـدة منها تفضي إلى حقبـة مختلفة من حياة كوكب الأرض. أشعر بحيرة الاختيار بينها، فقد أخطئ وأنسل عبر واحدة منها إلى زمن لا وجود للجنس البشـري فيه بعد، وقد أعلق هناك.

أتذكـر مـا تختزنه ذاكرتي الكونية عن نظريـات «الهولوغـرام» المجنونة، التي تشـير إلى أن الأحداث بعناصرها المادية ذات الأبعاد الثلاثية، سـواء على المسـتوى الأرضـي الصغيـر أو الكوني الهائل، تتواجـد في واقع زمكاني محـدد. لكن عندما تفنـى لسـبب ما، فـإن كتلتهـا الماديـة لا تختفي، إنمـا تتحول إلى طاقـة، أي إلى معلومات مشـفرة. وهذه تُخزن مطبوعة على شـريط «ذاكرة هولوغرامية كونية» ببعديـن أثنيـن؛ مجرد ذاكرة طاقية، دون مكان أو زمان. إلا أنه يمكن اسـترجاعها مـن هذا الشـريط إلى عالم تجسـداتها الثلاثية. هل هـذه المعرفة موجودة على هذا الشريط، أم في وعيي بذاكرة كونية مسبقة، كامنة، أم بكلاهما معاً، وتتفجر الآن أمام ما أشاهده؟

يجـد طيفـي بسـهولة شـريط المعلومـات الهولوغرامـي الكونـي، الـذي يؤرخ أحداث كوكب الأرض، وهو يُعرض فوق بوابات زمنية خاصة به. ما عليّ الآن سوى اختيـار واحـدة مـن هذه البوابـات، حسـب معلوماتها، مـن أجل الولـوج إلى زمن محـدد من تاريخ الكوكب. لكن العملية تبدو صعبة جداً، فالشـريط طويل، يمتد ملاييـن السـنين، ولابد لي من البحـث عن البوابة المناسـبة للوصول إلى عالمي.

في البدايـة، وعبر إحدى البوابات، أشاهد سـطح الأرض مشـتعلاً بحمم البراكين المتفجرة، وقذائف النيازك لا تتوقف عن ضربه، وليس هناك أي شكل من أشكال الحيـاة. أصوات الانفجارات هادرة مرعبة، تجعلني أتجاهل هـذه البوابة الزمنية مباشـرة، وأتجاوز مسير الشـريط متقدماً بعدة ملايين من السنين.

مـن فضـاءات بوابـة أخـرى، تتعالـى أصـوات حيوانـات، فيهـا خليط مـن زئير وجعيـر. أسـتطلعها، فـإذا هـي حيوانـات بأشـكال عجيبة، لم أشـهد لهـا مثيلاً في زمـن تجسـدي. إنها الديناصورات؛ أحجـام هائلة، رقـاب طويلة، ذيولاً قاسـية. بعـض منهـا عاشـب، والبعـض الآخـر مفتـرس. وعبر بوابـة تاليـة، أعي مشـهداً جليديـاً، يغطـي كامل الكوكب، وريـاح زمهريرية تعصف به بأصوات يقشـعر لها طيفـي. معظم الكائنـات الحية هنا تجمدت بالكامـل، في برد صقيعي شـامل، لكن لا أنـاس. أتجاوز مسـرعاً هذه العوالم، فهي غير قابلـة لتجسد بشـري، ولا شـيء أفعله فيها.

أتقدم أكثر في أزمنة شـريط المعلومات الكوني، وأنا أحاول استشـعار حنين مـا ينبثق مـن إحـدى البوابـات الزمنيـة؛ من تجسـد قديـم لي. يشـدني شعور غامـض إلى بوابـة، ألمـح عبرهـا سلسـلة مـن أربـع جبـال شـاهقة، عنـد مهبط المسـاءات، تغطيهـا غابـات كثيفـة، وقمـة أعلاهـا تلامـس السـماء. تطل الجبال علـى سـهول شاسـعة، تمتد حتـى مطلع الصباحـات، تتوسـطها بحيرة واسـعة. أعـرف هـذه الجبال والسـهول، إنهـا منطقة تجسـدي في زمن ما، فأعبر البوابة مسـروراً. لكني لا أتذكر بحيرة فيها بمثل هذا الأتسـاع، ولا أكواخ طين، مغطاة بأغصان الأشـجار وجلود الحيوانات، تنهـض على طرفها الغربـي. يبدو إن قبيلة بدائيـة تعيـش هنا، في أحـد عصور ما قبـل التاريخ، وأرى أفرادها شـبه العراة

يتناثرون بين الأكواخ، ويمارسون حياتهم اليومية. لكن ما علاقتي بهذا المكان، وماذا يشدني إليه؟

يخفـق طيفـي بمشاعـر غريبـة، عندما أشاهد تجسداً لي في الكوخ الأكبر، بيـن مجموعـة أكواخ، منتشـرة علـى ضفـة البحيرة، بشـكل أقرب إلـى التوحش. تتـوزع فيه أدوات طقوس سـحرية؛ أقنعة وقرون حيوانـات، وترتفع قربه تلة من الجماجـم المحنطة. إذاً، هـذا تجسـدي أنا؛ «شـامان» القبيلة، الذي يسـافر إلى أرواح عناصـر الطبيعـة، وأرواح الأجـداد. سـرعان مـا تنبثـق في ذاكرتـي الطيفية تسـمية المكان بـ«تل الرماد». يبدو إنـي وصلت إلى مكان يقع قرب بلدتي، إنما غـارق في ماض بعيد جداً، عندمـا كانـت تنهـض فيه حياة بدائية.

يراقـب طيفـي الحائم في الفضـاء كيف يستنشـق جسدي في الكوخ دخان أعشـاب مشـتعلة، على وقع تراتيل أفراد من القبيلة، وكيف يشـعر بخدر. وفجأة ينفصل من الجسد طيف أخر، ليس هو الطيف الذي عبرت به البوابة الزمنية من المسـتقبل إلى هذه المنطقة؛ طيف مرتبط بتجسـدي «شـاماناً» في ذلك الزمن، لكني أشـعر بانشـداد مبهم خفي إليه. ينزوي طيفي القادم من المستقبل، مراقباً مـا يحدث بدهشـة، فيما أسـافر أنا طيف «الشـامان» الآخر فوق غابـات الجبال والسـهول والبحيـرة، أتحادث مع أرواحها، وأزور أرواح الأجداد. سـرعان ما يفهم طيفـي المسـتقبلي أنـي دخلـت إلى «كون مـواز» لكوني الذي قدمـت منه، وإن طيـف «الشـامان» هو نسـخة من طيفي، حل في تجسـد أخر لي. لـم أعد أعرف الآن أي هـو الكون الأصلـي، ومـن هـو الطيـف الحقيقـي. وإذا كان هذا تجسـد «الشـامان»، فأين تجسدي الذي أبحث عنه؟

أقـدح ذاكرتـي الكونية، فأفهم إننا، نحـن الطيفان، لسـنا إلا مجرد احتماليّ وجودٍ في «كونيـن متوازيين»، ونحـن قادمون في الأصـل مـن «عالـم الأطيـاف الجمعـي»، في «العدم الكوانتـي»، حيـث تتواجـد أعـداد لانهائيـة كامنـة مـن احتمـالات وجودنا. لكـن طيفـي القادم مـن المستقبل يعـي كل مـا حولـه، فأنـا به هـارب منفلـت مـن كونـي وقوانينـه الزمكانية، وأسـتطيع اختـراق أكوان أخـرى، فيما طيـف «الشـامان» المحصور في كونه

لا يعي وجودي، فلا يستطيع التفاعل معي بمشاعر ما، دون وجود أي إمكانية لأحل في تجسده هنا.

هكذا، أقرر مغادرة عالم تجسدي الشاماني، وأتابع انطلاقي في مسير الزمن، باحثاً عن كوني الخاص. لكن في طريقي، أمر ببوابات، تفضي إلى أكوان موازية مختلفة، يشدني إلى بعضها حنين مبهم، فأعرف إن لي فيها تجسدات أطياف، هي احتمالات وجود أخرى لي. أستطلع بعضها عابراً، لمجرد الفضول، إذ لا جدوى من اختراقها.

أشاهد في إحدى البوابات معبداً لـ«إله الشمس»، على أعلى قمة من «جبال حرمون» الأربعة، التي تشرف على سهول واسعة مما يشبه منطقتي، وقد أضحت بلاد عمران وحقول. وأنا متجسد كاهناً أعظماً للمعبد، أقود طقوس العبادة في هيكله، وتأتيني الرؤى بأنباء الغيب، عما حدث وما سيحدث.

وعبر بوابة أخرى، أشاهد جامعاً طينياً، بني فوق معبد قديم لإلهة اسمها «عشتار». تتجمع في باحته حلقة من المريدين على شكل دائرة سحرية، يقرعون الدفوف، وينشدون تراتيل صوفية، وهم يتمايلون نشوة، فيما أنا أدور في مركزها حول نفسي بانتشاء روحي. ينفصل طيف عن تجسدي هذا، ويحلق في سماوات الكون، كي يتحد مع «الحقيقة المطلقة الروحانية».

أشاهد الكثير والكثير من تجسدات غريبة لي في «أكوان موازية» مختلفة. أشاهد نفسي «بائع صبار»، وفي كون مواز «بائع بوظة». أشاهد نفسي أيضاً في مدينة اسمها باريس، وأعيش فيها «ثمانية عشر حكاية» كاحتمالات متعددة تضعني أمامها الحياة. وإذا استمررت هكذا بهذا الفضول، فربما أصل إلى بوابات زمنية، يقودني بها الزمن إلى عوالم مختلفة جديدة. قد أجد نفسي في إحداها متجسداً جنرالاً ديكتاتوراً، وفي ثانٍ شحاذاً، بل ربما أخضع في آخر لعملية تحول جنسي من ذكر إلى أنثى.

أشعر في النهاية بعبثية زيارة مثل هذه «الأكوان المتوازية»، واللقاء بتجسدات لي فيها، لا تتفاعل معي، ولا يمكنني الحلول في إحداها، فكل واحد منها يمتلك طيفه الشخصي وزمنه الخاص. والأسوأ إن الأثنان ـ الطيف وتجسده

ـ لا يتبادلان معي أي مشاعر، إذ لا يعيان وجودي، ولا يمكنني الاتصال بهما، فأنا خارق لقوانين كونهما، ولا أعرف إلى أين يقود زمنهما.

عليّ إذاً المغادرة، ومحاولة العودة إلى كوني الشخصي، الذي يمتلك زمنه الخاص بي، بدلاً من عبور بوابات زمنية إلى «أكوان موازية» أخرى. صحيح إن هذه الأكوان تحوي تجسداتي نفسها، في خطوط زمنية شبه متشابهة في بداياتها، منطلقة من طفولتي في منطقتي، إلا أنني لا أفهم كيف تمضي إلى نهايات غريبة مختلفة؛ «شامان» قبيلة بدائية، كاهن معبد أرامي، صوفي حلقة مُريدين، «بائع صبار»، «بائع بوظة»، شخصيات «ثمانية عشر حكاية»، ولا أدري ماذا يحدث في عوالم أخرى.

أخيراً، أتعرف على بوابة كوني الأصلي، عندما يشتعل حنين طيفي إلى ذروته القصوى أمامها، حيث تركت تجسدي الشخصي في شقة بناية يحتلها العسكر. سأحاول الآن العودة إلى زمن ما أزال فيه حياً، قبل أن يمارس طيفي التحليق النجمي. ربما سأتدبر أمر النجاة من موت جسدي لاحقاً بمغادرة الشقة، قبل مداهمة العسكر الأخيرة لها، وإطلاق النار عليها، وأفر من البلدة بالكامل. المهم أن أتخلص من هذا التيه الكوني الذي أنا فيه حالياً.

غريب، أنا غير قادر على ولوج بوابة كوني الخاص، على الرغم من وضوح رؤية حياة تجسدي فيه، على الرغم من إمكانية وصولي عبرها إلى بلدتي التي تقع فيها بنايتي، وقد احتلها العسكر. أحاول عبثاً، فلا أفلح. يبدو إن الانفجارات المهولة الصاعقة في هذا الزمن، الناتجة عن استخدام أسلحة الدمار الشامل على كوكب الأرض، التي بدت مثل قصف عشرات النيازك الكونية لسطحه، خلخلت الاستقرار الطبيعي فيه. على أثر ذلك، تباطأ الكوكب عن الدوران حول محوره حتى توقف، ففقد حقول جاذبيته ومجالاتها المغناطيسية. بالتأكيد، أدى هذا إلى توقف سير الزمن فيه، وبالتالي إغلاق بوابته الزمنية، بل وربما تدمرت الذاكرة الأرضية فيه بذلك، وأصبح من الصعب استرداد معلوماتها، وإعادة تشكيلها.

في إطلالتي الأخيرة على الأرض، أشاهد دماراً شاملاً قد حل فيها بعد الانفجارات النووية، تختفي الحضارات وجميع الكائنات الحية منها. الآن، وكلما أتقدم زمنياً

في سير شريط المعلومات مستقبلاً، أجد أن سطح الأرض قد بدأ يتأكل، ويتمزق إلى شظايا كبيرة، بعض منها بحجم الجبال، بسبب اختفاء الجاذبية. وتأخذ الأجزاء غير المتجذرة فيه بالتطاير نحو الغلاف الجوي، ومن ثم إلى الفضاء الكوني. يبدو أن هـذه هي نهاية كوكب عالمي.

تنتابني الآن خيبة أمل شـديدة، وقد فقدت إمكانية التسلل إلى زمني الماضي على كوكبي الشخصي، كي أسـترجع تجسدي في بلدتي، كأنه حُكم على طيفي بتيـه مأسـاوي في الكون اللانهائي. على الرغم من ذلك، عليَّ أن أجد حلاً ما، كي أنجو مـن هذا المصير. لماذا لا أجرب النزول على أحد كواكب مجموعة السبعة الرئيسـية الباقيـة بعـد دمار الأرض، وإلـى جانبها الكواكب الخمسـة القزمة، التي تـدور جميعهـا حول شمسـنا بتدرجات متباعدة. ربما أجد علـى إحداها حياة ما كامنـة، لـم تسـتطع الحضارة البشـرية التعرف عليها سـابقاً، وقد أستطيع التلاؤم معها بتجسد ما.

ينطلق طيفي نحو الشمس، باتجاه كوكبيّ عطارد والزهرة، منسـاباً بسـرعتي الضوئيـة. للأسـف، علـى الرغـم مـن طبيعتهمـا الصخرية الثابتـة، فإن درجة الحـرارة عليهمـا متطرفة جداً بارتفاعها، بحيث لا يحتملها أي تجسد، بسبب قربهمـا الشـديد مـن الشـمس. كـم كان كوكب الزهـرة يبدو جميـلاً من الأرض، شـاعرياً متألقـاً، أول ما يظهر في سـمائها مسـاء، وآخر من يختفـي منها صباحاً، حتـى سـماه البشـر «عشـتار»، تيمنـاً بآلهـة الخصـب والجمـال. كنت أسـتأنس بـه فـي طفولـة تجسـدي، عندما كنت أعـود مع والدي مـن حقلنا مسـاء، معلنـاً انتهـاء العمـل وقدوم الليل. يمر زمن، وتختفي طفولتي، ويصيب أشـجار الحقل اليبـاس، وقـد أحتلـه العسـكر بدعـوى إنشـاء مواقـع دفاعيـة فيه، فتحول إلى فيـلات لكبـار الضبـاط. لكن لاحقـاً، تم اكتشـاف الزهـرة كوكبـاً صخرياً قاحلاً، دون حياة، دون جمال وشاعرية، .

أعود بأدراجي إلى الخلف، مبتعداً عن نجم الشمس، مغادراً عطارد والزهرة، ومتجاوزاً الأرض الممزقة، إلى كوكب المريخ ذي الطبيعة الصخرية أيضاً. لكن أجد إن شدة البرودة فيه غير محتملـة لأي كائن حي، بسبب بعده عن

الشـمس. للأسـف، كنت أشـاهده في طفولة تجسـدي، عند مطلع المسـاء، نقطة ضوئيـة حمـراء لامعـة جميلـة في السـماء، وبسـبب هـذا اللـون سـماه القدامى وقتها إلـه الحـرب، تيمنـاً بلون الدماء. أمـا بقية كواكب المجموعة الشمسية، هـي وأقمارهـا، الواقعـة بعد حـزام الكويكبات التالـي للمريخ، فإني ألغيها من حسـابي، بسـبب حالتها الغازيـة. وأنـا لا أرغـب بـأي تجسـد هلامي غـازي، إذ يكفينـي طيفي الأثيري هذا.

يبـدو إن كوكـب الأرض هو الكوكب الوحيد الذي كان من الممكن أن تتجسد بـه الأطيـاف بشـرياً، بسـبب موقعـه الفريد من نجم الشـمس، وتوافر المياه على سـطحه، والأوكسـجين في أجوائه، وهو ما يناسب وجود الكائنات الحية عليه. لكنه أختفـى الآن، وتحـول إلـى قطعـة صخريـة مهترئة، بسـبب جنون زعماء اسـتخدموا أسلحة الدمار الشامل.

أرنـو الآن إلـى الفضـاء الكونـي، فأعـي وجـود المجـرة، التـي تقـع مجموعتـي الشمسية على طرفها، تمتد بعيداً وبعيداً. أعرف مشهدها جيداً من كوكب الأرض، قبـل دمـاره؛ «مجرة درب التبانة». تظهر لي في طفولة تجسـدي، عندما أنظر إلى سـماء الليل من سـطح بيتنا الريفي، مثل شـريط ضبابي حليبي عريض من الضوء الخافت، يمتد طويلاً تراكم حبيبات نجيمات صغيرة. لهذا تُسمى «درب الحليب». أمـا فـي منطقتـي، فيُطلق عليها أسـم «درب التبانة»، أي درب التبن المنثور، وهذا مرتبط بطبيعة الحياة الريفية التي عشـتها.

في طفولـة تجسـدي، يجمع فلاحـو البلدة مواسـم الحصاد في نهاية فصل الصيـف مـن الحقـول، مبتدئيـن العمل في سـاعات الفجر الأولـى، مـع «تجمع حبات النـدى علـى أوراق النباتات»، هربـاً من حر النهار. ثم ينقلون الغلال إلى منطقـة البيـادر، عنـد طرف البلـدة، على ظهور الـدواب، من الحميـر والبغال والخيـول. يسـتغل كل فلاح حصتـه مـن هـذه المنطقـة لتكويـم بيدره، ترتفع فيـه أكوام السـنابل عالياً. هناك، تُهرس السـنابل الناشـفة اليابسـة، في أقسـى درجـات الحـرارة ارتفاعـاً، وذلـك لضمـان فصـل الحبوب عنهـا. تتم الاسـتعانة فـي هـذه العمليـة بـ«لوح الدراسة» الـذي يجلس عليه شـابٌ، كـي يمنحه

ثقلاً، فيما تجرهما دابة، تدور ساعات طوال مطمشة العينين فوق السنابل.

في ذاكرتي الأرضية، تعلو الأغاني من جموع الفلاحين المتجمعين في البيادر نهاراً، تُحضر لهم النسوة زوادات الطعام من المنازل، يتناولونها في أوقات الراحة. من أشد الممنوعات هي إشعال سجائر، أو أي بصيص من النار لأي سبب كان، فإذا ما أشتعل حريق في بيدر، تجتاح النيران بقية البيادر بنار هائلة، لا يمكن السيطرة عليها، وتقضي عليها.

عند انتهاء «درّس السنابل»، يأتي دور فرز الحبوب، حيث يحجز الفلاحون أدوارهم على «بابور التذرية»؛ الماكينة التي تدار باليد لفصل الحب عن القش المكسر. وهذا الأخير ينفصل تبناً ناعماً، يُجمع لاحقاً في مستودع طيني، يُسمى «التبان»، علفاً للماشية. يعمل الفلاحون على «البابور» طوال الليل، على ضوء الفوانيس، هرباً من حر النهار. يختلط الغناء الشجي لهم بضجيج الماكينة، فيما يتلقى مالكها الحبوب من فتحة فيها بواسطة وعاء خشبي؛ «ربعية». يتعالى صوته بإيقاع رتيب متكرر «واحد، أثنان، ثلاث، والرابعة لنا». والرابعة هي حصته كأجر لاستعانة الفلاحين بماكنته. يكرر العد، وهو يرجو الإله، بين الفينة والأخرى، أن يطرح الخير والبركة في الموسم.

مشاركاً في العمل على ماكينة «البابور» طفلاً، أراقب بدهشة كيف يتطاير القش المتحول إلى تبن من فتحة كبيرة، تقع في خلفيته، بنثرات كثيفة في غمامة غبارية. يوسعها القذف باستمرار، ويدفعها بعيداً، فتشكل درباً فضائياً مُضاءً بنجيمات تبن، متألقة بضوء الفوانيس الشاحبة، في عتمة الليل حولنا، قبل أن تسقط متناثرة، وتتكدس درباً أرضياً. يقول لي والدي «هذا هو درب التبن، انظر إلى السماء تجده نفسه». يسحراني الاثنان؛ «درب التبن» على أراضي البيدر، و»درب التبن، أو التبانة» في السماء، وهما يتألقان ليلاً.

هكذا، عندما أنام مع أهلي طفلاً على سطح بيتنا الريفي، في ليالي الصيف الحارة، أستلقي على فراشي، وأتأمل السماء. ألاحق «درب التبانة»، الممتد فيها طويلاً بغمامة نجيماته الحليبية المتكاثفة، وسرعان ما أطير إليه. أنهض فوقه، وأتمشى عليه متمهلاً، مستكشفاً الأرض المظلمة تحتي وحولي، حتى أصل إلى

بلاد الأحلام، حيث تنتظرني أميرتي على شـرفة قصرها. أروي لها «حكاية» سيري على الدرب، ثم أغفو عميقاً في سريرها.

تمر أيام طفولتي سريعاً، ويأخذ الأهالي بنسيان «درب التبانة»، بسبب التلوث الضوئي القادم مـن أنوار الكهربـاء، التي تغمـر مراكز العمران، وتحجب ليالي السماء. لكن الأهم، أننا لم نعد ننظر إليها ليلاً، فأجهزة التلفاز أخذت تسرق ليالينا الحالمة، وتغرينا بصور السـموات الاصطناعية على شاشاتها.

الآن، أنـا مجـرد طيف هائـم في الفضاء الكوني، أحلق علـى طرف «مجرة درب التبانة»، في دائرة مجموعتي الشمسية، وقد أخفقتُ بإيجاد كوكب فيها، أتجسد عليه. كأن المجـرة تنفلـش أمامـي إلـى لانهايات غير مدركة، بشـكل لا يستوعبه وعـيّ الطيفـي الحالي، رغـم قدراته الخارقة على الاستيهام، بالمقارنـة مع تواضع إمكانيـات تجسـدي السـابق. لكن ذاكرتي الكونية تستيقظ، وتنتعـش أمام مظهر المجـرة اللامعقول سـحراً إلى أقصى الحدود، وأمضي فيهـا محلقاً، أتأمل بعضاً من خفايا أتسـاعها اللانهائي، فقد أجد كوكباً أستطيع التجسد عليه.

كنـت أظن، في تجسـدي السـابق، إن نجم الشـمس الهائل الحجـم، الذي تدور حوله مجموعـة الكواكب الخاصـة به، ومنها كوكبي الأرضي، هو أكبـر جرم في الكـون، بـل ومركزه. لكن ذاكرتي الطيفية بدأت تسعفني الآن، عبر مفاهيم لغتي الأرضيـة، بمـا تختزنه مـن معلومات كونية مشفرة كامنة في لاوعـيّ عن المجرة، التي تتفجر أكثر فأكثر سـحراً باتسـاعها أمام مرآي المباشر لها.

أعرف الآن إن نجم الشمس ما هو إلا جرم صغير، يقع على حافة خارجية لذيل أحد الأذرع العملاقـة الأربعـة الكثيفـة النجوم، المشـكلة لمجرة «درب التبانة». أشـاهد مذهـولاً كيـف تلتـف هـذه الأذرع على نفسـها بشـكل حلزونـي بنجومها الكثيفـة، وهي تدور حول مركز المجرة، فيما تتناثر بينها نجوم بكثافات أقل. أكاد لا أصدق بمـا تمدني به ذاكرتي الكونية من أن هـذه المجرة العملاقة مشـتعلة بإضاءات أكثر من ثلاثمائة مليار نجم على الأقل. تتوزع فيها بكثافات متنوعة، وتختلـف بأحجامها، إذ يبلـغ بعضاً منها عشـرات أضعاف حجم نجميّ الشمسـي، ومعظمها لديها كواكب تدور في فلكها. أعرف إنه لا يمكن حسـاب عدد النجوم

هذه بشكل نهائي، وفق معايير الأرضية، لأنه يتوالد الجديد منها باستمرار، في كل لحظة كونية، من سحب الغازات وسدم الغبار، الهائلة والكثيفة، التي تنتشر في المجرة.

أفكر كيف تختزن ذاكرتي الكونية كل هذه المعلومات، وأستدعيها بوعي، عندما أحتاجها؟

لكن لأستمر الآن في تجوالي، وقد تنقذني هنا نظرية الاحتمالات، عبر ما يُسمى بـ«معادلة فيرمي»، التي كان يفترضها علماء كوكبي الأرضيّ. قد أجد على بعض كواكب هذا العدد الهائل من نجوم المجرة تجسدات لحيوات تناسبني، فأستقر في إحداها. بل وتؤكد ذاكرتي الكونية وجود عدد هائل من هذه الكواكب الكونية القابلة للحياة، إنما كيف أجدها؟

ما يراه طيفي من المجرة الآن مدهش ومذهل، بعكس المعلومات المشفرة الباردة التي كانت تختزنها الذاكرة الأرضية عنها. أرى كرنفالاً راقصاً من نجوم سحرية نارية الاشتعال، تبدو لانهائية العدد، تدور كلها حول نفسها، وكواكبها تدور حولها، والجميع في الوقت نفسه يدور حول مركز المجرة، بما فيها الأذرع العملاقة. وحتى المجرة نفسها أيضاً تدور بكاملها في الفضاء الكوني. كل شيء في المجرة يرقص بدورانات مجنونة، كما لو أنه توجد جاذبية خفية ما، تتوازن مع قوة نابذة، تنظمان الأشياء حول المركز في تراقصها، باتساق هندسي كوني مذهل. وحتى تكتمل جمالية دوامات الكرنفال الراقص السحرية، فلا بد أن ترافقها موسيقى انفجارات كونية صاخبة، تصدرها اشتعالات النجوم، وتبثها حولها مويجات نارية الألوان.

في النهاية، تلف المجرة، بمكوناتها جميعها، هالة ضخمة مضيئة، أشبه بتاج ضوئي، يكللها أميرة كونية، فتبدو لي كائناً حياً يضج بالحياة؛ أميرة كونية في حكاية حالمة من ذكرياتي الأرضية.

كانت حواس تجسدي البشري على الأرض محدودة الإدراك، بحكم نشوئها وتطورها في إطار هذا الكوكب، تتحكم بها جاذبيته وشروطه البيئية وموقعه الكوني. على هذا الأساس، أنبثق الوعي لدي وتطور، لكن بإمكانيات محدودة

بسببها، مثل البشر الأخرين. وإن ساعدت الأدوات العملية المبتكرة حواسي قليلاً على تجاوز بعض الحدود المعرفية، إلا أن إدراكها بقي محدوداً، بغض النظر إن الخيال منحني استيهامات منفلتة من الواقع، وحررني قليلاً من قساوته.

الآن، أنا كيان طيفي كوني، متحرر من حواس تجسدي البشري السابقة المحدودة، وتفجرت بي فجأة ذاكرة كونية كامنة في لاوعيّ. وأكتشف كم هي معرفتي البشرية قاصرة جداً، بل ومشوهة، مرتبطة باستيهامات تجسدي وخيالاته. وبتحرري من شروط كوكبي الأرضي، أستطيع الآن معرفة الكون حولي بواقعية سحرية عالية، تمنحني إياها إدراكات طيفي المذهلة، التي تستيقظ باستمرار أكثر فأكثر أمام ما أعيه حولي.

أنطلق طيفاً في المجرة، محلقاً بين النجوم، مخترقاً السدم الغبارية والغازية، باحثاً عن كوكب أجد فيه تجسداً مناسباً لي. لكن المسافات هائلة فيها بين نجم وآخر، وحتى لو سافرت بسرعة الضوء، فلن أستطيع التنقل إلا لمسافات محدودة لا تذكر، كأنني مازلت في مكاني.

تشتعل ذاكرتي بإمكانية فتح «ثقوب دودية»، في نسيج «الزمكان»، عبر طيه في نقاط محددة؛ ثقوب تصل بين مسافات هائلة الأتساع بأنفاق كمومية، يتم اجتيازها بثوانٍ. ساحرة هي الفكرة، هذا يعني أني أستطيع التنقل في أرجاء المجرة بسهولة عبر هذه الثقوب، والتجول بمرونة مذهلة، وصولاً إلى أطرافها البعيدة.

أشعر فجأة بقوة هائلة تجذبني، وتسحبني بقوة حتى أني بالكاد أستطيع مقاومتها، والإفلات منها. أخطأت في حساباتي بالاقتراب من مركز المجرة إلى درجة متقدمة. تنبؤني ذاكرتي الكونية أنه يقبع هناك «ثقب أسود» هائل الحجم، تبلغ كتلته حجم ملايين النجوم حوله؛ وحش كوني يبتلع بلا رحمة كل ما يتجاوز حافة أفقه، دون أن يستثني نجوماً ضخمة مع كواكبها، وسدماً غبارية وغازية هائلة، بل وحتى الضوء نفسه، لا شيء يفلت من جاذبيته. وهو يتضخم أكثر فأكثر بمقدار ما يبتلع مما يقع في صيد شباك جاذبيته. لحسن الحظ، شعرت بخطر جذبه لي عند حافة أفقه، فتجاوزته هارباً. ينبغي أن أكون حذراً، فأمثال هذه

الثقوب تنتشر بكثرة في المجرة، على الرغم من إنها ليست بحجم هذا الثقب المركزي، لكنها تستطيع أن تبتلعني أيضاً وسريعاً.

أستنجد بذاكرتي الكونية، كي تسعفني ببعض المعلومات عما يقود إليه هذا الثقب. أجد أنها ليست أكيدة، وإنما هي مجرد توقعات رياضية فقط، ولا ضمانة لي بها إلا باختبارها عملياً أنا بنفسي. وهي تشير إلى أن الكائن الذي يتمكن من اجتياز «الثقب الأسود»، دون أن يتحطم ويتفتت إلى ذرات دقيقة ـ ويبدو أن هذا يسهل النجاة منه طيفاً ـ قد يخرج في الطرف الآخر عبر «ثقب أبيض»، ويصل به إلى كون جديد. لكنه سيكون كوناً معكوساً، كل شيء يتحرك فيه زمنياً إلى الوراء.

بالتأكيد، لن أقبل فكرة «الكون المعكوس» من أجل تجسد جديد لي، إذ سأنبثق فيه إلى الحياة عجوزاً، وأصغر في العمر شيئاً فشيئاً نحو الشباب، فالمراهقة، وأخيراً الطفولة، وبعدها الموت. كل الأحداث تسير في هذا الكون طبيعية، إنما مقلوبة زمنياً، بعكس قوانين عالمي السابق. لا يعجبني هذا، ولن أغامر بمخاطرة غير مأمونة العواقب، إذ لا ضمانة لإمكانية العودة إلى عالمي هنا. وعلى عكس «الثقب الأسود»، فإنه من المستحيل أن يدخل «الثقب الأبيض» أي شيء، فهو يمتلك فقط قوة نابذة مذهلة لكل ما يلتقطه، ويدفعه بالتالي إلى كونه الخاص.

هكذا، أجد في تجوالي الآن كواكباً تدور حول نجوم، وتشتعل عليها الحياة. وجدت على بعضها كائنات حية، لكنها للأسف لا تمتلك تجسدات بشرية، مثل تلك التي عرفتها على كوكب الأرض. يعيش في محيطات بعضها كائنات بدائية جداً، مازالت في أطوار الانقسام الخلوي الأولي، وتحتاج إلى ملايين السنين كي تتطور، هذا إذا نجت من الانقراضات البيئية المفاجئة اللاحقة.

في كواكب أخرى، أجد كائنات لها بنى متنوعة غريبة، كل منها مرتبط ببيئته الخاصة؛ كائنات سيليكونية، أو نارية مشتعلة، أو غازية متطايرة، أو طاقية مغناطيسية دون تجسد. لا أفهم كيف تتواصل هذه الكائنات فيما بينها، وتشكل مجتمعاتها. لكن مع تأكدي أنها تمتلك وعياً ما، إلا أني لا أدري إذا كنتُ أستطيع التجسد بأحد أشكالها، أو على الأقل التعامل معها عبر طيفي الآن.

لكـن فـي أحـد الكواكب أشـاهد حضارة متقدمة جـداً عما أعرفه لـدى الجنس البشـري، تسـتفيد من كامل طاقـة نجمها بمرايـا ضخمة. تعكس مويجات أشـعته الحراريـة المشـتعلة، وتحولها إلى طاقـة كهربائية، تدير بها منشـآتها الحضارية المذهلـة بتطورهـا. لكن بنى الكائنـات الذكية هنا هي الأكثر غرابة مما شـاهدته حتـى الآن؛ أجسـاد هجينة من أعضاء بيولوجية، متراكبـة مع آلات معدنية، إضافة إلى شـرائح إلكترونيـة مزروعـة فيها. هي شـبيهة بما يُسـمى علـى كوكب الأرض بـ«السـايبورغ». يبـدو أن هذه الكائنات لا تعرف المـوت الأرضي، ولا حتى الفناء، إذ يمكن اسـتبدال أجزاءها التالفة باسـتمرار. لا أعرف ما هو البشـري فيها، وكيف تتوالـد، باتصال جنسـي فيما بينها أم تُصنع نماذج منها وفق برمجيات إلكترونية فـي المختبـرات. بالتأكيـد، ليس لها أطيـاف مثلـي، مادامت لا تعرف الفناء، لكنها تمتلك بالتأكيد وعياً متقدماً.

في كوكب أخر بإمكانيات حضارية متقدمة أيضاً، أجد فقط كائنات مستنسخة؛ كائـن واحد بمئات النسـخ المتشـابهة، دون ذكورة أو أنوثـة، دون حياة طفولة أو هرم. تنبثق نسـخاً، تتميـز بأرقامها فقط، في مختبرات جينية، دون جنس. هل لديها عواطف ومشـاعر متبادلة، تزرع برمجياً في جيناتها، أو ربما تفتقدها بالكامل؟

وفي حضارة كونية متقدمة أكثر، يتنقل أفرادها بين كواكب متباعدة جداً، أجد إنه يتم تحويل وعي المسـافرين دون أجسـادهم البيولوجية إلى طاقات مشفرة، تُنقـل موجيـاً مـن كوكب إلى آخر في لحظـات. وبمجرد الوصول إلـى الهدف، يتم إعادة تشـكيل وعيها بتجسـدات بيولوجية، شـبيهة بما كانته سـابقاً، وتعاود حياتها بشكل طبيعي.

أما الأغرب فهو كوكب الروبوتات الذكية المتفردة ببناء حضارة خاصة بها، تبني أعضاءهـا حسـب الحاجة إليها، وتعيـش في مجتمع منظم بدرجـة عالية. يبدو إن هذه الحضارة الروبوتية قد نشـأت على أنقاض حضارة بشرية، صنعتهم لخدمتها. لكن هذه الروبوتات طورت ذكاءها بطريقة مذهلة، وسـيطرت على صانعيها، ثم قضت عليهـم نهائيـاً. وهي تعيـش الآن حضارتها الروبوتيـة الوحيـدة بسلام، على مستوى كامل الكوكب.

أمـا الكوكب الذي يحـوي كائنـات طاقيـة مغناطيسـية، فيفاجئنـي بعدم وجود أي أسـس ماديـة للحيـاة فيـه؛ منشـآت الحيـاة كلها أبنية طاقة، مشـفرة حاسـوبياً مثل أجسـادها؛ مجرد معلومات، لا يمكن الشـعور بها بالحواس البشـرية. أستطيع التعـرف عليهـا فقـط بإدراكاتـي الطيفيـة، إضافـة إلـى مـا تختزنه ذاكرتي الكونية مسبقاً من معلومات عنها.

في تجسـدي على كوكب الأرض، استخفت بنائي البيولوجي الغريب؛ كتل من الأنسـجة العضوية، تشكل عضلات وعظام ودماء، مغطاة بجلد ناعم، يخفي بشاعة ما تحته. الأغرب إنه لم يكن لهذا التجسد أن يعيش دون أوكسجين يتنفسه، وطعام يزوده بالطاقة. وهذا الأخير يتحول ما يتبقى منه إلى فضلات، ينبغي التخلص منها. وجميع هـذه الأعضاء تصيبها الأمـراض، وتبلى سـريعاً، وصولاً إلى موت التجسـد نفسـه، ومـن ثم فنائه، دون أي مبرر منطقي. لماذا يأتي هذا التجسـد إلى الحياة، ولماذا يستمر فترة زمنية محدودة قصيرة، تنتهي بفنائه؟ لا يوجد أي جواب.

أتذكر أنه إلى جانب التجسـد البشـري في البيئة الأرضية، هناك أيضاً، لسـبب غير مفهوم، تفجر غير معقول في تنوع أشـكال الحياة البيولوجية، حيوانياً ونباتياً. أنقرض 99% منها مـع الزمـن، في كـوارث بيئية جماعية. شـيء غير منطقي في نشـوء كل هذه الأشـكال بهذا التنوع، ومن ثم انطفائها. يتم تبرير ذلك بأن قوانين «التطور» هي التي تجعل المتلائم منها مع الظروف البيئية المتغيرة يعيش، لكن لفتـرة محـدودة في عمر الكوكب الطويل.

في تجسـدي البشـري تراودني دائماً أحاسـيس غريبة، عندما أمارس الجنس مع امـرأة، إذ أشـعر عندئـذٍ بأننا كتلتان من النسـج العضوية تتعانقـان بمتعة وهمية، يختبـئ خلفها فكرة انجاب أطفال، حسـب غريـزة طبيعية، مبرمجة في شيفراتنا الجينيـة. ألم يكن من الأفضل الاستنسـاخ في مخبر، بدلاً من هذه المتعة العابرة، وما تستدعي للمرأة من آلام حمل وولادة، وما يتلو ذلك من مسؤوليات اجتماعية وتربويـة للأطفال الذين ينتجون من هذه العملية؟

وأعرف أيضاً أنه مع بعض السـادية الوحشية، التي يمارسها البشر ضد بعضهم البعض، تتفجر الأنسـجة المشكلة للتجسد لحماً وعظاماً مهروسة، وتنفر منها

الدماء. لا أفهم كيف أن مثل هذه العدوانية البدائية متأصلة في الغرائز البشرية، كما لدى الحيوانات المفترسة. تشعل بها باستمرار، ليس فقط «غريزة الافتراس»، وإنما أيضاً الحروب الوحشية، وتتركب المجازر، دون سبب مفهوم، فلا تردعها لا أديان، ولا أخلاق، ولا قوانين حضارية، تحكمها فقط «شريعة الغاب».

لكن على الرغم من استخفافي بالتجسد البيولوجي البشري، فهناك ما يشدني إليه، ولايزال، هو وعيه المدهش، وإن كان محدوداً، مقارنة بوعيّ الطيفي الكوني. يعبر هذا الوعي عن معان إنسانية عميقة لتفجر العواطف والمشاعر، والذكريات والحنين، وإمكانيات التكافل البشري. والأهم في هذه التعبيرات هي تلك الإبداعات الإنسانية، التي ينتجها الخيال عبره، وتنعكس أعمالاً مميزة في الآداب والفنون والابتكارات الصنعية. كان هذا في زمن كوكب الأرض، وأنتهى ذلك مع الحياة البشرية عليه ودمار معالم الحضارة عليه. لكن المعلومات هذه لا تفنى كونياً، واسترجعها أنا طيفاً «حكايات بشرية».

ما أشاهده من أشكال مختلفة من الحيوات الكوكبية، في أرجاء مجرة «درب التبانة»، يثيرني بشدة. إنما لا أستسيغها هذه الحيوات، ولا تجذبني أي من تجسداتها، كي أنقذ طيفي بإحداها من «التيه الكوني». أحن إلى تجسدي البشري السابق؛ إلى ذكريات طفولتي، وعشقي، ومغامراتي، واكتشافي معنى للحياة خاصاً بي، تلك التي عشتها به. لكن ماذا أفعل وقد دمر غباء الإنسان كوكب الأرض، ومعه كافة أشكال الحياة فيه.

(9)

أنا الكون وعي شامل حي

أستجمع قدرات وعيّ الطيفي، وأفكر عميقاً بتركيز عالٍ، متسائلاً كيف تتفجر كل هذه المعلومات الكونية الهائلة المسبقة في ذاكرته، وتساعدني على فهم ما يحدث حولي. بل وتتفجر باتساع وعمق أكبر، كلما أثارها تحريض حوادث، لم يسبق أن تعرضت لها. لا بد إن هناك سر في الكون أعمق من وجودي كطيف، ومنه أتلقى كل هذه الأشكال الهائلة من المعلومات والمشاعر والإدراكات والخبرات. من أجل كشف هذا السر ليس لي إلا أن أسافر في حلم كوني عميق، وأتواصل عبره مع منبع «الذكاء الكوني» الشامل، المتحكم بكل شيء.

أسافر حلماً، يستيقظ لاوعيّ، وأغوص عميقاً في المنبع؛ «الوعيّ الكوني» الشامل. يتلقاني بود كوني، كأنه يتخاطر معي بطاقة سحرية، وأنا متشابك معه حلماً. يكشف لي رؤى كونية غريبة، بالكاد أستطيع استيعابها. أدرك الآن إن الكون هو وعيُ كلي شامل واحد، لكل ما يتوضع فيه من وجودات، بدءاً من الأطياف مثلي، وصولاً إلى الأجرام الكبيرة. وما وعيّ الشخصي إلا جزء صغير، انبثق منه بطريقة محاكاة له، عندما تم استدعائي كاحتمال من عالم «العدم الكوانتي».

لم أكن لأدرك هذه العلاقة الحميمية مع الوعيّ الكوني، كصورة محاكاة له، لولا الحلم الرؤيا الذي سافرت به. تعرفت سابقاً إلى أشكال مختلفة من الوعي، موجودة في كل الأشياء المكونة للطبيعة الأرضية، تتجاوز الكائنات الحيوانية، وصولاً إلى النباتية. وتعرفت أيضاً أنه حتى الحجر يمتلك وعيه الخاص، وإلا لما عبدته أقوام بشرية في تاريخ الحياة على الأرض، بوجود شكل من التواصل معه، خاصة عبر الأحلام والتخاطر. بل ويمكن لبعض الأفراد منها تحريك أحجار ضخمة ورفعها في الهواء، عند بناء معابدهم الضخمة، عبر مويجات صوتية أو طاقة ذهنية، يبثونها إلى وعيها الغامض، فتستجيب

لهـم. بـل إن هنـاك وعـي أعمـق فـي أصغـر الأشيـاء المكونـة للوجـود، يتجـاوز «الكـواركات» إلـى «الأوتـار الفائقـة»، وربمـا إلـى مكونـات لانهائيـة فـي الصغـر، كشـيفرة بنـاء لـكل موجـودات الكـون. كل شـيء فـي الوجـود حـي، وبالتالـي واع، وإلا لما دام عبر أشـكال مختلفة من التشـكلات المتشـابكة.

أفهـم لمـاذا تتفجر المعلومـات الكونية الهائلة لدي، أو بالأحـرى أعيشـها فـي لاوعـيّ، مسـتيقظة عنـد الحاجـة إليهـا، علـى الرغم مـن إن ذلك يحـدث بطريقة لا أفهمها.

أفكـر الآن، مـاذا لـو أتجـرأ وألتحـم بطيفـي مـع تجسـد لأحـد تشـكلات الوعي الكونـي الشـامل، ما دمـت جزءاً منه. لأحـاول مثلاً مع مجـرة «درب التبانة»، التي تغرينـي بجمالها الكونـي الأخـاذ، منـذ أن شـاهدتها فـي الوهلة الأولى. سـتكون مغامـرة مذهلـة مـن اللامعقوليـة، لو أتجسـد بكيانهـا الكلـي، عابـراً قوانين التشـكل الصغيـرة، التـي يصيبها الفنـاء سـريعاً.

منـذ إن فاجأنـي مشـهد مجـرة «درب التبانة»، بسـحرها وجلالهـا، أدركت إنها كائـنٌ ينبـض بالحيـاة، بـكل مكوناتهـا مـن النجـوم والكواكب والثقـوب السـوداء، والسـدم الغازيـة والغباريـة التـي تغمرهـا. كل شـيء فيها يتراقص بحركة مغناج لا تهـدأ؛ الكواكب تدور حول نفسـها، وهي تدور حول نجومها، والنجوم بتراكماتها فـي الأذرع الحلزونيـة وتبعثراتهـا بينها تدور جميعها حول مركـز المجرة. احتفال كرنفالي ملون من التراقصات المتناسـقة في انسـجام كوني، على وقع موسـيقى انفجارات ناريـة صاخبة، يتوالـد منها نجوم وكواكب جديدة؛ نبض حياة مشـتعل بألق حيوي. يعجبني هذا.

أصبح الآن متجسـداً فـي مجـرة «درب التبانة»؛ أنا مجـرة «درب التبانة»، كائن كونـي هائـل الحجم والاتسـاع، يضج بالحيوية والمرح، يتهـادى مختـالاً بتراقصاته وموسـيقاه في الكون الفسـيح. أعي نفسـي، غير مصدق إني بهذا الجمال الكونـي الأخـاذ. ويسـرني أنه بدلاً مـن الأعضـاء العضوية، وشـرايينها وأعصابها، التي كانت تشـكل تجسـدي البشـري السـابق علـى الأرض، أمتلك الآن بنية مغايرة تماماً؛ نجوم وكواكب نابضة، مترابطة بشـرايين من السـدم والغازات، تبث الحياة بي بولادات

جديدة مستمرة منها. وها أنا أتنفس الغازات الكونية باشتعالات نارية، شهيقاً وزفيراً سديمياً. وألتهم طاقة من النجوم والسدم عبر ثقوبي السوداء، مستخلصاً منها معلومات لذاكرتي الكونية، أحفظها عند أفق الحدث الخاص بي، في بنيات هولوغرامية، وألفظ ركاماتها عبر ثقوبي البيضاء.

أتعلم في رحلتي الكونية إن كل كائن في الوجود لديه مشاعر وعواطف، ما دام هو واعٍ، وبالتالي مدرك. ويتضمن هذا الأجرام الكونية، التي تنبض بالحياة، بدءاً من الكواكب والنجوم وصولاً إلى المجرات. وأنا الآن كائن حي، متجسد في مجرة؛ أتنفس، وأعي، وأدرك، وتنتابني مشاعر وعواطف. لهذا، ما إن أستقر بي المقام متجسداً في هذه الحالة حتى شعرت بعدم رغبتي بالعيش وحيداً في محيطي الكوني، دون علاقات مع من حولي من مجرات أخرى. كانت مشاعر الوحدة، التي رافقتني في تجسدي البشري، تصيبني بالإحباط والقنوط، فأحاول دائماً البحث عن حبيبة وأصدقاء. الآن، لا أريد أن تلاحقني هذه المشاعر في تجسدي المجري الجديد.

ألمح غير بعيد عني مجرة، مثيرة بشكلها الإهليلجي الأنثوي الساحر، وبهالة إضاءة متألقة تغمرها. إنها جارتي الأقرب إليَّ؛ مجرة «أندروميدا». تنبؤني ذاكرتي الكونية بأن أعداد نجومي تتجاوز الثلاثمائة مليار، لكن جارتي تتجاوزني بذلك، ممتلكة الألف مليار منها، أراها تتجمع في عناقيد مشتعلة مليئة بالإغراء.

حصلتْ جارتي «أندروميدا» على هذا الحجم الضخم، بعدد النجوم الهائل فيها، من اتحادين سابقين مع مجرتين صغيرتين، حدثا دون علاقة عشق بينهما. أغرتهما باتحاد حميمي، إلا أنها سرعان ما التهمتهما بالكامل، بما يشبه الاغتصاب الكوني، ولم يبق لهما أثراً. على الرغم من هذه المعلومات المخيفة القادمة من ذاكرتي الكونية، فهذه الجارة تغريني بضياء اشتعالاتها، وتراقص أجرامها، وهي تتهادى أمامي في الفضاء الكوني الفسيح.

ولأنني لا أريد أن أبقى وحيداً، أفكر بالاتحاد بها عشقاً، إنما نداً لند، دون أن أسمح لها باغتصابي والتهامي. لذا، ينبغي أن أكون معها حذراً، حتى لا

تسيطر عليّ. بل أنا من سيسـود عليها، إذ تكفيني تجاربي السـيئة في تجسدي البشري السابق.

يبـدو إن «أندروميـدا» لا تهتـم لوجـودي قربها. لـذا، أرسلُ دفقـات طاقيـة تخاطرية إشعاعية باتجاهها، محملة بمشاعر حميمية كونية، كي أثير أنتباهها، وأغريها بالالتفـات إلـي. بعد عـدة محـاولات، أنجح بذلك، إلا أنها تسـتغرب ما يصدر مني نحوها، فهي جارتي منذ أزمان بعيدة، ولم أحاول استمالتها سابقاً، فلماذا الآن؟

لا تعـرف جارتي «أندروميـدا» إن طيفـي الهائم القديم قد تجسـد حاليـاً فـي مجـرة «درب التبانـة»، فانبثـت فيها روح أخرى بمشاعر جديـدة، جعلتها أكثر حيويـة واشتعالاً. أمـا «أندروميـدا»، فكمـا يبـدو إن لديها مشـاعر ذنب مكبوتـة فـي داخلها، بعـد أن اغتصبـت مجرتيـن، والتهمتهمـا، فانكفـأت على نفسـها، ولـم تعـد تهتم بما حولها من مجرات جيران. والآن، ها هي مشـاعرها الخامـدة تشـتعل مـن جديـد، تحـت إيحـاءات تخاطري الحميمـي معهـا، فتنتعـش، وتلتفـت نحـوي بتراقصاتها. تأخذنـا مويجـات التجـاذب والتناغـم، وتتلاعب بنا، فيمـا أنا حـذر منها. وسرعان مـا نلتحم معـاً في عـرس كوني، ونشـتعل بانفجارات صاخبة هائلة، يسطع ألقها بعيداً فـي المسـاحات الكونيـة، ممـا يجعـل جيراننـا مـن المجـرات الأخرى يشـعرن بالغيـرة منا. إلا أنني بقيت متحكماً في العلاقـة مع «أندروميدا»، عبر بث عواطف مسـتمرة متأججة بشـدة نحوهـا، فبقيت ذائبة عشـقاً بي.

هكذا، أتحدثُ مع «أندروميدا»، وأصبحتُ متجسداً معها كائناً واحداً، تشكَّل من مجرتين منفصلتين سابقاً. أشعر الآن بالثقة بنفسي أكثر؛ بكياني المتجسد الجديد، وقد أصبحت بهذا الحجم المثير والمتلألئ، بل وأمتلك وعياً أكثر شمولية.

أتلفـت حولي، أنـا الكائن الجديد، فأشـاهد أكثر من خمسـين مجرة جارة لي، يتهادين حولي متناثرات في الفضاءات الكونية القريبة، وهن ينظرن إلي بغيـرة، كأنهـن يكتشـفن وجـودي قربهـن لأول مـرة. لا أبدي أي رد فعـل سـلبي مباشـر تجاههما، إذ أشـعر بتشـابك جاذبي قوي يشـدنا إلى بعض، كأننا أبناء حي كوني

واحد، مترابطين بقرابة كونية خاصة. تنبؤني ذاكرتي أن لنا اسم هو «المجموعة المحلية»، نتميز به بين مجموعات المجرات المجاورة.

على الرغم من إنني، أنا و«أندروميدا»، نشكل التجسد الأكبر والأضخم في مجموعتنا، إلا أن شهية الاندماج مع تشكلات أخرى تتفح لديّ بقوة. سأصبح أكثر مهابة ووعياً بين الأجرام الكونية، في محيطي الواسع، وأتخلص به في الوقت نفسه من الغيرة حولي. لم أفكر كثيراً، إذ سرعان ما اندمجت بكامل «المجموعة المحلية»، وأصبحت متجسداً بها.

أنا الآن «المجموعة المحلية»، أختال بمجراتي الخمسين في هذا الكون البهي. أشعر بالسرور بحجمي الجديد الهائل، الذي يسمح لي بإطلالة أوسع وإدراك أشمل، في محيطي الكوني.

لكن سروري لن يستمر طويلاً، إذ سرعان ما ينتابني شعور بضآلة حجمي، وأنا أشاهد عدداً هائلاً من «المجموعات المحلية» الشبيهة بي، بأحجام مختلفة، تتناثر حولي. أدرك أني لست سوى مجموعة صغيرة بينها، لا أتميز عنها، مجرد رقم في تعدادها. بل إن هذه المجموعات مُتضمنة جميعها في عنقود مجري هائل، تنبئني ذاكرتي أن اسمه هو «عنقود العذراء العظيم». وجميعنا مجرد مجموعات محلية، نترامى في خطوط ممتدة فيه، إلا أن قوة خفية تنظم التوازن في مواقعنا، رغم دوراناتنا الذاتية، فلا ننجذب بعنف إلى المركز، فنتحطم، ولا نفلت، مبتعدين في الفضاء الكوني، فنتبعثر، ونضيع.

يبدو إن «عنقود العذراء العظيم» هو كائن حي عملاق، وما نحن، المجموعات المحلية، إلا أعضاءه الداخلية التي يحيا بها، وهو يغريني أكثر فأكثر.

لا أفكر طويلاً، فقد استسغت التشكل بتجسدات هائلة الحجم، هرباً من الضآلة، خاصة بعد أن اكتشفت شيفرة الكون المتحكمة ببنائه، وارتباط وعي البنى الصغيرة فيه بـ«الوعي الكوني» الشامل لها.

أنا الآن كائن متجسد جديد، واسمي هو «عنقود العذراء العظيم». أحتل الكون بأجمعه، بمجموعاتي المحلية الهائلة العدد. أنا الآن الأكثر ضخامة والأشمل وعياً في الكون كله.

الأضخم والأوعى في الكون كله؟ لا، يبدو هذا غير صحيح. توقف ذاكرتي هذا الغرور لديّ.

صحيح أنا «عنقود عظيم»، لكني في الواقع مجرد واحد من ألاف «العناقيد العظيمة»، متضمنة جميعها في بنية هائلة أضخم، واسمها «عنقود لاياكيا الفائق الحجم». كيف جمعنا هذا؟ لا يمكنني تقدير حجم «لاياكيا الفائق الحجم» بسهولة، فأنا «عنقود العذراء العظيم» مجرد بقعة صغيرة فيه. وهو يمتد هائلاً وبعيداً في الفضاء الكوني، بحيث يبدو ببنيته هذه الكائن ـ الجرم الأكبر في الكون.

ها هو «عنقود لاياكيا الفائق الحجم» يختال بتفرعاته الأربع، على شكل مثلث بيضاوي مضيئ، ومجموعات المجرات فيه مشدودة إلى بعضها البعض بعناقيدها، مثل حبات لؤلؤ، مشكلة عقوداً، شبيهة بتلك التي كانت تتزين بها النسوة على أعناقهن في التجسدات بشرية.

تنبئني ذاكرتي الكونية إن المجرات تتشر هنا متشابكة، عبر مجموعاتها المحلية، ومن ثم عناقيدها العظيمة، بما يشبه الخلايا العصبية المترابطة في دماغ الكائن البشري، الذي تجسدته في زمن بعيد، وتخليت عنه في سفر «التحليق النجمي». يعني هذا إن «العنقود الفائق الحجم لاياكيا» هو أكبر كائن كوني حي، يعي، ويدرك، ويتبادل المشاعر مع من حوله. لكن من هم حوله؟

وقبل أن أفكر بالتجسد في «عنقود لاياكيا الفائق الحجم»، حتى أصبح الكائن الوحيد الأكبر في الكون، تفاجئني ذاكرتي الكونية بمعلومات مذهلة، لا أستطيع استيعابها بسهولة. تنبؤني بوجود عدد هائل من العناقيد المجرية الفائقة الحجم الشبيهة به في الكون، لا يمكنني حساب أعدادها لكثرتها، فتبدو كأنها لا نهائية. تمتد وتمتد في هذا الفضاء الكوني الشاسع الذي يبدو أيضاً كأنه لانهائي، بل وعلى الأغلب هناك بنى أكبر تجمعها في وحدات أعلى. أفكر، عندئذ، أنه لا معنى للتجسد بأحد هذه الأشكال الهائلة، فمهما حاولت، سأبقى صغيراً، وهناك دائماً الأكبر والأكبر، وعليّ بالتالي التفكير بطريقة أخرى.

سرعان ما تنبثق في «وعيّ» فكرة جريئة، كأني أتلقاها من «لاوعي كوني» خفي مبهم، يستجيب لاستيهاماتي، ويتفاعل مع رغباتي. أفكر، لماذا لا أتجسد بهذه التجمعات جميعها؛ بفضاءاتها الزمكانية الشاسعة، وأصبح ببساطة أنا «الكون» ذاته. لماذا لا أفعل ذلك، ما دمنا نحن، كل هذه «الكائنات ـ الأجرام»، مجرد بنيات صغيرة متجسدة فيه؛ أجزاء مشكلة له، تستمد وعيها منه، لا بل تحاكيه تماماً؟

أنفذ الفكرة سريعاً، وقد أصبحت أجيد مهارة فعل التجسد بالبنى الكونية. وأصبح الآن أنا «الكون» كله.

أنظر إلى نفسي بزهو، وأفكر كيف كنت مجرد طيف صغير هائم، بوعي محدود، يبحث عن تجسد بشري يتلبسه، فإذا بي متجسد في «الكون» كله. أنا الآن «الكون» كله، بـ«الوجود» و«العدم» فيه.

لا أصدق أني الآن أضم الأطياف جميعها، هذه التي تنبثق في كياني إلى «الوجود»، من احتمالات «العدم» اللانهائية، وتتجسد بأشكال مختلفة ومتنوعة من الحيوات الفضائية. كائنات تمتلك وعياً، تحاكيني به، أنا «الوعي الكوني الشامل»، ثم تعود إلى «العدم»، لتتجدد فيه باحتمالات لانهائية. تنبثق هذه الكائنات داخلي واقعاً، ثم تتجدد، كما الخلايا في تجسد بشري، امتلكته سابقاً.

لا أصدق أن جميع هذه البنى «الكونية ـ الجُرمية»، بدءاً من الكواكب والنجوم والثقوب السوداء، وانتهاءً بالعناقيد الفائقة الحجم، وفي كل منها قبس من وعيّ الشامل، تشكل بمجموعها بنيتي الكونية الحية المشتعلة. هي أعضائي الحية التي أعيش بها، المترابطة بتشابك من الأنسجة الكونية السديمية المشتعلة، تسري عبرها طاقات الإدراك، كما في أعصاب كائن بشري.

أنا «الكون» كله، أنا لانهائي بحجمي وامتدادي، ولا حدود لشمولية وعيّ.

وفيما أتأمل ذاتي بزهو، أستغرب أني لا أشاهد من نفسي سوى جزءاً ضئيلاً، ذاك المشتعل بأضواء الانفجارات الكونية، وهو ما أدركه بوعيّ المباشر، رغم شعوري العميق بوجود بنية هائلة لي، لكنها تبدو خفية عني. أشعر بها، ولا أشاهدها. غريب، كيف يحدث هذا؟ هل تنغلق بنيتي عليّ؟

أستنجد بـ«ذاكرتي الكونية» لحل هـذا اللغـز، فتنبئني بأن ما أشاهده هو «البنيـة المنظورة» منـي فقط، تلـك المضيئـة، وهـي تحـوي أجرامي الكونيـة المشـتعلة، ولا تشكل سوى خمسـة بالمئة من حجمي الكلي.

حجمي الكلي! أين البقية إذاً؛ الخمسـة والتسـعون بالمئة الأخرى؟

تُلّمـح لـي ذاكرتي الكونية بنوع من الشـواش إلى إن هذه البقيـة هي «بنيتي غير المنظورة»؛ «مادة مظلمة» و«طاقة مظلمة». وهاتان لا يمكن مشـاهدتهما، ولا حتى إدراكهما إلا عبر «رؤية حلم»، عندما أغور في ظلمة «اللاوعي الكوني» في بنيتـي الخفية، حيث تتلاعب بي التجاذبات الطاقيـة غير المرئية. يبدو أنهما تتحكمـان بوجودي، وربما منهما أستمد طاقتي ومعلوماتي بطريقة مبهمة. إلى هـذا الحـد بنيتي معقدة مغلقـة؟ تحـوي «الوعي»، ذاك القسـم الضئيـل الذي يطفو على السـطح، و«اللاوعي»، هو ذاك القسـم الهائل الـذي يغوص عميقاً في اللامرئـي، كمـا لدى الكائـن البشـري؟ و«اللاوعي» هنا هـذه «المادة المظلمة» و«الطاقة المظلمة»؟

تعـود ذاكرتي إلى مدى بمعلومات جديدة مذهلة، بعيـداً عن بنيتي المعقدة الغامضـة، فأنا كائـن حي، ولدت «كونـاً طفلاً» بـ«انفجار كوني عظيم»؛ من نقطة صغيرة تكثفت فيها طاقة حياتي، وبه تشـكل في داخلي «الزمكان»، و«الوجود» و«العدم» أيضاً. ومنذ لحظة الانفجار تلك، وأنا أتقدم في العمر وحجمي يتضخم؛ أتوسـع وأتوسـع متسـارعاً بفعل «الطاقـة المظلمـة» في داخلي، التي تجعلني أتمـدد بسـرعة هائلـة، في حيـن أن قرينتها «المـادة المظلمة»، تكبـح بعضاً من تفجر هـذا التمدد بنوع من التوازن، حتى لا أنفلت ... أنفلت أين؟ «هناك»، عند «حافة»؟ تخبرني «الذاكرة» أن لا «هناك» ولا «حافة»، لا «شيء» ولا «عدم». أنا «الكون»، أنا «الوجود والعدم» معاً؛ أنا «كل شـيء»، أتمدد فقط بتأثير الانفجار الأولي الأعظم.

أسـخر مـن «ذاتـي الكونيـة»، فمـا أزال ألجـأ أحيانـاً بطرائـق تفكيري إلى مصطلحاتي المعرفية القديمة، التي اكتسبتها عندما كنت متجسداً بكائن بشري. تلاحقني عبر البنى اللغوية التمثيلية، والإدراكات الحسـية القاصرة، واستيهامات

الخيالات، التي ماتزال مترسبة جميعها في زاوية ما من «لاوعيّ». وهو ما لا ينطبق على المعايير الكونية المغايرة، بعيداً عن عالم أرضي صغير، ليس إلا ذرة غبار في مساحاتي الكونية الشاسعة. ينبغي الآن أن أنفض من إدراكاتي الكونية كل هذه المعارف القديمة بمصطلحاتها القاصرة، فأنا «الكون» كله، خارج نطاقات رؤى كائن بشري، تجسدته ذات «حكاية».

لكن «ذاكرتي الكونية» تصبح مشوشة بمعلوماتها، عندما أتساءل أين أتمدد، فتأتيني الإجابات مبهمة، وكأنه لا جواب.

لكن الأسئلة مازالت تلح عليّ، فإلى متى سأتمدد هكذا، إذاً؟ وإذا كنت «كوناً طفلاً»، فهل سأصبح «كوناً عجوزاً»؟ وماذا سيحدث بعد ذلك؟ هل يعني هذا أني سأتمدد وأتمدد حتى تتقطع أوصالي الكونية، وتفقد أعضائي الجُرمية الجاذبية التي تشدها إلى بعضها البعض، فتنفصل، وتتبعثر في فضاء بارد، تخبو فيه انفجارات الحياة؟ بالتأكيد، هذا إعلان نهايتي، أي فنائي. لا يعجبني هذا، أنا «الكون»، أنا «الوجود» كله، فهل سأموت وأنتهي مثل كائن بشري؟

لا، مهلاً، ربما سيتم فنائي بطريقة أخرى، فعندما تنتهي قوة «الانفجار العظيم» الأولية، وأفتقد القوة الدافعة التي تجعلني أتوسع، سأتوقف عندئذٍ عن التمدد. ثم أتقلص، وأنكمش على نفسي، عائداً إلى نقطة بدايتي الكونية. وما إن أصل إليها، ربما قد يحدث لي «انفجار كوني عظيم» آخر، فأتجدد به، وأولد منه «كوناً» جديداً. وبعملية دورية كونية كهذه، يتكرر التمدد والتقلص في «عود أبدي». ربما يحدث هذا أبدياً؛ دون «بداية» و«نهاية». أشعر بهذا في «اللاوعـي» لـدي بشيفرات جينيـة كونيـة، ورثتها مـن «أكوان ـ أجـداد» لي، وبها أولد وأتمدد على الأغلب، مُستنسخاً بالطريقة ذاتها.

تعجبني هذه الأفكار، المعبرة عن خلودي الأبدي. أنا غير فانٍ.

لكـن كل مـا في داخلي يشـتعل بحيوية، وأنا أشـعر بهذه الطاقـة الهائلة، التي تدفعني للاتصال ببنى شبيهة لي، فهل أنا حقاً «كون» وحيد؟

في جميع تشكلاتي الطيفية السابقة، ومن بعدها الجُرمية، كنت أهرب من العزلة. ولا أحـد مـن مكوناتي يعيش وحيداً، فكل الأطياف التي عرفتها كائنات

متجسـدة، كان لهـا معارف شـبيهة بها، وارتبطت معهـا بعلاقـات كونية اجتماعية، وتعدتهـا إلـى حميمية. حتى أجرام «المجموعات المحلية» تنجـذب إلى بعضها البعض بروابط قرابة طاقية، وكلها تنتمي إلى عنقود مجرات واحد، يجاور عناقيد شبيهة به، يتجاذب معها. لذا، لا بد من وجود «أكوان» شبيهة بي، فإذا ألتقيتها، فلمـا لا أقيم علاقـات تجاذبية ودية معها. بل وسأرتبط بإحداها بعلاقة حميمية، كمـا فعلت مـع مجرة «أندروميـدا»، عندمـا تجسدتُ ذات مـرة بمجرة «درب التبانـة». كل مـا هنالـك، أننـي تشكلت حديثاً في هذا التجسـد ـ «الكون»، ولم يتثن لي الوقـت بعد لأتعرف على ما يوجد في جواري.

هكـذا، أكتشـف ببسـاطة أن هنـاك سلسـلة لانهائية مـن «الأكوان المتوازية» تتواجـد معـي، وأنا مجـرد واحد منها؛ مجرد كيـان فيها. لكن تربطنا علاقة قرابة، فنحـن نشـأنا معاً مـن «انفجار كوني» واحد كسلالة مترابطـة، رغم أن لكل واحد منها «زمكان» خـاص بها. لكن الغريب أن كل واحـد منها هو تكـرار لذاتي، مع اختلافـات تـزداد نوعيتها؛ في كائناتهـا الفضائية وأجرامهـا الكونية، كلما مضت أبعـد في تمددها اللانهائـي. يبدو أن هـذه «الأكوان المتوازية» تشـكلت معي منذ ولادتي، كصور من استيهاماتي اللانهائية، فتتجسـد كل واحدة منها في كون شبيه لـي. وربما فإن كل واحدة مـن «حكاياتي الثمانية عشـر» في باريس تعود إلـى أحد هذه «الأكوان المتوازية».

عندما فكـرت بالتجسـد بجميع هذه «الأكوان المتوازيـة» معاً، كعادتي في السيطرة على أكبر التشكلات الكونية، والتحول بها إلى «الكائن الأكبر والأعظم»، فشـلت تمامـاً، فكلها هـي نفسـي، وإن بأوجـه متعددة. أنـا كلها معـاً، وأستطيع التبدل فيما بينها بصور متغيرة لي، رغم أن كل واحد منها يحوي بعض الانحرافات، حسـب قرارات مسيرة حياتي الكونية.

أزعجني هذا، فأنا لست مريضاً نفسياً، وفق معارف التجسد البشري، المترسبة في لاوعيّ، وبالتالي لا أريد الشـعور بأني أعاني من تمزقات انفصامية في كياني الكوني. ثم كيف سـأقيم علاقات حميمية مع ذاتي؟ على الرغم من كل هذا، فأنا لن اسـتطيع التخلص منها، لأنها ذاتي.

لكـن مـا فاجأني إن بعـض كائناتي الفضائية تستطيع أحياناً التنقل فيما بين هذه «الأكوان»، عبر «الثقوب السوداء» أو «الأحلام»، وتتلاقى مع الشـبيهين لها كاسرة قوانين «الزمكان» و»السببية». وماذا يهمني من ذلك، مادامت إمكانيات هذه التنقلات منسوخة في جيناتي الكونية، ولا تزعجني.

لكـن لا بد أن هنـاك كيانات أخرى في الوجود، تتعدى «أكواني المتوازية»، إذ مـن غير المعقول أن أكون وحيداً.

يذهلنـي أن توقعاتـي صحيحـة بالكامـل، وكيـف تسـتنفر «ذاكرتـي الكونيـة» لتمدني بمعلومات جديدة عما أفكر به، وإن كانت مشوشـة. يتكشـف لي وجود عـدد هائـل من الأكوان حولـي، لا علاقة لها بـ»الأكـوان المتوازية»؛ مليارات من الأكوان اللانهائية العدد، المسماة بلغة التجسد البشري «الأكوان المتعددة». كل واحـد منها له كيانه الخاص به وشـخصيته المتميزة، بما فيها «أكوانه المتوازية». وأفهـم الآن أنه كلما يلتقي كونان هائلان، ناضجان بحجميهما، باصطدام حميمي انفعالـي، يحـدث من فعلهما «انفجار كوني أولـي»، يولد به «كون طفل» جديد. وعندمـا يصبـح «كونـاً كهلاً» يفنى متقلصاً، ويتـم التهام بقايـاه، ليتوالد منها كون جديد باصطدام عاطفي جديد.

أخيراً، عرفت أصولي، الغارقة في «اللابدايات»، فأنا أنبثق «كوناً» دورياً جديداً باستمرار مـن علاقة حميمية بيـن كونين، هما بمثابة أم وأب لي، بلغة المعايير البشرية. ويبـرر هذا امتلاكي شيفرات جينية، أتناقلها عبرهما بولادتي المتتالية في انفجارات كونية. بالتالي، أستطيع أنـا أيضاً إيجاد كون مؤنث لـي مثلهما، وأرتبط معـه بعلاقة حميمية، وننجب أكوانـاً جديـدة. أفهم لهذا كيف تتواجد «أكوان متعددة»، تتزايد بشكل لانهائي.

أفكر الآن، مـاذا لو تجسـدت بكل هذه «الأكوان المتعددة»، مادامت توجد إمكانيـة لذلـك، فماذا سـينتج؟ بالتأكيـد، بنية جديـدة. وهل سـتكون أيضاً ضمن بنـى شبيهة؟ ومـاذا بعدهـا، هـل سأسـتمر في طريـق لا نهائي من التجسـدات الأكبـر، فالأكبـر؟ هل لهذا معنى؟ أو ربما هـذا لا يحدث حقيقة، وإنما هـي مجرد استيهامات تجر استيهامات جديدة أكثر غرابة.

أعـود إلى ذكريات تجسـدي البشـري، عندما تمددت تحت شجرة الجوز في حقـل طفولتـي. منـذ ذلك الوقت والاستيهامات تتفجـر في خيالي المشبوب والمحمـوم، وإن أتى بعضها بالتأكيد تحت تأثير كتب «المعارف الكونية» التي قرأتها، في محاولة للإجابة على تساؤلات الإنسان الوجودية. هكذا، ما إن كنت أفكر بشـيء، حتى أستحضره واقعاً. كأنه واحد من احتمـالات لانهائية، موجودة في «العدم الفيزيائي»، أستحضرها إلى «الواقع» بمجرد أن أرصدها، كما تفسر قوانين «الفيزياء الكوانتية».

تقـول هـذه «القوانيـن» إن الأشياء والحـوادث تتواجد فـي الواقع لأن هنـاك وعيـاً يرصدها، فيسـتخرجها مـن أحـد احتمالاتها اللانهائيـة في «العدم الكوانتي». وأنا أفعـل ذلك ككائـن بشـري، لأنني أمتلك قبسـاً مـن «الوعي الكونـي الشـامل»، أحاكيـه به، وأرصد به فـي نطاقاتي. هكـذا، فإنه هو يرصد «الوجـود»، فيحـدث «الكـون»، ومـن بعـده الأكوان المتوازيـة والمتعددة، ولولا «الوعي» لما وجد شـيء ما.

أتقلب على فراش القش، تحت شـجرة الجوز، ورأسي يـكاد ينفجر من الأفكار التي تراودني؛ أي منها وقائـع، وأي استيهامات؟ مـن الـذي يدفع بها إليّ أو يحرضنـي عليها، حيث أفتقد القدرة على مقاومتها؟ كأن كل شـيء أعيشـه كائناً بشـرياً هـو حتمـي، ولا أسـتطيع أتخاذ قرارات إلا في حـدود معينة. هـل تعيش الكائنات البشـرية في «محاكاة كونية» حتمية، لا نسـتطيع الفكاك منها، برمجتها لنـا كائنات فضائيـة ذكية؟ وأين تعيش هذه الكائنات؟ إذا كنا نحن البشر نعيش فـي عالم، يتكون مـن ثلاث أبعاد مكانيـة وبعد زمني رابع، لا نسـتطيع تجاوزها، ولا إدراك مـا بعدهـا، فهـل تعيش هذه الكائنات في أبعـاد أعلى، من «الخامس» حتى «العاشـر»، كمـا تقول «نظرية الأوتـار الفائقة الأرضية»، وربما هناك أبعاد لانهائيـة، فـي عالم يتكون رياضياً في أصغر مكوناته من أوتار فائقة، يتجاوز بها «الكـواركات» المتعرف عليها تجريبياً.

يبدو أنني عدت إلى الاستيهامات والهلوسـات. لا، الشـواش يشـتد في رأسي، وقـد وصلـت إلى حافة الجنـون. لا بل رأسـي ينفجر، وأرتمي منهاراً شـبه غائب

عـن الوعي. أسـافر في كابوس وحشـي، تلتهم فيـه كائنات فضائيـة غريبة بعضها البعـض، في اشـتعال انفجـارات كونيـة هائلة. أركـض وأخرج هارباً، فأسـقط في كابـوس جديد، ومن «كابوس» إلى «كابوس»؛ متواليات من الكوابيس تلاحقني.

أصحـو فجـأة، أكتشـف أنـي كنت أعيـش «روايـة»، وأحـاول كتابتهـا. على كل الأحوال، انتهيت منها، وينبغي الآن البحـث عن ناشـر مجنون يقبل بنشـرها. ... أو ربمـا أنا أعيش في «محاكاة كونية».

***

KHAYAT
Publishing

Washington, DC
United States

www.khayatbooks.com